프롬 토니오

프롬 토니오

From Tonnio

정용준
장편소설

문학동네

차례

3부

4부

1부

스트랜딩

리스본에서 해가 지는 방향으로 천 킬로미터 떨어진 대서양의 화산섬 마데이라 남쪽 해변. 그곳엔 많은 것이 떠내려온다. 주인을 잃은 보석이나 금화, 열대의 열매와 부러진 나뭇가지, 지역을 추측할 수 없는 장신구들과 조각상에서 떨어져나온 돌조각들. 때로는 머리 없는 남자가, 때로는 발목이 묶인 흑인이. 사람이 없는 빈 배, 해초에 휘감긴 트랜지스터라디오, 깨진 전구, 부서진 무전기. 어떤 날엔 잉크가 번진 일기장이 발견되기도 한다. 눈을 감고 모로 누운 검은 말과 회색 코끼리, 송곳니를 드러내고 죽은 표범과 부패한 산양의 얼굴은 목격자들로 하여금 이상한 기분이 들게 한다. 두려움이라고도 할 수 있고, 경이로움이라고도 할 수 있는 이 복잡한 감정에 이름을 붙일 순 없을 것이다. 하지만 지금 이 해변엔 그 어떤 것보다 크고 놀라운 것이 누워 있다.

꿈꾸는 남자. 보트 갑판에 누워 땀을 흘리며 소리를 지르고 있다. 속눈썹이 떨리고 눈꺼풀 안쪽의 안구가 부드럽게 일렁인다. 시몬 엘리엇. 미국인 화산학자인 그는 시간과 공간이 규정되지 않은 다른 세계에서 눈을 뜨고 있다. 망망한 바다에 뜬 작은 무동력선. 선수(船首)에 서서 까만 바다를 응시하는 눈빛이 불안하다. 한 줄의 흐릿한 수평선을 사이에 놓고 구름도 없고 파도도 없는 고요한 바다. 그는 두려움을 느끼고 갑판에 주저앉아 바다를 바라보며 소리쳤다. 바다에 빠진 동료. 다녀오겠다는 약속을 지키지 않는 연인. 물속으로 걸어간 뒤 다시는 나오지 않은 여자. 왼편 먼바다로부터 높고 커다란 파도가 다가온다. 수면을 밟고 배를 향해 달려드는 검은 물의 장벽. 시몬은 파도를 피해 몸을 둥글게 말고 벽을 향해 돌아눕는다.

시몬은 이마에 맺힌 땀을 손등으로 닦아내고 자신이 꿈을 꾸었다는 것을 인지했다. 반년 넘게 같은 꿈에 시달리고 있다. 그는 길게 한숨을 내쉬었다. 우울하다는 감정. 지긋지긋한 그 느낌을 피할 수 없다는 사실에 새삼 무력감을 느낀다. 물결이 움직일 때마다 군청색 하늘이 규칙적으로 흔들린다. 그는 몸을 감고 있는 모포를 걷어내고 일어섰다. 푸른 새벽이다. 파도가 해변을 적시고 모래알들이 물살을 따라 쉼없이 휘돌고 있다. 큰물이 절벽과 암반을 때리고 흰 거품을 내며 부서진다. 보트가 가볍게 이는 돌풍에 흔들렸다. 시몬은 균형을 잃고 비틀대며 엔진 커버를 붙잡았다. 그 순간, 청각이 예민하게 곤두섰다. 평소와 다를 바 없는 풍경이지만 미세하게 달랐다. 부산스럽게 지저귀는 물새들의 울음과 파도 소리 틈새로 이질적인 소리가 끼어 있었다. 눈을 가늘게 뜨고 귀를 기울여 소리에 집중하며 서서히 등을 돌려 반대쪽 해변을 봤다.

진지를 습격당한 보초병처럼 꼼짝도 못하고 서서 시몬은 그것들을 보고 있었다. 손등으로 몇 번이나 눈자위를 문질렀다. 그는 자신의 눈을 의심했다. 고래였다. 한 마리도 아닌 수십 마리의 고래가 해변에 누워 있었다. 절반은 물에 절반은 모래에 몸을 걸치고 누워 꼬리지느러미를 위아래로 팔딱거리며 괴이한 소리를 내지르는 고래들. 그는 숨을 죽인 채 홀린 듯 우뚝 서서 눈으로 셈을 했다. 오 미터 크기의 파일럿고래 스물여섯 마리. 그들은 그 이름처럼 날개를 잃고 불시착한 경비행기처럼 보였다. 시몬은 떨리는 손끝을 꽉 말아 쥐고 그들 곁으로 천천히 걸어갔다. 해변에 감도는 정적. 고래들이 내는 음성은 미세하고 높아 바람 소리에 가까웠다. 그 모습은 음소거 된 전위적인 영화의 한 장면을 연상케 했다. 고요함 속에 경건한 기운과 비극적인 정서가 뒤섞여 있었다.

파일럿고래 사이에 한 마리의 거대한 흰수염고래가 있었다. 그것의 크기를 수치화할 순 없다. 지구상에서 가장 큰 몸을 지닌 생물, 바위보다 큰 심장, 파이프만큼 두꺼운 동맥, 심해 밑바닥에 누워 잠을 청하고 수면 밖에서 숨을 토하는 신비한 물의 포유류. 차라리 바위라고 한다면, 산이라고 한다면 믿길 것이다. 산 것이 어떻게 이토록 거대하단 말인가. 이 생물의 존재 방식을 눈으로 목격하고 확인한 자가 있다면, 길이와 부피와 무게를 측량해 뭔가를 알아낸 자가 있다면, 생태를 연구하고 탐구해서 무엇인가를 밝혀낸 자가 있다면, 그 깨달음은 한 가지일 것이다. 불가사의하다는 것.

시몬은 흰수염고래의 누운 몸체를 올려보며 기이한 감정을 느꼈다. 마치 폐허가 된 신전의 무너진 벽 앞에 서 있는 것 같았다. 그것은 너무도 시적인 광경이어서 현실감각으로는 아무것도 이해되지 않았다. 사람으로서는 결코 목격해서는 안 될 신령한 장면을 본 것 같아 두려움마저 느꼈다. 신과 자연의 착오와 실수로 벌어진 사건은 아닐까. 그는 이 상황을 정상적으로 인지할 수 없어 종교적이고 신비적인 방식으로 생각하려 했다. 이것은 불길한 징후인가? 종말이 오는 걸까? 아니, 내가 진짜로 미쳐버린 걸지도 몰라. 아니면 여전히 꿈속인지도…… 보이는 것을 보이는 대로 믿을 수 없다. 어쩌면 현실이 아닐지도 몰라. 그는 축축이 젖은 손으로 뺨을 쓰다듬었다.

어둡고 젖은 피부. 물로 변한 바위 같은 느낌의 몸체. 가쁜 숨을 몰아쉬는 입속에 박힌 하얀 이빨과 보랏빛 혓바닥. 겉보기엔 아무런 외상이 없었지만 죽어가고 있었다. 흰수염고래는 머리의 일부를 모래에 파묻고 한쪽 눈을 치켜뜬 채 허공을 바라봤다. 느리게 닫히고 열리는 눈꺼풀 너머의 움직이는 눈동자가 남자의 머리보다 컸다. 동공은 물속에 잠긴 까만 암석처럼 보였는데 깊은 곳에 흐릿한 안개 같은 것이 흔들리고 있었다. 시몬은 얼이 빠진 얼굴로 한참 동안 그 눈을 쳐다보다가 갑자기 한쪽 무릎을 꿇고 주저앉아 구토를 했다. 비위가 상해서가 아니라 너무도 큰 충격에 폐와 심장에 강하게 압박이 느껴진 것이다. 그는 고래를 바라보고 있는 것만으로 열등감을 느꼈다. 경외감, 당혹감, 소름 끼침을 한꺼번에 느꼈다.

그때였다. 흰수염고래의 입 주위에서 뭔가가 꿈틀거렸다. 그것은 고래의 입에서 나와 모래 속으로 파고들었다. 시몬은 깜짝 놀라 두 걸음 뒤로 물러섰다. 모래가 몇 번 들썩인 후 무덤처럼 둥글게 부풀어올랐다. 그리고 그 속에서 미색의 물체가 튀어나왔다. 처음엔 그것이 고래의 새끼라고 생각했다. 하지만 고래라고 하기엔 체구가 작았다. 머리와 몸통, 팔과 다리가 붙은 모양새를 보면 사람처럼 보였지만 이상한 점이 많았다. 상어처럼 미끈하고 단단한 크림색 피부, 눈은 흰자가 없이 온통 푸른빛이 도는 눈동자로만 이루어져 있었고 눈꺼풀은 없지만 눈 안에 얇은 막이 덮여 있었다. 입은 질기고 불투명한 가죽 같은 것으로 메워져 있었고 손가락과 발가락 사이에는 개구리처럼 물갈퀴가 붙어 있었다. 그것은 다리처럼 보이는 두 개의 촉수로 잠깐 동안 직립 상태를 유지하더니 이내 땅에 쓰러지고 말았다.

저것을 무엇이라 불러야 할까. 시몬은 난생처음 보는 생물을 경계하면서도 호기심에 몸을 숙여 살펴봤다. 둘 사이에 묘한 정적이 흘렀다. 그것은 쓰러진 상태로 시몬을 올려보고 있었다. 눈은 무언가를 보고 있는 것 같지는 않았다. 하지만 암반 틈에 고인 푸른 물구덩이 같은 그 눈 속엔 의식과 정신이 있었다. 분명히 인격이 느껴지는 눈빛이었다. 처음 보는 동물의 머리를 쓰다듬을 수 있겠다는 막연한 직관처럼 그는 호감과 설명할 수 없는 연민을 느꼈다. 그것은 손을 앞으로 뻗고 눈을 껌벅이며 입을 움직였다. 아무 소리도 나지 않았지만 무슨 말을 하는 듯했다. 헐떡이고 있었고 숨이 차 보였다. 시몬은 어떻게 해야 할지 몰라 바닷물을 손으로 떠 그것의 머리에 끼얹었다. 소용없었다. 그것은 계속 떨었다. 시몬은 그것의 어깨를 만져봤다. 바람이 가득찬 공을 만지는 듯 탄성이 느껴졌다. 표피는 열에 녹아 부드러워진 고무처럼 부드러웠지만 흘러내리지 않는 단단한 피부였다. 그는 알 수 없는 힘에 이끌려 그것의 목과 다리 아래에 팔을 집어넣어 들어올렸다. 가벼웠다. 팔다리가 가는 작은 소년 정도의 무게였다. 체구는 큰데 이토록 가볍다니 믿기지가 않았다. 미세한 숨소리가 들렸고 그 소리에 맞춰 가슴이 오르락내리락했다. 손목에 손가락을 대보니 아주 느리지만 맥박도 느껴졌다.

먼 곳에서 울리는 사이렌 소리. 시몬은 정신을 차리고 주변을 둘러봤다. 어느새 아침이 밝아오고 있었다. 해안 도로에 앰뷸런스와 경찰차가 도착했고, 조깅을 하던 사람들이 놀란 듯 소리를 지르며 해변을 향해 걸어오고 있었고, 발 빠른 기자 두 명이 높은 곳에 서서 해변을 향해 카메라를 들이대고 있었다. 시몬은 도로를 등지고 돌아섰다. 어째서인지 품에 안은 정체불명의 생물을 숨겨야 한다고 생각했던 것이다. 시몬은 모포로 그것의 몸을 덮고 빠른 걸음으로 해변 뒤쪽으로 걸어가 집으로 향하는 샛길로 빠져나갔다.

시몬은 가죽소파에 누운 그것을 오랫동안 바라봤다. 돌발 상황에 대비해 케이블 선으로 팔과 다리를 묶었다. 그것은 식물인간처럼 잠만 잤으며 위험과 가장 거리가 먼 존재처럼 느껴졌다. 시몬은 가끔 그것의 코에 귀를 갖다 대었다. 호흡은 규칙적이었고 평온하기까지 했다. 그것은 아무것도 하지 않고 그저 누워만 있었지만 이틀 사이에 눈에 띄게 외형이 변모했다. 메워져 있던 콧구멍에 작은 구멍이 생겼다. 크림색 젤리를 뒤집어쓴 것 같던 반짝이는 피부에서는 광택이 사라졌고 구운 도기처럼 희고 매끄럽게 변했다. 시몬은 밑으로 축 늘어뜨린 그것의 팔목에 살며시 손가락을 올렸다. 희미하게 맥박이 느껴졌다. 툭툭 뛰는 박동은 아니었고 깊은 곳에서 천천히 움직이는 부드러운 물과 같은 흐름이었다. 시몬은 팔짱을 끼며 그것을 바라보다 이불을 끌어당겨 덮어주었다.

고래들의 떼죽음은 고요한 마데이라섬을 뒤집어놓았다. 이곳은 해양포유동물보호구역으로 지정되어 국제적으로 고래를 보호하는 곳이라 그 충격이 더했다. 해양학자들과 생물학자들로 구성된 조사팀이 급히 조직되었고 천연자원보전협회를 비롯한 환경 단체 세 곳에서도 인력을 보내 연구팀을 꾸렸다. 수의사들과 기자들을 태운 비행기가 산타크루즈의 마데이라공항으로 속속 들어왔다. 포르투노보의 해변 몇몇 장소는 통제되었고 조사를 위한 임시 텐트가 설치되었다. 외신들이 통제선 앞에서 사진을 찍어대며 이 사건을 각국으로 전송했다.

일본인 지진학자 요시다 데쓰로는 팔짱을 끼고 해안 절벽에 서서 분주한 해변을 내려다봤다. 이유를 알 수 없지만 물개나 바다사자, 고래 같은 해양 동물들은 무리 지어 해안가에 올라와 죽는다. 특히 고래의 스트랜딩은 규모와 느낌 면에서 충격이 크다. 여러 설이 있다. 환경오염 때문이라는 말도 있고, 잠수함과 탐사 장비들의 초음파가 고래의 방향감각을 혼란스럽게 한다는 주장도 있으며, 우발적으로 발생하는 이상 해류에 고래가 길을 잃었을 것이라는 추측도 있다. 데쓰로는 뭔가를 골똘히 생각할 때 하는 버릇으로 코 밑에 난 짧은 수염을 반복적으로 쓰다듬으며 중얼거렸다. 도대체 바다에서 무슨 일이 벌어지고 있는 걸까.

환경오염 때문에? 그럴 수 있다. 하지만 정확한 이유는 아닐 거다. 헨드리크 반 안토니센의 그림 〈스케브닝겐 해변의 풍경〉에 지금의 스트랜딩과 흡사한 장면이 나온다. 그게 17세기의 풍경이니까 오래전부터 같은 현상이 있었음을 추측할 수 있다. 중대역 주파수를 사용하는 잠수함의 소나(SONAR) 때문이라는 설은 어떨까. 고래의 음파 기관을 교란하여 방향감각이 파괴되었다는 논리인데, 설득력이 없는 것은 아니나 그것으로 모든 종류의 스트랜딩을 설명하기엔 무리가 있다. 무엇보다 소나는 고래의 의사소통에서 모티프를 얻어 발명한 통신 장비다. 심지어 그것은 피상적인 메커니

즘 정도만 흉내낸 수준이기 때문에 고래가 그것에 혼란을 겪는다는 발상은 그들의 생태를 너무 단순하게 여긴 오만한 생각이다. 갑자기 바뀐 해류로 인해 고래들이 길을 잃었다는 주장은 도대체 누가 한 걸까. 바다의 길을 고래만큼 잘 아는 생물은 없을 텐데…… 그들이 해류로 길을 잃고 한꺼번에 죽는다는 것은 상식적으로 말이 되지 않는다.

그건 그렇고, 이 경우는 좀 다르다. 일반적인 스트랜딩이라고 보기에 의문점이 있다. 고래의 종류부터 이상하지 않나. 마데이라 앞바다에 서식하는 향유고래가 아니다. 파일럿고래와 흰수염고래라니. 그것들이 먼바다에서부터 여기까지 굳이 헤엄쳐와서 죽었다는 것이다. 이상한 점은 또 있다. 파일럿고래들 사이에 있는 한 마리의 흰수염고래. 그것은 다른 고래와 다르다. 기본적으로 무리 짓는 것을 싫어하는 종이다. 주로 혼자 다니고 그러기 위해서 어둡고 외딴 바다만 찾아 깊게 잠수하는 거대한 물그림자 같은 존재다. 그런데 왜 파일럿고래들과 함께 있는 걸까? 그들을 한 팀이라고 생각해야 할까. 아니면 단순한 우연으로 함께 있는 것이라고 생각해야 하는 걸까.

데쓰로는 가방에서 카메라를 꺼내 해변을 찍고 수평선을 바라봤다. 태양 광선을 거울처럼 비추는 바다의 끝은 희다못해 투명했다. 데쓰로는 예상한다. 머지않아 판 자체가 흔들려 대륙의 위치를 바꿔놓는 거대한 흔들림이 있을 것이라고. 어쩌면 고래들이 해변에 누워 있는 건 비정상적인 지각의 이동 탓에 생긴 재앙일지도 몰라. 이것은 근거를 댈 수 없는 막연한 직관일 뿐이지만 데쓰로에게는 그 어떤 이론보다 마음을 잡아끄는 것이었다. 이런 상황에 연구가 답보 상태에 빠져 있다니. 데쓰로는 답답한 마음에 앞니로 손톱을 물어뜯었다. 답답하다. 시몬…… 널 언제까지 기다려야 할까? 기다리면 네가 다시 제자리로 돌아올까? 앨런, 어쩌면 난 네 부탁을 들어줄 수 없을지도 몰라. 데쓰로는 시몬과 앨런의 이름을 번갈아 부르며 길게 숨을 내쉬었다.

어두운 방. 시몬은 고리버들 의자에 앉아 있다. 마데이라에 왔을 때 푼샬의 시장에서 의자를 사느냐 마느냐를 놓고 다퉜던 것이 생각났다. 그 나라의 특산물은 꼭 사야 한다는 입장의 앨런과 실용성을 따지는 시몬은 매번 사소한 문제로 부딪쳤다. 그때마다 앨런은 아이를 달래듯 시몬의 어깨와 엉덩이를 톡톡 두드리며 입꼬리를 부드럽게 늘여 미소 지었다. 심각하게 생각하지 마. 쓸 일이 있을 거야. 시몬은 그 말을 떠올리며 중얼거렸다.

"심각하게 생각하지 마."

앨런이 옳다. 지금 내가 할 수 있는 것이라곤 이 의자에 앉아 있는 것 외엔 아무것도 없으니까. 시몬은 건조한 눈으로 주변을 살폈다. 반년 새 방이 엉망이 됐다. 누군가 짐을 그대로 놓고 황급히 떠난 빈집 같다. 각종 자료와 통계가 암호처럼 적힌 종이들로 어지러운 책상 위엔 노란색 버튼이 달린 작은 라디오와 전원이 꺼진 휴대폰이 놓여 있다. 전구가 나간 플로어 스탠드엔 벗어둔 옷들이 해초처럼 걸려 있다. 벽면엔 마데이라섬 시가 지도가 한 장 붙어 있다. 데쓰로는 더는 내가 어지른 것을 치워주지 않는다. 정확히 이등분된 집. 거실을 사이에 두고 데쓰로의 방과 내 방은 마치 낮과 밤처럼 둘로 나뉘어 있다. 깨끗하게 정리된 데쓰로의 방과 달리 내 방은 그야말로 폐허다. 쓸모없고 버려진 것들로만 채워져 있는 방. 이곳의 나조차 망가진 것들 중 하나다. 고장나고 작동이 안 되는 일상. 더이상 아무런 가치도 만들어내지 못하는 무용한 화산학자. 그것이 바로 나다. 상한 마음을 이기지 못해 밤마다 이불을 적시는 유약한 소년의 감상적인 절망. 시몬은 벽거울에 비친 자신을 보며 잠시 멍하니 서 있었다. 거울 속 남자가 감정 없는 눈으로 나를 본다. 한심한 눈으로 힐난하고 조롱한다. 시몬은 고개를 양옆으로 흔들었다. 그렇게 하면 생각을 털어낼 수 있다는 듯.

그때 바깥에서 차 소리가 들렸다. 머플러가 터져 요란스럽게 울어대는 도요타의 엔진 소리. 데쓰로다. 시몬은 서둘러 담요로 소파를 덮고 그것을 숨겼다. 자신이 왜 그것을 숨기려 하는지 스스로도 알 수 없었지만 어쩐지 보여서는 안 된다는 생각이 들었다. 시몬은 데쓰로가 방에 들어오지 못하도록 거실로 나가 그를 맞았다. 데쓰로는 거실에 멀뚱히 서 있는 시몬을 보며 의아하다는 듯 물었다.

"응? 웬일로 집에 있네?"

데쓰로는 곁눈으로 시몬의 모습을 살폈다. 어딘지 모르게 달랐다. 당황한 듯 보였고 뭔가를 감추려는 듯 어색한 웃음을 짓고 있었다. 거의 밖에서 노숙을 하며 보트에서 살다시피 하는 룸메이트가 오랜만에 집에 있는 것이 데쓰로는 반가웠고 곧바로 불안해졌다. 데쓰로는 동그랗게 말아 쥐고 있던 신문을 식탁 위에 펼쳤다.

"알고 있어?"

시몬은 시큰둥한 표정으로 고개를 끄덕였다.

"섬 전체가 그 일로 시끄럽잖아."

"요 며칠 푼살에 나가 있었는데 집 앞에서 이런 일이 벌어지다니. 참, 보트가 해변 근처에 있지 않아? 고래들 봤어?"

"아니…… 근처에 있긴 한데 그런 건 못 봤어. 잠들었을 수도 있고 집에 잠깐 들르기도 했으니까…… 하지만…… 분명 이상한 일이지."

시몬은 말을 더듬으면 횡설수설했다. 데쓰로는 안 그래도 이상하다고 생각했는데 그 모습을 보고 시몬에게 무슨 일이 생겼음을 확신했다.

"전화기는 계속 꺼놓을 거야?"

"……"

데쓰로는 상관없다는 표정을 지으며 시몬의 어깨를 가볍게 어루만지고 의자에 앉았다.

"그건 그렇고 리처드 앨 리가 며칠 전 빙하코어를 분석한 자료를 보내줬어. 사천이백 년 전의 빙하인데 모래와 먼지가 엄청나게 많이 발견됐다는 거야. 화산이 폭발하고 기온이 급격히 떨어진 거지. 불과 유황의 복합 작용에 관한 새로운 데이터가 아닐까 싶어."

시몬은 고개를 끄덕이며 심드렁하게 대꾸했다.

"하지만 그건 새로운 발견이 아냐. 1815년 탬보라화산이 터졌을 때 화산재가 햇빛을 차단한 탓에 인도네시아에 여름이 통째로 사라진 적도 있어. 오하이오주에서는 7월에 눈이 내리기도 했지. 화산 폭발 후 갑자기 온도가 떨어지는 건 일반적으로 발견되는 현상이야. 중요한 건 운동의 패턴을 파악하고 통계화하는 건데 화산이 언제 터질지 우리에게 알려주지 않는 이상 대비할 수 있는 부분은 없어."

시몬은 냉소적이었고 그의 음성엔 짜증과 권태가 묻어 있었다. 데쓰로는 손바닥으로 가볍게 탁자를 때리며 말했다.

"바로 그 말이야. 빨리 대비책을 마련해야지. 패턴은 만들 수 없지만 언제 일이 터질지는 연구할 수 있어. 내 생각엔 조만간 크게 뭔가 터질 것 같아. 단순히 화산을 말하는 것이 아냐. 뭔가가 있어. 내 생각엔 대규모 담수가 바다로 유입되고 있는 것 같아. 그러면 염도와 밀도에 변화가 생기고 해류 순환에 타격이 생기겠지. 다시 말해 폭발이 없더라도 기후가 바뀔 수 있단 말이야."

"엄청난 양의 빙하가 녹거나 거대한 호수 전체가 바다로 유입되지 않는 한 그럴 일은 없을 텐데."

"그 말이 아니고."

데쓰로는 답답한 듯 뒷머리를 긁고 한숨을 쉬었다.

"지각운동으로 지하수가 바다로 유입된다는 말이야."

시몬은 한 손으로 안경을 이마까지 올리고 피곤하다는 듯 손으로 눈을 비볐다.

"그렇다고 하더라도 그걸 연구하려면 해저와 유공충에 대해 잘 아는 사람이 필요하잖아."

"그렇지. 그래서 말인데…… 영국 해양학센터에 연구원 충원을 요청했으면 해."

시몬은 소리내 웃었다.

"무슨 소리야, 데쓰로. 우리에겐 이미 연구원이 있잖아."

"……"

데쓰로는 잠시 말을 멈췄고 한동안 침묵하며 뒷짐을 지고 반쯤 열린 시몬의 방으로 걸어들어갔다. 책상이 엉망이었다. 바닥이 눌은 커피잔과 딱딱하게 굳은 토스트가 뒹굴고 있었다. 노트와 필기구가 아무렇게나 어질러져 있었다. 책상 위에는 잠수복을 입고 해맑은 웃음을 짓고 있는 포니테일의 해양학자 앨런의 사진이 들어간 액자가 놓여 있었다. 그것만이 책상 위에서 유일하게 쓰레기가 아닌 물건이었다.

"시몬, 제발. 이제 정신 좀 차려. 앨런은,"

데쓰로는 사진에서 눈길을 거두며 단호하게 말했다.

"죽었어. 잠시 여행을 떠난 게 아니라 죽었다고."

두꺼운 커튼이 쳐진 창문 탓에 시몬의 방은 지하처럼 어둑했다. 시몬은 그늘 속에 박혀 있는 온기 없는 돌멩이처럼 멍하니 그 말을 들었다. 눈은 텅 비어 있었고 표정과 태도에는 공허함이 묻어났다. 그는 감정이 느껴지지 않는 음성으로 말했다.

"그런 식으로 말하지 마."

시몬은 주먹을 움켜쥐고 장대처럼 꼿꼿하게 서서 시선을 바닥에 내리깔고 미세하게 떨었다. 데쓰로는 아무 말도 하지 않고 시몬을 바라봤다. 반년이 지났을 뿐인데 전혀 다른 사람으로 바뀌어버렸다. 윤기가 흐르던 갈색 머리카락은 기름져 뭉치고 끝은 갈라졌다. 몇 달간 면도하지 않은 수염은 얼굴의 절반을 뒤덮고 영민하게 반짝이던 올리브색 눈동자는 흐리고 불투명했다. 데쓰로는 부드러운 어조로 말했다.

"벌써 반년이 지났어. 이젠 내 입장도 생각해주면 안 될까? 연구가 답보 상태에 빠졌어. 우리에겐 연구원이 필요해. 이렇게 지체하다가는 연구 자체가 무산될 수가 있어. 이곳에 오래 머물 수 없다는 것 잘 알잖아. 앨런도 그걸 원치 않을 거야. 너도 알잖아, 이런 식으로 일하는 건 앨런의 스타일이 아니야."

시몬은 그 말을 듣는 둥 마는 둥 무성의한 태도로 책상 위 종이를 주섬주섬 정리하며 중얼거렸다.

"앨런이 연구원이야."

그때였다. 침대 위의 담요가 들썩거렸다. 데쓰로는 깜짝 놀라 뒷걸음질치며 시몬을 바라봤다. 시몬 역시 놀라서 아무 말도 하지 못했다. 그저 난감한 얼굴로 어떻게 설명해야 할지 말을 고르며 침대를 바라봤다. 데쓰로는 긴장한 얼굴로 그것을 향해 서서히 다가서며 말했다.

"누가 있어?"

시몬은 재빨리 그 앞을 가로막았다.

"아냐."

데쓰로는 시몬의 당황한 눈을 의아하다는 듯 쳐다본 뒤 고개를 옆으로 빼고 시몬의 등뒤를 넘겨다보았다. 이불 밖으로 하얗고 긴

손이 나와 있었다.

"뭐가 있는데?"

"도, 동물이야."

"동물이라고?"

"다친 동물을 구했어. 뭔지는 정확히 모르겠어. 음…… 개의 일종인 것 같아."

시몬은 대답을 하면서도 스스로 말이 안 된다고 느꼈는지 말을 더듬었다.

"개라고?"

데쓰로는 당황한 시몬을 빤히 쳐다봤다. 시몬은 체념한 듯 고개를 천천히 끄덕이며 담요 한 귀퉁이를 살짝 열어 그것을 보여줬다. 데쓰로는 눈을 동그랗게 뜨고 작은 소리로 속삭였다.

"넌 정말 저게 개처럼 보여?"

시몬은 이틀 전 자신이 목격한 것과 그것을 집에 데리고 왔던 과정을 간략하게 설명했다. 데쓰로는 한쪽 귀로는 시몬의 설명을 듣고 두 눈으로는 그것을 뚫어지게 바라봤다. 그의 눈에서 두려운 기색이 사라지고 강렬한 호기심이 비쳤다. 그는 가방에서 카메라를 꺼냈다. 날카로운 셔터 소리에 깜짝 놀란 시몬은 그것을 담요로 덮고 데쓰로의 손목을 잡아 책상 쪽으로 이끌었다.

"무슨 짓이야?"

"뭘?"

데쓰로는 의아하단 얼굴을 하고 시몬을 바라봤다. 시몬은 쥐고 있던 데쓰로의 손목에서 손을 뗐다. 손가락 자국이 붉게 남았다. 데쓰로는 불쾌한 듯 손목을 어루만졌다. 시몬이 당황한 목소리로 말했다.

"미안해."

"신고는 했어?"

"무슨 신고?"

"내 눈엔 신종 생물처럼 보여. 아니면 사람의 형상을 한 걸 보니…… 방사능에 노출된,"

"어쨌든."

시몬은 더는 아무 이야기도 듣지 않겠다는 듯 데쓰로의 말을 끊으며 단호하게 말했다. 표정에 긴장한 기색이 역력했고 더이상 함께 있고 싶지 않다는 마음이 분명하게 드러났다.

"모른 척해줘. 내가 알아서 할게."

데쓰로는 고개를 끄덕이고 더는 말하지 않았다. 눈을 흘낏 옆으로 흘겨 침대를 훑어보며 담요의 윤곽으로 그것의 크기를 대충 어림짐작했다. 그러곤 느리게 발을 끌며 자신의 방으로 돌아갔다.

시몬은 문을 닫고 문고리를 잡은 채 한동안 서서 조금 전의 상황을 생각했다. 자신의 행동이 스스로도 잘 이해되지 않았다. 왜 그렇게 당황했는지, 왜 그것을 데쓰로에게서 감추려 했는지.

여기가 어딘가요

시몬은 신문을 펼쳤다. 스트랜딩 관련 사진이 두 장 실렸다. 흰수염고래를 중심 피사체로 두고 파일럿고래들을 흐릿하게 아웃포커싱한 사진과 헬기로 해변 전체를 찍은 원경 사진이었다. 마을도 없고 그럴듯한 관광지 하나 없는 버려진 포르투노보의 해변에 언론 매체가 집중하는 것은 그곳에 누워 있는 고래들 때문이었다. 시몬은 두 장의 사진을 번갈아가며 주의깊게 봤다. 사진만 놓고 보면 지난 새벽의 일이 그저 자연현상의 일부분처럼 느껴졌다. 분위기와 정조가 제거된 이미지와 요약된 정황 묘사는 그것을 그저 특이한 일 중 하나로 보이게 했다. 시몬은 입술을 꾹 다물고 고개를 저었다. 아니다. 이틀 전 목격한 것은 단순히 고래가 집단 폐사한 사건만은 아니었다. 무엇이라고 정확하게 설명할 순 없지만 신문의 사진에서 보이는 느낌과는 분명 달랐다. 그는 사진이 나온 지면을 찢어 보드에 압정으로 꽂았다.

그것은 가끔 뒤척이는 것으로 자신의 존재를 희미하게 증명할 뿐 소리도 없이 나흘간 누워만 있었다. 처음엔 금방이라도 깨어나 몸부림칠 것 같은 괴상한 생물을 포획했다고 생각했지만 시간이 지날수록 경계심도 호기심도 더는 느껴지지 않았다. 그것은 수족관 바닥에 배를 깔고 꼼짝도 않고 엎드려 숨만 쉬는 기력 없는 생물 같았다.

시몬은 그것을 내버려둔 채 일상으로 돌아갔다. 새벽부터 일어나 마데이라의 해변을 수색했고 오후에는 보트를 타고 나가 수면을 응시했다. 몇 달 동안 아무것도 찾은 게 없지만 시몬은 멈추지 않았다. 아니, 멈출 수 없었다. 사고 후 그는 앨런을 찾는 것 외에는 무엇도 할 수 없는 사람으로 변했다. 연구자로서의 야망과 호기심도 꺼져버렸고 바다에서 실종된 사람을 몇 달 동안 찾는 것이 얼마나 덧없는 일인지 인지하는 판단력도 잃어버렸다. 데쓰로를 비롯한 주위 사람들이 시몬을 걱정하고 현실감각을 되찾아주려고 노력했지만 다 거부했다. 바다는 앨런만 사라지게 만든 게 아니었다. 시몬의 무엇인가도 함께 물속으로 끌고 들어갔다. 그날 이후부터 시몬은 자꾸 안으로만 침잠했다. 단순히 내성적으로, 소극적으로 변한 것을 넘어 인식과 행동의 퇴행 현상까지 일어났다. 뭔가 생각할 때 이성을 거의 사용하지 않았고 믿고 싶은 대로 믿기 위해 사실과 상식을 무시했다. 과학자로서는 치명적인 병을 얻은 것과도 같았다.

믿을 수 없다. 그날 바다는 잔잔했다. 이상기후도 없었고 특이한 징후도 없었으며 돌발 상황도 없었다. 앨런에게 물속은 평원보다 안전한 곳이다. 지구상에서 공기통 없이 잠수하는 사람 중 앨런보다 오랫동안, 또 자유자재일 수 있는 사람은 없을 거다. 그런 앨런이 잠수중 실종됐다고? 말이 안 된다. 다른 이유가 있을 거다. 시몬은 해가 질 때까지 꼼짝도 않고 서서 물속을 바라봤다. 상식적으로 네 시간 이상 잠수할 수 있는 사람은 없지만 어쩐지 앨런은 그렇게 할 수 있을 것 같았다. 앨런은 곧 나올 거다. 시몬은 한 점의 의심 없이 확신하고 또 확신했다.

까만 밤바다에 달빛과 별빛이 녹아 흔들렸다. 날치가 수면을 치며 날아오르다 다시 물속으로 들어가길 반복했다. 마데이라공항에 비행기가 이착륙했고 군청색 구름이 계속 모양을 바꾸며 동쪽으로 움직였다. 시몬은 계속 기다렸다. 당장이라도 앨런이 거친 숨을 몰아쉬고 특유의 웃음을 지으며 물 밖으로 얼굴을 내밀 것만 같았기 때문이다. 그때 손을 잡아줘야지. 수건으로 이마와 목을 닦아줘야지.

별도 달도 완전히 사라진 칠흑같이 까만 깊은 새벽. 시몬은 다른 생각과 상상을 하기 시작했다. 계속 헤엄치다가 포르투산투까지 간 것은 아닐까. 아니면 바다 생물에게 공격을 당했을까. 가장 고통스러운 생각은 일부러 자신의 곁을 떠났거나 자살을 했을지도 모른다는 상상이었다. 이 모든 것이 다 자신의 책임인 것만 같아 상상은 실제로 통각을 자극했다. 시몬은 몇 번이나 몸서리를 쳤다. 그 사이 희미하게 여명이 밝기 시작했다. 바다는 다시 푸른색으로 변했고 마침내 수평선 끝에 잔인할 정도로 붉은 태양이 떠올랐다. 열기가 느껴지지 않는 태양 광선이 시몬의 얼굴을 붉게 물들이는 순간 시몬은 깨달았다. 어쩌면 앨런은 영영 떠오르지 않을지도 몰라. 가장 깊은 곳까지 가라앉아 해저를 달려 저 먼 곳으로 가버린 거야. 시몬은 순간 의식을 잃고 갑판에 쓰러지고 말았다.

시몬은 갑판에 앉아 잔잔한 바다를 멍하니 바라보며 앨런이 사라진 그날을 떠올렸다. 바다를 바라보면 그 장면이 자동으로 재생되었다. 시몬으로서는 그것을 막을 수도, 피할 수도 없었다. 그저 충혈된 눈으로 그걸 처음부터 끝까지 지켜봤다. 그날에 대한 감각은 처음에는 너무 생생하고 고통스러워 매일 눈물이 났다. 하지만 점점 무뎌져갔다. 너무 많이 되감아 늘어진 필름처럼 느낌과 디테일이 조금씩 마모되고 퇴색되어갔다. 시몬은 두 손으로 얼굴을 감쌌다. 희미해지는 기억에 겁이 났고 둔감해지는 것에 죄책감이 느껴졌던 것이다. 시몬은 물속에서 숨을 참다 밖으로 나와 숨을 길게 내쉬던 앨런처럼 고개를 들어 길게 숨을 내쉬었다.

집으로 돌아와 문을 열었을 때 시몬은 소스라치게 놀랐다. 그것이 상반신을 세우고 침대에 앉아 있었던 것이다. 손과 발에 묶어두었던 매듭은 풀린 채 한쪽에 가지런히 모여 있었다. 그것은 담요를 어깨에 두르고 앉아 피곤하고 힘든 모습으로 앞을 보고 있었다. 누워 있을 때는 몰랐는데 앉아 있는 모습은 거의 사람처럼 보였다. 피부에 매끈거리는 빛이 사라졌고 눈동자의 동공이 줄어들어 흰자위가 조금 비쳐 보였다. 눈동자는 밝은 파란색이었다. 워낙 크고 투명해 눈 속에 잘 세공된 토파즈가 박혀 있는 것처럼 보였다. 윗입술과 아랫입술 사이에 붙은 막은 눈에 띄게 얇아졌다. 귓구멍은 여전히 막혀 있었지만 콧구멍은 살짝 뚫려 있었다. 고무로 만든 것처럼 보였던 손엔 희미한 주름과 푸르스름한 정맥이 비쳐 보였다. 가까이 다가가 바라봤다. 선잠 깬 아이처럼 어리둥절한 표정을 하고 있었다. 둥근 이마, 높고 끝이 둥근 코, 푹 들어간 눈. 그는 한참 동안 손가락과 팔을 남의 몸처럼 꼼꼼하게 살폈다. 떨리는 손가락으로 눈꺼풀과 뺨과 이마를 조심스럽게 매만졌다. 그리고 입술 근처를 부드럽게 문지르더니 얇은 막을 벗겨냈다. 입술 새로 후우, 후우, 소리가 났다. 입술을 움직이며 희미한 소리를 냈다. 거의 들리지 않아 시몬은 얼굴을 가까이 댔다. 그것이 다시 말했다.

"여기가 어딘가요."

불어였다.

시몬은 그것이 말을 할 것이라고는 상상도 하지 못했기에 선뜻 그 말을 알아듣지 못하고 멍하니 보기만 했다. 그것이 이번엔 영어로 말했다.

"여기가 어딘가요."

시몬은 손가락으로 벽에 붙은 지도를 가리켰다. 그것은 느리게 고개를 돌려 지도를 살피며 허공에 어떤 그림을 그리듯 손가락을 움직이며 위치를 가늠하려 했다. 그리고 책상에 놓인 신문을 보고 날짜를 확인했다. 1997년 9월 12일.

그것은 믿을 수 없다는 듯 한동안 신문에서 눈을 떼지 못했다. 충격을 받은 듯 보였다. 손으로 머리를 감싸고 이따금 고개를 저었다. 시몬은 세 걸음 떨어져 경계심을 품고 그것을 주시했다. 최초에 품었던 느낌처럼 순하고 호의적인 기운은 아니었지만 적어도 위험해 보이지는 않았다. 그것은 눈을 계속 껌벅이며 미간을 좁히고 인상을 쓰며 창문 쪽으로 손을 뻗었다. 시몬은 커튼을 내렸다. 거실이 어두워지자 그것은 한결 편한 얼굴을 하고 자리에서 일어섰다. 앙상한 두 다리가 부들부들 떨렸다. 마치 갓 태어난 새끼 누가 비틀거리며 한 발씩 떼는 것 같았다. 겨우겨우 벽까지 걸어가 한 손으로 벽을 짚고 서서 찢어낸 신문 기사를 봤다. 그렇게 가만히 있었다. 시몬으로서는 더는 참을 수 없을 정도로 긴 시간이 정적 속에서 느리게 흘렀다. 너무 기묘해서 두렵기까지 한 어떤 침묵이 그 뒷모습에서 발생되고 있었다. 잠든 것처럼 미동도 없이 섰다. 이상한 기운으로 인해 방안의 공기는 팽팽히 당겨졌다. 이윽고 그것은 말했다.

루

라

론

란

리

.

.

.

신비한 음성이었다. 루, 라는 말이 공중에 떠 있었다. 실제로 말이 보이는 것은 아니었지만 그렇게 느껴졌다. 희미한 진동과 에너지가 응집된 투명한 동공 하나가 허공에 존재했다. 이 감각은 신비적이고 비과학적인 느낌은 아니었다. 환상과도 달랐다. 소리로 이루어진 단어가 투명한 종이에 적힌 것처럼 분명하게 감각되었다. 그런 기운을 품은 말이 허공에 하나씩 하나씩 생겨났다. 소리가 소멸한 자리에 남은 투명한 윤곽. 물이 마르고 난 얼룩 같은 희미한 무늬들. 그게 어떻게 가능할까? 시몬은 말을 보고 있으면서도 그 느낌이 이해되지 않았다. 시몬은 떨리는 손가락으로 그것을 만져보려 했지만 잡히는 것은 아무것도 없었다. 그것은 잠시 입술을 다물고 한참 침묵을 유지하더니 손가락으로 신문에 실린 흰수염고래 사진을 가리키며 말했다.

룸.

시몬은 그 모습을 홀린 듯 바라보다 어느새 그의 옆으로 다가가 물었다.

"고래의 이름인가요?"

그는 아무 소리도 들리지 않는다는 듯 신문에서 눈을 떼지 않았다. 고래들의 사체를 처리하는 것이 상당히 까다로운 일이며 큰 고래는 폭탄을 사용해 해체해야 할 것이라는 기사가 적혀 있었다. 그는 절망스러운 얼굴을 하고 고개를 떨구었다. 그 순간 시몬은 그가 인간이라는 것을 확신했다. 그의 눈빛과 표정에서 묻어나는 슬픔이 너무도 인간적이었기 때문이다. 그가 손가락으로 벽을 가리키며 말했다.

"저곳에 데려다주시오."

그러곤 피곤한 기색을 보이며 다시 침대에 누워 눈을 감았다. 허공의 그림도 사라졌다.

시몬은 픽업트럭에 시동을 걸고 푼샬 시내로 향했다. 운전하는 내내 그의 말을 떠올렸다. "저곳에 데려다주시오." 거기엔 거절할 수 없는 설득력이 있었다. 아니, 거역할 수 없다는 말이 정확하겠다. 단호한 명령처럼 위압적이지만 그 이면에는 간절함이 깔려 있었다. 차는 야자수가 늘어선 도로를 타고 몬테 마을 쪽으로 향했다. 대성당을 돌고 라브라도레스 시장을 지나 관광국 앞에 멈춰 섰다. 근 반년 만에 나오는 푼샬이었다. 시몬은 긴장하여 주위를 두리번거렸다. 앨런과 함께 수도 없이 나왔던 곳이지만 앨런이 없는 지금은 그저 낯선 도시일 뿐이었다.

마데이라 최대 도시 푼샬. 세계 각국의 관광객들과 현지인들이 모여 태양 아래 해변에서 불어오는 해풍을 즐기는 곳. 거리마다 음악이 흐르고, 공원과 운동장에서 소년들이 해가 질 때까지 축구를 하며, 시장에서는 상인들이 싱싱한 해산물을 쌓아놓고 관광객들과 흥정을 벌이는 활기찬 세계. 시몬도 반년 전에는 앨런의 팔짱을 끼고 주말마다 이곳에서 시간을 보냈다. 천국이 있다면 이런 곳이 아닐까. 앨런은 항구가 보이는 벤치에 앉아 입버릇처럼 마데이라를 칭찬했다. 영국 사우샘프턴에서 출발한 크루즈가 기항지에 도착해 관광객들을 쏟아내는 모습을 지켜보면서 난 정말 영국에 돌아가고 싶지 않아, 라고 말하는 앨런. 수평선에 눈을 두고 부드럽게 웃곤 했다.

지금은 이 모든 것이 시몬에겐 불편하게 느껴졌다. 이곳엔 사람이 너무 많고 생선 비린내도 너무 심하다. 거리마다 상인들이 말을 걸고 까맣게 그을린 소년들이 시도 때도 없이 공을 차대는 이곳의 에너지가 부담스럽다. 시몬은 이국에 도착한 위축된 이방인처럼 고개를 푹 숙이며 관광국에 들어가 관광객들에게 대여해주는 휠체어 하나를 빌려 빠르게 트럭 짐칸에 실었다.

같은 시각. 데쓰로는 라브라도레스 시장을 돌고 있었다. 먹을 것을 좀 사고 깨끗하고 부드러운 수건을 구입할 생각이었다. 그 순간 데쓰로의 눈앞에 익숙한 트럭 한 대가 지나갔다. 시몬? 이 시간에 푼샬에서 시몬을 만날 줄이야. 최근의 행적으로 볼 때 분명 이상한 일이었다. 트럭은 분수대를 크게 돌아 관광국 앞에 멈춰 섰다. 관광국에 들어간 시몬은 오 분도 안 돼 휠체어를 들고 나왔다. 휠체어? 데쓰로는 곧바로 시몬의 침대에 누워 있던 괴상한 생물을 떠올렸다. 데쓰로는 가방을 뒤져 카메라를 꺼냈다. 그렇지 않아도 데쓰로는 그것이 내내 마음에 남아 찜찜했었다. 그건 대체 뭘까. 왜 시몬의 집에 있는 걸까. 무엇보다 의아한 점은 시몬의 태도다. 왜 집에 들인 걸까. 어떤 이유가 있어 숨기고 있거나 제정신이 아닐 것이다. 전자라면 룸메이트인 데쓰로에겐 알 권리가 있고 후자라면 시몬의 뜻대로 내버려둘 순 없다. 데쓰로는 빨리 필름을 현상해야겠다고 생각했다.

밤의 해변

깊은 밤. 보름달이 떴고 육안으로 지형지물을 파악할 수 있을 정도로 시야는 밝았다. 포르투노보 해변엔 수십 마리의 고래가 어둠 속에서 썩어가고 있었다. 부패하는 냄새가 인근 해안 도로까지 날 만큼 심했다. 폐쇄된 해변엔 조사팀들의 간이 텐트 몇을 제외하곤 아무도, 아무것도 없었다. 달빛을 반사하는 희고 검은 파도만 쉽없이 해변과 고래를 적시는 풍경. 적요하고 황량하다. 시몬은 도로에 차를 멈추고 그를 부축해 휠체어에 태웠다. 그의 머리에 모자를 씌우고 어깨엔 담요를 둘렀다.

은빛 해변에 고래들이 누워 있었다. 그는 휠체어에 앉아 고개를 높이 쳐들고 그것을 바라봤다. 조급해 보였고 긴장한 것이 시몬에게 다 전달되었다. 시몬은 해변과 가장 가까운 곳까지 휠체어를 밀며 걸어갔다. 그는 입을 꾹 다물고 시몬을 돌아봤다. 커다란 눈동자가 저곳에 가고 싶다고 말하는 듯했다. 시몬은 난감했다. 해변은 출입이 통제된 상태고 어떤 위험이 있을지 모른다. 무엇보다 아직 이 자가 누군지조차 모른다. 그는 시몬의 곤란한 표정을 보고 조금 누그러진 목소리로 휠체어를 붙잡고 있는 손등에 살며시 손을 얹고 말했다.

"괜찮아요."

그의 손은 부드러웠다. 마음을 다 읽고 안심시키는 듯한 그 말에 시몬은 또 한번 설득당하고 말았다. 시몬은 고개를 끄덕였다. 그가 휠체어에서 일어났다. 다리에 힘이 생긴 듯했다. 한 걸음 걸을 때마다 휘청거리는 몸의 기울기가 줄어들었다. 마치 정확한 음으로 튜닝되는 콘트라베이스 같았다. 시몬은 일주일 만에 사람에 가깝게 진화한 기이한 생물을 목격한 것만 같았다. 그것이 실제인지 자신의 느낌이 그런 건지 알 수 없을 정도로 이 모든 과정이 비현실적으로 느껴졌다.

천막엔 고래보호협회 사람들과 해양 생물을 연구하는 학자들 몇이 앉아 있었다. 그들은 술을 마시고 있었고 작은 스피커에서는 리스본에서 열린 축구 경기의 녹음방송이 흐르고 있었다. 시몬은 그들 중 익숙한 얼굴을 발견했다. 포르투갈 생태와 기후를 연구하는 마르셀루였다. 앨런을 통해 몇 번 만난 적 있었고 마데이라 바다의 기온 변화와 이상기후 자료를 얻기 위해 몇 번 자문을 구한 적이 있다. 시몬을 발견하고 마르셀루가 먼저 일어났다.

"이런, 이게 누구야."

"오랜만이네."

둘은 악수를 한 뒤 잠시 말없이 서 있었다. 마르셀루는 멋쩍은 얼굴로 코끝을 만지며 사람들에게 시몬을 소개했다. 사람들은 시몬의 이름을 듣고 뭔가 다 안다는 듯 고개를 끄덕였다. 그들은 이미 시몬에 대해 잘 알았다. 영민한 미국인 학자가 연인을 잃고 폐인이 됐다는 것은 알 만한 사람들은 다 아는 사실이었다. 지난 몇 개월간 시몬의 이상한 집착과 행태는 좁은 섬에 널리 퍼져 있었다. 매일 해변을 수색하고 항구마다 돌아다니면서 실종자의 사진을 보여주고 인근 섬은 물론 심지어 무인도까지 뒤지고 다니는 그의 집요함은 처음엔 연민을 불러일으켰지만 나중엔 어리석음으로 인식됐고, 지금은 그저 실성한 사람으로만 여겨졌다. 그들은 그가 살펴본다는 것이 아침에 해변을 뒤지는 것과 같은 이유라고 생각했다. 마루셀루가 말했다.

"알겠지만 해변 상태가 별로 좋지 않아. 세상에, 저 고래들 좀 봐. 일주일 전만 해도 금방이라도 바다로 돌아갈 것처럼 보이더니 지금은 그저 처치 곤란한 쓰레기가 되었어. 처음엔 살려보려고 애를 썼지. 젖은 옷과 천으로 고래의 얼굴을 덮었고 바닷물을 계속 몸에 끼얹었어. 고래 주위의 모래를 파헤쳐 길을 만들어 줄로 묶어 바다 쪽으로 끌어당기기도 했네. 몇몇은 바다로 돌아갈 수 있었지만 어째서인지 다시 뭍으로 나와버리더군. 고래들은 사람들의 노력과 상관없이 살고 싶지 않은 듯 보였네. 고래를 애도하고 눈물을 흘리던 사람들도 모두 사라지고 여기엔 사체를 탐하는 물새들밖에 없어. 그러니 시몬, 오늘은 그만 돌아가는 게 좋겠어."

"괜찮아. 그냥 잠깐만 살펴보고 갈게."

"농담이 아니야. 진짜로 위험할 수도 있어. 특히 저 흰수염고래 좀 봐. 점점 부풀고 있잖아. 몸속에서 생성되는 메탄가스 탓인데 폭발할 위험이 있어. 만일 그렇게 된다면 정체불명의 박테리아와 미생물이 해변에 퍼지게 될 거고 그게 자네에게 아무런 영향을 미치지 않을 거라고 절대로 약속할 수가 없어."

시몬은 아무 대답도 하지 않고 완고한 표정으로 해변을 바라봤다. 마르셀루는 시몬의 뒤에 멀찍이 떨어져 서 있는 한 남자를 발견했다. 그는 먼바다에 시선을 고정한 채 꿈적도 하지 않았다. 마르셀루가 그에게 시선을 두자 시몬이 말했다.

"얼마 전에 들어온 내 친구야. 같이 해변을 좀 살펴봐도 될까? 잠깐 조사만 하다가 돌아갈게. 부탁이야."

마르셀루는 무슨 말을 하려다 고개를 끄덕였다. 시몬에게는 말이 통하지 않는다는 것을 알고 있었다.

"조심해. 절대 만지지는 마. 티브이에서 보는 것과 많이 다르니까."

마르셀루의 허락이 떨어지자마자 그는 해변을 향해 걸었고 시몬은 뒤를 따라갔다. 천막 안의 사람들은 힐끗 그들을 쳐다본 뒤 비웃음이 스민 짧은 눈빛을 주고받고 하던 일에 몰두했다.

해변엔 비극적인 정조가 감돌았다. 그는 파일럿고래들 사이를 느리게 걷다 흰수염고래 앞에 멈춰 오랫동안 서 있었다. 바람의 방향이 몇 번 바뀌고, 파도가 쉴새없이 발밑을 적시고, 한 뼘쯤 달이 기울었는데도 그는 꼼짝도 하지 않았다. 날카로운 바위가 된 듯. 한 줄기의 긴 그림자가 된 듯. 시몬은 멀찍이 떨어져 앉아 그 모습을 바라봤다. 길고 지루한 시간이었다. 시몬은 축축하게 젖은 흙속으로 손을 집어넣어 냉기를 느끼고 또다른 곳에 손을 집어넣으며 시간을 보냈다. 어느새 해변은 고요해졌다. 바람은 멎고 파도는 낮게 밀려들어 호수처럼 느껴질 정도였다. 코를 찌르던 냄새도 사라졌다. 진공처럼 고요한 압력이 해변의 모든 것을 바깥으로 밀어내 중심엔 밀도 높은 정적만 고였다. 그 한가운데 흰수염고래가 있었다. 바람 한 점 없는 새벽의 해변은 차가운 사막 같았다. 고래들은 모래폭풍에 폐허가 된 유서 깊은 도시의 조각상처럼 기이한 형상으로 곳곳에 박혀 있었다. 그는 무릎을 꿇고 흰수염고래의 눈동자 옆에 이마를 붙이고 앉았다. 양손을 쭉 펴고 가슴지느러미와 아래 턱 사이의 주름을 매만졌다. 가슴지느러미 옆에 손바닥 크기의 둥글고 뭉툭한 흉터가 있었다. 그는 그 부분에 손을 대고 오랫동안 쓰다듬으며 무언가를 말하기 시작했다. 너무도 작은 소리여서 시몬의 귀엔 정확히 들리지 않았다. 언뜻 들으면 휘파람 같기도 했고 사제의 노래 같기도 했다. 한참 말을 하던 그는 입술을 다물고 귀를 기울였다. 아무 소리도 들리지 않는데 그는 뭔가를 듣고 고개를 끄덕였고 종종 웃었다. 누가 봐도 그 모습은 이상했고 보기에 따라 미친 행동으로 보일 수 있었지만 시몬은 그것에 의문을 품지 않았다. 자신의 귀에 들리지 않고 눈으로 볼 순 없지만 그와 고래는 미지의 방식으로 만나 대화를 나누고 있다는 것을 알았다. 시몬은 그 모습을 한순간도 놓치지 않으려고 숨을 죽이고 집중했다.

흰수염고래의 분기공 주위로 희미한 광채가 일렁이기 시작했다. 그것은 그가 시몬의 방에서 고래의 이름을 부를 때 보였던 이미지와 비슷했으나 어떤 면에선 전혀 달랐다. 그의 언어가 얇고 투명한 얼음 같은 이미지였다면 고래의 것은 색채를 띠고 있었다. 그는 고개를 들어 공중에 떠 있는 고래의 언어를 오랫동안 올려다봤다. 시몬도 멀찍이 떨어져 그것을 쳐다봤다. 경이로웠다. 심해에서 발광하는 야광 생물 같기도 했고 북유럽의 차가운 밤하늘에서 춤을 추는 오로라 같기도 했으며 맑은 물속에서 번져가는 한 방울의 푸른 잉크 같기도 했다. 시몬은 죽은 고래 사이를 천천히 거니는 그의 움직임을 눈으로 좇았다. 그의 걸음은 이슬이 맺힌 새벽의 정원을 걷는 것처럼 부드럽고 가벼웠다. 그 순간 다른 고래들의 사체에서도 소리가 들리기 시작했다. 그리고 그 위로 떠오르는 기묘한 말들. 마치 오케스트라의 합주처럼 말들이 패턴을 파악할 수 없는 미지의 체계와 질서 속에서 섞이고 변주됐다.

그것을 무엇에 빗댈 수 있을까. 누군가에게 전할 때 그것이 무엇이었다고 설명해야 하는 걸까. 시몬은 그 모습을 바라보면서 내내 그런 생각만 했다. 기존의 감각기관이 완전히 닫히고 새로운 감각기관이 열리는 것 같았다. 저것은 고래의 말일까. 생각일까. 감각일까. 듣지 않아도 들리는 음성. 보지 않아도 보이는 이미지. 이해되지 않지만 알고, 설명할 수 없지만 직관적으로 깨닫는 어떤 인식과 메시지. 시몬은 그들이 어떤 대화를 나누고 있는지 알 수 없었다. 하지만 뭐라고 정확히 말할 수 없는 오묘한 방식으로 깨달았다. 땅에서 피어나는 오로라와 희미한 안개 같은 것이 해변 위를 서서히 운행하다 아스라이 흩어졌다. 경계 없이 나뉘어 있는 두 개의 세계가 몸을 바꾸는 것처럼. 이를테면 어느 날 눈이 녹고, 문득 꽃이 피며, 먼바다 끝에서 어둠을 깨고 동이 트는 것 같은 변화. 모든 이미지와 소리, 찬란함과 경이로 찬 아름다운 허공이 까맣게 소멸되며 다른 세계로 사라져버렸다.

다시 바람이 불고 파도가 쳤고 냄새가 났다. 먼 곳에서 차 지나가는 소리, 희미한 음악 소리 같은 일상의 소음이 들렸다. 주변은 어둡고 황량했으며 고래의 사체는 괴괴했다. 그 어떤 아름다움도 없고 생기도 느껴지지 않는 버려진 해안가. 시몬은 직전의 모든 일이 실제였는지 환상이었는지 분간할 수 없어 혼란스러웠다. 그는 허리를 펴고 꼿꼿한 자세로 한동안 서서 먼바다를 바라봤다. 이윽고 몸을 돌려 차를 향해 걸으며 말했다.

"갑시다."

그는 해안 도로 가드레일 앞에 우두커니 서서 해변과 밤바다를 응시했다. 시몬은 그 뒷모습을 보며 생각했다. 어쩐지 알 것 같았다. 그가 무슨 생각을 하고, 어떤 감정을 겪는지. 그는 방금 작별했다. 마지막 인사를 나누고 고래들과 영원히 이별했다. 소생 가능성이 없는 육체의 눈을 감기고 무덤을 만들어 그것을 바라보는 심정.

포기와 낙담이 섞인 비통한 얼굴. 뒷모습은 표정을 감추지 못했다. 그러나 한편으론 그가 부러웠다. 굿바이 인사를 나누고 죽음을 받아들일 수 있다니. 나는 그럴 수 없는데. 앨런이 사라진 이유도 모르고 당시의 심정조차 알지 못한다. 그것은 비밀이 되어 심연 속에 잠겼다. 그걸 알기 위해 지금까지 사력을 다하고 있지만 마음 깊은 곳에서는 안다. 이제 끝내야 한다. 그만둬야 한다. 이 짓은 끝도 없고 정거장도 없는 둥근 궤도를 쉼없이 도는 열차와 같다. 부질없다. 덧없고 무의미하다. 이 굴레에서 벗어나야 한다.

하지만 그럴 수 없다. 끝이 없으니 끝을 낼 수가 없는 것이다. 알면서도 할 수 없는 게 있다. 불가능한 꿈을 꾸는 것만이 가능한 삶. 희망이 없는 것을 알지만 그것을 희망하는 삶. 그렇게 살 수밖에 없는 삶도 있지. 시몬은 힘없이 중얼거렸다. 그걸 누구에게 설명할 수 있을까. 나조차 납득할 수 없는데. 앨런은 답을 알 텐데. 횡설수설하는 말 속에 손을 쑥 집어넣어 문맥을 잡아줄 텐데. 그녀는 날 이해했지. 내 말을 알아듣고 고개를 끄덕여주었지. 앨런은 대화의 천재였으니까. 말하지 않은 다음 부분을 알고 상징이나 비유로밖에 설명할 수 없는 복잡한 감정과 감각을 한두 문장으로 쉽게 정리하는 사람이었지. 그러니까 나는 앨런을 만나야 한다. 이걸 해결할 사람은 내가 아니라 앨런이야. 앨런만이 이걸 끝낼 수 있는 거야. 시몬은 손으로 얼굴을 감쌌다. 순간 그가 다가왔다.

둘은 나란히 서서 함께 밤하늘을 올려다봤다. 구름 속에 달이 떠 있었고 희미한 달빛이 구름과 밤바다, 해변과 고래를 비췄다. 그리고 그의 얼굴. 시몬은 자신의 눈을 의심했다. 얼굴이 달라졌다. 이마와 눈가엔 주름이 졌고 하얀 피부엔 군데군데 반점이 생겼다. 관자놀이와 목덜미에 두툼한 정맥도 튀어나왔다. 이젠 그가 사람이 아니었다는 사실을 믿을 수 없을 정도로 사람처럼 보였다. 시몬은 무슨 말부터 해야 할지 고민했다. 궁금한 게 많았는데 무엇부터 물어봐야 할지 몰랐던 것이다. 그는 어떤 존재일까. 인간일까. 인간의 형상을 한 그 무엇일까. 고래를 호명하는 그의 말과 고래 곁에서 주고받던 미지의 언어. 허공을 수놓던 신비로운 이미지는 어떻게 이해해야 하는 걸까. 모든 것이 상식에서 어긋났고 과학적 지식으로 설명할 수 없는 현상이었다. 그가 손가락으로 하늘을 가리키며 시몬을 쳐다봤다. 그의 눈은 저것이 무엇이냐고 묻고 있었다. 리스본에서 출발한 여객기가 날개와 기체에 반짝거리는 빛을 달고 공항을 향해 고도를 낮추고 있었다.

"비행기예요."

그는 입을 벌리고 비행기의 궤적을 눈으로 좇았다. 그의 눈 속엔 놀라운 것을 발견한 자의 설렘과 지나간 일을 떠올리는 슬픔이 함께 섞여 있었다. 시간이 많이 지났군. 그는 들릴 듯 말 듯 작은 소리로 중얼거렸다. 시몬은 물었다.

"천막에 있던 사람들도 우리가 본 것을 봤을 텐데……"

"왜 아무 말도 하지 않느냐? 듣지도 보지도 못했을 거요. 그들은 고래가 죽었다고 믿으니까. 그걸 느끼는 당신이 이상한 겁니다."

시몬은 이해가 되지 않는다는 얼굴로 그의 입술만 빤히 쳐다봤다. 그는 살짝 웃었다.

"음…… 어떻게 설명해야 할지 모르겠군. 이곳의 말로 '영혼의 언어'라고 이해하면 될까? 하지만 다른 개념일세."

이자가 도대체 무슨 말을 하고 있는 걸까? 시몬은 고개를 갸웃거리며 생각에 잠겼다. 그것보다 이자가 어느 순간부터 자신을 하대하고 있다는 것을 느꼈다. 말투도 그렇고 비행기를 신기하게 보는 것도 그렇고 어쩐지 그가 다른 시대의 사람처럼 느껴졌다. 고래의 입에서 튀어나온 것과 '영혼의 언어'라는 생소한 개념을 사용하는 것까지…… 막연한 느낌으론 그를 사람으로 인지하지만 이성적으론 그를 이해할 수 없었다. 시몬은 물었다.

"당신은 고래와는 어떤 관계입니까?"

그는 말을 고르는 듯 한참 동안 골똘히 생각에 잠겨 있다가 고개를 저었다.

"이야기해도 믿지 못할 거야. 친구라고만 말하겠네. 나는 아직 그것에 대해 정확히 설명할 수 없어. 이 세계의 언어가 충분치 않아. 몸은 여기에 있지만 아직 많은 부분이 도착하지 않은 것 같은 기분이야."

모호하다. 그가 하는 말은 추상적이고 관념적이다. 시몬이 되물었다.

"언어가 충분치 않다. 아직 도착하지 못했다. 그런 것들을 내가 어떻게 이해하면 됩니까?"

"말 그대로네. 나는 뭔가에 빗대어 말하지 않았어."

시몬은 그의 대답에서 아무것도 얻을 수 없었다. 하지만 의심쩍다거나 불쾌하지는 않았다.

"시몬 엘리엇입니다. 당신을 어떻게 부르면 될까요?"

그는 미간에 깊은 주름을 만들고 눈을 가늘게 뜨며 한참 생각에 잠겼다.

"모르겠네. 기억이 나지 않아. 내가 누구였는지 어떻게 불렸는지 생각나지 않아. 기억이 날 듯 말 듯해. 파편적으로 몇 가지 이미지는 떠오르지만 그것들을 연결할 가장 중요한 무엇인가 빠져 있어. 하지만 기억이 나겠지. 많은 것이 예전의 나로 돌아오고 있거든. 느낄 수 있어. 시간이 나를 향해 돌진하고 있네. 너무도 빠르게 흘러 현기증이 날 정도야."

그는 고개를 돌려 시몬을 똑바로 쳐다봤다. 그의 눈동자가 일순간 날카로워졌다. 시몬은 얼어붙듯 꼼짝을 못했다. 그의 눈은 시몬의 마음 깊숙한 곳까지 꿰뚫어보고 있었다.

"하지만 알게 된 것도 있지. 자네의 영혼. 나는 그를 알고 있네."

"……"

그는 시몬에게서 눈길을 거두고 다시 바다를 바라봤다.

"자네가 잠들어 있을 때 몸을 떠나는 영혼을 봤네. 그는 매우 슬퍼 보였어. 시몬, 지금 자네는 쪼개져 있어. 새벽마다 육체와 영혼이 떨어져 있는 탓에 평소의 자네는 마치 그림자처럼 보여. 일주일 동안 지켜봤는데 그는 매일 밤 자넬 떠나더군. 그는 아주 먼 바다까지 헤엄쳐나가 밤새 물속을 해매다 녹초가 되어 돌아오네. 영혼이 육체를 벗어나 완전히 독립적인 존재가 되면 그땐 더이상 육체의 감각에 의지하지 않게 된다네. 그래서 고래의 말이 보이는 것일 수도 있어. 자네는 지금 위태로운 상태일세."

"무슨 말인가요? 이해가 가질 않습니다. 당신은 계속 잠들어 있지 않았습니까."

"몸이 잠들었을 뿐 영혼은 깨어 있지. 그것은 잠드는 존재가 아닐세."

시몬은 그의 말을 듣고 무슨 말을 해야 할지 몰라 다음 말을 잇지 못했다. 그가 말했다.

"자네가 불안정한 상태라는 것 말고 달리 설명할 말이 없네. 그나저나 피곤하군."

그는 비틀거리며 차를 향해 걸어갔다. 시몬은 뭔가를 관통당한 마음으로 멍하니 그를 바라봤다.

"슬퍼 보였네…… 자네는 쪼개져 있어……"

시몬은 달빛에 길어진 자신의 그림자를 바라보며 중얼거렸다. 얇디얇은 한 장의 까만 형상. 그것이 나란 말인가. 저자의 말처럼 나에게는 영혼이 없다. 텅 비어 껍데기만 남았다. 그는 시몬의 옆모습을 돌아봤다. 얼굴의 절반을 수염이 덮고 있었고 귀와 목덜미를 가린 머리카락은 지저분했다. 초점 없이 불안하게 흔들리는 눈은 금방이라도 밑으로 쏟아질 듯 진동했다. 그는 시몬에게 돌아가 그의 손목을 잡아끌었다.

"돌아가세."

시몬의 트럭이 포르투노보 해변을 떠났다. 한참 뒤 언덕으로 향하는 좁은 이면도로의 어둠 속에서 헤드라이트가 켜졌다. 데쓰로가 차에서 내려 가드레일 앞에 섰다. 그와 시몬이 서 있던 자리였다. 둘이 해변에 내려갔을 때도 데쓰로는 이 자리에서 그들을 지켜봤다. 무슨 일을 벌이고 있는 걸까. 부패한 고래 사체 곁에서 그토록 오랫동안 머리를 맞대고 있을 이유가 무엇이란 말인가. 시몬은 왜 내게 거짓말을 하는 걸까. 사람을 숨기고 동물이라고 말했던 이유는 뭘까? 저자는 그때 시몬의 소파에 누워 있던 것과 같은 것일까? 하지만 그날 잠깐 봤던 그것은…… 데쓰로는 양서류의 것과 비슷한 손, 우그러져 있던 귀의 독특한 모양과 상어 같던 피부를 떠올렸다. 아무리 생각해도 그것을 사람으로 여기는 데는 무리가 있다. 데쓰로는 꼬리에 꼬리를 무는 의문에 머리에 쥐가 날 지경이었다. 저자와 시몬은 어떤 관계가 있는 걸까…… 데쓰로는 아무리 생각해도 그럴듯한 예상 하나 떠올리지 못해 답답해졌다. 발길을 돌리며 다짐했다. 이건 어떻게든 알아야겠다.

물속으로

누구인가. 이름은 무엇이었나. 눈을 감으면 희미한 연기 속에 신기루 같은 것이 떠오른다. 깊은 물속에 태양이 떠 있고 그 태양 속에 바다가 있고 그 바다엔 수중 사원 같은 세계가 있다. 시간이 녹아 있는 금빛 대기. 바람과 물결과 소리와 기억과 대화와 감각 속에 새겨진 태초의 언어와 지금의 언어. 그것들이 허공에 둥둥 떠다니는 아름답고 허무한 영원의 나라. 하지만 나는 그곳에서 멀어졌고 추방당했다. 서서히 소멸되고 동시에 서서히 되살아나는 지금의 나와 옛날의 나. 나는 시간을 초월해 이곳에서 탄생하고 있다. 원래의 나로, 오래전의 나로, 죽음에 매인 유한한 존재로 다시 태어나고 있는 것이다. 하지만 여기는 어디인가. 지금은 언제인가. 나는 이도 저도 아닌 시공간에 갇혀 아무것도 아닌 존재로 사막 한가운데 불시착했다. 신경과 감각이 얼어붙은 듯 얼얼하다. 답답하구나.

초조하고 불안해.

그는 어둠에 잠긴 거실을 소리 없이 서성이다 벽에 붙은 신문을 봤다. 1997년. 그는 고개를 숙이고 시간을 헤아려봤다. 아, 세월이 너무 많이 흘렀다. 모든 것이 여기에 도착하면 나 역시 1997년의 몸으로 변할 텐데. 오십 년의 시간을 견뎌낼 수 있을까. 그때의 내가 어떤 모습일지 상상이 되지 않는다. 그때 침대에서 거친 숨소리가 들렸다. 시몬이 꿈을 꾸며 사납게 뒤척이고 있었다. 가여운 이 남자의 영혼은 깜깜한 해저를 불빛 하나 없이 걷고 있을 것이다. 그는 지금 자신의 영혼이 보고 있는 것을 보고, 느끼고 있는 것을 함께 느끼고 있는 것이다. 그는 고통으로 일그러진 시몬의 얼굴에서 눈을 떼고 침대 옆 협탁에 놓인 안경을 집어들었다. 손때가 묻어 유리알이 흐릿했다. 안경에 입김을 불고 마른 천으로 유리알을 닦았다.

그는 스탠드를 켜고 종이로 한쪽을 가려 조도를 낮춘 뒤 책상에 널려 있는 자료들과 메모들을 훑어봤다. 화산이 표시된 커다란 세계지도. 그로선 이해할 수 없는 숫자들과 도표들이 기입된 노트들. 위도와 경도가 표시된 마데이라의 해도. 33° 05′ 04″ 북. 016° 19′ 20″ 서. 그는 손가락으로 그것을 짚고 입말로 중얼거리며 위치를 가늠해봤다. 물 묻은 얼굴로 활짝 웃고 있는 여자가 투명한 액자 속에서 그를 바라보고 있었다. 그는 액자를 들어 유심히 여자를 바라봤다. 책상 중앙에 볼륨감 있는 까만 노트가 있었다. 그는 액자를 내려놓고 노트를 펼쳤다. 맨 앞장에 크기가 작고 전체적으로 오른쪽으로 기운 둥근 필체의 짧은 메모가, 나머지 페이지엔 거칠고 빠르게 써내려간 뾰족한 필체의 글이 날짜 없이 숫자만 매겨져 페이지 가득 적혀 있었다.

#74

다리 사이에 베개를 끼우고 온종일 모로 누워 있다. 플라스틱 수조처럼 머리가 투명하게 비워지는 것 같다. 커튼을 노려본다. 아니, 커튼이 있다고 생각되는 쪽을 쳐다보는 것이다. 나는 눈을 감고 있으니까. 그쪽에 얼룩처럼 묻어 있는 어둠. 그 너머에 커튼이 있고, 그 너머에 창문이 있고, 그 너머에 모래밭이 있고, 그 너머에 해변이 있고, 그 너머에 바다가 있고, 그 너머에 파도가 있고, 그 너머에 수평선이 있고, 그 너머에 앨런. 정말 앨런이 있을까. 보이는 모든 것을 넘어도 그것은 없었다. 그것은 없어.

#53

나는 내 눈앞에 있는 것을 어떻게 보아야 할지 모른다. 나는 오직 회상 속에서 선명하게 보는데, 기억 속에서만 내 머리가 제대로 돌아간다. (루소, 『고백론』)

#91

어쩌면 앨런과의 만남이 긴긴 꿈의 한 챕터일지도 모른다. 기억은 진짜일까. 실제의 일이었을까. 어느 것 하나 믿기지 않는다. 감각,

냄새, 느낌, 소리, 시간, 계절, 밤, 낮, 새벽. 모든 것이 다 의심스럽다. 의심은 의심을 낳고 그 의심이 또 의심을 만든다. 어떻게 이렇게 한순간에 다 사라지고 말았을까. 파도에 휩쓸려 밋밋해진 모래처럼, 밤의 차가운 새벽처럼, 어떤 소리 이후에 남는 정적처럼. 영원 속에 머무는 것은 기억밖에 없는데 그 기억조차 꿈이라면 내 삶은 무엇일까.

#31

어젠 바다에 들어갔다. 오 분도, 단 오 분도 숨을 참을 수 없었다. 가슴이 터질 것 같았다.

#153

쓸쓸해서 죽을 수도 있을 것 같다.

#1

앨런.

#45는 문장 한 줄을 지우기 위해 펜으로 선을 수십 번 그었다. 하지만 그 문장은 희미하게 읽혔다. '앨런은 죽었다.' #25는 의미를 파악할 수 없는 문장을 무질서하게 썼다. 문장과 문장이 아무것도 연결되지 않았다. 인과가 없고 논리도 없으며 주술 관계도 무너져 있었다. 마지막 세 줄에 동그라미를 쳐놓았다. '앨런을 기다릴 것이다.' '언제나 제정신으로 생각할 것이다.' '나는 앨런을 만날 것이

다.' 그의 미간이 좁아지고 눈빛이 깊어졌다. 아무것도 적히지 않은 #97에서 글은 끝이 나 있었다. 모든 글은 황폐했으나 시적이었고 묘하게 아름다웠다. 그때였다. 시몬이 악을 질렀다. 팔짱을 끼고 몸을 떨며 이를 딱딱 부딪쳤다. 시몬은 자신의 양팔에 결박당해 고통을 느끼고 있었다. 그는 시몬의 팔 사이에 손을 집어넣고 힘을 주어 팔짱을 풀었다. 그러고는 시몬의 머리칼을 어루만지며 다친 동물을 달래듯 진정시켰다.

시몬은 잠에서 깨어나 자동 반사적으로 안경을 썼다. 누군가가 자신을 바라보고 있었다. 하지만 시몬의 눈동자엔 아무것도 맺히지 않았다. 시몬은 아직 다른 세계에 있었다. 시몬은 파도에 휘말려 있다. 부서지는 물거품 속에서 나뭇조각처럼 위아래로 흔들린다. 정체불명의 수생식물이 팔다리를 휘감고 놓아주지 않는다. 시몬의 시선은 한곳에 고정되어 있다. 앨런. 그녀는 눈을 꾹 감고 태아처럼 웅크린 채 안정적인 자세로 떠 있다. 손을 뻗으면 닿을 듯한 거리인데 앨런이 있는 곳은 호수처럼 고요하고 시몬이 있는 곳은 폭풍우가 몰아치고 있다. 앨런은 조금의 미동도 없이 차분하게 떠서 서서히 먼 곳으로 흘러간다.

그는 시몬의 귓가에 숨을 불어넣으며 그 세계를 무력화했다. 파도가 낮아지고 물이 사라지고 바람은 멎고 흔들림이 잦아든다. 앨런이 사라지고 눈앞이 하얗게 변한다. 활짝 열려 있던 시몬의 동공이 일순간 수축됐다. 시몬은 발작을 일으키며 그의 품에서 깨어났다. 하아, 하아, 하아, 숨을 몰아쉬는 시몬을 향해 그는 쉬이, 쉬이, 쉬이, 부드러운 소리를 내며 말했다.

"괜찮네. 괜찮아."

시몬은 선잠 깬 아이처럼 놀란 눈을 하고 그의 품에 안겨 잠시 가만히 있었다. 그는 시몬의 몸에서 긴장이 줄어드는 것을 느끼고 받치고 있던 시몬의 뒷머리를 조심스럽게 베개에 뉘었다. 시몬의 눈에 흐릿하게 방의 모습이 들어왔다. 사물들, 낮은 천장과 무늬 없는 연갈색 벽지, 그리고 냄새. 시몬은 이 모든 것이 낯설게 느껴졌다. 꿈이었나. 시몬은 긴 숨을 내쉬고 관자놀이를 손가락으로 꾹 누르며 몸을 일으켰다. 그 순간 시몬의 눈에 그의 손에 들려 있는 노트가 들어왔다. 시몬은 침대에서 벌떡 일어나 그의 손에서 거칠게 노트를 빼앗았다. 침대에 누웠을 때 얼굴을 바라볼 수 있도록 세워 둔 앨런의 사진은 다른 각도로 틀어져 있었다. 시몬은 신경질적인 반응을 보이며 그에게 화를 냈다.

"뭐하는 겁니까?"

그는 아무 말도 하지 않고 시몬을 바라봤다. 시몬은 불쾌감을 이기지 못해 딱딱한 표정을 짓고 창밖을 바라봤다. 아직 사위가 어두웠다. 일이십 분 사이에 동이 틀 것 같았다. 시몬은 아랫입술을 앞니로 꾹 물었다가 노트 끝을 그에게 겨누며 말했다.

"다시는 허락 없이 내 물건을 만지지 마세요."

노트 모서리가 마치 칼끝처럼 날카롭게 그를 향해 있었다. 그는 두 손바닥을 시몬에게 들어 보이며 부드럽게 말했다.

"알겠으니 진정하시오."

시몬은 성난 얼굴로 불안하게 집안을 돌아다녔다. 굉장히 화가 난 상태지만 스스로도 자신의 행동이 비정상적이라는 것을 알고 있었다. 하지만 그런 이성적인 판단이 격해진 감정을 쉽게 진정시키지는 못했다. 자존심에 상처를 입은 어린아이의 오기처럼 시몬은 계속 불쾌함을 표하며 과장되게 행동했다. 그는 시몬의 행동을 물끄러미 쳐다보며 말없이 서 있기만 했다. 시몬은 두 손으로 얼굴을 감싸며 신음하듯 말했다.

"꿈을 꾸고 나면 꿈속의 무엇인가가 앨런에 대한 새로운 암시를 줍니다. 그게 나를 미치게 해요. 포기해야 한다는 것을 알면서도 포기할 수 없는 이유가 거기에 있습니다. 나는 이 순간에도 앨런을 느낍니다. 바람에서도, 흔들리는 나뭇가지에서도 앨런을 발견합니다. 시간에 따라 달라지는 바다색의 미묘한 차이와 파도 소리, 생선 굽는 냄새에서도 앨런과의 날들이 떠올라요."

시몬은 잠시 입을 벌리고 천장을 바라보며 실성한 듯 웃었다.

"때로는 내 입에서 나오는 숨 속에서 앨런을 찾아냅니다. 그녀가 내 속으로 얼마나 많은 숨을 불어넣었을까요. 나 역시 앨런의 몸에 많은 숨을 불어넣었어요. 내 폐와 혈관 속엔 앨런의 일부가 있어요. 사람들이 나를 향해 수군거리는 소리가 들립니다. 천박하고 호기심 어린 눈으로 나를 발가벗기는 것도 알고 있습니다. 하지만 나는, 나는."

시몬은 손에 쥐고 있는 노트를 가죽가방에 집어넣고 겉옷을 걸치고 밖으로 나갔다. 그가 시몬의 뒤를 따라나서며 말했다.

"나도 함께 가겠소."

새벽의 해변에 두 남자가 있다. 적요한 수면 위로 물안개가 피어난다. 주위를 둘러싼 저 푸름을 빛이라 해야 할까 어둠이라 해야 할까. 섬 전체가 안개에 휩싸여 있다. 그는 섬이 흐르는지 안개가 흐르는지 분간할 수 없는 기이한 풍경에 압도되어 입을 벌리고 서 있었다. 어쩌면 구름이 지나고 있는지도 모른다. 섬이 잠들어 있을 때 섬의 영혼이 산과 바다와 마을과 동물과 사람 들을 허공에 들어 올린 것은 아닐까. 거대한 비행선처럼 하늘을 나는 섬. 구름을 뚫고 바람을 가르고 새들을 태우고 어딘가로 향하고 있다. 아름답다, 라고 말하고 싶지만 그 아름다움 속에 스민 공포와 허무가 저 깊은 세계의 하얀 사막처럼 느껴져 소름이 끼쳤다.

시몬은 보트에 올라타 익숙한 손놀림으로 줄을 풀었다. 그는 시몬을 따라 보트에 오른 뒤 선미에 앉았다. 시몬의 입에서 뿜어져나오는 입김이 안개와 섞였다. 흰빛이 감도는 수평선 끝에 어선 몇이 불을 밝히고 조업을 하고 있다. 시몬은 시동을 걸고 출발하기 전 고개를 돌려 그를 쳐다봤다. 시몬의 눈은 그에게 '진짜로 같이 갈 거냐'고 묻고 있었다. 그는 시몬의 시선을 피하고 바다를 바라봤다. 보트는 수면에 길고 하얀 물보라를 일으키며 어둠이 깔린 바다를 향해 출발했다.

시몬은 이따금 레이더의 붉은 불빛을 바라볼 뿐 아무 말이 없었다. 입 안쪽의 살점을 꾹 깨물고 있는 탓에 양볼이 홀쭉하게 들어갔다. 핸들을 잡은 손바닥에 땀이 고여 자주 바지에 손을 닦았다. 그는 시몬의 뒷모습을 지켜보며 무릎을 감싸고 앉아 잠자코 있었다. 일출을 앞둔 바다에 안개가 걷혔다. 보이지 않던 섬들이 하나둘씩 떠오르고 일찍 일어난 바닷새들이 공중을 떠돌았다. 수평선에 걸린 태양 광선이 사방으로 갈라지며 아침이 왔다. 보트는 망망한 바다 한가운데 멈췄다. 마데이라가 점처럼 작게 보였고 앞과 좌우 모두 수평선이었다. 시몬은 엔진을 끄고 보트에 서서 수면을 바라봤다. 그가 일어서며 물었다.

"여기?"

시몬은 아무 대꾸도 하지 않았다. 그는 주위를 둘러봤다. 파도 소리와 먼 곳에서 들려오는 새소리밖에 없는데 특정한 소리를 들으려는 듯 고개를 왼쪽으로 숙이고 뭔가에 귀를 기울였다. 그는 갑자기 옷을 벗기 시작했다. 내내 딱딱한 표정을 하고 반응을 보이지 않던 시몬은 당황한 얼굴로 더듬거리며 말했다.

"뭐하는 겁니까?"

그는 속옷만 입은 상태로 말했다.

"기다리시오."

그러고는 시몬이 말릴 틈도 없이 물속으로 들어갔다. 일반적으로 잠수하는 방식으로 들어간 것은 아니고 꼿꼿하게 선 상태로 계단을 내려가듯 가볍게 발을 내디뎠다. 그는 잠시 물속에서 미동도 없이 촛대처럼 수직으로 떠 있었다. 그러다가 서서히 물속으로 들어갔다. 손발을 휘젓지도 않았고 눈을 감지도 않았다. 그 모습은 마치 엘리베이터가 부드럽게 지하로 내려가는 것처럼 보였다. 그의 모습이 물속으로 조금씩 사라졌다. 희미한 그림자로, 나중엔 작은 돌멩이 같은 것으로, 결국엔 물방울 몇 개 남기고 자취를 감췄다.

오 분이 지나고 십 분이 지났다. 십오 분이 지났고 삼십 분도 지났다. 시몬은 초조해졌다. 대체 이게 지금 무슨 상황이지? 시몬은 몸을 숙이고 물속을 쳐다보고 벽을 두드리듯 괜히 수면을 때려보기도 했다. 바다 외에는 아무것도 없는 사방을 향해 소리를 지르며 그를 찾았다. 그러면서 동시에 자신이 얼마나 어처구니없는 행동을 하는지 깨닫고 허탈해졌다. 한 시간이 지났다. 시몬은 그가 사라진 지점을 멍하니 바라보다 순간 현기증을 느꼈다. 반년 전에 겪었던 그 일이 반복되는 듯했다. 그때도 이렇게 온종일 배 위에서 앨런을 기다렸다. 해가 지고 별이 뜨고 다시 해가 뜨는 긴 시간 동안 이곳에 서서 온갖 끔찍한 생각에 시달렸다. 아침 햇빛이 얼굴에 닿았을 때 비로소 명징하게 앨런이 없다는 것을 깨닫고 몸과 마음이 무너져내렸던, 악몽 같던 그날. 시몬은 안경을 벗어 바닥에 내려놓고 두 손으로 얼굴을 감싸고 소리를 질렀다. 온갖 욕설을 내뱉고 심장이 튀어나올 정도로 악을 썼다.

무기력하게 누워만 있던 시몬이 자리에서 일어났다. 두 시간이 흘렀다. 이번엔 다를 것이다. 더는 속지 않겠다. 시몬은 보트에 시동을 걸고 선수(船首)를 마데이라 쪽으로 회전시켰다. 하지만 출발하지 못했다. 아니, 출발할 수 없었다. '기다리시오'라고 말하고 바다로 떠난 남자를 기다리지 못한다면 '다녀올게'라고 말한 앨런을 기다릴 수도, 그녀를 찾으러 바다에 나올 수도 없을 것 같았다. 그는 핸들을 꽉 쥐고 고개를 떨궜다.

네 시간이 지났다. 시몬은 갑판에 누워 벗겨진 페인트를 손으로 뜯어내며 하늘을 봤다. 보트는 눈에 띄게 낡았다. 겨우 반년이 지났을 뿐인데 너도 이렇게 망가졌구나. 그러다 문득 생각했다. 이게 다 꿈은 아닐까. 그 남자도 실은 존재하지 않는 허상이거나 내가 실성한 나머지 유령을 만난 것은 아닐까. 그렇겠지. 그 유령에 이끌려 여기까지 따라왔고 또다시 그때처럼 고통을 받고 있는 거야. 그게 아니고서야…… 어떻게 사람이 이렇게 오랫동안 물속에 있을 수 있단 말인가. 시몬은 실실 웃었다. 나중엔 실성한 사람처럼 껵껵 소리를 내며 웃었다. 맞아. 그렇지. 사람이라면 그렇게 오랫동안 물속에 있을 수 없지. 그런데 왜 나는 그날 그렇게도 앨런을 기다렸던 걸까. 왜 지금까지도 앨런의 죽음을 받아들이지 못하고 어리석은 짓을 반복하고 있는 걸까. 나는. 나는. 시몬은 생각을 더이상 잇지 못했다. 그때였다. 물속에 검은 그림자가 보였다. 들어갈 때와 같은 모습으로 서서히 떠오르고 있는 그의 모습이 보였다.

그는 갑판에 주저앉아 어깨에 수건을 두르고 말도 없이 가만히 있었다. 눈을 감고 그 어떤 감정도 보이지 않은 채 한동안 숨만 쉬었다. 지치고 힘들어 보였다. 어깨를 안으로 숙이고 등을 둥글게 구부린 채 가쁜 숨을 쉬는 그의 모습은 늙어 보였다. 늙어 보이다니. 그가 노인이란 말인가. 시몬은 순간 섬뜩한 기분을 느꼈다. 알 수 없는 어떤 힘에 이끌려 그를 집으로 데려가긴 했지만, 생각해보니 그에 관한 모든 것이 처음부터 끝까지 다 미스터리다. 그의 모습이 사람처럼 변한 것과 그가 고래와 함께 만들어낸 신비로운 언어의 이미지, 그리고 네 시간이 넘는 긴 시간 동안의 불가해한 행적. 인간으로선 도저히 불가능한 것들을 보여주는데 점점 더 그가 인간처럼 보이다니. 이게 어찌된 일인가. 시몬은 무의식적으로 한 걸음 뒤로 물러나 그를 바라봤다. 그는 힐끗 시몬을 바라보며 힘없이 웃으며 말했다.

"지금은 다 설명하기 힘들고 방금 내가 알게 된 것들만 말해도 되겠소?"

시몬은 말없이 고개를 끄덕였다. 그는 무슨 말을 먼저 해야 할지 고민되는 듯 입을 다물고 생각에 잠겼다.

"당신의 연인, 이름이?"

"앨런"

"앨런. 앨런을 만나고 왔소. 워낙 멀리까지 떠내려가 쉽지 않았지만 어쨌든 찾았소. 그녀는 깊은 바닷속에 있었소. 18세기의 것으로 보이는 침몰한 범선의 갑판에 걸쳐 있더군. 정확한 이유는 알 수 없지만 그녀의 영혼은 몸을 떠나지 않았어. 어쩌면 나를 기다리고 있었는지도 모르겠소."

시몬은 헛웃음을 터뜨리며 지쳤다는 듯 고개를 저었다.

"이제 됐습니다. 당신이 누군지도 모르겠고 왜 이런 일을 벌이는지 모르겠지만 이쯤에서 관두세요. 정도를 지나쳤어요."

"믿기지 않겠지만 사실이오."

그는 뭔가를 쥐고 있던 주먹을 시몬에게 내밀었다. 시몬은 얼결에 손을 내밀어 그것을 받았다. 가는 은목걸이였다. 시몬은 그것을 보자마자 이성을 잃고 말았다. 검게 부식됐지만 그건 분명 앨런의 것이었다. 시몬은 소리를 지르며 그에게 달려들었다.

"뭐야! 너 누구야? 앨런! 앨런을 어디에 감췄어!"

그는 시몬에게 목을 잡힌 채 힘겹게 말을 이었다.

"침착하시오. 이제 내가 그녀의 말을 전하려 하오. 듣겠소, 말겠소?"

"이 목걸이가 어떻게 당신 손에 있는지 대답해."

"앨런이 준 것이오. 당신에게 전해주라더군."

"그러니까 어떻게 그게 가능하냐고!"

"지금 그 말을 하려는 것이오."

그가 인상을 찌푸리며 힘겹게 대꾸했다. 시몬은 손의 힘을 풀었다. 손아귀에 힘이 풀리자 온몸의 근육에서도 힘이 빠졌다. 시몬은 앨런의 목걸이를 바닥에 내려놓고 뚫어지게 쳐다보며 손가락으로 이끼를 닦아냈다. 사슬 모양의 가는 줄. 잉크 한 방울 크기의 루비가 박힌 작은 펜던트까지. 틀림없다. 앨런의 것이다. 시몬은 울기 시작했다. 나중에는 아이처럼 소리내어 엉엉 울었다. 그는 곁에서 한동안 바라보다가 시몬의 울음소리가 잦아들자 다정한 음성으로 말했다.

"이제 말을 해도 되겠소?"

앨런

눈을 떴습니다. 시야가 뿌옇더군요. 하늘을 봐도 땅을 봐도 흐리기만 했습니다. 이상하구나, 생각했죠. 어지럽더군요. 땅이 흔들리는 것 같고 자꾸 위와 아래가 뒤집히는 착각이 들었습니다. 무슨 일이지. 여긴 어디지. 처음엔 그 생각만 했어요. 마지막 기억을 더듬었는데 잘 떠오르지 않았습니다. 좁고 어두운 서랍에 머리가 처박힌 것만 같았어요. 답답한 마음에 아아, 소리를 질렀는데, 그제야 생각이 났습니다. 세상에. 나는 죽었습니다. 죽음이 이런 건가요. 이토록 쉬운 거였나요. 징후도 없고, 위험도 없었어요. 이상한 예감도 없었고 특별한 통증도 없었어요. 모든 것이 평소와 다르지 않았거든요. 그저 갑자기 잠이 오는 것처럼, 졸음이 쏟아지는 것처럼, 잠깐 가슴 깊은 곳이 엄청나게 뻐근해지더니 심장이 멈췄습니다. 죽음은 그렇게 왔습니다. 아, 하는 사이에 말이에요.

나는 신경이 죽은 흐린 눈으로 주변을 바라봅니다. 이곳이 바닷속이구나, 라는 생각이 들 때마다 새삼스럽게 죽었다는 인식이 들고 마침내 또다시 두고 온 삶과 일과 사람 들이 생각납니다. 그때마다 심장이 멈췄을 때보다 더 강한 뻐근함이 느껴집니다. 그냥 나와 함께 세계가 다 멸망한 것이라면, 나와 함께 내가 알던 사람들도 다 죽은 거라면 차라리 좋겠습니다. 고개를 돌려 등뒤를 바라봅니다. 나는 고개를 돌렸는데 죽은 나는 나무처럼 뻣뻣합니다. 내 뒷모습이 이렇게 생겼군요. 왜 이렇게 이상해 보이는 걸까요. 속이 상합니다. 등뒤. 두고 온 것들. 지나온 것들. 되돌릴 수 없는 모든 것. 나의 사랑. 동굴처럼 등뒤의 물은 새까맣습니다.

딛고 설 곳이 없는데 서 있었어요. 호흡이 멈추고 심장도 멈추고 더이상 피도 돌지 않는데 이곳과 저곳을 분별할 수 있는 정신이 있었어요. 해류가 등을 떠밀어요. 그것은 투명한 거인의 손바닥처럼 크고 두꺼웠습니다. 누군가 어깨를 팔로 감싸고 어딘가로 데리고 가는 것 같았어요. 그 흐름에 따라 발이 움직여요. 나는 숲속을 산책하는 것처럼 천천히 걷기 시작했습니다. 더 먼 곳으로, 더 깊은 곳으로, 들어갔어요. 저곳에 새벽의 구름 같은 어둡고 푸른 빛이 일렁이고 있어요. 문득 두렵습니다. 저기에 도착하면 나는 무엇이 되어 있을까요. 저것은 죽음일까요. 새로운 삶일까요. 그것이 아무것도 아니면 어떡할까요. 그저 무의미하게 흐르고 있는 거라면.

어떻게 형용해야 할까요…… 낯선 소리가 들립니다. 소리의 진원지를 찾을 수는 없어요. 어딘가에서 발생한 소리가 아닙니다. 그냥 소리의 한가운데에 놓여 있는 것 같으니까요. 머리 위에서 눈처럼 떨어집니다. 사방에서 부는 미풍처럼 피부를 스치며 지나가기도 합니다. 아지랑이가 피어오르듯 발밑에서 흔들거리기도 합니다. 어디선가 바위가 구르고 있습니다. 이름 모를 생물들이 서로를 부르는 크고 높은 소리. 물살을 따라 물결을 따라 연기처럼 안개처럼 소리가 휘돌고 있어요. 어느새 소리는 빛으로 바뀝니다. 발광하는 작은 물고기와 이름 모를 플랑크톤이 물속에 가득 떠 있습니다. 아아, 이곳은 우주와 같아요. 검고 차가운 황량한 공간에 셀 수 없이 많은 별이 떠 있습니다. 그 속에 나는 서 있습니다. 그리고 떠 있습니다. 부드러운 흙속에 심어진 나무뿌리처럼 바닷속에 깊이 잠겨 있습니다.

나는 평생 바다를 연구한 사람입니다. 세상의 모든 해변의 이름을 알고 그곳의 파도가 얼마나 센지, 해류가 어느 쪽으로 흐르는지, 바다의 온도는 어떤지 누구보다 잘 알아요. 해양 생물의 종류와 양을 조사했고 환경에 따라 변하는 영향에 대해 연구해왔습니다. 그러나 나는 그 모든 것이 얼마나 작은 발견이었는지 깨달았습니다. 이대로 수면에 떠올라 그간 겪은 모든 것을, 발견하고 알게 된 것들을 보고하고 싶어요. 하지만 나는 그럴 수 없습니다. 그것이 너무 애석해요. 지금도 태평양 어느 바다엔 관측 기계가 고독한 바다를 떠다니며 발견한 것들을 위성에 전송하고 있을 겁니다. 나는 보고할 위성 하나 없이 깊은 곳으로 가라앉는 고장난 관측 기계가 된 것만 같아요. 아무도 없고 편지할 사람도 없는데 계속 뭔가를 보고 듣는 존재란 얼마나 쓸쓸합니까.

낯선 이여. 이런 표현이 가능한가요? 이렇게 말해도 괜찮습니까?

내 몸은 부패합니다. 가스가 차고 살점이 떨어지고 밖으로 나온 내장이 해초처럼 흔들립니다. 물고기들이 내 곁을 맴돕니다. 벗겨진 피부를 먹고 부패한 살점을 뜯고 내장을 헤집습니다. 어쩐지 나는 그것이 좋습니다. 물결에 흔들리며 조금씩 살점이 사라집니다. 시간이 흐를수록 줄어드는 몸의 부피. 이렇게 하나씩 하나씩 사라지면 나는 어떻게 되는 걸까요.

무거운 해류가 커튼처럼 머리 위로 드리워지고 내내 떠 있던 다리가 바닥에 닿았습니다. 부드러운 모래가 발가락 사이사이를 파고듭니다. 바닷속의 숨겨진 땅. 그 드넓고 무한한 평원. 꽃씨처럼 가벼워진 나는 느릿느릿 바다 밑을 산책합니다. 얼마나 그렇게 걸었는지 모르겠습니다. 알 수 없어요. 어느 순간부터 그렇게 되어버렸어요. 시간이란 뭘까. 기억이란 뭘까요. 존재한다는 것은. 이 상태를 존재한다, 라고 말할 수 있을까요. 한 걸음에 한 번씩 그런 생각만 하다가 나중엔 아무 생각도 없이 걸었습니다. 그러다 이 배를 발견한 겁니다. 처음에는 수초와 이끼로 뒤덮여 모래에 반쯤 잠겨 있는 범선이 고대의 수중 사원처럼 보였습니다. 가까이 다가갔어요. 나는 부러진 돛에 반쯤 걸쳐져 한동안 흔들리다가 갑판에 자리잡았습니다. 이 배는 어쩌다 여기까지 온 걸까요. 목적지는 어디였을까요. 얼마나 많은 사람이 배와 함께 죽었을까요. 그런데 이상한 것이 보였어요. 어두운 선실에 누군가 있었습니다. 발광하는 물고기들이 청록색으로 빛나는 꼬리를 흔들며 느리게 헤엄치는 좁은 공간 구석에 누군가 있었어요. 그가 나를 향해 다가왔습니다. 사람이었습니다. 아니, 한때 사람이었던 무엇이었습니다. 나는 알 수 있었습니다. 그는 지금의 나와 같은 존재라는 것을요. 어떻게 내가 이런 방식으로 존재하는 게 가능한지 그를 보고 알 수 있었어요. 그리고 몸을 완전히 잃어버릴 때 내가 어떤 상태가 되는지도 알게 됐습니다. 반쯤은 슬프고 반쯤은 안심이 됐던 것 같아요. 나는 그를 사람이라고 인식했습니다. 그는 육체도 없고 형상도 없었어요. 하지만 보였습니다. 투명하다, 라고 말해야 할 무형의 상태였는데 이상하게도 내 눈엔 보였습니다. 다른 눈으로 그를 보고 있는 거구나. 그때 알게 됐어요. 영혼이라는 실체를요.

그 배엔 그런 이들이 많았습니다. 오래전 뱃사람들이에요. 주방장도 있고 노를 젓는 이도 있었으며 일등 항해사도 있었어요. 그들 중 하나는 춤을 췄고 다른 하나는 노래를 불렀어요. 이야기꾼도 있고 이야기를 재현하는 배우도 있었습니다. 그들은 나를 환영해줬어요. 내가 지니고 있는 기억과 감정과 보고 듣고 알게 된 지식과 세계를 궁금해했습니다. 그렇게 나는 이 배의 선원이 되어 말릴 수 없는 수다쟁이가 되었습니다.

종종 머리 위로 바다거북이 지나갈 때가 있습니다. 그는 잠시 눈맞춤을 하고 무심하게 고개를 돌리곤 먼 곳을 향해 느리게 헤엄쳐 갑니다. 거북이는 오래 사는 생물입니다. 세이셸 군도에서 태어나 세인트헬레나섬에서 살고 있는 알다브라 자이언트 거북 '조너선'은 나이가 166세입니다. 바위처럼 튼튼한 녀석은 앞으로 백 년도 넘게 살 것 같아요. 이름 모를 많은 섬과 바닷속엔 그보다 더 오래 사는 거북들도 많겠죠. 그런데 방금 본 거북은 영원히 사는 생물처럼 보입니다. 나이가 많지만 앞으로 더 나이가 들어도 그저 나이만 많이 먹을 뿐 계속 나이 많은 거북으로 영원히 존재할 것 같아요. 그는 무심히 이 세계를 돌며 모든 땅을 보고 모든 바다를 봅니다. 본 것을 기억할 뿐 말하지 않고 생각만 하는 존재입니다. 그가 헤엄쳐 온 곳 너머에 마데이라가 있을 겁니다. 그에게 묻고 싶지만 이야기해주지 않을 걸 알아요. 그러고 싶지 않지만 가끔 그곳을 생각해요. 그럴 때마다 가슴 한쪽이 깨질 듯 시려요. 나의 연인, 시몬 엘리엇. 그가 생각나기 때문이에요. 모든 일에 지나치게 심각하게 구는, 아이 같던 사람. 사람들과 어울리는 법을 몰라 친구가 없는 사람. 책 읽기를 좋아하고 매일매일 비밀 일기를 쓰는 소년 같은 사람. 그 사람은 영문도 모른 채 나를 기다렸겠죠. 시몬의 마음을 헤아려볼 때가 있는데 곧 그만두게 됩니다. 아무것도 상상할 수 없어요. 상상해선 안 돼요. 뭘 어쩌겠어요. 나는 죽은걸요. 다른 세계에 있는걸요. 그리고 데쓰로에게 안부를 전해주세요. 내 마음을 알아주는 유일한 친구입니다. 말하지 않은 말을 듣고 짓지 않은 표정을 알아보는 사람이에요. 데쓰로에게 너무 많은 걸 받기만 했어요. 언젠가 반드시 갚겠다고 다짐했는데 이렇게 됐어요. 그게 정말 미안하고…… 그립고……

그런데 당신을 만나게 된 거예요. 정말 당신은 시몬이 보낸 사람인가요. 그에게 이 말을 전할 수 있나요.

*

그의 입을 통해 앨런의 말이 전해졌다. 보트에 긴 침묵이 흘렀다. 시몬은 입을 꾹 다물고 수평선에 시선을 둔 채 가만히 서 있었다. 잿빛 구름으로 뒤덮인 하늘. 한낮인데 새벽처럼 어두컴컴했다. 문득 기시감이 든 시몬은 눈을 감고 코를 킁킁거렸다. 태양을 가리는 구름과 연기, 탄내가 진동하던 희뿌연 대기. 육 년 전 필리핀의 앙헬레스 마을에 서 있을 때도 이와 같았다. 한낮인데 새벽처럼 어두웠다.

1991년 피나투보화산이 폭발했을 때 시몬은 거기에 있었다. 화산학자로 살면서 많은 화산을 연구해왔지만 그렇게 큰 폭발은 처음이었다. 그날 시몬이 본 것은 폭발이 아닌 멸망이었다. 규모를 측량할 수 없었고 피해를 예측조차 할 수 없었다. 시몬은 타버린 나무처럼 언덕에 서서 주위를 둘러봤다. 완전히 혼자인 듯한 기분이 드는 광경이었다. 시선이 머문 모든 곳이 흑백이었다. 시몬은 몇 번이나 손등으로 눈을 문질렀다. 하지만 어디에서도 빛은 보이지 않았고 사물들엔 색이 없었다. 색채가 사라진 풍경은 시공간을 왜곡시켰고 그것을 바라보는 시몬의 인지능력조차 엉망으로 만들었다. 끝없이 널린 화산재. 폐허가 된 건물들. 재를 뒤집어쓰고 비틀거리며 걷는 개. 놀람과 고통이 새겨진 표정으로 그대로 재에 파묻혀 죽음을 맞이한 사람들. 그 순하고 착했던 사람들. 줄기만 남은 고목들. 마을과 산과 논과 개울과 모든 곳이 사십 센티 높이의 재로 뒤덮였다. 시몬은 우물이었던 곳에 손을 집어넣었다. 화산재가 눈처럼 소복하게 쌓여 있었다. 순간 소름이 끼쳤다. 이렇게 따뜻하고 부드러운 것이 이 땅의 모든 것의 생기를 단번에 앗아가다니. 어제까지 활기가 넘쳤을 마을은 완전히 지옥으로 변해 있었다. 그 한가운데 높이 솟은 피나투보화산만이 하늘을 향해 불과 연기를 내뿜고 있었다.

지금 눈앞에 펼쳐진 바다, 뱃전에 부서지는 물결과 흰 거품, 파도가 치고 그 파도 위로 또 파도가 치는 끝없는 풍경의 반복, 하늘과 구름과 먼 곳에서 불어오는 바람까지 모두가 잿빛이었다. 그 한가운데 앨런이 걷고 있었다. 세계의 유일한 생존자이자 나의 연인, 나의 친구. 그녀가 부드럽고 따뜻한 재 속으로 빠지고 있다. 나는 그녀를 구할 수 없다. 하지만 구해야 한다. 하지만 그녀는 한없이 편안한 얼굴로, 나를 안심시키는 표정으로 손을 흔들며 사라지고 있다. 내가 구해야 한다. 내가 구해야 해. 시몬은 충혈된 눈에 눈물을 가득 담은 채 말했다.

"어딥니까?"

"……"

"말해줘요. 앨런을…… 어디에서 만났어요?"

시몬은 보트에 시동을 걸었다. 당장이라도 그곳을 향해 달려갈 듯 주먹을 쥐고 온몸을 부르르 떨었다. 그가 시몬의 주먹에 손을 올리고 말했다.

"당신은 갈 수 없소."

"나도 잠수할 수 있어요. 나도 앨런처럼 물속에 들어갈 수 있단 말이에요. 지금 당장 앨런을 만나야겠어요. 빨리 말해줘요, 제발."

시몬의 음성이 고함에서 비명으로, 마침내 신음으로 변해 거의 알아들을 수 없었다. 그는 갑판에 주저앉아 머리를 감싸안고 울었다.

"그러니까 앨런은, 앨런은…… 죽은 거군요."

"죽지 않았소. 몸이란, 또 삶이란 영혼을 보존하기 위한 보조물에 불과하지."

시몬은 그런 이야기는 더이상 듣기 싫다는 듯 오른손을 들어 그의 말을 막았다.

"더 전해줄 말은 없나요?"

그는 시몬의 얼굴을 물끄러미 바라보며 한동안 침묵했다. 말을 해야 할지 말지 고르는 눈치였다. 그가 말했다.

"미안하다고 하더군. 자네가 어떻게 지내고 있을지 다 보인다며. 심각한 사람이 또 얼마나 심각한 얼굴을 하고 있을지 걱정이 된다며 꽤 유쾌하게 웃었네. 그리고 부탁했지. 우리는 괜찮다고, 잘 지내니 걱정하지 말라며 목걸이를 전해달라는 부탁을 했소."

시몬은 손바닥의 목걸이를 쳐다봤다. 그러다 뭔가 이상하다는 듯 고개를 들고 물었다.

"우리?"

"……혼자가 아니었소. 이름 없는 작은 영혼과 함께 있더군."

"……"

"이 세계의 기억이 전무한 맑고 아름다운 존재였소."

시몬은 뭔가를 더 물어보려다 말고 자리에 주저앉고 말았다. 꾹 다문 입술이 부들부들 떨렸다.

고통이 비수처럼 시몬을 꿰뚫고 지나가 한마디도 뱉을 수 없었다. 혼돈 속에서도 시몬은 깨달았다. 이자는 거짓을 말하지 않는다. 정말 만나고 온 거다. 그가 한 말은 앨런의 말이 맞다. 시몬은 이제 막 불속을 지나온 것 같은 심정으로 입을 열었다.

"어느 날 앨런이 말하더군요. '시몬, 아이가 생긴다면 어떨 것 같아?' 나는 답했습니다. '내가 아빠가 된다고? 말도 안 돼. 나는 애가 싫어. 애들도 나를 싫어하고. 우린 좋은 사이가 될 수 없을 거야.' 마데이라에서의 연구가 막바지에 이르러 분주할 때였습니다. 지난 십 년간 지각활동의 패턴을 분석중이었어요. 화성암 분석도 끝내지 못했고 포르투갈 해양학회에 요청했던 해저 화산활동에 관한 통계도 받지 못한 상태였죠. 앨런은 그럴 줄 알았다는 듯 고개를 끄덕이며 대답했어요. '그래. 나도 아이를 둘이나 키울 순 없지.' 그게 아이에 대해 우리가 나눈 유일한 대화였어요."

시몬은 목이 메어 말을 멈췄다. 두 손으로 얼굴을 감싸고 우는지 웃는지 알 수 없는 이상한 신음 소리를 냈다. 시몬의 어조가 달라졌다. 음성에 분노가 깔렸고 말끝을 묘하게 뒤틀어 비아냥거렸다. 시몬은 자신에 대한 증오심으로 스스로에게 침을 뱉듯 떠들어대기 시작했다.

"실종되기 전 앨런의 상태가 썩 좋지 않았습니다. 평소와 달리 빨리 잠에서 깨지 못했고 음식도 거의 먹지 않았어요. 왜 그러냐고 물어보면 '소화불량', 그렇게만 답했어요. 왜 지금 그런 것들이 떠오르는 걸까요. 난 물론 걱정됐지만 무리한 연구 탓에 팀 전체가 겪는 과로라고만 생각했어요. 그랬으면서도 앨런은 그날, 평소보다 더 깊은 곳으로 잠수할 거라며 웨이트벨트에 이 킬로짜리 납덩이를 두 개 더 달더군요."

시몬은 발작하듯 온갖 욕설을 내뱉으며 알 수 없는 말들을 허공을 향해 늘어놓았다. 말을 멈출 땐 입술을 너무 강하게 물어 피가 통하지 않아 입 주변이 하얗게 질렸다. 시몬은 쥐어짜듯 얼굴을 감싸안았다. 그는 시몬의 어깨에 손을 얹었다. 해가 지고 있었다.

'신비'라는 병

데쓰로는 푼샬의 일정을 접고 집에 들어왔다. 어두운 거실과 주방과 책상이 보였지만 어느 곳에서도 인기척은 느껴지지 않았다. 혹시나 하는 마음으로 시몬의 방을 노크했지만 반응하는 사람은 없었다. 데쓰로는 집 주위를 한 바퀴 돌았다. 특별한 흔적은 없었고 평소와 다른 점도 보이지 않았다. 데쓰로는 거실 식탁에 기대 담배에 불을 붙였다. 깊게 빨아들이고 천천히 길게 내뱉었다. 데쓰로는 한 개비를 다 피울 때까지 생각에 잠겼다. 둘은 어디에 있는 걸까. 데쓰로는 시몬의 방문을 열었다.

"시몬, 시몬."

데쓰로는 빈방인 것을 알면서도 괜히 시몬의 이름을 부르며 안으로 들어갔다. 데쓰로는 조심스럽게 소파에 앉아 내부를 살폈다. 침대엔 남자의 몸을 덮었던 이불이 단정하게 개켜 있었다. 데쓰로는 눈을 가늘게 뜨고 침대에 누워 있던 미지의 존재를 떠올렸다. 희미하게 떠오른 불명료한 상은 점차 또렷하고 명료한 이미지로 바뀌었다. 전체적인 외형은 사람이 맞지만 세부적인 부분을 따지고 보면 확실히 기이했다. 우선 피부가 사람의 것이라기보다 비늘이 없는 어류의 것이었다. 귀의 모양도 차이가 있고 확실하진 않지만 귓구멍과 콧구멍도 메워져 있는 것처럼 보였다. 하지만 이틀 전 해변에서의 모습은 분명 사람이었다. 그의 정체는 무엇일까. 시몬과는 어떤 관계일까. 해변엔 왜 간 걸까. 시몬이 그와 함께 있는 이유는 무엇이고 자신에게 그를 감추는 까닭은 무엇일까. 데쓰로는 쏟아지는 질문들로 혼란스러운 정신 속에서 몇 가지는 확실하게 정리했다. 하나는 그 남자와 고래들이 어떤 식으로든 관련이 있다는 것이다. 그리고 시몬은 그자를 바다에 빠진 앨런과 연관시키고 있다는 것. 그러지 않고서야 지금의 시몬이 누군가를 만날 까닭이 없을 테니까.

데쓰로는 소파에서 일어나 책상 주위를 맴돌았다. 앨런의 사진이 보였고 주위엔 그동안 연구했던 자료들이 아무렇게나 펼쳐져 있었다. 분화를 예견하는 각종 통계들, 용암의 냉각 온도와 각 나라의 화성암 성분을 분류한 분석 페이퍼와 연도별 화산활동, 화산의 세기와 지진파의 관계를 통계화한 자료집도 쓰레기처럼 나뒹굴고 있었다. 시몬과 앨런, 그리고 데쓰로.

멋진 팀이었는데 어쩌다가 이렇게 된 걸까. 데쓰로는 앨런을 팀에 끌어들이기 위해 애를 썼던 자신의 노력이 결국 이런 허망한 결과에 이른 것에 대해 허탈한 심정으로 쓰게 웃었다. 처음에는 앨런의 영입을 시큰둥하게 생각하던 시몬은 그녀를 보자마자 적극적으로 변했다. 그때의 시몬은 건강했고 수줍음이 많은 청년이었다. "앨런과 만나게 해준 것에 대해 항상 고맙게 생각하고 있어." 지겨울 정도로 고마움을 표했던 친구였다. 하지만 사고 이후 시몬은 다른 사람으로 변했다. 심지어 그때 데쓰로가 앨런을 추천하지만 않았다면 이런 일은 일어나지 않았을 거라는 질 나쁜 술주정을 하기도 했다. 데쓰로는 방문이 보이는 곳으로 의자를 돌려 앉았다.

시몬은 자신의 방에 앉아 있는 데쓰로를 발견하고 당황했다.
"……여기서 뭐해?"
데쓰로는 시몬과 시몬의 뒤에 서 있는 남자를 번갈아 쳐다봤다.
"왜? 내가 못 올 데 왔어? 너야말로 뭐하고 왔어?"
남자는 문 앞에 애매하게 서 있다가 책상에 엉덩이를 반쯤 걸치고 앉았다. 데쓰로는 그의 모습을 유심히 살폈다. 시몬의 옷을 입고 있었는데 소매와 바지의 기장이 짧은 것으로 볼 때 키가 꽤 컸다. 나이는 판단하기 어려웠다. 사십대 중후반으로 보였지만 어찌 보면 건강하게 나이든 육십대처럼 보이기도 했다. 하지만 피다 만 꽃잎처럼 귀가 말려 있고 푸른 빛깔의 눈동자가 지나치게 컸으며 목덜미는 혈관에 피가 한 방울도 없는 것처럼 창백했다. 이국적인 느낌을 넘어 기묘한 분위기가 풍겼다. 그는 자신을 지켜보는 시선을 느끼고 고개를 돌렸다. 데쓰로도 그와 눈이 마주치자 시선을 돌리고 자리에서 일어서며 시몬에게 물었다.

"이분은 누구시지?"

시몬은 난감해서 급히 말을 돌렸다.

"한동안 푼샬에 있겠다고 하지 않았어?"

"소개시켜줄 생각이 없나보네. 넌 오늘도 해변에 있다 왔겠지. 그래, 앨런은 발견했어?"

시몬은 어깨에 멘 가방을 바닥에 내려놓고 말했다.

"데쓰로, 오늘은 너와 다투고 싶지 않아."

"그럼 내게 이 상황을 설명해줘. 저자는 누구야? 혹시 저번에 소파에 누워 있던 그것과 관계가 있는 것은 아니지?"

"지금은 설명할 수 없어."

"어째서?"

시몬은 무슨 말을 해야 할지 몰라 잠시 머뭇거리다 고개를 돌려 남자를 바라봤다. 그는 입을 꾹 다물고 둘의 대화를 흥미롭게 지켜보고 있었다.

"실은…… 나도 잘 몰라."

데쓰로는 과장되게 웃으며 말했다.

"모른다고? 시몬, 네가 모르는 사람과 함께 지낼 사람이야? 말이 되는 소릴 해."

"나도 알아가는 중이야. 그보다 데쓰로, 네가 알아야 할 게 있어."

시몬은 몇 시간 전 일어난 일에 대해 설명하기 시작했다. 처음엔 스스로도 어떻게 설명해야 할지 몰라 횡설수설했지만 남자가 물속으로 들어가던 모습을 묘사하면서부터 굉장히 몰입했다. 마치 무대에 홀로 선 연극배우처럼 말하는 내내 손짓과 발짓을 동원했다. 표정에는 생기가 돌았고 희미한 흥분으로 목소리 끝이 갈라졌다. 데쓰로는 무표정한 얼굴로 이상한 열기에 들떠 있는 시몬을 말없이 응시했다. 믿을 수 없어 하면서도 동시에 감격에 겨워 금방이라도 울 것 같은 표정에 떨리는 음성. 시몬의 얼굴은 난생처음 마술을 본 아이처럼 순진했다. 장황한 설명이 끝난 뒤 시몬은 꼭 쥐고 있던 주먹을 서서히 풀어 데쓰로에게 보여줬다. 대단한 보물이라도 보여주는 것처럼 시몬의 얼굴엔 기대와 자신감이 충만했다. 손바닥에 놓여 있는 변색된 은목걸이를 시큰둥하게 내려다보며 데쓰로가 물었다.

"뭐야?"

"모르겠어? 잘 봐. 앨런의 것이야. 앨런의 목걸이라고!"

순간 데쓰로의 얼굴이 사납게 일그러졌다.

"그러니까 네 말을 요약해보면 저자가 네 시간 동안 물속을 돌아다니다가 해저에서 앨런을 만나 이야기를 나누었고 목걸이까지 가져왔다, 이 말이야?"

"맞아. 저 남자가 앨런을 만나고 왔어."

시몬은 벅찬 얼굴로 고개를 끄덕이며 손가락으로 그를 가리켰다. 데쓰로는 시몬의 손가락이 가리키는 쪽으로 서서히 고개를 돌렸다. 남자가 머쓱한 얼굴로 가볍게 고개를 끄덕이며 눈으로 웃었다. 데쓰로는 웃기 시작했다. 그렇게 웃기는 이야기는 처음 들었다는 듯이 껄껄 웃으며 그를 향해 걸어갔다. 그는 악수를 청하는 줄 알고 자연스럽게 손을 내밀었다. 하지만 데쓰로는 소리를 질렀다.

"나가!"

"무슨 짓이야!"

시몬은 데쓰로의 팔을 붙잡았다. 데쓰로는 시몬의 손을 뿌리치며 심한 욕설을 내뱉으려다 말고 입을 꾹 다물었다. 내가 이토록 어리석을 줄이야. 저렇게 단순한 사기를 눈치채지 못하고…… 데쓰로는 사기꾼을 노려봤다. 어떻게 하면 시몬에게 접근할 수 있을까 고민하다 기묘한 아이디어가 떠올랐을 것이다. 사람들은 이해할 수 없는 것을 두려워하고 기이한 것을 신비하다 여기니까. 그는 고래 곁에 숨어 마치 고래와 깊은 연관이라도 있는 것처럼 행동했고 약간의 노력으로 변장한 후 바다에서 온 신비한 사나이처럼 굴며 시몬의 불안한 마음속으로 침투했다. 그리고 시몬의 집에 머물며 앨런에 대한 정보를 수집했겠지. 대화도 나누었을 것이고 시몬의 추억과 기억을 조합해 그럴듯한 이야기 몇 개를 떠올렸을 것이다. 그리고 오늘 아침엔 마치 죽은 앨런을 만나고 온 것인 양 조잡한 쇼를 벌였다. 비과학적이고 감상적인 말을 늘어놓고 심지어 그럴듯한 유품까지 보여주면 사람을 잃은 자들은 금세 무릎을 꿇고 눈물을 터뜨리고 마니까. 빌어먹을 자식. 약해져 있는 시몬을, 바보가 된 시몬을, 저렇게 속이고 능멸하다니.

시몬은 적개심이 담긴 눈으로 데쓰로를 쏘아보며 말했다.

"데쓰로, 나가줘."

데쓰로는 아무런 움직임 없이 입술을 약간 벌리고 눈을 감은 채

서 있었다. 그러곤 허공에 말을 걸듯 중얼거렸다.

"넌 지금 이 순간에도 현실에서 계속 멀어지면서 앨런과 시간을 보내고 있어. 똑같은 장면을 되풀이하며 살고 있겠지. 하지만 그러다 언젠가 완전히 미쳐버리게 될 거야. 우린 모두 사람들을 잃지. 하지만 어쨌든 그건 과거의 일이야. 나를 봐. 현재! 여기에! 네 동료가 있단 말이야."

"더는 듣고 싶지 않아. 넌 앨런이 그렇게 되고 지금까지도 연구에 차질이 생기는 것만 걱정했지. 내가 모를 줄 알아? 넌 나를 걱정하는 게 아니야. 자신을 걱정하는 거지. 하지만 이 남자는 달랐어. 그는 나를 잘 모르지만 진심으로 나를 걱정해주었고 심지어 나를 위해 앨런까지 만나고 왔어. 누구인지도 모르는 사람조차도 그러는데 너는,"

데쓰로가 시몬의 말을 자르고 빈정거리는 말투로 말했다.

"누구? 무엇이 아니고? 처음엔 동물이라고 하더니 이젠 사람이 되었나보네. 저 대단한 친구는 너에 대해서는 잘 몰라도 앨런은 잘 아나봐. 신기한 일이야. 좋아, 그렇다고 하자. 어디를 다녀왔다고? 바다? 해저에?"

시몬은 아무 말도 못하고 그저 데쓰로를 노려보기만 했다.

"이봐, 시몬. 신비하다는 건 우리에게는 병과 같아. 그것이 사람들을 홀릴 수는 있지. 그것에 관심을 갖고 호기심을 품을 수도 있어. 그건 좋아. 하지만 그것을 믿는 것은 다른 문제야. 특히 너와 나는 그것을 과학으로 증명하는 사람들이잖아. 누구든 설득시킬 만한 타당한 논리를 만드는 사람들이라고. 물속을 아무리 쳐다본다고 해도 그 속을 볼 수는 없는 법이야. 만약 물속에서 뭔가가 떠오른다면 그거야말로 환상이지. 아니야? 내 말이 틀려? 시몬, 난 그 신비라는 것이 사람을 어떻게 바보로 만드는지 여러 번 보았어."

데쓰로의 표정이 딱딱하게 굳었다. 입을 꾹 다물었다. 느닷없이 기억 하나가 떠오른 것이다. 데쓰로는 입안의 살점을 어금니로 질겅질겅 씹으며 미세하게 몸을 떨었다. 1995년 1월의 겨울이 눈앞에서 영화처럼 생생하게 재현되기 시작했다.

*

"이번 겨울은 유독 춥다. 따뜻한 음식을 많이 먹어야 한다. 그리고 아들, 예감이 좋지 않아. 늘 조심해야 해."

그날도 어머니는 잔소리를 했다. 그날따라 유독 데쓰로의 귀에 어머니의 말이 불쾌하게 느껴졌다. 포럼 내내 힘든 논쟁을 이어온 터라 컨디션이 엉망인 탓도 있었지만 '예감이 안 좋다'라는 실체는 없고 기분만 나빠지는 말이 거슬렸던 것이다. 데쓰로는 어머니의 말에 잔소리는 그만 듣고 싶다고 차갑게 대꾸했다. 어머니는 아들의 말을 묵묵히 듣고 전화를 끊었다.

교토대에서 열린 동남아 포럼에 참석중이었다. 포럼 주제 중 하나인 '지진 예측 연구 비판'의 패널을 맡았기 때문이다. 데쓰로는 딱딱한 의자에 앉아 세 시간 동안 하나마나 한 보고들을 들었고 뜬구름 잡는 예측과 아무리 봐도 전망이 없는 거짓 희망을 전해 들었다. 데쓰로는 그들과 생각이 달랐다. 지진을 예지하고 예측하는 것에 관한 연구는 관둬야 한다. 큰 지진은 주기적으로 반복되어왔다. 발생하기 전 전조 현상이 있다는 주장은 많다. 동물들의 이상행동, 심해어의 출현, 물고기들의 떼죽음 같은 것을 대표적인 사례로 들 수 있다. 하지만 그것은 어쨌든 가설일 뿐이고 혹 맞는다고 할지라도 그 전제를 이용해 학자들이 대비할 수 있는 게 없다. '지진학은 지진에 대비할 수 있다.' 이 말은 단순하고 명쾌해서 어떻게 보면 굉장히 쉽다. 연구가 인간의 삶에 도움이 되는 당위까지 확보하므로 당연한 목표처럼 보이지만 실은 불가능한 명제다. 일본 전역에 지진 센서 수백 수천 개를 설치한다고 해도 센서는 '오늘의 지진'만 감지한다. '내일의 지진'을 감지할 수 없다면 무용한 첨단 장비일 뿐이다. 데쓰로는 예측 가능성과 그 논거에 대해 조목조목 비판했고 노력의 무의미함을 주장했으며 마침내 "지진은 신의 영역이다"라고까지 발언했다. 저명한 지진학자들과 학회원들은 불쾌감을 감추지 못했다. 일본 최고의 권위자마저 공개적으로 데쓰로를 비난할 정도였다. 진정한 연구자의 자세가 아니다, 라는 식으로 감정싸움까지 걸어오는 패널도 있었다.

그는 잠들기 전 뒤척이며 생각했다. 예감은 무슨. 피곤한 것 외에는 아무 느낌도 없다. 그는 새벽에 고베에서 걸려온 전화를 받기 전까지 꿈 한 번 꾸지 않고 잘 잤다.

생선 가게를 운영하는 데쓰로의 어머니는 평소처럼 새벽 네시에 일어나 향을 피우고 불단에 기도를 올린 뒤 장을 보러 나갔다. 추운 겨울이었다. 그녀는 길을 걷다 문득 등뒤를 돌아봤다. 아무것도 보이지 않는 칠흑 같은 어둠 속, 골목 끝 둥근 어둠이 평소보다 까맣고 단단하게 느껴졌다. 마치 차가운 암석 같았다. 그 순간 천지를 울리는 쾅 소리와 함께 그녀는 바닥에 쓰러졌다. 땅이 위아래로 흔들렸다. 그녀는 누워 있는 자세 그대로 계단 두 개 높이의 공중으로 날아올랐다. 건물이 종이 상자처럼 구겨지고 창문이 깨졌다. 자동차가 고무공처럼 통통 튀어오르다가 서로 부딪쳐 쿵쿵 소리가 들렸다. 담벼락이 무너지고 아스팔트가 세로로 길게 갈라졌다. 그런 것들보다 그녀를 더 무섭게 했던 건 땅속 깊은 곳에서 들리는 소리였다. 거대한 지판 두 개가 서로를 밀어내며 부서지는 소리. 그건 이 세계가 아닌 다른 세계에서 들려오는 큰 바람 소리 같았다. 그녀는 이 모든 압도적인 파괴 앞에서 이것이 '지진'이라는 인지조차 하지 못했고 비명도 지르지 못했다. 나중에 그 지진이 불과 십오 초 정도였다는 뉴스를 들었을 때 그녀는 믿지 못했다.

"십오 초였다고? 십오 초…… 아니야. 그럴 리 없어. 그 짧은 시간에 그런 큰일이 벌어질 순 없는 거야."

훗날 어머니는 그날의 기억에 대해 데쓰로에게 담담하게 말했다. 마치 '저기 하늘에 예쁜 구름이 흘러가는구나'라고 말하듯, 너무도 평온한 음성이었다.

"십오 초가 아니었어. 일생 중 가장 긴 시간이었지. 이렇게 세상이 끝나는 줄 알았다. 흔들림이 멈추고 무덤과 같은 긴 적막 후 사람들이 거리에 몰려나오기 시작했다. 돌무더기 속에서 비명이 터지고 그 앞에서 절규하는 자들이 몸부림치며 신음하더구나. 걸을 수 있는 자들은 초등학교로 대피했지. 고속도로가 무너졌고 바닥 곳곳이 갈라져 도저히 차가 다닐 수가 없었어. 그저 앞사람을 따라 한 발 한 발 걸어가는 수밖에. 의지할 데도, 도와주는 이도 하나 없었다. 그러다 문득 하늘을 보니 이상했어. 빨갛게 보였거든. 아직 어두운 새벽인데 불빛 하나 없고 태양도 없었는데 저렇게 밝다니. 그건 불이었어. 곳곳에서 불길이 붉은 혀처럼 하늘로 피어오르더구나. 폭탄이 터지는 것처럼 펑펑 소리가 났어. 그건 정말 지옥이었어. 금방이라도 땅이 입을 크게 벌려 우리 모두를 삼킬 것만 같았지. 돌멩이, 나무, 풀뿌리 하나 남기지 않고 모조리 그 불에 삼켜지는 줄 알았단다."

지진이 끝나고 데쓰로의 가족은 둘밖에 남지 않았다. 어머니와 한 살 난 고양이 우미. 데쓰로가 고베에 도착했을 때 어머니는 우미를 품에 안고 무너진 집터에 앉아 있었다. 장롱이 모두 넘어져 그 밑에 깔려 있는 아버지의 오른팔 외에는 볼 수가 없었다. 큰방과 작은방 사이의 벽이 여동생과 두 살 난 조카가 있던 작은방 쪽으로 무너졌다. 어머니는 목이 다 쉬어서 목소리가 거의 나오지 않는데도 계속 남편과 딸, 그리고 손녀의 이름을 불렀다.

어느 날 고베에 이방인이 들어왔다. 나고야에서 왔다는 것 말고는 그에 대해 알려진 것이 없었다. 그는 자신이 죽은 자와 대화할 수 있다고 주장했다. 살아남은 자들은 대부분 가족을 잃었다. 해결하지 못한 일, 비밀들, 오해, 사랑, 미련, 미뤄둔 일, 고백하지 못한 말, 사과하지 못한 것…… 갖가지 사연들이 어느 순간 칼로 자른 듯 뚝 끊겨버렸다. 사람들이 그 주위에 몰려들기 시작했다. 그가 신통하게 가정사를 꿰뚫어본다고 했다. 부부 사이의 갈등이 무엇이었는지, 감추고 있는 비밀이 무엇인지도 안다고 했다. 소문은 소문을 낳고 그가 있는 천막엔 아침부터 저녁까지 긴 줄이 생겼다. 상처받은 자들이 비밀을 털어놓았고 눈물을 흘리며 죽은 자들에 대해 이야기하기 시작했다. 그는 오랫동안 눈을 감고 경청하고 어떤 대상을 향하여 기도를 했다. 눈을 떴을 때 그는 죽은 자를 만나고 왔다고 했다. 그는 사람들에게 희망을 주었고 위로를 건넸으며 갈등을 풀어주었다. 죽은 이로 빙의해 가족과 대화하기도 했다. 진흙 속에 얼굴이 파묻혔다고 기침을 하고 숨이 막힌다고 스스로 목을 죄는 그 모습에 사람들은 오열하고 눈물을 흘렸다. 그는 바빴다. 죽은 자가 수천 명이라 그들을 오래 만나기가 어렵다고 했다. 때문에 순서가 필요하다 했고 시간이 필요하다 했으며 확답도 해주지 않았다. 데쓰로의 어머니는 우미를 품에 안고 날마다 천막으로 들어가는 줄에 서서 그와 만나길 기다렸다. 그녀는 혼이 나간 얼굴로 데쓰로에게 말했다.

"네 여동생이 어딘가에서 헤매고 있다는구나. 어쩌면 좋니."

데쓰로는 그 말을 듣고 고함을 치며 화를 냈고 다시는 천막에 가지 못하도록 했다. 그러나 그녀는 아들보다 그의 말을 더 믿었다. 심지어 남은 돈의 대부분을 자신이 살아갈 날들이 아닌 콘크리트와 흙더미에 묻힌 가족들의 마음을 헤아리는 데 썼다. 데쓰로는 그자를 찾아갔다. 하지만 그에게 다가설 수조차 없었다. 그는 수많은 이에게 둘러싸여 교주처럼 군림하고 있었던 것이다.

*

불분명한 신원, 환상적인 이야기로 상심한 이를 현혹하는 것, 자세한 설명을 하지 않고 함축적이고 비약적인 말을 늘어놓는 정체불명의 남자. 그는 데쓰로에게 어머니를 현혹했던 남자를 떠올리게 했다. 데쓰로는 심호흡을 하며 흥분을 가라앉혔다. 흉터로 남은 상처엔 시간이 흐르지 않는다. 상처에 몰두하는 자들은 그것을 지난 일로 생각할 줄 모른다. 과거가 아닌 오늘로 인식하는 것이다. 그러나 그 환각에서 벗어나는 것이 인간의 삶이다. 데쓰로는 말했다.

"시몬, 나는 원래 지진학자의 솔직한 양심으로 지진을 예측할 수 있다는 가능성을 비웃었어. 하지만 지진으로 가족을 잃고 보니 지진학자로서 아무것도 예측할 수 없다는 것이 견딜 수 없더군. 그래서 결심했지. 불가능하다고 결론 내린 무모한 연구를 시작하기로 말이야. 그리고 널 만났고 앨런을 만났어. 지금 생각해도 기적과도 같은 팀이라고 생각해. 완고했던 판단이 조금씩 녹아가며 새로운 생각이 생겨났거든. 이제 내 마음은 '지진 예측을 할 수도 있다'로 바뀐 상태야. 그런데 지금 이 모든 일이 수포로 돌아갈 위기에 놓여 있어. 나는 노력했어. 그리고 기다렸지. 네 맘을 알기 때문이야."

데쓰로는 말을 멈추고 자신을 노려보는 시몬의 눈을 바라봤다. 전에 없이 생기가 돌고 흥분되어 있었으나 여전히 눈빛이 탁했다. 반쯤 죽어 있는 눈이었다. 왼쪽 머리가 한쪽으로 눌려 있고 수염은 덤불처럼 우거져서 헝클어뜨리면 뭐라도 튀어나올 것 같다. 데쓰로는 시몬이 이런 터무니없는 논리를 편다는 게 이상해 보였다. 어떻게 시몬이 그런 허무맹랑한 말을 믿을 수 있단 말인가. 데쓰로는 그 순간 깨달았다. 더는 할 수 없다. 시몬은 정상이 아니다. 설득할 수도 이해시킬 수도 없는 상태다. 앨런 때문에라도 어떻게든 시몬을 일으켜보려 했는데, 무리다. 이건 내 힘으론 불가능한 것이다. 실의에 잠긴 시몬을 어떻게든 위로하려고 애를 썼던 날들이 떠올라 그저 허탈해졌다. 하지만 어떤 방법을 써도 시몬은 점점 더 나쁜 쪽으로 변해갔다. 나중엔 앨런에 대해 이야기하도록 내버려두었다. 억지 노력으로 되지 않는다면 자연스럽게 감정이 변하길 기다린 것이다. 꿈을 통해서건 말을 통해서건 앨런은 우리한테 돌아오지 않는다. 그러나 그게 시몬의 마음을 달래준다면 꿈을 꾸고 말을 하도록 내버려두기로 했다. 잘못된 판단이었다. 시몬은 돌이킬 수 없는 상태로 완전히 바뀌어 더이상 사고 이전의 화산학자가 아니었다. 데쓰로는 서서히 고개를 끄덕이며 물었다.

"알았어. 갈게. 그전에 한 가지만 확인해볼게. 둘만 이야기하고 싶어."

데쓰로는 고개를 돌려 책상에 걸터앉아 있는 남자를 노려봤다. 그는 상관없다는 표정으로 어깨를 으쓱 올렸다 내렸다. 둘은 밖으로 나갔다.

데쓰로는 담배에 불을 붙이고 시몬에게 권했다. 시몬은 굳은 얼굴로 됐다고 했다. 데쓰로는 연기를 깊게 들이마신 뒤 길게 내뱉었다.

"시몬, 네가 생각하기에 앨런은 살았어, 죽었어?"

"……"

"그러면 우리가 함께 아는 사실부터 시작해보자. 죽은 자가 말할 수 있어, 없어?"

"……"

"대답을 못하네. 어려운 질문이 아니야. 죽은 자는 말할 수 없어. 생물학적으로도 그렇고 과학적으로도 그래. 시몬, 앨런은 말하지도 설명하지도 못해. 그것은 살아 있는 우리가 하는 일이지. 그런데 앨런의 말을 듣고 왔다고? 너도 알잖아. 그것은 사실이 아니야. 그리고 지금까지 나한테 한 말들, 그러니까 그자가 고래의 입에서 튀어나왔고 몸이 변형되고 심지어 오늘 아침엔 물속에 들어갔고 어쩌고저쩌고 앨런을 만나고 왔다는 말, 역시 사실이 아니야."

데쓰로는 씁쓸한 얼굴로 작은 소리로 중얼거렸다.

"물론 이따금 앨런이 하는 말을 듣게 되는 날이 있지. 너무 생생하고 현실적이어서 이 집에 앨런이 없다는 것이 도리어 믿기지 않을 정도야. 하지만 시몬, 우리가 듣는 앨런의 말은 우리의 기억 속에서 앨런이 하는 말이야."

시몬은 아무 말도 못한 채 시선을 바닥에 두고 멍하니 서 있었다. 다 맞는 말이다. 하지만 그 말이 맞는다고 인정할 순 없다. 나는 데쓰로가 비난하고 있는 그 모든 것이 실제로 믿어진다. 이 말도 안 되는 상황이 믿어진다는 게 스스로도 이해되지 않지만. 시몬은 목걸이를 소중하게 꼭 움켜쥐고 작은 소리로 겨우 답했다.

"네 말이 맞아. 그런데 난 저 남자가 하는 말을 믿어. 믿고 싶어서 믿는 게 아니야. 그것이 사실이라는 판단 때문에 믿는 거지. 네가 날 이상하게 생각한다는 것 알아. 미쳤다고 생각할지도 모르지. 이해해. 나라도 그랬을 거야. 혹시 모르지, 내가 진짜 미친 걸 수도. 하지만 내가 보고 있는 것을 너도 보고 있잖아. 난 저자가 누군지 몰라. 하지만 그가 말하는 앨런은 나와 네가 알고 있는 그 앨런이 맞아. 심지어……"

시몬은 입술을 깨물며 어두운 얼굴로 한참 하늘을 바라보며 가만히 서 있었다.

"앨런의 비밀까지 알고 있었어."

데쓰로는 의아하다는 얼굴로 물었다.

"비밀?"

시몬은 쥐고 있던 손바닥을 펴고 엉킨 목걸이를 풀기 시작했다.

"앨런에게 아이가 있었대."

"뭐?"

순간 데쓰로의 음성이 높아졌다. 시몬은 데쓰로에게 남자와 있었던 일을 자세히 말해주었다. 데쓰로는 시몬의 말을 한 마디도 놓치지 않고 들으려 미간을 찌푸리고 귀를 기울였다. 시몬의 말이 끝났다. 데쓰로는 한동안 아무 말도 못하고 가만히 시몬을 쳐다보기만 했다. 시몬은 자리에 주저앉아 얼굴을 감쌌다. 곧 울음을 터뜨릴 것처럼 어깨가 떨렸다. 데쓰로는 시몬을 일으켜세웠다.

"너…… 그거 어떻게 알았어? 앨런은 너에게 말하지 못했다고 했는데."

"무슨 말이야. 너 알고 있었어?"

"그것보다, 그 이야기를 정말 저 사람이 해줬다고?"

시몬은 고개를 끄덕였다. 데쓰로는 혼란스러웠다. 네가 어떻게 알고 있느냐 묻는 시몬의 재촉에도 입을 꾹 닫고 이 상황을 이해해 보려고 애썼다. 앨런에게 아이가 생겼다는 걸 아는 사람은 두 사람밖에 없다. 하나는 바다에서 실종됐고 다른 하나는 나인데…… 난 누구에게도 앨런에 대해 말한 적 없다. 심지어 시몬에게도 그 이야기를 꺼낸 적이 없다. 데쓰로는 눈을 감고 기억을 샅샅이 뒤졌다. 자신이 혹시 누군가에게 실수로 그런 말을 한 적이 있는지, 술에 취했거나 뭔가 제정신이 아니었던 적이 있었는지도 생각해봤다. 없다. 그런데 어떻게 시몬이 이 사실을 알고 있는 것인가. 데쓰로는 서서히 고개를 돌려 닫혀 있는 문을 바라봤다.

노스탤지어

집안에 정적이 감돌았다. 묘한 분위기였다. 데쓰로의 표정이 처음과 달라졌다는 것을 그는 금세 눈치챘다. 멀찍이 떨어져 벽에 등을 대고 가늘게 뜬 작은 눈으로 자신을 관찰하고 있었다. 눈빛엔 의심과 불안이 담겨 있었다. 남자는 데쓰로가 자신에게 주는 기운이 불편한 동시에 어딘지 모르게 그의 표정과 얼굴에서 익숙함을 느꼈다. 그게 무엇인지 가물가물했다. 그는 천천히 데쓰로에게 다가갔다. 데쓰로는 그와 자신의 거리가 가까워지자 본능적으로 손을 올리며 뒷걸음질치려 했다. 하지만 등뒤가 벽이어서 움직일 수 없었다. 그는 데쓰로 앞에 서서 허리를 숙여 키를 맞춘 뒤 데쓰로의 얼굴을 찬찬히 살폈다. 데쓰로는 자신도 모르게 눈을 피해버렸다. 그의 눈빛이 깊숙한 곳을 들여다보는 것 같아 공포감이 덮쳐왔다. 그의 얼굴에는 상대가 즉시 위축될 만한 뭔가가 있었다. 위압감은 아니었고 으스스한 신비함에 가까웠다. 그는 물었다.

"혹시 일본인?"

데쓰로는 더듬거리며 그렇다고 답했다. 그는 갑자기 뭔가 생각났다는 듯 고개를 돌려 시몬에게 물었다.

"지금이 1997년, 정확한가?"

시몬은 고개를 끄덕였다. 그는 한 손을 이마에 대고 골똘히 생각에 잠겼다. 여러 감정이 뒤섞이는 듯 표정이 복잡했다. 뭔가를 억누르기 위해 숨을 고르는 사람처럼 그는 자신을 통과하고 있는 어떤 감정을 무사히 보내기 위해 애쓰고 있었다. 한참을 그렇게 서성이던 남자가 중얼거렸다.

"전쟁은 어떻게 됐지? 당시 미국과 영국이 오버로드 작전으로 노르망디에서 독일놈들을 박살냈었는데. 그후로 어떻게 된 거지?"

시몬은 데쓰로에게 다가갔다.

"무슨 말이야?"

데쓰로 역시 전혀 모르겠다는 듯 고개를 저었다.

"모르겠어. 그냥 말을 돌리는 것 같은데? 느닷없이 전쟁이라니."

그는 현기증을 느끼고 이마에 손을 얹고 소파에 앉았다. 그러곤 시몬에게 물었다.

"전쟁은 누가 이겼지? 그러니까 지금으로부터 약 오십 년 전이겠군."

데쓰로가 끼어들었다.

"노르망디라면 2차 세계대전을 말하는 것 같은데 그건 1945년에 연합군의 승리로 끝났습니다."

"조금 더 자세히 설명해줄 수 있겠나?"

데쓰로는 자신이 알고 있는 선에서 노르망디전투 이후의 상황을 다음과 같이 간략하게 설명했다. 연합군의 승리로 프랑스가 영토를 회복했고 가을에는 소련도 영토가 해방됐다. 12월 서부전선 아르덴에서 독일군이 크게 패배하고, 다음해 4월 소련군이 베를린까지 진격하자 이에 절망한 히틀러는 자살했다. 밀라노 근교에서 무솔리니까지 살해됨으로써 유럽에서의 전쟁은 끝이 났다. 그리고 마지막 남은 일본은 미국의 원자폭탄 투하 이후, 무조건 항복을 선언했다. 그는 데쓰로의 이야기 중간중간 믿기지 않는다는 표정을 지었고 히틀러의 자살 소식에는 큰 충격을 받았다. 일본의 항복 소식에는 고개를 들어 흘낏 데쓰로를 쳐다봤다. 그는 팔짱을 끼고 바닥을 바라보다 낮은 소리로 말했다.

"그러니까 전쟁이 완전히 끝났다는 말이로군."

그러고는 힘을 주어 눈을 질끈 감았다.

짧고 단순한 진술 사이로 시간은 흘러갔다. 회복했다, 해방됐다, 패배했다, 승리했다, 항복을 선언했다, 자살했다. 과거가, 겪어보지 못한 일들이, '그리고'라는 접속어 하나로 저렇게 쉽게 바뀌는 것이 믿기지 않았다. 그는 앞뒤를 연결할 수 없는 기억의 한복판에 서서 눈을 뜨고 천장을 바라봤다. 사방에서 밀려드는 환각으로 혼란스러웠다. 머리 위로 굉음을 내며 비행기가 낮게 날아다녔다. 그것이 환영인 줄 알았지만 그는 두려움에 어깨를 움츠렸다. 우박이 내리듯 소이탄이 곳곳에서 떨어졌다. 주위에 연기가 자욱했고 무너지는 담벼락 사이로 석횟가루가 쏟아졌다. 먼 하늘은 화재 때문에 진분홍빛으로 물들었고 곳곳에 폭탄 파편으로 인한 녹청색 불꽃이 타올랐다. 매캐한 연기에 눈물이 흘렀다. 갑자기 그가 명치를 손으로 누르며 콜록거렸다. 시몬은 냉장고에서 스프라이트를 꺼내 뚜껑을 따 그에게 내밀었다. 그는 한 모금 급히 들이켰다. 입천장을 때리는 탄산이 따가워 인상을 찌푸렸다.

"혹시 술은 없나?"

시몬은 유리잔에 술을 따라 그에게 건넸다. 그는 뭔가 탐탁지 않다는 얼굴을 하고 잔에 든 술을 관찰했다.

"이게 뭐지?"

"발때. 사탕수수로 만든 술인데 마데이라에서 즐겨 먹는 술이에요. 원래 커피에 타서 마시면 좋은데 지금은 커피가 없어요."

"미안하지만 와인은 없나?"

시몬은 난감한 듯 뒷머리를 긁적였다. 데쓰로가 말했다.

"포트와인은 있어요."

그는 부탁한다는 얼굴로 고개를 끄덕였다. 데쓰로는 잔에 포트와인을 절반쯤 따라 그에게 건넸다. 그는 투명한 잔 속에 담긴 와인에 집중했다. 묘한 맛이었다. 기존의 포트와인보다 맛도 향도 강했다. 한 모금 마실 때마다 온몸의 세포가 뒤집어지듯 기묘한 감각으로 간지러웠고 자신이 조금씩 사라지는 느낌이 들었다. 그게 술맛이 특히 좋아서인지 자신의 감각이 이상해서인지 구분이 되지 않았다. 시몬은 그가 술잔을 쥘 때 오른손을 왼손으로 감싸는 걸 알아챘다. 떨고 있는 아이를 어른이 안아주듯 왼손이 오른손을 붙들고 있었다. 눈에 띄게 변화하고 있지만 그 변화가 결코 좋은 쪽이 아니라는 것을 알았다. 그는 잔을 내려놓고 한 손을 목으로 가져갔다. 살갗 아래서 박동이 느껴졌다. 혈압이 높아졌다는 것을 알 수 있었다. 손가락이 의지와 무관하게 일정한 리듬으로 구부러졌다 펴지면서 떨렸다. 그는 바로 옆 빈자리에 떨리는 손을 펴서 올려놓았다. 데쓰로는 엄중한 음성으로 물었다.

"시몬에게 대충 이야기는 들었어요. 하지만 나는 그 말을 믿을 수 없습니다. 당신이 누구인지 당신이 설명해줬으면 좋겠습니다."

그러곤 데쓰로는 의자에 앉았다. 데쓰로가 고른 의자는 그에게서 가장 멀리 떨어진 것이었다. 불편한 사람과 가까이 있기 싫어하는 소심한 아이처럼 일부러 떨어져 앉았다. 데쓰로의 위치 탓에 삼각형의 구도가 기형적으로 길쭉해졌다. 그들은 한 공간에 모여 있었지만 각기 다른 세 개의 끝에 앉아 있는 것 같았다. 이를테면 세 나라의 국경이 맞닿은 곳에 놓인 테이블 같은 풍경이었다. 그는 입을 꾹 다물고 있었다. 데쓰로는 수수께끼를 풀고야 말겠다고 마음먹고 단호하고 딱딱한 목소리로 다시 말했다.

"당신은 누굽니까?"

"나는 누굴까? 어떻게 설명해야 할까? 나도 그게 참 궁금하고 답답하다네."

그는 힘없이 웃으며 잠시 이 상황을 즐기려는 듯 머리 뒤로 양손을 깍지 끼었다. 그의 목소리는 쉬어버릴 것 같았으나 아슬아슬하게 유지되고 있었다. 시몬은 데쓰로의 태도가 무례하다고 느끼면서도 자신도 그에 대해 아는 게 없으니 편을 들 수가 없었다. 시몬은 잠자코 그의 대답을 기다렸다. 그가 손등으로 입가에 묻은 와인을 닦아내며 말했다.

"노스탤지어라는 말은 그리스어로 '오래된 상처의 통증'이라는 뜻이네. 일반적으로 상처가 오래되면 통증이 생기지 않지. 흉터는 남지만 상처는 사라지니까. 그러니까 그 말은 일종의 은유라고 볼 수 있어. 그런데 경우에 따라서 은유가 아닐 수도 있네. 정말로 오랫동안 상처가 낫지 않고 계속 같은 크기의 고통을 주는 경우가 있거든. 다시 집으로 가고 싶어하는 것. 가족을 만나고 싶어하는 것. 지금은 비록 여기에 있지만 오래전 기억이 있는 과거의 시간으로 돌아가고 싶은 것. 그 마음은 기억보다 훨씬 강력하고 실제로 고통스럽네. 기억이 다 사라져 아무것도 보이지 않아도 본능적으로 사람들은 그곳을 향해 머리를 돌리곤 하니까. 돌고 돌아 다시 집으로 향하는 여행. 그것이 삶이라는 것은 인간이 만들어낸 이야기의 중요한 주제이기도 하지. 이렇게만 말할 수 있겠네. 여전히 기억이 나지 않아. 하지만 집에 돌아와야 했네. 통증이 그치질 않았거든."

그는 눈을 돌려 벽시계를 봤다. 오후 네시 사십오분. 방금 막 분침이 앞으로 움직여 사십육분이 되었다. 시곗바늘의 시침과 분침이 벌어진 틈 안에서 수많은 사건이 일어났을 것이다. 시계는 가만히 있지만 시간은 그렇지 않다. 시간은 저렇게 규칙적으로 흐르지만 내 시간은 다르게 흐른다. 이곳에 서 있을 때조차 시간은 사람을 소진시키는 병처럼, 시체 위에 들이붓는 축축한 검은 모래처럼, 사납게 덮쳐오고 있다. 온몸을 갉아먹고 있다. 그는 알았다. 시간이 많지 않다는 것을. 시위를 떠난 화살처럼 빠르게 머리 위로 날아가고 있다는 것을. 소파에서 일어나 비틀거리며 걸어 창밖을 바라봤다. 강풍이 먼지를 말끔히 날려버리며 불고 있었고 깨끗한 풍경 속에서 나무들이 휘청거리며 흔들리고 있었다. 그는 나무들의 수를 하나씩 셈하며 얼마나 시간이 많이 흘렀는지, 그게 얼마나 아득하게 느껴지는지 가늠해보았다. 그 순간 하늘을 덮고 있던 구름이 걷혔다. 강한 햇빛이 쏟아져내렸고 어둠 속에 이완되어 있던 그의 동공이 기분좋은 통증과 함께 수축됐다. 빛과 그림자를 가르는 선이 거실에 선명하고 길게 생겼고 네모난 빛의 공간이 생겼다. 창문을 통해 비스듬히 새어들어온 황금빛 광선 속에서 부유하는 먼지가 부드럽게 춤을 추었다. 그는 손을 펼치며 마치 물속에서 물결을 만지듯 그것들을 섬세하게 어루만졌다. 그가 잠긴 목소리로 말했다.

"내가 누군지는 설명할 수 없지만 어디에서 왔는지는 말할 수 있네. 유토피아는 두 가지의 어원을 갖고 있어. 유토포스(eu-topos), 말 그대로 '좋은 곳'이라는 뜻이지. 그리고 우토포스(ou-topos), '어디에도 없는 곳'이라는 뜻이네. 이 세계엔 유토피아가 없지만 내가 있었던 세계엔 있지. 바다 깊은 곳에 또다른 바다가 있네. 바다의 바다라고 해야 할까. 거기에 유토(euto)가 있네. 그곳의 대기가 이렇게 황금빛이었네. 머리 위의 하늘과 흐르는 물결 속에 금이 녹아 있었지. 녹은 철과 금으로 이루어진 바다, 유토. 나는 그곳에서 건너왔네."

그 순간 시간의 횡단면과 다른 세계의 장벽을 뚫고 어떤 이름 하나가 그의 머릿속에 떠올랐다. 우주에서 뜨거운 운석이 해변에 떨어진 것처럼 그 단어가 그의 머릿속에 박혀버렸다. 이름이 흩어진 기억의 조각을 모으고 그 중심을 꿰뚫었다. 시간에 순서와 질서가 생겼다. 그가 나지막이 자기 이름을 말했다. 마치 자기 자신에게 상기시키는 것처럼. 너무 작은 소리로 중얼거려서 시몬과 데쓰로는 그 말을 알아듣지 못했다. 그가 시몬을 보며 말했다.

"토니오. 나는 토니오네."

2부

토니오

토니오(Tonnio). 나는 그렇게 불렸다.

Tonio가 아니다. 반드시 'n'을 두 개 넣어야 한다. Tonnio다.

내 진짜 이름은 토니오가 아니었지만 누군가가 나를 그렇게 불렀다.

토니오, 등뒤에서 부르는 소리에 나는 뒤를 돌아봤다.

그게 기억이 난다.

중력이 없는 지구의 중심.

바다 밑의 바다.

세계의 안쪽.

유토.

토니오. 유토에서 이름을 잊어버렸다.
토니오. 유토에서 이름을 다시 떠올렸다.

토니오, 라고 부르는 음성을 좇아 유토에서 빠져나왔고
토니오, 라고 부르는 음성을 좇아 여기까지 헤엄쳐 왔다.

마지막 비행

격납고 입구에 서서 활주로에 얌전히 놓인 비행기를 바라보았다. 새삼 내 나이가 너무 많다는 생각이 든다. 벌써 마흔셋이다. 그동안 수많은 사고를 당했다. 크고 작은 흉터와 흔적이 피부와 뼈에 새겨졌다. 이제 낙하산을 타고 뛰어내릴 수도 없고 전처럼 날렵하게 조종석에 올라서는 것도 힘들다. 사흘에 이틀은 간 기능이 멈추는 듯하고 이틀에 하루는 멀미에 시달린다. 과테말라에서 사고를 당한 뒤로는 한쪽 귀가 밤낮없이 윙윙거려 속이 매스껍다. 짐을 들 때도 허덕이고 침대에서도 힘들게 일어나며 땅에 떨어진 손수건을 줍는데도 허리에 통증을 느낀다.

날은 화창하여 기상에는 아무 문제가 없다. 항공 일지에 서명하고 조종석에 올랐다. 스카프, 스웨터, 가죽 비행복, 부츠를 몸에 걸치고 있는 것만으로도 숨이 찬다. 시계와 고도계, 지도 상자를 쥐고 있는 두꺼운 장갑 아래 손가락은 딱딱하게 굽어 펴지지 않는다. 하지만 조종석에 앉는 순간 마법처럼 몸이 가벼워진다. 짓누르는 체중과 통증이 씻은 듯 사라지는 것이다. 활주로 너머 희미한 지평선의 푸른빛이 모든 허공을 채우고 있다. 어쩌면 이 맛에 계속 비행기를 타려고 하는 것은 아닐까. 오전 여덟시 사십오분. 비행기가 기지를 출발한다.

전투 비행 중대에 합류해도 좋다는 허락이 떨어지고 일 년간 정찰 업무를 해오고 있다. 하늘에서 바라보는 풍경은 아름답다. 아아, 얼마나 잘 정돈된 세계인가! 상자 속에 들어 있는 양우리처럼 고요하고 단정한 선과 면의 세계. 별과 구름과 새의 시선으로 바라보는 지상은 평화롭다. 저곳에 총탄이 빗발치고 폭격이 일어난다는 것을 도무지 믿을 수 없는 것이다. 기수를 이백사십 도 각도로 기울이며 탄두 모양의 검은 엔진 덮개를 바라본다. 프로펠러 뒤로는 아침 풍경이 흔들리고 있다. 오른편 지평선은 층운으로 가득차 있고 왼편 수평선은 공허한 안개 같은 것으로 흐릿하다. 계기판 위에 태양이 반사된다. 빛나는, 찬란한, 수정 같은 태양. 방향타를 살짝만 돌려도 풍경 전체가 바뀌는 마법 같은 순간. 비행기는 곧 무진동 상태가 된다. 자이로스코프, 고도계, 엔진 회전율이 모두 일정하게 유지된다. 마치 호수에 뜬 정오의 나무배 같다.

나는 기지개를 켜고 가죽 의자에 목을 기대고 길게 숨을 내쉰다. 공식적으로 허락받은 임무는 다섯 번뿐이었지만 벌써 열 번의 비행이다. 퇴역해야 할 이유가 열 가지나 되지만 전쟁은 끝나지 않았고 무엇보다 나는 내 전쟁에서 물러설 수 없다. 최선을 다해 나 스스로를 고통스럽게 만드는 것 외에 내 양심과 잘 지낼 방법을 모르겠다. 나도 나를 이해할 수 없다. 거의 자살하려는 사람처럼 전투에 몸을 던지고 있지 않은가. 비행기 고장과 격추의 위험이 도사린 저 텅 빈 사막 같은 하늘이 내가 죽을 곳이다. 죽임을 당하고 싶지는 않지만 죽어야 한다면 기꺼이 눈을 감을 거다. 그러나 나는 그게 마음 깊은 곳에 숨은 내 욕심인 걸 알고 있다. 그럴듯한 명분을 핑계로 비행기에 올라타지만 실은 지상의 어디에도 쉴 곳이 없다. 상공에서 엔진과 단둘이 마주 대하고 있을 때의 그 적막감. 바람을 가르며 투명한 대기를 뚫고 고도를 높일 때마다 삶에서 점점 멀어지고 있다는 고독과 기분좋은 쓸쓸함. 남아 있는 모든 젊음과 자유가 프로펠러 뒤쪽으로 쓸려나가는 기분이 든다. 조종석에 앉아 보지 않은 이들은 상상조차 할 수 없는 이 느낌. 나는 그것이 좋다.

순간 펑 하고 지상에서 탄(彈) 소리가 들렸다. 이윽고 오른쪽 날개를 아슬아슬하게 빗겨 포탄이 날아갔다. 알 수 없는 곳에서 비행기를 조준한 포격이 이루어지고 있었다. 엔진 회전율을 최대치로 끌어올렸다. 기수를 왼쪽으로 급하게 돌렸다. 곡선을 그리지 못하고 거의 직선으로 꺾이는 비행기. 포격은 멈추지 않았다. 불붙은 포탄이 사나운 짐승처럼 비행기를 물어뜯으려고 달려들고 있다. 얼마나 피할 수 있을까. 이 비행기는 얼마나 버틸 수 있을까. 항상 위험을 건너왔지만 그것은 결코 학습을 통해 극복되지도 쉬워지지도 않는다. 매 순간 한 걸음 앞에 낭떠러지가 보였다. 바닥도 보이지 않는 검은 심연이 안락한 죽음을 마련해놓고 뛰어내리라고 속삭이고 있다. 솔깃하다. 그 유혹은 너무도 강력하다. 하지만 입을 악다물고 버티며 중얼거렸다. "이번엔 아니다."

포격은 그쳤지만 왼쪽 엔진이 심하게 떨리고 있다. 장갑을 벗고 손가락으로 슬쩍 만져보니 철판이 타는 것 같다. 냉각기에서 기관차의 증기처럼 거친 김이 뿜어져나온다. 하강할 때마다 어찌나 심하게 요동치는지 비행기 전체가 분노에 떠는 것처럼 흔들렸다. 오톤 금속체인 비행기가 공포에 질린 작은 짐승처럼 두려움에 떨고 있었다. 지금 나는 이 가여운 동물을 위로해줄 여유가 없다. 머리를 조종석에 파묻고 자이로스코프 수평기를 뚫어지게 들여다보았다. 일 초, 이 초, 삼, 초 시간이 흐른다. 생과 사의 경계를 넘나드는 시침과 분침이 금방이라도 '죽음' 쪽으로 넘어갈 듯 떨리고 있다.

찰나의 순간 비행기 번호가 적힌 카드가 벽 게시판의 비행 불능 칸에 꽂혀 있는 것을 보았다. 실종되었다는 공식적인 발표도 귓가에 들리는 듯했다. 그리고 흑단같이 까맣게 반짝이는 콘수엘로의 커다란 눈동자가 보였다. 나는 엔진의 속도를 죽이고 저 망망한 바다를 향해 비상착륙을 시도하기로 결심했다. 이것이 정말 결심일까. 포기일까. 알 수 없다. 비행기가 내려설 땅이 없는데 이게 어떻게 착륙일 수 있는가. 나를 받아줄 비상착륙장은 없다. 그러나 나는 한다. 정신을 잃은 비행기를 끌어안고 수면을 향해 착륙을 시도할 것이다. 바다가 나를 삼키는 기분이 든다. 공기는 단단하게 꽉 차 있다. 바다에 부딪치기 전에 분해되고 붕괴될 것만 같다. 수면이 가까이 보인다. 할 수 있는 것을 다 한 뒤 마지막 순간에 조종간을 놓고 밖으로 내동댕이쳐지지 않으려고 좌석을 꽉 붙잡았다.

얼마나 시간이 흘렀을까. 수면에 부딪칠 때 정신을 잃은 것 같다. 비행기는 바다에 떠 있었다. 조종석에 물이 들어와 장화가 젖었고 물결이 일 때마다 바깥에서 양동이로 바닷물을 퍼 담기라도 하듯 안쪽으로 물이 들어왔다. 프로펠러와 왼쪽 날개가 물에 잠겼다. 움직일 때마다 왼쪽 갈비뼈에 말로 표현할 수 없는 통증이 느껴졌다. 벨트가 어깨를 파고들어 끊어져나갈 듯했다. 벨트를 풀어내고 장갑을 벗은 뒤 부력을 확보하기 위해 연료통의 기름을 빼냈다. 근육이 움직일 때마다 뼛조각이 움직이는 게 느껴졌다. 금방이라도 의식을 잃을 것만 같았다. 어금니를 꽉 물고 입술 사이에 신음을 머금었다. 기름투성이의 까만 손을 바닷물에 씻었다. 잘 씻기질 않았다. 계속 손을 문지르다가 극심한 피로를 느끼고 의자에 머리를 대고 눈을 감고 잠시 꼼짝도 하지 않았다. 파도 소리. 바람 소리. 파도가 비행기에 부딪히는 소리. 바람이 비행기에 막혀 사방으로 흩어지는 소리. 내 입술 사이로 새는 숨소리. 간헐적인 신음 소리. 나중엔 귓가에 혈관에서 피가 뛰는 소리가 들렸고 한참 후 소리를 지르고 있는 내 목소리가 들렸다. 그리고 아무 소리도 없었다. 망망한 바다 한가운데 오직 부서진 나와 부서진 비행기만 있었다. 통증이 느껴지는 부위로 미루어볼 때 왼쪽은 어디든 다 부러진 것 같았다. 오른손과 오른발로 왼쪽을 질질 끌어 조종석에서 겨우 기어나와 비행기 날개에 몸을 걸쳐 누웠다. 햇빛에 적당히 달구어진 철판이 너무 따뜻해 실실 웃음이 새어나왔다. 운좋게 어떤 섬에 도착한다고 해도 더는 몸을 뒤집을 수 없을 것 같다. 말 그대로 방금 죽은 동물처럼 쭉 뻗어버렸다. 하늘에 구름이 한 점도 없었다. 푸르다못해 새하얀 하늘. 실눈을 떠도 눈이 부시는 태양. 졸립다. 잠들면 다시 깨지 못하겠지. 눈꺼풀이 감긴다. 눈을 감고 다시 뜨지 않으면 이 찢기는 듯한 근육과 뼈의 통증도, 황소처럼 끌고 왔던 수레보다 무거운 삶의 무게도, 이 비참하고 무서운 의식도 더는 존재하지 않을 것이다. 두 문장이 입가에 맴돌았다.

"나는 죽을 것이다. 모두들 내가 죽었다고 생각할 것이다."

의식이 아래로, 아래로, 가라앉는다. 나는 우물에 떨어진 돌조각. 더 깊고 더 어두운 곳으로 한없이 가라앉는다. 나는 대기권 바깥으로 추방당한 프로펠러다. 그것은 부서진 채로 무의미한 공간 속에서 영원히 회전할 것이다. 미궁을 떠도는 처음과 나중. 나는 생각한다. 생각만 남은 존재처럼 생각에 관해서만 생각한다. 지금 이 생각은 살아 있는 의식일까? 아니면 죽음 이후의 의식일까? 까만 상념 속에 규칙적으로 물소리가 들린다. 그것은 음악처럼, 때론 바람처럼, 반복되고 변주되고 있다. 순간, 몽롱한 정신을 뚫고 이름 하나가 떠올랐다. '콘수엘로.'

눈을 떴다. 누군가가 손가락으로 눈꺼풀을 억지로 벌린 듯 눈이 떠졌다. 밤이다. 고개를 돌려 주위를 살펴본다. 여전히 비행기 날개에 누워 있다. 차갑게 식은 철판에 맺힌 이슬을 손바닥으로 쓸어 입술을 축이며 스스로에게 말하듯 소리쳤다.

"나는 죽지 않았다."

팔목에 차고 있던 은색 팔찌를 이로 물고 끌러 안을 살펴봤다. 콘수엘로. 당신의 이름이 적혀 있다. 나는 팔찌를 손에 쥐고 밤하늘을 바라본다. 이렇게 팔찌를 손에 쥐고 있으니 당신의 손을 쥐고 바라보았던 숱한 밤의 하늘이 떠오른다. 나는 콘수엘로가 옆에 누워 있기라도 하는 것처럼 다정한 목소리로 말했다.

"여긴 완전한 밤의 세계구나. 별빛 외엔 아무것도 없어. 사방은 수평선. 지나가는 배도 없고 먼 곳에서 들리는 그 어떤 소리도 없어. 먼 곳의 비행장에서 나를 찾는 무전사들의 애타는 목소리가 들리는 듯해. 나도 그들을 부르고 있어. 하지만 우리는 서로 아무것도 주고받을 수 없지. 그들이 보내는 무전은 내게 도착하지도 않으면서 다 어디로 가는 걸까. 콘수엘로, 당신이 창문을 활짝 열고 내가 보고 있는 저 하늘을 보고 있다는 것을 알고 있어. 하지만 우리 사이엔 절대 넘을 수 없는 장벽이 서 있지. 당신을 한 번만 만날 수 있다면 지금이라도 당장 몸을 굴려 바다에 빠져 헤엄쳐갈 텐데…… 여기는 어디일까. 나는 지도 위에 찍힌 하나의 작은 점으로 사라졌고 압정이 뚫은 까만 구멍 속으로 실종됐어. 지중해 어디쯤일 텐데. 지중해라니. 대서양도 날았고 안데스도 넘고 아프리카도 횡단한 내가 겨우 지중해에서 실종될 줄이야. 하지만 여기가 세계의 끝이야. 사람들이 결코 찾을 수 없는 사각에 나는 누워 있어.

하늘은 닫혔고 신마저 침묵하고 있어. 지금은 밤하늘을 이불 삼아 평온하게 누워 당신의 이름을 부르지만 나는 알아. 저 변덕스러운 하늘이 악천후를 숨기고 있다는 것을. 한 번의 폭풍과 한 번의 높은 파도로도 나는 바다에 빠질 거야. 대기를 뚫고 내리꽂는 번개를 대신 막아줄 피뢰침조차 없어. 콘수엘로. 미안해. 지금도 당신은 침대에 앉아 답장을 받을 수 없는 편지를 쓰며 아무 일도 일어나지 않았다는 듯 애써 미소 지으며 허공을 향해 말을 걸겠지. 토니오, 나의 토니오. 나를 부르는 당신의 목소리가 들린다. 내 절망을 이해하는 유일한 사람. 나의 사랑. 나의 황금 펜촉. 이 순간 내게 남은 유일한 회한은 당신밖에 없어. 눈을 감으면 아니, 눈을 뜨고 있어도 저 까만 허공 속에 당신의 얼굴이 벽에 조각된 것처럼 선명하게 보여. 그게 허상이라는 게 믿을 수가 없을 정도야. 당신의 목소리가 듣고 싶어. 내 이름을 부르는 그 목소리가 듣고 싶어. 이제 나는 끝이야. 잠수부처럼 깊숙한 곳으로 내려갈 마음의 준비를 했어. 내가 마지막으로 듣게 될 소리는 딱딱한 육체가 물속에 첨벙, 빠지는 소리겠지."

그때였다. 눈앞에 무엇인가 떠올랐다. 그것은 어두웠고 한눈에 다 들어오지 않을 정도로 거대했으며 살아 있었다. 말도 안 되지만 그 순간엔 살아 있는 바위라고 생각했다. 놀란 탓에 호흡이 잘 되지 않았다. 나는 숨을 몰아쉬며 그것을 올려다봤다. 어둠 속에서 희미하게 물거품과 하얀 물살이 이는 게 보였다. 이윽고 눈앞에서 거대한 눈꺼풀이 열렸다. 내 머리통만한 눈동자가 나를 바라보고 있었다. 거대한 동굴처럼 새까만 눈동자가 금방이라도 깊은 어둠 속으로 나를 빨아들일 것만 같았다. 그 시간은 실제론 짧았을 것이다. 하지만 그 순간엔, 아니 적어도 그 순간만큼은 영원 같았다. 모든 정신과 육체가 한순간에 얼어붙은 듯 정지했으니까. 하지만 아무 일도 일어나지 않았다. 그것은 나를 깊숙한 곳까지 샅샅이 살펴본 뒤 눈을 감았다.

다시 눈을 떴을 때 눈빛이 달라져 있었다. 그제야 나는 그것이 고래라는 것을 깨달았다. 눈동자 깊은 곳 너머 희미한 안개 같은 것이 부드럽게 휘돌고 있었다. 고래라는 것을 깨닫자마자 이상하게도 그 눈동자에서 인격을 느꼈다. 뭐랄까, 사유하는 인간이 어떤 의식을 갖고 생각에 잠겨 응시하는 것 같은 느낌이었다. 나는 그 시선에 사로잡혀 거의 체념한 상태로 무슨 볼일이 있어서 나를 찾아왔냐고 묻는 듯한 얼굴로 고래를 바라봤다. 여유가 아니었다. 공포에 질린 완전한 포기에 가까웠다. 고래라는 것을 알았지만 일반적으로 고래가 사람을 해치는 동물이 아니라는 것도 알았고, 상어처럼 찢어발기는 날카로운 이빨이 없다는 것을 알았지만 그래도 그것이 마음만 먹으면 쉽게 내 숨을 끊어놓을 수 있을 것이라는 공포에 사로잡혔던 것이다. 그러니까 약한 존재가 강한 존재를 만나 아무 저항도 못하고 제자리에 서서 석상처럼 딱딱하게 굳은 모습. 도망가지도 못하고 모든 것을 포기한 채 죽음을 기다리는 심정. 딱 그 상태였다. 고래는 날 어떻게 하겠다는 그 어떤 암시도 주지 않고 서서히 물속으로 가라앉았다.

그다음부터 일어난 일들은 지금 생각해도 믿을 수가 없다. 고래가 물속으로 자취를 감추고 언제 그런 일이 일어났느냐는 듯 바다는 다시 잠잠해졌다. 나는 고개를 돌려 바다를 봤다. 까만 밤바다는 아무것도 보여주지 않았다. 나는 혹시라도 뭐가 또 나타날까봐 계속 두리번거렸다. 잊고 있던 통증이 느껴진 탓에 신음을 내뱉으며 등을 날개에 붙이고 똑바로 누웠다. 먼 하늘에서부터 커다란 산 같은 구름이 몰려들고 있었다. 무슨 일이 일어났던 걸까. 방금 내가 경험한 것은 진짜일까. 아니면 극심한 쇼크로 헛것을 봤거나 꿈을 꾼 걸까. 죽음이 나를 삼키기 전 희롱하는 것일까. 감각을 교란해 환상으로 두 눈을 가린 뒤 사지로 몰고 조롱하는 것은 아닐까. 그럴 수 있다. 하지만 그렇다고 생각하기엔 고래가 너무 생생했다. 심지어 비행기 날개 이곳저곳에 고여 있는 물덩어리들은 파도에 의한 것이 아니라 고래가 솟아오를 때 떨어진 물이었다.

소리가 들리기 시작했다. 그것은 휘파람 소리 같기도 했고, 현악기의 높은음 같기도 했으며 어떻게 들으면 아기의 울음처럼 들리기도 했다. 처음엔 돌풍이 불면서 나는 소리인 줄 알았는데 대기는 여전히 잠잠했다. 나는 고개를 돌려 수면을 향해 귀를 기울였다. 의식하면 할수록 그것은 또렷해졌다. 괴이했다. 너무도 이상한 소리였다. 비행기 주변 수면이 흔들리기 시작했다. 파도가 치는 것과 달랐다. 양철통에 담긴 물이 부글부글 끓는 것처럼 수면이 뒤섞이며 구겨졌다. 곳곳에서 하얀 물줄기가 솟구쳐올라왔다. 마치 해저에서 물 밖으로 포탄을 쏘아올리는 것 같았다. 나는 겁에 질려 오른손으로 날개를 꽉 붙잡았다.

이게 무슨 일이지? 본 적 없는 광경이었다. 방금 전까지 죽음조차 두려워하지 않던 내가 알 수 없는 대상과 기이한 현상 앞에 공포를 느끼고 있었다. 턱이 덜덜 떨렸고 이가 딱딱 소리를 내며 부딪치는 것을 멈출 수가 없었다. 그 순간 물 밖으로 셀 수 없이 많은 고래가 모습을 드러냈다. 어림잡아도 삼십 마리는 넘을 것 같았다. 어두웠기에 크고 까만 그들의 모습은 실루엣으로만 보였다. 그래서 더 위압적이었다. 그들은 뭐라고 형용할 수 없는 이상한 소리를 내며 분기공으로 물줄기를 뿜었다. 물 밖으로 뛰어올라 다시 물속으로 떨어지며 엄청난 소용돌이를 일으켰다.

한 마리의 거대한 고래가 사라지고 수십 마리의 작은 고래가 나타났다. 처음에 봤던 고래는 너무 커서 현실감이 없었는데 이번엔 너무도 현실적으로 느껴졌다. 그래서 두려움도 훨씬 실제적이었다. 그들은 나를 한가운데에 놓고 주위를 빙글빙글 돌거나 괜히 쳐다보고 가거나 어떤 녀석은 지느러미를 이용해 물을 튀기기도 했다. 아무도 모를 것이다. 내가 아직 살아 있고 망망한 밤바다 한가운데에서 고래들에 둘러싸여 이런 꼴을 당하고 있다는 것을. 나는 누운 채로 고개와 눈동자만 바삐 움직이며 그들의 동태를 살폈다. 그들은 무슨 이야기를 하는 걸까. 누가 나를 먹을지 격렬한 토론이라도 벌이는 걸까. 아니면 사이좋게 한 입씩 맛을 보기로 한 걸까. 그저 지나가는 길에 그들 중 하나가 나를 발견하고 호기심에 이러는 걸지도 몰라. 이렇게 나를 놀려대다 아무 일 없이 제 갈 길을 갈 수도 있겠지. 하지만 그게 어떤 이유이든지 간에 예측되는 미래는 절망스럽기만 했다.

아무 일 없이 그들이 그냥 지나가준다고 해도 문제다. 나는 무사하지 않다. 방금까지도 죽으려고 했으니까. 아니 그 마음을 취소하고 다시 삶의 의욕을 불태운다고 해도 내가 할 수 있는 게 하나라도 있을까? 비행기는 언젠가 물에 잠길 테고 부서진 몸으로 헤엄도 칠 수 없다. 그런 생각이 드니까 아이러니하게도 두렵던 마음이 점차 안정되었다. 말 그대로 죽기밖에 더하겠는가 싶었다. 그들은 잠겨 있는 오른쪽 날개 위에 올라타 비행기를 흔들었다. 왼쪽 날개가 움직이며 금방이라도 바다에 떨어질 것 같았다. 나는 손톱이 부서질 정도로 강하게 날개를 붙잡았다. 하지만 역부족이었다. 그들은 비행기를 두세 번 더 흔들었고 나는 결국 손에 쥐고 있던 팔찌를 놓치고 바다에 빠지고 말았다. 예상했던 대로 귓가에 첨벙 소리가 들렸다. 나는 본능적으로 호흡을 참고 눈을 감았다. 머리부터 발끝까지 물에 잠겼다. 부드럽고 차가운 느낌이 온몸을 휘감았다. 짧지만 긴 시간이 흐르고 난 더이상 참을 수 없어 숨을 쉬었다. 그런데 호흡이 가능했다. 눈을 감은 상태로 숨을 내쉬고 다시 들이마셨는데 아무런 문제가 없었다. 눈을 떴다. 여전히 밤하늘이 보였다. 이게 어찌된 영문일까 싶어 고개를 돌려보니 바다가 아닌 까만 땅에 누워 있었다. 곧바로 깨달았다. 까만 땅이 아니라 처음에 봤던 거대한 고래의 등이라는 것을. 거대한 고래를 중심으로 수십 마리의 고래가 양옆으로 일정한 대열을 갖추어 헤엄치고 있었다. 나를 어디로 끌고 가는 걸까. 충격을 받을 힘도, 생각하고 추측할 힘도 더이상 남지 않을 정도로 지친 나는 흔들리는 고래의 등에 누워 정신을 잃고 말았다.

"고래들은 밤새 나를 끌고 다녔소. 처음엔 겁을 집어먹었지. 하지만 사람이란 참 둔하고 뭐든지 금세 익숙해지는 존재라 여유가 생기더군. 이렇게 상상을 해보면 좋겠네. 수많은 고래가 희미한 별빛이 뒤덮인 어두운 밤바다를 헤엄치고 있다네. 그 한가운데 거대한 고래가, 뭐랄까 마치 범선처럼 안정적이고 힘차게 물살을 가르며 저 먼바다를 향해 항해를 하는 거야. 나는 그 암반 같은 등에 편안히 누워 별이 박힌 밤하늘을 바라보고 있는 거고. 황홀했네. 고래들의 속셈이 무엇인지, 내가 어떻게 될 것인지에 관해 더이상 고민할 필요도 없었어. 더는 바라는 것도 없고 미련도 남지 않았으니까. 그저 이런 순간을 경험할 수 있다는 것만으로도 만족스러웠거든. 죽어도 여한이 없는, 아니 이제는 기꺼이 죽을 수 있을 것 같은 기분이 들었어. 죽기 전 신이 선물한 환상적인 밤의 여행이라고 생각하기로 했을 정도니까. 얼마나 시간이 흘렀을까. 해 뜨기 직전이었을 수도 있고 새벽의 한가운데를 지나는 시간이었을 수도 있지. 쉼없이 헤엄치던 고래들은 어디에선가 멈췄어. 육안으론 특이한 점을 발견할 수 없었지. 여전히 바다 위였고 어두웠으니까."

토니오는 잠시 말을 멈추고 생각에 잠겼다. 흐릿한 기억을 더듬으려는 듯 눈살을 찌푸렸다.

"마침 비가 오기 시작했네. 저기압이 발생해 구름이 하늘을 뒤덮어 그 많던 별이 일순간 지워졌지. 아무것도 보이지 않았다네. 별도 달도 아무것도 보이지 않는 완벽한 암흑이었어. 하늘도 어둡고 바다도 어두웠지."

그는 마침내 뭔가 떠올랐다는 듯 서서히 고개를 돌려 시몬과 데쓰로를 쳐다봤다.

"혹시 바다에 고래의 길이 있다는 말을 들어본 적 있나?"

한창 이야기에 열중하던 토니오가 머리를 감싸고 몸을 떨며 바닥에 쓰러졌다. 눈동자는 뒤집혀 흰자가 보였고 입가엔 거품이 흘렀다. 고개도 뒤로 젖혀지고 무릎도 풀썩 꺾였다. 홀린 듯 그의 말을 듣고 있던 시몬과 데쓰로는 꿈에서 깨어나듯 자리에서 벌떡 일어섰다. 데쓰로가 급히 달려가 앞으로 고꾸라진 토니오의 목을 잡아 머리 밑에 베개를 받치고 입가에 묻은 거품을 닦아낸 후 급한 대로 기도를 확보하고 접힌 팔다리를 폈다. 토니오는 관절이 없는 헝겊인형처럼 팔다리에 아무 힘이 없었다. 의식을 잃은 듯 보였다. 당황한 시몬은 어떻게 해야 할지 몰라 그의 몸에 얇은 이불을 덮으며 말했다.

"어떡하지? 병원에 가야 할까?"

데쓰로는 손으로 머리를 빗어 넘기며 생각했다. 놀라긴 했지만 생명이 위급한 상태는 아닌 듯 보였다. 호흡도 괜찮고 잠깐 거품을 문 것 외엔 특별히 눈에 띄는 이상 증상도 없었다. 갑작스러운 발작 이후 상태는 비교적 안정적이었다. 데쓰로는 고개를 저었다.

"신원도 불분명한 자를 병원에 데리고 가면 복잡해져. 누구냐고 물어보면 뭐라고 말할 거야? 어떤 관계냐고 물어보면 또 뭐라고 할 거고. 분초를 다투는 위급 상황이면 몰라도 병원만큼은 피해야 해. 그리고 이 남자가 너의 주장대로 일반적인 인간이 아니라면 더더욱 병원은 안 돼. 격리될 거야. 거짓말할 줄 모르는 네가 이 사람은 고래의 입에서 나왔느니 해저를 다녀왔느니 순진한 진술을 하기 시작하면, 아, 생각도 하기 싫다."

"그렇긴 하지만 그래도 토니오가 정말로 위험한 상황이라면…… 우리가 이자를 살릴 능력이 있는 것도 아니고."

시몬은 안절부절못하고 계속 서성이며 근심 어린 시선으로 토니오를 바라봤다. 아무렇지도 않게 그 남자의 이름을 편하게 부르는 시몬에겐 더이상 그 어떤 경계심이나 의심이 없었다.

"무슨 말인지 알겠어. 일단 진정해. 생각 좀 해보자."

데쓰로는 머릿속이 복잡했다. 까다로운 일에 휘말린 것 같았다. 정체불명의 이 남자를 경계해야 한다는 생각을 하면서도 동시에 그에 대한 호기심과 막연한 호감이 생기는 것을 부정할 수도 없었다. 이자의 알 수 없는 구석은 여전히 미심쩍고 의심스럽지만 더이상 악의적으로 느껴지진 않았다. 시몬을 노리는 사기꾼이라고 보기엔 원하는 것이 없고 그냥 정신이 나간 사람이라고 하기에도 무리가 있었다. 물론 그가 말하는 것은 대부분 이해할 수 없는 것들이었다. 이를테면 그는 지금이 1997년이라는 것을 받아들이면서도 한 달 전이 1940년대라고 믿고 있는 듯했다. 계속 2차 세계대전에 관한 이야기만 하고 있지 않은가. 하지만 전투기 조종사였다고 주장하는 회상은 상당히 구체적이었고 시대적인 배경이나 상황도 역사적으로 틀림이 없었다. 오십 년의 시차를 이해할 수 없는 것만 배제하고 들으면 그의 이야기는 설득력이 있었다.

무엇보다 데쓰로는 그의 입담에 은밀히 매력을 느끼고 있었다. 얼핏 들으면 평범한 서술인 줄 알겠지만 그 속에 숨겨진 어휘 선택은 보통 사람의 표현법을 크게 넘어서는 것이었다. 그의 언어는 상당히 현학적이지만 모호함이 없었고 시적인 정취까지 품고 있었으며 믿을 수 없을 만큼 호소력이 있었다. 무엇보다 그가 뭔가 더 말하려고 하다가 쓰러졌기 때문에 뒷이야기가 궁금했다. 그러나 건강엔 확실히 이상이 있어 보였다. 그는 한눈에 봐도 급속도로 쇠약해지고 있었다. 마치 강한 햇빛에 빠르게 타들어가는 화초를 보는 것 같았다. 아스피린 한두 알 먹고 자고 일어나면 자연스럽게 회복되리라 기대할 수는 없는 노릇이었다. 데쓰로는 말했다.

"우선 이 친구를 침대로 옮겨줘. 의사를 데리고 올게."

"병원은 안 된다고 했잖아."

"그러니까 우선 진찰만 받게 하자고."

"의사 누구?"

"너도 알 텐데. 오케이, 오케이."

"오케이, 오케이? 마우루?"

"그래. 마우루 페레즈."

시몬은 토니오를 안았다. 해변에서 데려올 때와는 달랐다. 뻣뻣하게 굳어버린 몸은 두 배 아니 다섯 배는 무거워진 것 같았다. 조금만 긴장을 풀면 손에서 놓칠까봐 침대에 눕히기까지 시몬은 한 번도 숨을 쉬지 않았다. 시몬은 갑자기 힘을 쓴 까닭에 얼굴이 붉어졌고 손끝이 덜덜 떨렸다. 데쓰로는 말했다.

"무거워 보이는데? 정말 저자를 안고 해변에서부터 여기까지 걸어온 거야?"

"그랬었지."

"누구의 도움도 없이?"

시몬은 말없이 고개를 위아래로 끄덕였다.

"그런데 이상해. 그때와 무게가 달라."

시몬은 침대에 누운 토니오를 내려다봤다. 그는 눈을 감고 축 늘어져 있었다. 왼팔은 가슴에 붙이고 있었지만 오른팔은 침대 밑으로 떨어져 있었다. 그 모습에서 시몬이 발견할 수 있는 것은 병들고 지친 노인 외에는 아무것도 없었다. 스트랜딩 이후 약 보름 정도의 시간이 지났을 뿐인데 저렇게 다른 사람이 되었다니. 시몬은 그가 새삼 낯설게 느껴졌다. 그동안의 일들은 이해가 되지 않아도 크게 신경이 쓰이지 않았었는데 갑자기 다르게 느껴지는 그의 몸무게로 인해 자신의 감각과 인지능력에 대한 혼란이 생긴 것이다. 데쓰로의 말대로 토니오는 쉽게 이해하기도, 받아들이기도 어려운 존재인 것은 분명하다. 그를 믿는 것과 무관하게. 시몬은 토니오에게서 눈을 돌리며 말했다.

"그나저나 마우루에겐 어떻게 설명할 거야?"

"설명할 수 없지. 우리가 저자에 대해 아는 게 없는데 무슨 수로 설명을 하겠어. 그냥 아무것도 묻지 말고 상태만 봐달라고 말할 작정이야. 마우루 성격 알잖나. 그렇게만 말해도 '오케이, 오케이'라고 말할 거야."

"마우루라면 그렇겠지."

시몬은 슬며시 웃었다. 마우루의 말소리가 들리는 듯했다. 함께 있으면 너무 시끄럽고 산만하여 혼이 다 빠져나가는 것처럼 금세 지치는데 어쩐지 결코 밉지 않은 이상한 캐릭터였다. 그는 응급실에서 사람을 구하는 의사이지만 눈과 귀는 마데이라의 구석구석에 닿아 있다. 그가 마데이라에서 모르는 일이란 정말이지 단 하나도 없었다. 자료를 공유해달라는 앨런의 거듭된 요청에도 이 핑계 저 핑계를 대며 시큰둥한 반응을 보이던 포르투갈 해양학회 간부를 전화 한 통화로 연결시켜주기도 했고 까다로운 데쓰로마저 술자리에서 웃게 만드는 화술의 달인이기도 했다.

앨런의 실종으로 시몬이 거의 미쳐 있을 때 병원마다 돌아다니며 신원 불명의 시체가 있는지 묻고 다녔다. 병원에서는 시몬을 블랙리스트에 올려 정신 나간 사람 취급을 하곤 했는데 그때마다 시몬의 편에 서서 양해를 구하고 변호를 해준 유일한 사람이 마우루였다. 남자인지 여자인지도 확인할 수 없는, 그러나 앨런이 아닌 것은 분명한 시체를 보고 병원 로비에 힘없이 주저앉아 있을 때 마우루는 아이들이 즐겨 먹는 공룡 모양 초콜릿을 시몬의 입에 억지로

쑤셔넣으며 말했다.

"끝까지 해봐. 술을 끊기 어려우면 집안에 있는 술을 다 마셔버리는 것도 좋은 방법이지. 하지만 시몬, 그 수염하고 헤어스타일은 어떻게 좀 해봐. 도저히 봐줄 수가 없어."

시몬은 그때 생각이 나서 거울을 통해 자신의 모습을 봤다. 못나 보였다. 시몬은 엉겨붙은 머리카락을 손가락으로 툭툭 털어내고 말했다.

"데쓰로, 그나저나 내 상태가 왜 이렇게 엉망이지?"

자동차 키를 들고 문을 열려던 데쓰로는 멈춰 서서 그것을 이제야 알았냐는 듯 어이없다는 표정으로 시몬을 한심하게 쳐다본 뒤 밖으로 나갔다.

고래의 길

데쓰로는 주앙 드 알마다 병원 정원의 벤치에 앉아 십 분 넘게 병원을 바라만 보고 있었다. 선뜻 병원 안으로 들어가지 못하고 계속 머뭇거렸다. 내가 지금 뭘 하고 있는 걸까. 누군지도 모르는 사람을 내 집에 들이고 지금은 잘 알지도 못하는 일에 스스로 휘말리려고 한다. 데쓰로는 지금이라도 시몬에게 전화해 토니오를 병원으로 데리고 오자고 말하고 싶은 충동을 느꼈다. 잘 모르는 사람이 쓰러져 있길래 데리고 온 것뿐이라고 병원 침대에 눕힌 뒤 미련 없이 집에 돌아갔으면 싶었다. 하지만 그 충동을 누그러뜨리는 다른 염려가 그것들을 달래고 있었다. 처음엔 단순히 그 남자에 대한 단순한 호기심으로 이런다고 생각했는데 자신이 은밀히 그 사람을 염려하고 있다는 것을 알게 되었다. 데쓰로는 자신의 마음이 이토록 혼란스러워진 것이 마음에 들지 않으면서 동시에 마우루에게 그럴듯하게 둘러댈 말을 머릿속으로 미리 생각해보고 있었다. 데쓰로는 호흡을 가다듬고 벤치에서 일어섰다.

병원 문을 밀고 응급실로 들어오는 데쓰로를 발견하자마자 마우루는 특유의 웃음소리를 내며 달려가 대뜸 데쓰로를 껴안았다. 마우루의 품에 어정쩡하게 안긴 데쓰로는 무안한 얼굴로 주위를 둘러봤다. 발가락에 붕대를 감고 있는 관광객 한 명과 병실 침대에 누워 잡지를 읽고 있던 노인이 마우루 쪽을 쳐다봤다. 간호사들은 시큰둥한 얼굴로 신경쓸 필요 없다고 소곤거리며 하던 일에 열중했다. 마우루는 데쓰로의 등을 팡팡팡 세 번 두드렸다. 데쓰로는 몸을 흔들며 겨우 그 품에서 벗어났다. 마우루가 가운 앞주머니에서 메스를 빼들고 자세를 낮추고 허공에 휘두르며 말했다.

"여, 사무라이. 여기까지 무슨 일이야?"

"그건 집어넣으면 안 될까? 아무리 여기가 응급실이라도 다치는 것은 원치 않으니까."

"오케이, 오케이."

마우루는 메스를 앞주머니에 다시 집어넣었다. 장난을 받아줘서 즐겁다는 표정을 지으며 데쓰로의 손을 잡았다. 마우루는 오래전부터 데쓰로를 간절히 기다린 사람처럼 말을 쏟아내기 시작했다.

"그러지 않아도 내가 지금 네 생각을 하고 있었어. 그런데 네가 짠, 하고 나타나다니. 우연이라고 하기엔 너무 신기한 일이잖아. 며칠 전 라브라도레스의 작은 바에서 술을 마시고 있었는데 말이야, 일본인 관광객들을 만났어. 세상에 데쓰로가 세 명이나 거기에 있는 거야. 너처럼 생긴 게 아니라 그냥 너였어. 데쓰로 1, 데쓰로 2, 데쓰로 3. 그래서 내가 말이야, 그들 중 하나에게 물었지. 혹시 나의 친구 요시다 데쓰로를 아냐고. 그들 중 누구도 너를 아는 사람은 없었어. 나는 그럴 리가 없다고 했지. 형제나 친척이 아니고서야 어떻게 그렇게 똑같이 닮을 수 있지? 심지어 옷 입는 스타일도 비슷했거든."

마우루는 데쓰로를 위아래로 빠르게 훑어봤다.

"그래, 그래. 이런 스타일이었어. 네가 입은 셔츠는 마데이라에선 절대로 구할 수 없거든."

데쓰로는 장난기 가득한 마우루의 말장난에 고개를 흔들며 말했다.

"이봐 마우루, 긴히 할말이 있어."

데쓰로는 마우루의 팔을 잡고 응급실 바깥으로 끌고 나갔다. 마우루는 끌려가는 동안 사람들을 향해 살려달라고 소리를 질렀다. 데쓰로는 얼굴을 붉히며 묵묵히 마우루를 끌고 갔다.

데쓰로는 병원 뒤편 정원에서 주위를 두리번거리고 아무도 없는 것을 확인한 뒤 낮은 목소리로 자신이 여기에 온 이유를 설명하기 시작했다. 시몬이 주장하는 고래나 앨런 부분은 건너뛰었고 신원을 알 순 없지만 어쨌든 우리와 연관이 있는 사람이 쓰러졌으니 좀 봐달라는 식이었다. 마우루는 데쓰로의 부정확한 설명을 중간에 끊고 물었다.

"그러니까 무슨 일인지 설명해줄 순 없지만 정체불명의 남자의 상태를 좀 봐달라, 이 말이야?"

"뭐, 그렇다고 볼 수 있지."

마우루는 고개를 왼편으로 기울이고 데쓰로의 표정을 찬찬히 살폈다.

"뭔가 숨기고 있는 음흉한 얼굴이군. 나에게 속시원하게 털어놔. 다 해결해줄 테니까."

"그래서 널 찾아온 거야."

마우루는 데쓰로를 물끄러미 바라봤다. 그는 더이상은 말할 수 없다는 표정으로 진지하게 마우루를 응시하고 있었다. 마우루는 데쓰로가 진심이라는 것을 깨닫고 얼굴에서 장난기를 지웠다.

"까다로운 일이 생겼나보군. 그 사람은 어디를 어떻게 다친 거야?"

"외상은 없고 내가 보기엔 쇼크 같은데 어떤 상태인지 나와 시몬은 알 수가 없으니까……"

"시몬도 함께 있는 거야? 요즘 좀 어때?"

"여전하지 뭐. 음…… 그런 이야기는 차에 타서 하면 좋겠는데."

마우루는 가운의 목깃을 손가락으로 만지작거리며 느리게 말했다.

"난 이걸 도와주고 어떤 대가를 받게 되지?"

"친구를 도와줬다는 기분좋은 만족감?"

마우루는 데쓰로의 대답이 재미있다는 듯 빙긋 웃었다.

"오케이, 오케이…… 잠깐만 기다려. 대충 둘러대고 나올 테니."

시몬은 데쓰로를 기다리며 집안을 서성이다 반쯤 열린 데쓰로의 방문을 열었다. 독특한 냄새가 코끝으로 밀려왔다. 그것은 나무의

향기였다. 그 방엔 책상과 의자 외엔 아무 가구도 없었다. 책상 위는 매우 깨끗했다. 학술 관련 물건이나 연구 자료들은 바닥에 가지런히 쌓여 있었다. 벽엔 매일의 연구 과정을 일목요연하게 정리해 놓은 표가 붙어 있었다. 완만하게, 때론 거칠게 올라가는 붉은 선은 정확히 육 개월 전부터 멈춰 있었다. 앨런의 죽음으로 데쓰로의 삶도 멈춘 것이다. 시몬은 그 앞에서 잠시 호흡을 멈췄다. 잊고 있던 일들이 떠올랐다. 상이한 의견을 놓고 밤새 논쟁했던 일도 기억났고 같은 결과를 놓고 다른 해석으로 싸우다가 신기하게 그럴듯한 가설에 합의해 기뻐했던 일도 떠올랐다. 그런데 어쩌다 우리가 이렇게 되어버렸을까. 시몬은 먹먹한 마음으로 중얼거렸다.

그림 한 장이 시몬의 눈길을 사로잡았다. 나무 테두리로 된 액자 속에 부엉이 한 마리가 앉아 있었다. 테두리를 손으로 쓰다듬으니 향기가 강해졌다. 아마도 방안을 채우는 향기의 정체는 액자인 듯했다. 그림의 일곱시 방향에 작은 사진이 꽂혀 있었다. 데쓰로와 어머니로 추정되는 노모가 벚나무 아래에 있었다. 사진 속 데쓰로는 무표정한 얼굴로 무릎을 꿇어 벤치에 앉은 어머니와 키를 맞추었다. 바람이 불었는지 배경 속 벚나무는 꽃잎을 떨구었고 노모의 머리카락은 왼쪽으로 날렸다. 둘의 어깨 너머로 어색한 인물들이 함께 있었다. 그들은 사진과 어울리지 않는 조잡한 윤곽선과 불량한 픽셀의 화질로 합성되어 있었다. 언젠가 지진으로 잃었다는 아버지와 여동생으로 보였다. 노모와 데쓰로는 봄날에 있었지만 뒤편에 선 아버지와 여동생은 계절을 알 수 없는 흐릿한 다른 세계에 있었다. 그것이 주는 이질감과 그럼에도 한 그림 속에 함께 서 있는 모습이 시몬에겐 강렬한 슬픔으로 느껴졌다. 사진 속 데쓰로와 눈을 마주치려 했지만 아무리 해도 어긋나기만 했다. 데쓰로는 먼 곳을 바라보고 있었다. 시몬은 사진에 손을 뻗었지만 잠시 망설이다가 다시 손을 거뒀다.

이불을 덮고 누워 있는 토니오를 처음 봤을 때 마우루는 그가 이미 죽은 줄 알았다. 혈색이 거의 보이지 않았고 피부는 하얗다못해 투명해 목덜미와 관자놀이를 지나는 혈관이 비쳐 보일 정도였다. 이불 속으로 손을 집어넣어 팔목을 만지고 목덜미에 손가락을 대고 맥박을 쟀다. 희미한 진동 같은 게 느껴졌다. 마우루는 눈을 가늘게 뜨고 고개를 왼쪽으로 갸웃거렸다. 토니오의 눈꺼풀을 벌리고 눈동자를 확인했다. 동공에 수축과 이완 현상은 있었지만 초점은 잡히지 않았다. 시몬이 마우루의 뒤에 서서 초조하게 지켜보다 말했다.

"어때?"

마우루는 아무 대답도 하지 않고 가방에서 청진기를 꺼내 토니오의 가슴에 댔다. 마우루의 시선이 열한시 방향의 허공 어딘가에 고정되어 있다가 갑자기 흔들렸다. 귀에서 청진기를 떼고 한참을 의아한 듯 토니오를 바라보던 마우루가 고개를 돌려 문가에 서서 조용히 지켜보고 있는 데쓰로에게 물었다.

"이 사람 좀 이상한데?"

데쓰로는 뭐라고 대답해야 할지 고민하다가 물었다.

"왜?"

마우루는 자신이 들은 것이 확실한지 의심이 되는 듯 다시 한번 청진기를 토니오의 가슴에 댔다.

"이런 소리는 들어본 적이 없어. 이렇게 빨리 뛰는 심장이라니. 마치 토끼처럼 뛰는군. 일 분에 이백 번도 넘게 뛰는 것 같은데…… 강하게 뛰는 것도 아니고 약한 소리로 이토록 빨리 뛰다니. 마치 부서져서 고장난 것처럼 말이야."

데쓰로와 시몬은 서로 눈을 마주쳤지만 무슨 말을 해야 할지 몰라 멍하니 마우루와 토니오만 번갈아 쳐다봤다. 마우루는 무릎을 펴고 일어서며 한 발 물러서서 토니오를 내려다봤다. 그러곤 인상을 찌푸리며 말했다.

"검사를 해봐야 알겠지만 대충 봐선 영양실조로 보여. 생체 기관 활동도 현저히 떨어져 있는 것 같고. 노인 같은데…… 이걸 견딜 수 있다는 게 잘 이해가 되지 않을 정도야."

마우루는 이불을 걷고 토니오의 팔과 다리를 확인했다. 종아리와 허벅지 근육을 눌러보고 무릎과 손목을 움직여 관절의 움직임을 유심히 살폈다. 손가락 사이에 희미하게 붙어 있는 갈퀴 모양의 껍질과 평범하게 생기지 않은 귀도 만져봤다. 마우루의 표정이 빠르게 바뀌었다. 때로는 놀란 듯, 때로는 이해되지 않음으로, 때로는 경악스러운 듯 동공이 커지기도 했다. 마우루는 뭔가를 살펴볼 때마다 입버릇처럼 "이상한데"라는 말을 반복했다. 마우루는 이 남자가 상식을 초월한 존재라는 것을 직감적으로 느꼈다. 데쓰로는 마우루의 눈빛이 의심과 호기심으로 무섭게 반짝이는 것을 발견하고 냉장고를 열어 주스 병을 꺼내 잔에 가득 따라 마우루에게 건넸다.

"어쨌든 위험한 상태는 아니란 말이지? 다행이군. 바쁠 텐데 괜한 걸음 하게 해서 미안해."

마우루는 토니오의 얼굴에 고정된 시선을 돌리지 않고 고개를 저으며 사양했다.

"됐어."

데쓰로의 차를 타고 올 때 막연하게 예상했던 상황은 병원에서 정식으로 수속을 밟을 수 없는 불법체류자나 아니면 시몬에게 무슨 문제라도 생긴 줄 알았다. 하지만 이건 전혀 뜻밖의 상황이다. 이 사람은 누굴까? 마데이라에서는 본 적 없는 인물이다. 시몬과 데쓰로와 어떤 식으로 연관된 사람일지 짐작조차 되지 않는다. 아, 도대체 뭘까. 마우루는 아랫입술을 질근질근 씹으며 이걸 어떻게 물어봐야 할지 머리를 굴렸다. 까다로운 데쓰로는 순순히 말해주지 않을 것이다. 병원에서부터 아무것도 말할 수 없다고 딱 잘라 말하지 않았나. 지금도 뭔가 생각하려고 하니까 주의를 돌리려고 한다. 우선 이 남자를 치료하는 척하면서 시간을 벌어야겠다. 마우루는 시몬을 바라보며 심각한 목소리로 말했다.

"어떻게 했길래 사람이 이 지경이지? 탈수 증세도 보이고 상태가 말이 아니야. 큰 문제는 없을 것 같지만 일단 수액을 맞혀서 몸 상태를 끌어올려야겠어."

마우루는 포도당과 필수 비타민이 든 수액을 꺼내고 토니오의 팔뚝에 바늘을 꽂아넣었다. 바늘이 들어가자 통증이 느껴지는지 남자에게서 미세한 떨림이 전해졌다. 마우루는 바늘과 수액을 연결하기 전 시몬과 데쓰로에게서 등을 돌려 그들의 시야를 가린 뒤 주사기로 소량의 피를 뽑았다. 그러곤 주사기를 가방에 집어넣고 수액을 연결했다. 수액이 떨어지는 속도를 맞추는 다이얼을 돌리며 마우루는 시몬에게 물었다.

"그나저나 시몬, 오랜만이야."

"오랜만이야, 마우루. 잘 지냈지?"

"나야 뭐 늘 똑같지. 그런데 너는 이 사람과 어떻게 아는 사이야?"

시몬은 뭐라고 답해야 할지 몰라 더듬거리다 데쓰로를 바라봤다. 데쓰로는 알아서 하라는 표정을 지으며 시선을 돌리고 입을 꾹 다물었다.

"어, 어, 그냥 아는 사이야. 얼마 전부터 친구가 되었어."

시몬의 목소리는 떨리고 있었다. 순진한 이 친구가 뭔가를 숨기려고 얼마나 애쓰고 있는지 안쓰러울 정도였다. 마우루는 데쓰로와 시몬의 얼굴을 번갈아 바라봤다. 그러다 느리게 말했다.

"큰 문제는 없을 거야. 그나저나 이 친구는 가발이라도 하나 장만해야겠군."

마우루가 자리에서 일어나 데쓰로에게 다가가 얼굴을 마주하고 섰다.

"그래서,"

"그래서 뭐?"

"누구야?"

데쓰로는 침묵했다. 무슨 말을 해야 할지 고르는 눈치는 아니었고 대답을 하지 않겠다는 혹은 대답을 할 수 없다는 표정이었다.

마우루는 무슨 말을 하려다 데쓰로의 어깨 너머로 보이는 것을 보고 말을 멈추었다. 토니오가 눈을 뜨고 자신을 바라보고 있던 것이다. 마우루는 흠칫 놀랐다. 시몬은 토니오에게 다가가 그 옆에 무릎을 꿇고 앉아 말했다.

"아, 다행이네요. 좀 어때요?"

토니오는 '지쳤으니 아무것도 묻지 마라'라는 표정을 지으며 멍하니 자신의 혈관에 꽂힌 바늘과 입식 옷걸이에 걸린 노란 수액을 바라봤다. 그러더니 천천히 주위를 둘러봤다. 낯선 환경 탓인지 정신이 혼미한 탓인지 토니오의 표정엔 불투명 유리가 덮인 것처럼 의식이 전혀 비치지 않았다. 토니오의 시선은 자신을 덮고 있는 갈색 이불에서 나뭇결이 보이는 정사각형 바닥 타일로, 흰색 페인트가 꼼꼼히 칠해진 벽지에서 천장에 달린 형광등으로, 시몬의 어깨에서 데쓰로의 양말로, 그리고 고개를 서서히 들어 데쓰로의 어깨 너머에서 자신을 쳐다보고 있는 마우루의 눈동자에 이르렀다. 잠깐이지만 마우루는 봤다. 초점 없는 눈동자가 자신의 눈과 마주했을 때 순간적으로 빛나는 것을. 아주 작은 열쇠구멍으로 잠긴 방의 미세한 부분을 발견한 것만 같은 두려움과 흥분이 마우루를 휘감았다. 토니오는 꿈에서 덜 깬 듯한 몽롱한 음성으로 말하기 시작했다.

"상식적으로 물은 깊어질수록 어두워지지. 하지만 그날 내가 본 것은 깊어질수록 밝은 물이었어. 바다, 아주 깊은 곳에 흰빛이 보였지. 그 빛이 만드는 둥근 터널 같은 것이 심연에서부터 수면까지 생겼네. 다르게 표현하면 빛의 기둥이라고 해야 할까. 나중에 알게 되었지만 그것을 고래의 길이라고 하더군. 나는 그 위에 떠 있었네. 별 하나 뜨지 않은 칠흙같이 어두운 새벽의 바다에서 그런 것을 봤다고 생각해보게. 기분이 어떻겠나. 나는 고래의 등에서 고개를 옆으로 돌려 바다를 바라보며 이게 꿈은 아닐까, 생각했지. 그 순간 고래는 나를 등에 태운 채 물속으로 들어갔네. 이제 정말로 죽는다는 생각이 들더군. 저 빛이 이끄는 곳이 천국이든 지옥이든 어쨌든 삶은 아니라는 확신이 들었으니까. 물속에서 허우적거리며 의식이 꺼져가는 그때, 고래가 나를 삼키더군. 그들 중 가장 커다란 고래가 나를 삼켰단 말이야. 뭔가에 의해 통째로 삼켜지는 기분이 어떤지 자네들은 모를 거야. 그건 정말이지 아무도 모를 거야. 갑자기 세상의 불이 꺼지듯 어둠의 장막이 머리 위로 덮치더니 그후로 그냥 끝이지."

토니오는 눈을 감고 손을 들어 머리 위 허공을 더듬었다. 보이지 않는 둥근 천장을 만지는 듯한 움직임이었다.

"한동안 아무것도 감각할 수 없었어. 기절을 했거나 아니면 감각에 교란이 생겨 정신이상이 생겼거나 그도 아니면 정말로 잠깐 죽었을 수도 있지. 그런데 소리가 들리기 시작했어. 거대한 심장이 쿵쿵 뛰는 소리, 혈관을 통과하는 세찬 물결을 일으키는 강물 같은 붉은 혈액, 근육이 수축되고 이완되는 꿈틀거림과 기이한 소리, 높고 가파른 음파, 그리고 내장 깊은 곳에서 울리는 각종 장기들의 움직임. 그 틈 속에 끼어 있는 인간을 상상할 수 있겠나. 심장은 폭발하는 태양이고, 어둠 속을 흐르는 무더운 공기가 하늘이며, 그 안을 채우는 혈액이 바다였어. 나는 여전히 어두운 혈액 위에 둥둥 떠서 표류하고 있는 것이고. 좁은 어둠 속에서 그런 소리를 듣고 이상한 생각만 하다보니 세계가 작은 무덤 크기로 축소되는 느낌이 들더군. 이 좁고 어두운 세계가 나를 삼킨 거야. 그런데 그 세계가 가라앉기 시작했네. 알 수 없는 미지의 세계로 이동하고 있었어. 나는 느꼈지. 고래가 저 바다 밑, 더 깊고 더 뜨거운, 무겁고 숨막히는 먼 곳으로, 하강하고 있다는 것을."

토니오는 눈을 감은 채 긴 숨을 내쉬었다. 무거운 침묵이 감도는 공간. 시몬과 데쓰로 그리고 마우루는 얼어붙듯 토니오의 입술만 응시했다. 기억이 토니오를 고래의 뱃속으로 소환하고 있었다. 토니오는 무대에 홀로 선 모노드라마 배우처럼 호소력 있는 표정과 목소리로 그 순간을 생생히 재현하려 애썼다.

"얼굴이 조금씩 간지러워지는 것을 느꼈네. 전에는 느껴보지 못한 거대한 힘의 장막이 몸 전체를 뒤덮었지. 그것은 보이지 않았지만 압도적으로 느껴졌네. 뜨겁고, 무겁고, 토할 듯이 어지러웠지. 뱃속까지 파고드는 열기에 눈앞의 어둠이 갈색으로 변하더군. 마치 거대한 화염이 온몸을 휘감으며 꽉 움켜쥐는 듯했네. 의식이 혼미해지는 순간 어렴풋이 깨달았어. 고래가 바다 깊은 곳으로 지구의 중심을 향해 잠수하고 있다는 것을."

토니오는 거기까지 말하고 다시 의식을 잃었다. 세 남자는 서로의 눈치만 살피고 한동안 아무 말도 하지 않았다. 시몬은 마우루에게 이걸 어떻게 설명해야 할지 고민했다. 자기가 본 것과 겪은 것을 있는 그대로 말하면 마우루가 믿어줄까? 데쓰로는 믿어주지 않았다. 아니, 믿을 수 없었겠지. 데쓰로가 보인 태도는 지극히 정상적인 반응이다. 때문에 토니오라는 특이한 존재를 누군가에게 이해시키기 위해서는 설명이 아닌 다른 무언가가 필요하다. 그게 도대체 뭘까. 시몬은 아랫입술을 앞니로 잘근잘근 씹어대며 생각에 잠겼다. 마우루는 눈동자를 빠르게 굴리며 시몬과 데쓰로의 눈치를 살폈다. 그러고는 저 문제의 남자의 얼굴을 바라봤다. 마음이 이상해졌다. 그에 대한 궁금증으로 심장이 빠르게 뛰었다. 데쓰로는 마우루의 눈에서 뭔가를 읽어내고 마우루의 팔을 잡아 문 쪽으로 끌며 부드럽게 말했다.

"마우루, 고마워. 큰 빚을 졌어. 지금은 경황이 없고 나중에 이 빚은 꼭 갚을게."

마우루는 데쓰로에게 끌려가면서 토니오를 돌아봤다. 그의 눈동자는 계속 마우루를 응시하고 있었다. 그 눈동자는 무언가 할말이 있다는 듯 강렬한 눈빛을 보내고 있었다. 마우루의 머릿속에 온갖 생각이 빠르게 오갔다. 지금 데쓰로와 시몬은 뭔가를 숨기고 있다. 나는 그들이 숨기는 게 무엇인지 정확히 알 수 없지만 적어도 저자와 관계되었다는 것은 안다. 둘은 당황하고 있고 지금은 내가 무슨 말을 하더라도 입을 열게 할 수 없을 것이다. 마우루는 일단 물러서야겠다고 판단했다.

"오케이, 오케이. 의사가 사람 구하는 건 일도 아니지. 데쓰로 자네도 지구를 구하고 있잖아."

마우루는 미소 띤 얼굴로 시몬을 바라보며 말을 이었다.

"너희들 앨런이 그렇게 되고 스트레스 많이 받는다는 건 알지만, 그래도…… 이건 좀 황당하다. 무슨 일을 꾸미는지 모르겠지만 어쨌든 다시 둘이 함께 있는 모습을 보니 좋네. 그나저나 저자의 말은 참으로 흥미롭군. 잊히지 않을 것 같은데?"

시몬은 어색한 얼굴로 웃으며 고개만 끄덕였다.

데쓰로는 운전하는 내내 초상화처럼 정면만 바라보며 아무 말도 하지 않았다. 마우루는 몸을 틀어 데쓰로의 옆모습을 뚫어지게 바라봤다. 병원까지 이십 분밖에 걸리지 않지만 차 안의 시간은 둘에게 너무도 더디게 흘렀다. 데쓰로는 마우루의 눈빛이 신경쓰였지만 계속 모른 척했다. 그러나 마우루는 절대로 물러서지 않겠다는 듯 계속 데쓰로를 쳐다봤다. 정말 눈빛의 어떤 힘에 의해 데쓰로의 오른쪽 뺨이 상처를 입을 정도였다. 데쓰로는 마침내 참지 못하고 갓길에 차를 세우고 말했다.

"아, 제발. 마우루, 알겠어. 궁금한 게 있으면 그냥 물어봐."

마우루는 기다렸다는 듯 빠르게 물었다.

"저 남자는 누구야?"

"몰라. 정말이야. 모르기 때문에 널 찾아간 거야. 검사 결과에 따라 혹시 병원에서 혼란이 생길 수도 있을 것 같아서."

"생긴 것 같은데?"

"마우루, 내 입장이 난처해. 난 아직 그자에 대한 판단을 내리지 못한 상태야. 정신이 든 걸 보니 이제 뭐라도 이야기하겠지. 그러면 꼭 너에게도 이야기해줄게."

"도대체 뭘 이야기하겠다는 거야? 그 뭐가 뭐냐고!"

데쓰로는 두 손으로 얼굴을 벅벅 문지르며 말했다.

"말하기 복잡해. 나도 이해가 잘 되지 않으니까."

마우루는 입을 꾹 다물고 한참 데쓰로를 바라보다 고개를 돌렸다. 그러곤 혼잣말로 오케이, 오케이, 라고 하더니 가방을 뒤적거렸다. 그러곤 주사기를 꺼내 데쓰로에게 보여줬다.

"이게 뭘 것 같아?"

데쓰로는 당황하여 말까지 더듬으며 말했다.

"피는 언제 뽑았어?"

"환자가 쓰러지면 의사가 혈액을 채취하는 것은 기본이야. 다만 그 당연한 것을 어쩐지 너와 시몬은 원치 않을 것 같아 살짝 가려서 뽑았지."

마우루는 주사기를 손가락 사이에 끼우고 연필을 돌리듯 장난스럽게 굴리며 말했다.

"검사 결과가 이렇게 궁금하기는 또 처음이군."

데쓰로는 운전석의 안전벨트를 풀고 자세를 바꾸며 말했다.

"이봐 마우루, 뭔가를 알게 된다면 가장 먼저 내게 알려줘야 해."

"내가 왜 그래야 하는데?"

"……원하는 게 뭐야."

"원하는 것은 없고 그자의 정보가 필요해."

"알겠어."

"이해를 못하나본데 지금 당장 알아야겠어."

둘은 잠시 침묵 속에 서로를 바라봤다. 차 안의 공기가 팽팽하게 당겨졌다. 데쓰로가 말했다.

"검사 결과가 궁금한 사람은 나야. 나는 뭘 감추는 게 아니야. 모르는 거야. 그자가 어떤 사람인지. 아니 사람이긴 한 건지. 그런 것조차 알 수 없어.

"사람이 아니라고?"

"아니, 그런 건 아니고…… 뭐랄까. 사람이 아닐 수도 있어. 그자를 만난 방식이 좀 기이해서…… 다만 내가 이렇게 조심하는 건 정체를 파악하지 못한 채 그자가 알 수 없는 일에 휘말리게 하고 싶지 않아서야."

마우루는 오른쪽으로 고개를 돌려 가로수를 바라봤다. 비라도 올 모양인지 산허리에 먹구름이 걸려 있었다. 산 반대편엔 이미 비가 내리고 있는 듯 희미한 안개 같은 것이 공중에 피어나고 있었다.

"오케이…… 오케이. 결과가 나오면 연락할게. 그런데 데쓰로, 그다음 우리가 이야기할 때는 더는 나를 궁금하게 해서는 안 될 거야. 그나저나 섬 날씨는 어찌 이리도 변덕스러울까. 곧 비가 올 것 같아."

부탁

마우루는 채혈실의 문을 잠그고 묵묵히 결과 보고서를 읽었다. 펜도 들지 않고 전화도 받지 않고 한동안 가만히 있었다. 그는 고개를 들어 천장의 형광등을 바라보며 한참을 생각하고 뭔가를 따져봤다. 우선 백혈구 수치가 낮다. 일반적으로 낮은 수준이 아니라 비정상적으로 낮다. 수치만 놓고 보면 면역력이 거의 없다고 볼 수 있다. 시시한 세균이나 감기 바이러스에도 몸이 부서질 수 있는 정도다. 장기에 특별한 이상이나 염증은 없는 것 같다. 간 기능도 비교적 양호하고 간경변이나 콩팥염도 없다. 황달도 없고 담낭도 괜찮은 편이다. 콜레스테롤 수치도 괜찮고 동맥경화의 위험도 없기에 심장이 이토록 빨리 뛰는 이유를 특정한 질환 탓으로 돌릴 수 없다. 그보다 큰 문제는 따로 있다. 혈액 속에 포함된 기포다. 이건 소위 잠수병이라고 불리는 케이슨병의 전형적인 증상인데 바다 깊이 잠수하는 다이버들에게 종종 보이는 현상이다. 갑자기 수압이 높아지면 질소 기체가 체외로 빠져나가지 못하고 혈액 속에 녹는데 그게 수면 위로 올라오면 갑작스럽게 기포를 만든다. 이것이 몸에 통증을 유발한다. 그런데 그 정도가 지나치다. 단순히 잠수병이라고 보기엔 일반적인 수치가 아니다. 기포가 아니라 거의 거품 수준이다. 엄청난 압력 차이가 나지 않고서야, 빠른 속력으로 위치 이동을 하지 않고서야, 피가 이렇게 될 리가 없다. 분명 그자는 지금 엄청난 두통과 관절통에 시달리고 있을 것이다. 어쩌면 어지러움이나 난청과 같은 전정기관 이상도 있을지 모른다. 경우에 따라선 심폐 기능도 위험하고 하지 마비 같은 신경계 이상이 있을 여지도 있다. 뇌척수 부위의 혈관 안에 분명 벤즈(bends, 스쿠버 다이빙에서 너무 빠른 호흡으로 인해 몸의 구성 조직과 혈액에서 질소 등의 가스가 기포화되어 생기는 상태)가 발생했을 것이고 혈액 공급도 차단되었을 것이다. 급격한 상승으로 인해 폐에도 무리가 갔을 것이다. 그런데 이상하다. 딱히 몸 상태가 나빠 보이진 않는다. 노쇠한 몸이기에 신체적 기능이 현저히 떨어져 있긴 하나 피는 깨끗하다. 직접 만져봤을 때 받았던 느낌도 비슷했다. 분명 늙었는데 근육의 생김이나 피붓결 같은 것은 굉장히 부드러웠다. 심지어 맑은 유백색 흰자위엔 작은 실핏줄 하나 보이지 않았다. 마우루는 토니오의 혈액이 든 주사기를 손에 끼우고 연필처럼 빙글빙글 돌리며 중얼거렸다.

"이상한 일이군."

데쓰로와 시몬은 왜 그자와 함께 있는 걸까. 그들이 함께 만들어

지키고 있는 비밀스러운 침묵은 또 무엇이고. 마우루는 고개를 내저어 머릿속을 떠도는 비정상적인 상상을 쫓아내려고 했다. 하지만 정상적인 방식으로는 아무것도 생각할 수 없다. 특히 잠에서 깬 남자가 한 말을 어떻게 받아들여야 할지 판단이 서질 않았다. 간단히 요약하면 고래에게 삼켜져 바다 깊은 곳까지 다녀왔다는 말인데…… 그자는 왜 그런 말을 하는 걸까? 그러면서도 마우루는 검사 결과에서 나타난 의문점과의 묘한 연관성 탓에 머리가 복잡해졌다. 어떤 식으로 생각해도 앞뒤가 맞지 않았다. 마우루는 보고서에 기입된 수치를 다시 한번 꼼꼼히 살피며 종이를 반듯하게 두 번 접어 바지 주머니에 집어넣었다.

토니오는 꼬박 하루를 자고 오전에 깨어났다. 수액 탓인지 창백했던 안색에 희미한 홍조가 돌았고 눈빛도 또렷해졌다. 토니오는 침대에 구부정하게 앉아 고르게 숨을 내쉬었다. 시몬은 쟁반에 우유가 담긴 컵과 바게트 한 덩이를 담아 토니오의 무릎 위에 놓았다. 데쓰로는 서재 문을 열어놓고 책상 앞에 앉아 멀리서 토니오를 관찰했다. 토니오는 쟁반에 담긴 것들에 흥미를 보이지 않았다. 시몬은 토니오의 오른손에 컵을, 왼손에 빵을 억지로 쥐여주며 말했다.

"의사가 다녀갔는데 몸 상태가 좋지 않대요. 당신은 뭘 좀 먹어야 합니다."

토니오는 조심스럽게 우유를 한 모금 마시고 손가락으로 빵을 뜯어 입에 넣고 씹었다. 그러곤 인상을 찌푸리더니 뭔가 불편하다는 듯 그것을 뱉어내고 우유를 한 모금 더 마셨다. 고체로 된 것은 전혀 먹을 수 없다는 얼굴로 고개를 저으며 컵만 손에 쥐고 쟁반은 바닥에 내려놨다. 토니오는 자신의 기억에 원근이 없다는 것을 깨달았다. 수레를 타고 언덕을 내려오던 여덟 살의 기억과 비행기 조종석에 앉아 활주로를 도는 마흔 살의 기억이 오전과 오후처럼 나란히 놓여 있다. 밤이 지나고 또 밤이 오고 아침이 지나면 다시 아침이 온다. 계절이 뒤섞여 있고 5월과 12월도 붙어 있다. 사하라의 사막과 파타고니아의 바다가 좌우로 펼쳐져 있다. 지평선과 수평선도 한 풍경 안에 겹쳐 있다. 성당의 문을 열면 도서관이 있고 조종실에 앉아 자이로스코프를 만지면 어느새 책상 앞에서 담배를 들고 있다. 손에 쥔 만년필이 연필로 바뀌어 있고 공들여 쓴 원고가 어느새 백지로 변해 있다. 『팡세』를 읽고 있는데 마지막 장을 덮어보면 『지상의 양식』으로 바뀌어 있다. 각각의 장면은 너무도 분명한데 이것을 배열한 순서를 모르겠다. 과거에 일어난 일이 몸에 가라앉아 있는데 뒤섞인 탓에 혼란스럽다. 그는 느꼈다. 시간이 소용돌이치고 있다는 것을.

데쓰로는 쇼크 상태에 빠진 토니오의 옆모습을 유심히 봤다. 아무도 모르는 세계로 미끄러져나가는 듯 표정이 멍했다. 인상으로 사람을 판단할 순 없지만 아무리 봐도 사기꾼처럼 보이진 않았다. 거짓을 말하는 이들 특유의 친절함과 넉살, 눈빛에 도사린 음흉함이 없다. 그래서 더 이상하다. 저자에게 느껴지는 수상함은 예측되지 않는 수상함이다. 지금으로선 그는 그저 병든 노인처럼 보인다. 이자가 시몬의 말처럼 고래의 입에서 튀어나왔고 괴생물의 모습에서 지금 이 모습으로 바뀌었다고 믿건 안 믿건 간에 풍기는 분위기는 분명 독특하다. 라틴계와 게르만계가 반씩 섞인 것 같은 느낌. 뒤통수와 귓가에 아주 조금 자란 머리카락은 갈색빛이 돌고 이마는 튀어나왔고 눈동자는 유난히 크고 탐구하는 듯한 날카로운 빛이 난다. 마데이라의 주민은 확실히 아니고 평범한 여행객도 아니다. 오십 년 전에 일어난 전쟁을 직전의 일처럼 생생히 기억하고 스스로 전투기 조종사였다고 주장하는 이의 말을 어떻게 받아들여야 하는 걸까? 타임머신이라도 타고 온 과거의 사람이란 말인가. 데쓰로는 그런 생각까지 하는 스스로가 어이없어 쓰게 웃었다. 아니면 그저 미친 사람일 수도 있지. 정신이 불안정한 자들끼리 마음이 맞아 시몬과 친해진 것일 수도 있다. 뭐랄까, 어리석고 비극적인 유대감 같은 걸까.

데쓰로는 가벼운 헛기침으로 기척을 내며 거실로 걸어왔다. 토니오는 왼손으로 두 눈을 덮고 가만히 있었다. 한 무리의 아이들이 시끄럽게 떠들며 공을 차는 소리가 창밖에서 들려왔다. 토니오는 침대에 앉은 채 고개를 쭉 빼들고 창밖을 봤다. 가파른 언덕에 색색의 지붕을 얹은 집들이 옹기종기 붙어 있었고 건너편 음식점에서는 흰 연기가 피어올랐다. 허공은 떠다니는 나뭇잎과 흙먼지로 어지러웠다. 토니오는 초조한 얼굴로 오른손으로 왼손가락 마디마디를 만졌다. 마치 시간의 마디를 셈하는 듯했다. 시몬이 근심 어린 얼굴로 말했다.

"콘수엘로. 당신은 계속 그 말만 했어요. 콘수엘로. 콘수엘로."

토니오는 쓸쓸한 표정을 지으며 오른손으로 왼팔을 부드럽게 쓰다듬었다.

"콘수엘로. 유토를 벗어나기로 결심한 이유일세. 유토를 벗어나는 게 어떤 의미인지 어렴풋이 알고는 있었어. 그러나 막상 이 세계에 당도하고 보니 당황스러울 정도군. 너무도 빨리 붕괴되고 있어. 이토록 빨리 죽음을 향해 곤두박질칠 줄 몰랐거든. 그래서 후회하냐고? 아니, 그렇진 않아. 콘수엘로. 그건 내가 선택할 수 있는 유일한 삶이었네. 하지만 아무것도 하지 못하고 여기서 이렇게 늙어 죽기만 기다리는 신세가 될 줄이야. 이봐, 친구들, 부탁이 있네. 이곳에 돌아온 것이 헛되지 않게 날 도와줄 수 있겠나?"

시몬이 물었다.

"부탁이란 게 뭐죠?"

"프랑스에 데려다주게나. 그라스. 그곳에 가야 해."

시몬은 데쓰로를 쳐다봤다. 데쓰로는 팔짱을 풀며 토니오에게 다가왔다.

"토니오, 이렇게 불러도 됩니까?"

토니오는 고개를 끄덕였다.

"토니오, 부탁하기 전 당신이 누구인지 이해시키는 게 먼저입니다. 어제 당신이 갑자기 쓰러지는 바람에 얼결에 돕긴 했지만 계속 그런 식으로 도울 순 없습니다."

데쓰로의 눈에서 냉정한 의구심을 읽은 토니오는 시몬을 바라봤다. 시몬은 잠시 머뭇거리다 난감한 표정으로 말했다.

"프랑스는 몇 시간 차 타고 갈 수 있는 옆 동네가 아니에요. 마데이라는 섬입니다. 프랑스에 가려면 비행기를 타거나 배를 타야 할 텐데 그러려면 여권도 필요하고 비용도 필요해요."

토니오는 한동안 침묵 속에 가만히 있었다. 그는 머리를 찌르는 두통과 어깨와 가슴의 고통을 참으며 겨우 숨을 몰아쉬었다. 그는 미간에 힘을 주고 낙담한 얼굴로 고개를 저었다. 시몬은 떼쓰는 어린아이에게 일의 순서를 설명하듯 부드러운 어조로 천천히 말했다.

"그리고 먼저 당신이 어떤 사람인지 설명할 필요가 있어요. 물론 나는 당신이 하는 말을 믿어요. 내게 해준 일들. 앨런을 만나고, 그녀의 이야기를 들어주고, 그 말을 내게 전해준 일은 믿을 수 없을 정도로 고마운 일이에요. 하지만 난 당신이 누군지 모릅니다. 심지어 데쓰로에게도 아무것도 설명할 수 없었어요."

"그러니까 자네들은 내가 한 이야기들을 믿지 못하겠다는 거군. 그래서 나라는 존재조차 받아들일 수 없는 거고……"

토니오는 길게 숨을 내신 뒤 우유를 두 모금 마셨다.

"지금까지 나는 거짓을 말한 적이 없네. 시몬, 자네가 목격한 것은 사실이야. 물속에 들어갔다 다시 나온 것. 그곳에서 앨런을 만나 대화를 나눴고 그걸 자네에게 말해줬지. 시몬, 말해보게. 자네가 본 것, 내게 들은 것. 꿈을 꾼 것인가?"

시몬은 고개를 저었다.

"비행기를 조종한 군인이었고 사고 이후에 바다를 표류한 것, 그리고 고래를 만났고 유토라는 세계까지 다녀온 것 모두 다 사실이야."

데쓰로가 말했다.

"거짓이라는 것이 아닙니다. 당신이 하는 말이 도저히 사실일 수가 없기 때문입니다. 상식적으로도 과학적으로도 심지어 생물학적으로도 당신의 주장은 의심 없이 받아들이기가 어려워요. 그걸 당신이 우리에게 해명하거나 증명할 의무는 없습니다. 다만 이 이상 우리와 계속 대화를 하거나 심지어 뭔가를 부탁할 생각이라면 아이들에게 동화를 들려주듯 말할 게 아니라 이해시키고 설득하기 위해 애를 쓰셔야 한다는 말입니다."

토니오는 데쓰로의 눈을 물끄러미 바라봤다. 시종일관 차분하게 말하고 있었지만 그 눈 속엔 강한 의혹과 두려움이 섞여 있었다. 토니오는 불편한 감정을 얼굴에 그대로 드러내고 한동안 침묵 속에서 바닥을 뚫어져라 바라보다 바닥을 향해 말하듯 짜증 섞인 말투로 대꾸했다.

"사실을 더 사실처럼 말할 방법이 있나? 있다면 알려주게. 난 모르겠으니까. 인간의 생각은 의미와 이해에 대한 집착으로 예민하게 활성화되지. 앞뒤가 맞지 않거나 무의미하다고 판단되는 것들은 경계해. 그건 당연해. 기존의 논리로 이해가 되지 않거나 과학적으로 말이 되지 않는 현상 앞에서 단번에 의심과 공포를 느끼게 되어 있으니까. 그렇다고 해서 이해되지 않는 모든 것을 불가능하다, 비현실적이다 결론 내리는 것도 어리석은 짓이지. 상식, 과학, 생물학? 그놈의 논리! 이성! 공부 좀 한다는 바보들은 자기들이 이해가 안 되면 다 부정하곤 하지. 동화라고? 당신은 언젠가 내게 사과해야 할 거야."

데쓰로는 자신에게 바보라고 말하는 토니오가 무례하다고 느끼며 곧바로 언성을 높이려 했으나 시몬이 손을 들고 눈으로 진정하라는 신호를 보냈다. 시몬은 한쪽 무릎을 꿇어 눈높이를 토니오에게 맞췄다.

"우리는 당신을 의심하는 게 아닙니다. 누군가를 믿게 할 만한 좀더 그럴듯한 이유나 설명 같은 게 필요할 뿐이에요."

토니오는 무슨 말을 하려다 말고 가슴에 손을 올렸다. 폐에 통증을 느껴 눈을 질끈 감고 크게 숨을 들이쉬었다가 뱉기를 반복했다. 토니오는 한참 뒤 가까스로 입을 열었다.

"눈을 뜨면 살아 있는지 죽어 있는지부터 확인하고, 깨어 있을 때도 오늘이 마지막날일 거라는 생각으로 불안하네. 말할 힘도 없어. 하기도 싫고. 말없이 의사소통을 할 방법이 없으니까 억지로 입을 여는 것뿐이야. 하지만 말해도 자네들은 믿질 않고 난 달리 설득할 방법이 없어. 하지만 원한다면 더 이야기를 해보지. 하지만 할아버지가 손자들에게 옛날이야기를 들려주듯 말하기엔 시간이 너무 부족하네. 나는 이곳의 나이로 아흔일곱 살이 되었어. 그 말은 곧 내 몸도 아흔일곱 살이 된다는 얘기일세. 그게 무슨 말인지 아나? 나는 자네들과 이야기하다가 죽으려고 여기까지 온 게 아니야. 그러니까 더이상 일반적인 방식으로 생각하지 말아줬으면 해. 그리고 이야기를 듣는 동안 한쪽 머리로는 그라스에 데려다줄 방법이 뭘지도 고민해주면 좋겠어. 우선 약속을 받아야겠어. 긴 이야기가 될 거고 그걸 다 말하고 나면 나는 더이상 이런 식의 정상적인 대화가 가능할지 모르겠어. 그러니 자네들은 무조건 나를 도와줘야 하네. 약속해. 그러지 않는다면 나도 도움을 줄 수 있는 다른 사람을 구할 수밖에 없네."

토니오는 말을 끝내고 입을 다물었다. 더이상은 한마디도 하지 않겠다는 눈으로 시몬과 데쓰로를 한참 노려봤다. 시몬과 데쓰로는 어떻게 말해야 할지 몰라 난감한 얼굴로 눈빛만 주고받았다. 토니오는 이불을 뒤집어쓰고 등을 돌리고 누워버렸다.

시몬과 데쓰로는 아이들의 낙서로 지저분한 담벼락 앞에 쭈그려 앉았다. 시몬은 데쓰로에게 담배를 권했다. 데쓰로는 담배를 입에 물고 불을 붙인 뒤 말없이 연기만 내뱉었다. 시몬은 답답하단 얼굴로 불안하게 다리를 떨다가 담배를 바닥에 뱉어내고 일어섰다.

"어떻게 해야 할지 모르겠어. 데쓰로, 날 봐. 내가 어때 보여?"

데쓰로는 시몬을 올려봤다.

"뭐가?"

"내 상태가 지금 어때 보이냐고. 미친 거 같아?"

데쓰로는 어이가 없어 헛기침을 했다. 시몬은 평소와 달리 흥분한 채 허공에 삿대질을 하고 목소리를 높이며 횡설수설했다.

"데쓰로, 난 널 이해해. 네 입장을 생각해봤는데 나라도 믿을 수 없을 것 같아. 하지만 내가 본 것들은 사실이야. 그리고 난 토니오가 하는 말이 다 사실처럼 느껴져. 어떻게 그걸 믿냐고 물으면 할 말은 없어. 하지만,"

"시몬."

데쓰로가 시몬의 손목을 부드럽게 잡고 자리에 앉혔다. 그러곤 흥분한 시몬의 얼굴을 오랫동안 빤히 쳐다봤다.

"낯설다. 너에게 이런 면이 있을 줄이야. 신기해. 이성적이고 냉철한 줄만 알았던 네가 생판 모르는 노인의 말을 믿고 그를 도우려고 하다니. 앨런이 봤다면 깜짝 놀랐을 거야."

시몬은 데쓰로의 입에서 앨런의 이름이 나오자마자 금세 얼굴이 어두워졌다. 데쓰로는 갑자기 골목을 향해 악! 소리를 질렀다. 담벼락에 앉아 있던 새 한 마리가 날개를 퍼덕이며 날아갔다. 시몬은 느닷없이 소리를 지르는 데쓰로를 놀란 눈으로 봤다. 데쓰로가 말했다.

"언제부턴가 답답할 땐 한 번씩 이렇게 소리를 지르게 되더군. 너도 해봐. 시원해지니까."

시몬은 정색하며 고개를 저었다. 데쓰로는 빙긋이 웃고 말을 이었다.

"마데이라에 오기 전 잠깐 고향에 들른 적이 있어. 묘지에 갔었지. 거기엔 아버지와 여동생, 그리고 이제 막 걷기 시작했던 어린 조카가 묻혀 있어. 그 앞에서 내가 느낀 것이 뭐였는지 알아? '그들은 더이상 이곳에 없다'였어. 슬프지 않다는 말이 아니야. 그립지 않다는 것도 아니고. 지금 이 순간도 그날을 생각하면 마음이 갈가리 찢겨져나가는 것 같으니까. 하지만 감정으로 실제와 세계를 왜곡해서는 안 되는 법이야. 애도는 자기 연민의 연장일 뿐이거든. 이곳에 남은 자들은 이곳의 삶을 살아야 해. 앨런도 분명 그걸 원하고 있을 거야."

시몬은 인상을 찌푸리고는 오른쪽 입꼬리를 올리며 비꼬았다.

"데쓰로, 네가 그런 말을 하니까 이상한데? 넌 앨런이 죽는 것보다 연구에 차질이 생기는 것을 걱정했잖아. 내가 그걸 모를 것 같아? 날 걱정하는 것도 결국 연구를 걱정하는 거잖아."

"시몬, 아무리 상처를 받았다고 해도 기억력까지 나빠지면 곤란해. 연구에 집착한 건 내가 아니라 너였어. 내가 너에게 연구를 다시 해야 한다고 재촉한 건 연구 때문이 아냐. 네가 배를 타고 마데이라의 모든 해변을 덧없이 뒤지며 병원에서 죽은 자를 찾아다닐 때 나는 몇몇 의사와 전문가에게 상의했어. 낙심한 마음을 가장 빨리 회복시켜주는 건 일에 몰두하는 거라고 하더군. 처음엔 네가 앨런에 대해 말하도록 뒀어. 난 기다렸어. 그러면 언젠가 돌아올 줄 알았거든. 그런데 아니었지. 더 나빠지기만 했어. 넌 너의 상처에 완전히 중독됐고 지속적으로 상처에 흠집을 낸 뒤 그곳으로 점점 파고들기만 했어."

시몬이 자리에서 일어서며 소리쳤다.

"함부로 말하지 마. 네가 내 마음을 알 리 없어. 넌 앨런을 잃은 내 마음이 어떤지 짐작조차 하지 못할 거야."

데쓰로도 자리에서 일어서며 소리를 질렀다. 내내 차분했던 데쓰로의 음성이 갑자기 커졌고 끝은 갈라졌다.

"나도 잃었어. 너만 잃은 게 아냐. 나도…… 앨런을 잃었다고, 멍청아. 모르겠어? 우리가 앨런을 잃은 거야."

시몬은 말문이 막혀 말없이 하늘만 쳐다봤다. 새까만 구름이 금방이라도 비를 뿌릴 듯 푼살의 중심을 향해 이동하고 있었고 바람도 강하게 불기 시작했다. 데쓰로가 말했다.

"나는 그 노인의 말을 반은 믿고 반은 안 믿어. 못 믿겠는 건 말도 안 되는 소리를 하니까 상식적으로 안 믿는 거야. 하지만 반은 믿어. 상식적으론 역시 말이 안 되지만 믿을 수밖에 없었어. 그 사람이 앨런의 비밀을 알고 있었으니까. 앨런에게 아이가 있었다는 것은 맞아. 비밀인 것도 맞고. 그걸 아는 사람은 앨런과 나밖에 없었어. 그걸 그 사람이 너에게 말해줬다면 그 사람에게 그걸 말해준 사람은 앨런밖에 없다는 얘기가 되거든."

"알고 있었다고?"

"너한테 말할 순 없었지. 반쯤 미쳐 있는 네가 그 사실까지 알게 된다면 더 끔찍해질 테니까. 사실 비밀이랄 것도 없어. 조금만 신경을 썼어도 그때 앨런이 보였던 평소와 다른 모습을 발견할 수 있었을 거야. 난 앨런에게 특별한 일이 생겼다는 걸 한눈에 알아봤지. 안색이 좋지 않았고 무척 힘들어했거든. 당시 넌 그것조차 발견할 수 없을 정도로 연구에 미쳐 있는 상태였어. 앨런은 그런 너에게 도저히 그 이야기를 할 수 없다고 뒤로 미루더군. '다 큰 아기에게 아기가 생겼다고 말할 수 없어.' 이렇게 말했어."

시몬은 저도 모르게 뒷걸음질쳤고 벽에 등을 기대며 두 손으로 얼굴을 감쌌다.

"앨런은 이런 일이 있을 거라고 예상이라도 했던 걸까? 어느 날 문득 내게 말하더군. '시몬을 돌봐줘. 지금 너무 날카로운데 금방 좋아질 거야.' 왜 갑자기 그런 소리를 하냐고 물으니 그냥 쓸쓸하게 웃었어. 그러곤 한참 뒤에 한마디 보탰어. '이러다 나 말고 모두 시몬을 미워할까봐, 그게 두려워.' 그래서 난 말했지. 걱정하지 마. 우린 한 팀이니까. 내가 끝까지 시몬을 챙겨줄게. 그랬는데 정작 앨런은……"

데쓰로는 더는 말을 잇지 못하고 담배를 입에 물었다. 그때 차 한 대가 질주해 들어와 급정거했다. 앞문을 벌컥 열어젖히고 한 남자가 내렸다. 마우루 페레즈였다. 그는 입고 있던 가운을 벗어 돌돌 말아 보조석에 던져넣었다. 데쓰로는 금방이라도 쳐들어갈 듯한 강렬한 눈으로 현관을 노려보는 마우루를 발견하고 자리에서 벌떡 일어나 마우루를 불렀다. 마우루는 전쟁에서 살아 돌아온 동료라도 만난 것처럼 연극적인 표정을 짓고 과장되게 손을 흔들었다.

미국인 화산학자 시몬, 일본인 지진학자 데쓰로, 그리고 포르투갈인 의사 마우루는 마당에 놓인 동그란 탁자에 모여 앉아 맥주를 마셨다. 마우루가 마데이라의 기후를 사춘기 소년들의 성욕에 빗대어 이해할 수 없는 말장난을 늘어놓았고 데쓰로는 푼샬 시내에 지나치게 많은 노인 탓에 섬 전체가 마치 실버타운 같다고 했다. 시몬은 그들의 이야기를 잠자코 듣기만 하고 아무 말도 하지 않다가 화제가 고래의 사체 처리에 관한 쪽으로 바뀌자 관심을 보였다. 마우루가 말했다.

"파일럿고래들은 매립하고 흰수염고래는 포르투노보 해변에서 그냥 해체한다고 하더군. 고래 수십 마리를 폰타도파르고 지역으로 옮기기 위해 마데이라의 트럭과 중장비가 총동원된다고 해. 이 무슨 난리인지."

시몬은 포르투노보 해변에서 있었던 고래와의 기이한 조우를 떠올렸다. 그게 정말 실제로 일어난 일인지 꿈속에서의 일인지 헷갈렸다. 멀고도 아득한 일처럼 신비하게만 느껴졌다. 하지만 그때의 황홀하고 벅찬 감정이 밀려와 마음이 울렁거렸다. 데쓰로는 초조한 눈으로 마우루의 표정을 살폈다. 연락도 없이 집으로 직접 찾아온 것으로 볼 때 분명 토니오와 관련된 일일 것이다. 결과가 어떻게 나왔을까. 데쓰로는 당장이라도 묻고 싶은 것을 참느라 어금니를 꾹 물고 있었다. 마우루는 가볍게 손뼉을 한 번 치고 데쓰로와 시몬을 번갈아 쳐다보며 말했다.

"그건 그렇고 자네들의 친구…… 그 고래한테 삼켜졌다고 주장하는 노인네 이야기 좀 해볼까? 궁금한 게 있는데 어찌된 일인지 너희들은 뭔갈 숨기고 있는 눈치야. 서운하군. 데쓰로, 나한테 궁금한 게 있지 않아? 우리 알고 있는 걸 서로 주고받는 게 어때?"

시몬은 무슨 말이냐고 묻는 표정으로 데쓰로를 바라봤다. 데쓰로가 말했다.

"혈액검사를 했어. 그래, 마우루, 검사 결과에 뭐라도 나왔어?"

"좀 천천히 하자고. 내가 먼저 묻지. 토니오라는 저자는 혹시 바다와 관계된 일을 하는 사람이야?"

시몬이 말했다.

"우리도 아는 게 없어. 숨기는 게 아니고 모르는 거야. 지금까지 내가 경험한 바로는, 사람인데 약간 다른 종류의 사람처럼 느껴져."

마우루는 표정에서 서서히 장난기를 지우고 코끝을 손가락으로 만지작거리며 생각에 잠겼다.

"다른 종류의 사람이라…… 일단 혈액형은 평범해. B형이야. 몇몇 수치가 이상하긴 했지만 그게 사람이 아니라는 특이사항처럼 보이진 않았어. 이상한 점은 말야. 피에 거품이 많이 섞여 있다는 거야. 쉽게 말하면 잠수병 같은 증상인데 증상만 놓고 보면 일반적인 수준이 아니라 꽤 심각한 수준이야. 솔직히 이런 상태로 살아 있다는 게 이해가 안 될 정도니까. 그가 바다와 관계된 일을 하느냐고 물어본 것은 그런 이유야."

잠수병이라는 말에 데쓰로와 시몬은 아무 말도 하지 않았지만 불안하게 눈빛을 주고받았다. 토니오가 고래의 입에서 나온 것과 해저 깊은 곳에서 앨런을 만나고 왔다는 것, 그리고 과거에 고래에게 삼켜져 깊은 곳으로 내려갔다는 말이 떠올랐던 것이다. 마우루가 말했다.

"자, 이제 너희들이 이야기할 차례야. 이 정도까지 도와줬는데 계속 시치미를 뗀다면 아무리 나라도 그냥 돌아가지 않을 거야."

더이상은 감출 수 없다는 것을 깨달은 데쓰로가 시몬에게 말했다.

"시몬, 말해줘."

셋은 말 한마디 없이 꽤 오랫동안 앉아 있었다. 그들이 그렇게 있는 동안 어디에선가 개 한 마리가 시끄럽게 짖었고 마우루의 전화는 세 번이나 울렸다. 먼저 입을 연 사람은 마우루였다.

"흥미롭군."

마우루는 깍지 낀 손을 풀고 부드럽게 비비며 말을 이었다.

"그러니까…… 너희들은 혼란스러운 거군. 벽돌은 많은데 건물이 어떤 모습인지 모르겠으니까."

데쓰로가 말했다.

"분명, 이상한 일이니까."

"이상한 일이긴 하지. 그런데 시몬이 거짓말할 이유가 없잖아. 아닌가?"

마우루는 심각한 얼굴을 하고 시몬을 바라봤다. 가늘게 뜬 눈엔 장난기가 가득했다.

"혹시 정신이 이상해진 건 아니겠지?"

시몬은 장난할 기분이 아니라는 표정으로 짧게 한숨을 내쉬었다. 마우루가 시몬의 등을 손으로 툭 건들며 말했다.

"그렇지 않다면 일단 시몬의 말을 믿어야지. 물론 그 일이 가능한지 아닌지는 논외로 하고. 이럴 땐 일단 신기한 일이 생겼다고 받아들여. 그럼 편해."

데쓰로는 황당했다.

"이해되지 않는 일을 그저 신비로운 일로 생각하라고? 마우루 너의 그 능력이 부럽다. 난 도저히 그럴 수 없는데."

마우루는 맥주를 한 모금 마시고 입 한쪽 끝으로만 웃는 느긋한 미소를 지으며 데쓰로를 바라봤다.

"그런데 저자의 말이 사실인지가 중요해? 만약 헛소리라면 기껏해야 정신이 온전치 않은 사람일 텐데 뭘 그렇게 심각하게 생각하는 거야? 프랑스에 보내달라고? 자기 힘으로 집에 돌아갈 수 없는 난민이라 치자고. 뭐 좋은 일 하는 셈 치고 고향으로 보내주는 것도 그렇게 나쁜 일은 아니잖아. 그것보다 걱정해야 하는 건 저 친구가 남은 날이 별로 없는 것 같다는 거야. 저러다 너희들의 집에서 죽기라도 하면 어떻게 할 셈이지?"

토니오가 죽는다고? 마우루와 데쓰로의 대화를 잠자코 듣기만 했던 시몬의 마음이 일순간 휘청거렸다. 뭔가 단단히 잘못하고 있다는 생각이 들었다. 문제에 대한 답을 찾으려고 했던 것이 아니었다. 전제가 틀렸다. 그를 심문하려던 것이 아니었다. 토니오가 내게 했던 일. 앨런을 만나고 마음을 전해주고 위로해줬던 일. 그 모든 것이 생생하게 떠올랐다. 그가 뭔가를 원한다면 들어줘야 한다. 시몬은 마우루와 데쓰로 사이의 허공을 응시하며 딱딱한 목소리로 말했다.

"이러고 있을 때가 아니야. 누구의 허락이 필요한 일이 아니야. 이런 대화는 그만두고 싶어."

시몬은 자리에서 일어났다. 데쓰로는 뭐라고 말하고 싶었지만 시몬은 완고한 뒷모습을 보이며 빠른 걸음으로 집으로 들어갔다. 마우루가 탁자에 탁, 소리나게 잔을 내려놓으며 말했다.

"저자가 뭘 해달라고 했다고?"

"프랑스에 보내달라고 했어. 그라스."

"과연 우리의 시몬이 혼자 할 수 있을까?"

데쓰로는 고개를 가로저었다.

"그럼 어쩔 수 없군. 우린 시몬을 도와주자고. 저 불쌍한 늙은이를 집으로 보내주고 싶어하는 정신 나간 시몬을 도와주자고."

"그게 말처럼 쉬운 게 아니야. 생각해봐. 일단 저 사람에게는 여권이 없어. 신분을 밝힐 만한 그 어떤 증명서도 없고."

"여권은……"

마우루는 눈을 빠르게 굴리며 생각에 잠겼다.

"해결할 수 있을 것 같아. 그런 일에 능한 친구들을 아는데 이틀이면 만들 수 있을 거야. 그런 건 문제도 아니야."

마우루는 거만한 태도로 어깨를 으쓱거렸다.

"그것보다 내가 궁금한 것은 말야. 그가 한 말이야. '지구의 중심을 향해 잠수하고 있다'고 했어. 그 노인이 하는 말, 믿을 순 없지만 재밌지 않아?"

토니오는 천천히 눈을 떴다. 누운 채로 눈을 비비며 정신을 차려보려 애썼다. 생각이 정리되지 않았다. 무엇 때문에 깨어났는지, 방금까지 무슨 꿈을 꾸었는지, 잠들기 직전엔 어떤 일이 있었는지, 그저 혼돈스럽기만 했다. 그는 지금 자기가 어떤 기분인지도 알 수 없었다. 모든 것이 다 합쳐져서 완전히 제로가 된 것 같은 느낌. 어깨에 누군가가 올라탄 것 같은 무게감이 짓누른다. 시달림을 너무 당해 기진맥진해져 더이상 으르렁거리지도 않는 늙은 곰 같다. 토니오는 잠에 취한 듯한 푸른 눈으로 침대에 걸터앉아 입술을 달싹이며 중얼거리다 시몬과 눈이 마주쳤다. 시몬은 물이 든 컵과 치즈 한 조각을 건넸다. 토니오는 시몬에게서 얼굴을 돌린 채 물을 천천히, 조금씩 나눠 마셨다. 그러곤 치즈 한 조각을 입에 넣고 마치 사탕을 빨듯 천천히 턱을 움직였다. 시몬은 토니오의 옆모습을 바라보다 마음이 무겁게 가라앉았다. 그를 만난 이래 처음으로 그의 표정에서 좌절의 기미를 보았기 때문이다.

"난 이 여행으로 녹초가 되었네. 늙어가고 있어. 그걸 몸으로 느끼고 있다네. 단번에 늙지는 않아. 처음에는 팔이나 다리, 심장이 늙어. 단계적으로 쇠하는 거지. 그러다가 이젠 영혼이 늙기 시작했다는 것을 느끼네. 영혼이 품고 있는 동경과 추억, 시공간에 얽매이지 않은 그 보석과도 같은 정신이 부서지고 있어. 때때로 난 뭘 짐작조차 할 수 없는 존재가 된 것만 같아. 시간이 다리를 바꿔 꼬아가며 밤새 나를 지켜보고 있는 걸 느껴. 한 발이라도 먼저 걸어가야 하는데 난 꼼짝도 하지 못하는 신세야."

토니오는 물을 한 잔 마시고 한참 동안 자신의 팔을 바라봤다. 피를 다 쏟아내버린 듯 힘없고 연약한 손가락을 천천히 구부렸다 폈다. 그러고는 손가락에게 말하듯 차분한 음성으로 말을 이었다.

"하지만 후회는 없어. 지진이 갈라놓은 풍경처럼 내 삶은 두 동강 났지만. 반대편으로 건너와 다시는 돌아갈 수 없지만. 최소한 콘수엘로와 가까워졌으니까……"

시몬은 토니오의 감정의 심연을 보았고 깊이 공감했다.

"내가 돕겠습니다. 그러니 힘을 내야 해요."

토니오는 희미하게 웃을 뿐 아무 말도 하지 않았다. 얼굴엔 체념의 그림자가 짙게 드리워졌다.

그때 데쓰로와 마우루가 문을 열고 들어왔다. 토니오는 강렬한 호기심으로 자신을 뚫어지게 쳐다보는 마우루를 발견했다. 둘은 잠시 주의깊게 서로를 응시했다. 침묵 속에서 두 쌍의 눈이 깜박거렸다. 마우루가 말했다.

"오케이, 오케이. 우선은 좋아 보이네요. 병실이 먼 곳에 있어서 회진 돌기가 여간 까다로운 게 아니에요. 하지만 마우루 페레즈는 좋은 의사니까 여기까지 왔습니다."

토니오는 의아하단 얼굴로 시몬을 바라봤고 시몬이 토니오에게 몸을 숙여 낮은 소리로 마우루가 치료해줬다는 것을 알려줬다. 마우루는 침대 곁으로 다가가 무릎을 꿇고 앉아 토니오의 이마와 목덜미에 손가락을 대고 열과 맥박을 체크했다. 토니오는 불편한 듯 인상을 찌푸리고 눈을 감았지만 마우루의 손길을 거부하지는 않았다.

"우선 뭘 좀 먹어야 합니다. 고체로 된 음식은 거의 먹지 못한다고 들었는데 수프나 주스 같은 유동식이라도 섭취해야 해요. 몸이 약해지긴 했지만 특별한 병이 있는 건 아닙니다. 특이한 것은 피에 기포가 섞여 있어요. 이건 경우에 따라 심각해질 수 있어요. 혈액순환에 지장을 줄 수도 있고 조직을 파괴할 수도 있으니까요. 감압을 하는 것 외에는 달리 방법이 없는데 당신은 이상하게도 그 상태로 안정적인 모습을 보여주고 있군요."

혈관에 찔러넣은 바늘을 고정하기 위해 반창고를 뜯으며 마우루는 고개를 갸웃거렸다.

"이런 증상은 주로 다이버들에게 나타나는데…… 이상하군요. 당신은 오래전에 비행기 조종사였다고 들었는데."

토니오는 피부를 뚫고 들어온 바늘을 불쾌한 눈으로 바라보며 고개를 끄덕였다.

"무슨 일을 하시나요? 정말 다이버입니까? 아니면 그 비슷한 일이라도?"

토니오는 고개를 좌우로 흔들었다. 마우루는 그 지점에서 손가락을 튕겨 딱, 소리를 내며 의미심장한 미소를 띠었다.

"검사 결과만 놓고 보면 당신이 급격한 압력의 변화를 겪었다는 것을 알 수 있어요. 그럼 그 말은 뭐였죠? 당신은 이렇게 말했어요. '지구의 중심을 향해 잠수하고 있다'라고."

토니오는 입을 꾹 다물고 천장을 바라볼 뿐 아무런 대꾸도 하지 않았다.

"오, 이런. 미스터 셰에라자드, 말해보세요. 이야기를 시작했으면 중간에 그만두면 안 되죠. 나는 궁금한 것을 참지 못합니다. 당신과 당신이 하는 말이 무척 흥미롭습니다. 말해주세요. 진료비는 그걸로 대신하도록 할게요. 그리고 우리 모두 당신을 돕기로 결정했어요. 그렇지 데쓰로?"

데쓰로는 어색한 표정으로 오른손을 살짝 들었다. 토니오는 데쓰로를 쏘아보며 말했다.

"당신들이 나를 죽은 짐승처럼 눕혀놓고 문을 닫고 나가면서 매번 한숨을 내쉬는 것을 알고 있어. 삶과 죽음을 가르는 존재의 이원성에 대해 생각할 줄을 모르는 것이지. 난 한 번의 삶으로 여러 인생을 살아왔소. 유토에서 처음 눈떴던 순간이 기억나. 너무도 생생하여 그곳에 갈 수 없다는 사실이 되레 이상하게 느껴질 정도야. 내가 겪은 것들은 몽상이나 상상 같은 것이 아니야. 실제지. 나는 하룻밤 사이에 유령이라고 할 만한 이상한 존재가 되어버렸어. 당신들은 이 상태를 존재의 한 형식이라고 받아들이지 않고 있고."

토니오는 입을 다물고 몸을 뒤로 기댔다. 그러고는 과거를 보듯이 손으로 두 눈을 가렸다. 신음처럼 콘수엘로, 라는 말을 내뱉었다. 마우루가 물었다.

"자면서도 계속 그 이름을 부르던데 그녀는 지금 어디에 있나요?"

토니오는 시몬을 바라보며 자신의 가슴 한가운데를 두드렸다.

"여기. 그건 절대로 분실하지 않았지. 그것은 통증처럼 생생하게 살아 있다네."

멀리서 무심한 얼굴로 듣던 데쓰로가 마우루의 곁에 다가와 귓가에 속삭였다.

"이야기의 순서상 고래와 어떻게 됐냐고 물어봐야 할 것 같은데."

"이 수줍은 친구 좀 봐. 직접 물어보면 되잖아."

데쓰로와 토니오의 눈이 마주쳤다. 토니오는 무표정하게 마주봤고 데쓰로는 고개를 돌렸다. 마우루가 데쓰로의 어깨를 감싸며 말했다.

"고래와 어떻게 됐냐고 물어보라는군요. 실은 나도 궁금합니다. 토니오, 당신이 해야 할 이야기를 마저 해주세요."

토니오는 이따금 오랫동안 눈을 감고 있다가 느리게 눈꺼풀을 열었는데 그때마다 마취에서 깨어난 동물처럼 몽롱하게 주위를 두리번거렸다. 그러다 그림자가 짙게 고여 있는 곳을 유심히 바라보며 이윽고 정신을 가다듬은 목소리로 엉뚱한 말을 던졌다.

"물속의 어둠은 저런 식으로 빛을 품고 있어. 어둡지만 투명하지. 먼지처럼 희미한 빛이 떠다니고."

토니오는 물을 한 모금 마셨다. 반세기 전 처참하고 황홀했던 그날 밤, 어두운 바다에 누웠을 때의 느낌이 다시 찾아왔다. 마우루는 그가 뭔가에 집중하고 있다는 것을 깨닫고 잠잠히 다음 말을 기다렸다.

"고래가 바다의 가장 깊은 등뼈에 도달했을 때,"

토니오는 일정한 간격을 두고 침착한 말투로 말했다.

"나는 달라져 있었어. 어두컴컴해서 눈으로 확인할 순 없었지만 느낄 수 있었지. 자궁에서 새로운 몸을 입는 것처럼 기존의 육체가 다 해체되고 다시 만들어지는…… 완전히 녹은 후 다른 틀에 들어가 새로운 몸이 되는 것 같은 그런 기분. 통증이나 불쾌감 같은 것은 하나도 없었고 다만 약간 간지럽다고 해야 하나? 그런 오묘한 감각만 느껴지더군. 그리고 고래의 길을 통과하는 동안 고래가 그저 깊은 바다가 아닌 완전히 다른 곳으로 들어갔다는 것을 알았지. 뭐랄까, 바다에서 또다른 바다로 넘어갔다고 해야 할까? 뭔가 전혀 다른 물질로 이루어진 기이한 세계였네. 그건 물속에 첨벙 빠지는 느낌과 비슷했어. 온몸을 깨부술 듯 누르던 압력과 열이 순식간에 사라졌으니까. 중력이 사라진 듯 모든 게 너무도 편안했어. 부드럽고 따뜻했지."

토니오는 팔을 서서히 움직였다. 마치 물속에서 흔들리는 수초 같았다. 토니오는 그것을 남의 팔을 보듯 몽롱한 눈으로 바라보다가 말했다.

"고래는 나를 어딘가에 토해냈네."

토니오는 연주에 깊게 빠져드는 피아니스트처럼 두 눈을 꾹 감았다. 현미경으로 주의깊게 들여다보듯 그때 일이 선명하고 세세하게 눈앞에 떠올랐다. 토니오는 낮은 소리로 짧게 한마디를 던졌다.

"유토."

마우루는 토니오의 팔에 엉킨 링거 줄을 풀어주며 말했다.

"지금 농담하는 것은 아니지요?"

"아니. 내가 농담을 했다면 당신은 웃고 있겠지."

마우루는 허를 찔린 듯 소리내어 웃었다.

"오케이, 오케이."

그러고서 대화는 끊겼다. 토니오는 어떤 생각에 잠긴 듯 잠시 말을 멈췄다. 거실은 긴 침묵에 잠겼다. 토니오가 전과 다르게 떨리는 음성으로 말했다.

"유토를 벗어나며 나는 룸에게 물었네. '내가 너와 헤어지고 다시 이 세계의 생물로 돌아가면 유토에서 겪은 일을 누군가에게 설명해야 할 텐데 어떻게 말해야 할까?' 룸은 간단하게 대답하더군. '이야기하세요.' 여행에서 돌아온 자가 사람들을 모아놓고 무용담을 늘어놓듯 그냥 말하라고 했네. 지금부터 내가 겪은 일들에 대해 말하겠네. 처음 유토에 발을 디뎠을 때 가장 먼저 만난 자는 룸이었네. 룸. 아, 그 친구가 그립군."

3부

유토

낯선 곳에 떠 있다. 아니, 서 있다고 해야 할까. 모르겠다. 아무것도 알 수가 없다. 본 적 없는 풍경의 한복판에 덩그러니 놓여 있다. 이상한 곳이구나. 물속 같기도 하고, 물속을 닮은 공중 같기도 하며, 금빛 모래로 가득찬 한낮의 사막 같기도 하다. 죽은 걸까? 죽음이 아니면 결코 도달할 수 없는 미지의 나라에 도착한 것일까? 모르겠다. 하지만 나는…… 있다. 아직 생각이 있고, 생각하는 내가 있고, 보는 눈과 만질 수 있는 손가락이 있다. 오른손으로 왼팔을 만져본다. 손가락을 벌려 허공을 휘저어본다. 축축하고 무거운 바람 같은 것이 손가락 사이를 빠져나간다. 아니다. 가벼운 물살이라고 해야 할까. 이 생경한 느낌을 현실감각으로 믿어도 되는 걸까?

"안녕하세요."

누군가가 내게 말을 걸었다. 서서히 고개를 돌렸다. 등뒤엔 흰수염고래가 있었다. 나는 뭔가에 홀린 듯 그의 말을 따라 했다.

"안녕하세요."

"나는 룸입니다. 당신은?"

나? 내가 누구였지? 순간 아무것도 기억나지 않았다. 나는 인상을 찌푸리며 고개를 저었다.

"기억나지 않아요."

"갑자기 세계가 뒤바뀌어 그럴 거예요. 시간이 흐르면 다시 생각날 테니 걱정하지 마세요."

"여긴 어딘가요?"

"유토."

그 순간 하얀 바위처럼 생긴 커다란 구체가 열한시 방향에서 나타나 다섯시 방향 쪽으로 지나갔다. 그것은 마치 느리게 떨어지는 유성 같았다. 섬처럼 보이는 커다란 땅이 해와 달처럼 부드럽고 규칙적으로 움직였다. 나는 혼란한 정신으로 시선을 사방으로 돌리며 두려운 눈으로 생경한 세계를 바라봤다. 고개를 들어 머리 꼭대기를 보고 다시 발밑을 쳐다보길 반복했다. 혹시 꿈일지 모른다는 생각에 눈을 질끈 감고 속으로 열을 센 뒤 서서히 눈을 떴다. 꿈이 아니었다. 고래는 여전히 곁에 있었고 나는 생생하게 살아 있었다. 눈앞에 보이는 세계는 흐릿하고 모호한 환영 같은 것들이 결코 아니었다.

"유토…… 이곳을 어떻게 이해하면……"

문득 이상한 느낌이 들어 말을 멈추고 룸을 살폈다. 그는 입을 다물고 있었다. 말하는 내내 한 번도 입을 연 적이 없었다. 그러니까 그는 지금 내게 말하지 않고 메시지를 전하는 것인가? 룸은 혼란에 빠진 내 얼굴을 바라봤다. 그의 눈은 흥분으로 일렁였고 표정은 호기심으로 팽팽했다. 어쩐지 즐거워 보였다. 즐거워 보인다니. 고래에게 표정이 있단 말인가. 나는 룸이라는 이름의 고래를 자연스럽게 인격적으로 받아들이고 있는 스스로에게 놀랐다. 눈앞의 룸은 서서히 몸을 옆으로 움직였다. 그 모습은 마치 커다란 산이 아무 소리 없이 스르르 한쪽으로 움직이는 것 같았다.

"지금은 그냥 천천히 둘러보세요."

보이지 않는 구심점을 따라 물이 황금빛 물살을 일으키며 천천히 회전하고 있었다. 시계의 시침처럼 너무 느린 흐름이었기에 언뜻 볼 땐 멈춰 있는 것 같다. 이걸 뭐라고 해야 할까. 물? 공기? 바람? 나로선 기이한 액체라고밖에 표현할 수 없는 그것은 빛을 머금고 있었다. 움직일 때마다 물살에 희미하게 미광이 번졌다. 눈으로 보고 손으로 만져보고 심지어 그 속에 둘러싸여 있으면서도 실감이 나지 않았다. 나는 물고기 같다. 물속에서 자유자재로 움직일 수 있었다. 나는 여전히 사람 같다. 걷고 싶으면 걸음을 디딜 수 있도록 발바닥에 저항이 느껴졌고 그 힘에 의지해 걸을 수 있었다. 나는 새 같다. 날고 싶다고 생각하고 하늘을 향해 상승하면 겨드랑이 사이로 부력이 발생해 아무 도약 없이 수직으로 떠오를 수 있었다. 무엇보다 신기했던 건 호흡이었다. 자연스럽게 숨이 쉬어졌던 것이다. 불편함도 없고 어색함도 없었다. 나는 팔과 다리를 벌리고 몸을 구석구석 살펴봤다. 손가락과 발가락 사이에 얇고 질긴 막이 생겼고 피부는 상어처럼 매끄럽고 단단한 크림색으로 변해 있었다. 귓구멍과 입은 불투명한 가죽 같은 것으로 메워져 있었다. 마침내 나는 여기가 실존하는 어떤 세계라는 것을 깨달았다. 그리고 알았다. 나 역시 이 세계에 맞게 완전히 다른 존재로 변했다는 것을. 나는 혼란과 경이가 뒤섞인 눈으로 내 몸을, 그리고 풍경을 바라봤다.

가장 높은 곳이라고 생각되는 곳 끝까지 날아오른 뒤 머리 위를 바라보았다. 투명한 막 같은 경계선이 보였다. 마치 둥근 유리 천장 같았다. 안쪽과 달리 바깥의 풍경은 무시무시했다. 이곳을 향해 입을 벌리고 있는 분화구는 끊임없이 폭발했고 검은 연기와 화염이 불타는 뱀의 혀처럼 천장을 휘감았다. 그러나 어떤 이유에서인지 그것들은 안쪽으로 들어오지 못했다. 기름과 물 사이에 보이지 않는 선분이 놓여 안과 밖의 섞임을 막는 것과 비슷한 원리처럼 보였다. 뜨거운 물속엔 철과 황금이 녹아 있었고 그것들이 유토를 둥글게 감싸고 있었다. 때문에 그것들은 안쪽에서 바라볼 땐 그저 아름답고 신비한 풍경에 지나지 않았다. 서서히 진군하며 지상의 모든 것을 폐허로 만드는 무시무시한 태풍의 눈 속에 고요하게 서 있는 착각. 침묵 속에서 불타는 하늘, 이따금 초신성처럼 찬란하게 타올랐다가 사라지는 화염조차 밤하늘에 깜빡이는 별처럼 멀기만 했다. 나는 저 두려운 풍경이 아름다워 감히 이렇게 노래하고 만다.

겨울 궁전의 춤추는 오로라여.

높은 하늘에 휘도는 얇은 구름이여.
물속에서 자취를 감추며 흐려지는 물감처럼.
밤바다의 깊은 물속에서 일어나는 이름 없는 폭발처럼.

그러니까 유토는 지구의 가장 뜨겁고 깊은 곳에 숨어 있는 오아시스 같은 곳이었다. 어느새 룸은 내 곁에 다가와 나란히 섰다. 오, 세상에. 흰수염고래와 나란히 서다니. 누군가가 우릴 봤다면 나는 작은 먼지처럼 보였을 것이다. 룸이 그 큰 몸으로 내 어깨를 가볍게 툭 건들며 말했다.

"유토에 온 걸 환영해요."

*

태초에 두 신이 있었습니다. 그들에겐 이름이 없지만 편의상 알파와 베타로 부르겠습니다. 어느 날 베타는 알파에게 제안합니다. "세상을 만들자." 오랫동안 어둠 속을 떠돌며 무료하게 지내는 것을 그만두자는 뜻이었죠. 알파는 어둠의 한 자락을 응시하다가 고개를 끄덕였습니다. 세상을 창조하는 신들의 방식은 말하기였습니다. '빛'이라고 말하면 '빛'이 생기는 것이지요. 알파의 말 한마디에 견고했던 어둠의 세계가 빛에 의해 사방으로 갈라지며 환해졌습니다. 그 광경을 베타가 감탄의 눈으로 지켜보는 그 순간에도 알파는 창조의 속도를 늦추지 않았습니다. 하늘을 평평하게 펴고 그 위에 '궁창'이라는 이름의 텅 빈 세계를 만들었습니다. 그리고 그 안으로 신수를 가득 채워넣었습니다. 신수는 태양을 녹여 만들어낸 완전하고 무결한 물입니다. 또한 세상을 지키는 특별한 힘입니다. 때문에 궁창엔 어둠이 없고 안과 밖이 없으며 결핍도 없는 무한의 에너지로 가득차게 되었죠. 베타는 하늘 밑으로 내려갔습니다. 땅을 만들고 바다를 만들었습니다. 태양을 만들고 하늘 높이 띄워 지상을 비추게 했죠.

알파는 자신의 성격에 따라 단순하고 통합적인 방식을 이용했어요. 궁창엔 낮과 밤이 없고, 위아래가 없으며, 시공간도, 안과 밖의 개념도 없습니다. 베타는 달랐어요. 복잡하고 섬세하며 다채로운 성격이었죠. 낮과 밤이 있고 하늘과 땅이 있으며 궁창과 달리 시간과 공간이 명확히 구분되는 세계를 창조했죠. 알파와 베타는 두 세계가 섞이는 혼돈을 막고자 하늘에 투명한 막을 둘러 양쪽을 보호했습니다. 그러니까 하늘은 지상에서 바라볼 땐 투명한 허공이지만 궁창의 입장에서 보면 견고한 바닥이었죠. 창조의 마지막날. 베타는 말합니다. "이 모든 것을 누릴 우릴 닮은 생명을 만들면 어때?" 알파는 고개를 저었습니다. 피조물에게 신격의 일부를 부여하는 것이 옳지 않다고 판단한 것이죠. 베타는 묻습니다. "그렇다면 이토록 멋진 세계를 단순한 풍경으로 내버려둘 거야? 너와 내가 만든 것들이 의미 있으려면 이 모든 것을 아름답다고 느낄 어떤 존재가 필요해." 그 말을 듣고 알파는 궁창을 내려다봤습니다. 베타의 말이 맞았어요. 아름다웠으나 텅 비어 있었죠. 그제야 알파는 고개를 끄덕였습니다.

알파는 궁창의 생물로 고래를 만들었습니다. 고래는 유한하지만 완전하고 무결한 신수에 둘러싸여 마치 무한한 존재처럼 삽니다. 시간이 없기에 늙음이 없고, 변화가 없기에 충격도 없습니다. 신수는 물입니다. 순환하고 흐름이 발생하며 물결이 생기는 지상의 물과 흡사합니다. 그러나 다른 점이 있어요. 신수는 지상의 공기이기도 하고 지면이기도 하며 때로는 하늘이기도 해요. 그러니까 여긴 물속과 공중, 지표면과 수면의 구분이 없어요. 공기와 바람, 물결과 파도가 하나의 현상처럼 느껴집니다. 날고 싶으면 날 수 있고 헤엄치고 싶으면 헤엄칠 수 있으며 걷고 싶으면 걸을 수 있고 계단처럼 올라가고 싶다고 생각하면 신수의 어떤 면을 밟고 한 계단씩 올라갈 수도 있죠. 때문에 궁창에서는 고래들이 수직으로 서서 둥둥 떠다닙니다. 우주에서 자유롭게 떠다니는 별들처럼 말이죠.

베타는 지상에 각기 다른 형질의 생물들을 만들고 마지막으로 사람을 만들었죠. 그러나 베타는 곧 후회하게 됩니다. 사람을 다루기가 너무 어려웠던 거예요. 그들은 변덕스럽고 주어진 조건을 참지 못했어요. 하늘 끝까지 기뻐했다가 바다 깊은 곳까지 가라앉아 슬퍼하곤 했으니까요. 자신과 닮은 것 앞에서 존재들은 참을 수 없다고 했던가요. 베타도 그러했습니다. 자신을 빼닮은 사람을 사랑했으나 그만큼 실망도 컸죠.

아, 당신은 궁금하겠죠. 느닷없이 왜 이런 이야기를 하는 걸까.

조금만 기다려주세요. 이제 곧 유토의 이야기가 나오니까요.

드디어 사건이 일어납니다. 참다 참다 더는 참지 못한 베타가 주먹을 휘둘러 하늘의 지붕을 파괴해버린 거죠. 두 세계를 안전하게 지탱하던, 절대적으로 아름다웠던, 투명한 구분선은 깨지고 맙니다. 지상의 생물들은 이 사건을 단순히 큰비가 내렸다고 알고 있습니다만 정확히 말하면 비가 아닙니다. 갈라진 틈새로 쏟아져내린 신수지요. 신수만 쏟아진 건 아닙니다. 고래도 함께 쏟아져내렸죠. 전해지는 말에 따르면 뜨거운 비가 내리는 어스름 속에서 고래들이 지상으로 떨어지는 광경은 마치 천사가 강림하는 것처럼 보였다고 합니다. 궁창이 텅 비어 공허해지기까지 꼬박 사십 일이 걸렸습니다. 궁창도 박살이 났지만 지상의 세계도 망가졌어요. 태양이 녹아 있는 신수를 감당하기엔 지상의 피조물들은 너무도 연약했습니다. 높은 것들은 무너지고 땅은 갈라졌습니다. 공중을 나는 새와 지표를 덮은 식물들과 땅을 기는 동물들, 물에서 헤엄치는 생물들까지 견디질 못했죠. 베타는 한순간의 실수로 엉망이 된 세계를 무기력하게 바라봤지만 알파는 분주히 움직였어요. 애써 만든 아름다운 세계가 무위로 돌아가는 것을 막기 위해 온 힘을 다했죠. 지상에 남은 소수의 사람과 생물의 일부를 남겨 완전한 멸망으로부터 보호했어요. 문제는 고래였습니다. 지상의 바다에서 얼마간 헤엄칠 수 있었지만 신수에서처럼 자연스럽게 지내지 못했어요. 호흡하는 것도 힘겨웠고 커다란 육체를 보존하는 데 지상의 조건들은 여러모로 맞지 않았던 거죠. 알파는 지상의 가장 깊은 곳을 둥글게 만들고 신수를 한곳으로 모았어요. 뜨겁고 무거운 신수는 아래로, 아래로, 파고들었어요. 바다에 떨어진 물은 심해저까지 가라앉고 땅 위에 떨어진 물은 모래와 바위틈을 파고들어 깊은 곳까지 내려갔습니다. 마침내 신수는 땅의 가장 깊숙한 곳에 둥근 별의 모양으로 고이게 됩니다. 알파는 서둘러 길을 만들고 고래를 신수로 불러들였습니다. 사람들은 고래를 기이한 포유류이자 불가해한 거대한 물고기라고 생각하는 것 같습니다만 아닙니다. 고래는 처음부터 지상의 생물이 아니었어요.

이제 이해할 수 있겠습니까? 당신이 있는 이곳은 신수로 가득차 있던 궁창의 두번째 세계 '유토'입니다.

베타는 자신의 행동을 후회하며 알파에게 사과했습니다. 그러곤 약속했죠. 아무리 화가 나더라도 다시는 그 같은 일을 저지르지 않겠다고요. 그리고 약속의 증표로 하늘과 바다를 잇는 커다란 무지개를 만들었어요. 알파와 베타는 고민에 빠졌습니다. 두 세계가 하나로 합쳐진 이상 이전과는 다른 방식이 필요했던 거죠. 사람에게만 맡겨두면 분명 다시 문제가 생길 것 같았거든요. 그래서 둘은 다음과 같이 합의합니다. '사람에게 세계를 맡기되 고래에게 세계를 다스리며 보살피는 역할을 맡기자.' 그날로 고래에겐 새로운 책임이 부여됩니다. 보이지 않게 질서와 균형을 맞추고 지속적으로 관찰하여 세계를 보호하는 역할을 맡게 되었죠.

유토에서 바다를 향해 고래의 길이 열립니다. 우리는 이 길을 지나 어느 바다로든 나갈 수 있죠. 고래를 연구하는 이들은 이 점을 알지 못해 당황하곤 해요. 긴 시간 관찰했던 고래가 불가능한 시간차를 두고 반대편 바다에서 발견되는 걸 신비하게 여기고 심해에 잠수한 후 물 밖으로 나오는 것을 관측하지 못해 허파로 숨쉬는 생리를 의심하기도 하죠. 그건 고래의 길을 모르기 때문에 생기는 혼란이에요. 고래의 길이 열리면 간혹 재미있는 일이 일어납니다. 고래를 따라 지상의 것들도 함께 들어오는 거죠. 뗏목이나 불시착한 비행선, 때론 무풍지대에서 멈춰 선 범선과 고장난 증기선도 들어옵니다. 드문 일이긴 하나 작은 섬이 통째로 들어오는 경우도 있었죠. 간혹 곤경에 빠진 생물들을 우리가 구조해 들어오는 일도 있습니다. 네, 바로 당신 같은 경우죠. 세월을 거쳐 그것들은 모두 유토의 풍경이 되었고 지상에서 건너온 생물들도 유토의 주민이 되었습니다.

고래와 사람은 알파와 베타만큼이나 다른 존재입니다. 난 베타가 좋아요. 베타의 기질을 닮은 사람들도 좋습니다. 그들의 밤과 낮, 울음과 웃음, 종잡을 수 없는 변덕들까지 사랑스러워요. 지상의 세계에는 유토의 완전무결함과는 다른 종류의 아름다움이 있어요. 수면에 몸을 반쯤 띄워 파도에 몸을 맡긴 뒤 둥둥 떠 있는 일. 몸을 데우는 태양빛과 젖은 피부를 말리는 바람. 해가 지는 모습을 보고 다시 해가 뜨는 모습을 보는 것. 별이 뜨고 그 별이 허공에 긴 줄을 긋고 바다로 떨어지는 순간을 목격하는 것. 밤바다를 달리는 물고

기와 어디선가 나타나 하늘을 뒤덮는 검은 새떼. 이 모든 것을 나는 좋아합니다. 세계를 지키고 보호하는 임무를 그저 책임감과 거부할 수 없는 운명으로 받아들이는 다른 고래들과 달리 난 지상의 모든 것을 마음으로 좋아해요. 난 더 많은 것을 알고 싶고 더 많은 사람을 만나 이야기하고 싶거든요. 바다에 표류하던 길 잃은 당신을 구해 이곳에 데리고 온 까닭은 바로 그런 이유 때문입니다. 유토에 대한 간략한 설명은 여기까지입니다. 이제 편안한 마음으로 주위를 살펴보도록 하세요. 당신도 이제 이곳의 주민이니까요.

룸은 가볍게 내 몸을 움직여 위치를 이동시킨 후 무엇인가를 보게 하였다. 나는 자이로스코프처럼 제자리에서 회전하며 하강했다. 비행기로 말하면 고도를 낮춰 밑으로 내려간 셈이다. 시선을 조금 옮겼을 뿐인데 유토의 풍경은 순식간에 달라졌다. 처음엔 그것이 태평양 상공을 뒤덮고 있는 거대한 회색 구름인 줄 알았다. 하지만 가까워질수록 선명하고 또렷하게 보였다. 고래들이었다. 셈할 수조차 없는 많은 고래가 일정한 대열을 유지하며 수직으로 떠 있었다. 대단한 광경이었다. 그때의 내 감정을 어떻게 묘사할 수 있을까? 어떤 문장을 사용하더라도 그 표현은 초라할 것이다. 머리 위 하늘에 거대한 범선 수백, 아니 수천 척이 떠 있다고 생각해보라. 그들에게 모두 눈이 있고 직립으로 서서 아래에 존재하는 작은 미물들을 물끄러미 바라보고 있다고 상상해보란 말이다. 룸이 말했다.

"놀라지 마세요. 무서워하거나 위축될 필요도 없습니다. 유토는 외형의 크기나 힘의 차이로 우위를 정하지 않습니다. 유토의 주민들은 자신의 존재 방식으로 그저 존재하는 것일 뿐 서로 상관하거나 다스리지 않아요."

나는 말없이 고개를 끄덕였지만, 두려움은 사라지지 않았다. 그때였다. 섬뜩한 느낌에 고개를 들었다. 하얀 향유고래 한 마리가 빠르게 헤엄치며 머리 위를 돌고 있었다. 자세히 보면 하얀색이 아니었다. 수많은 상처로 껍질이 벗겨진 탓에 희게 보인 것이었다. 룸이 속삭이듯 작은 소리로 말했다.

"괜찮아요. 저자는 그냥 당신이 궁금한 것뿐입니다. 그는 고래의 임무를 잊고 인간과 다툰 뒤부터 다시는 고래의 길을 지날 수 없게 됐습니다. 나중에 저자와 대화를 나눌 일이 있을지 모르지만 가급적 그럴 일을 만들지 마세요. 그는 인간을 썩 좋아하진 않거든요."

그는 일정한 거리를 유지한 채 주위를 맴돌기만 할 뿐 가까이 다가오지 않았다. 그저 그가 나를 관찰하고 있다는 게 느껴졌는데 그 눈은 룸의 눈과는 달랐다. 경계심과 적의가 반쯤 섞인 눈이었다. 어째서인지 밤바다에서 고래들을 처음 만났을 때 이제 더는 살 수 없다고 생각했던 공포가 되살아났다. 그는 나와 룸 사이를 서서히 지나가며 잠깐 거리를 좁히더니 별다른 행동을 하지 않고 무리 사이로 돌아갔다.

룸의 시선이 서서히 아래로 내려갔다. 시선의 움직임을 따라 나 역시 아래를 바라봤다. 발밑으로 금빛 거품을 머금은 물결이 일었고 그 아래 도시가 있었다. 잠잠히 곁에서 따라오던 룸은 기지개라도 켜는 듯 몸을 활처럼 크게 튕기며 빠른 속도로 내려간 뒤 도시의 외곽을 크게 한 바퀴 돌았다. 길고 거대한 청회색 몸체가 유연하게 움직이는 몸짓은 믿을 수 없을 만큼 아름다웠다. 룸은 도시의 정중앙에 서서 먼 곳에 서 있는 나를 향해 말했다. 그런데 그 말이 들렸다. 마치 곁에서 속삭이는 듯 직전까지의 대화와 아무 차이도 없었다.

"유토의 이야기가 끝을 향해 달려갑니다. 고래의 길을 통해 지상의 존재들이 하나둘 늘어나자 신들은 고민에 빠졌습니다. 그들도 유토의 주민이었기에 자신의 삶이 신경쓰인 거죠. 그들은 울적해했고 유토의 방식을 편하게 누리지 못했습니다. 사람에게는 지상의 습관과 삶의 형식이 필요했던 거죠. 알파가 베타에게 말합니다. '이곳에도 도시가 필요해.'"

잠시 말을 멈추고 룸은 눈을 꾹 감고 호흡을 가다듬었다. 처음엔 그가 단순히 말을 많이 해서 숨찬 것이라고 느꼈는데 그의 호흡에는 미세한 통증이 섞여 있었다. 거친 숨소리라고 하기엔 묘하게 어긋나는 신음도 섞여 있는 것 같았다. 그의 밝은 표정 이면에 깔려 있는 그림자 같은 어둠. 웃음 뒤에 기이하게 일그러지는 표정. 자세히 보니 꼿꼿하게 선 그의 커다란 몸도 왼쪽으로 살짝 기울어져 있었다. 그 순간 나는 봤다. 그의 왼쪽 지느러미가 아주 잠깐 마비된 듯 딱딱하게 굳어 떨리는 것을. 그는 곧 호흡을 가다듬고 밝은 어조로 말했다.

"그동안 유토의 이야기를 많이 들어왔지만 이 장면을 상상하면 여전히 가슴이 뛰닙니다. 알파와 베타는 힘을 모아 세계를 흔듭니다. 그 충격으로 땅은 갈라지고 바다는 크게 출렁거렸죠. 베타는 파도를 크게 일으켜 수평선에서 하늘까지 이르는 거대한 물의 장벽을 만들었습니다. 수면을 밟고 일어선 파도는 해변을 향해 달리기 시작합니다. 그 순간 알파는 고래의 길을 최대한 넓게 만들어 신수를 분출시킵니다. 달리는 물의 장벽 바로 뒤에 신수의 장벽이 서서 함께 달리기를 하는 거죠. 이중의 파도라고 해야 할까요? 자, 상상해 보세요. 지상의 바다 뒤편에 하늘의 바다가 뒤따르는 장관을 말입니다.

평화로웠던 도시의 낮은 갑자기 어두워집니다. 누군가가 해변에 서서 이 광경을 봤다면 종말이 왔다고 생각했겠죠. 지상에서 가장 아름다운 세계의 주민. 인간이 만든 위대한 도시 유토의 시민. 그러나 산처럼 덮쳐오는 바다를 보면, 태양을 가리고 갑자기 밤이 몰려오는 이해할 수 없는 광경을 보면, 그저 눈을 감을 수밖에 없었을 겁니다. 도시는 순식간에 삼켜집니다. 바닷물은 바위와 흙과 모래 속으로 흡수되었겠지만, 신수는 다릅니다. 번쩍하는 짧은 순간 도시의 모든 것을 감싸안았죠. 나뭇잎사귀, 모래 알갱이 하나 상하지 않고 완전하게 보호하는 신수는 그 모든 것을 고래의 길로 끌고 왔습니다.

흔들림이 멈추고 다시 고요해진 세계. 도시는 그 모습 그대로 지상의 가장 깊은 곳에서 다시 태어났습니다. 웬만해선 자신 이외에는 관심을 갖지 않는 고래들조차 지상에서 가장 아름다웠던 도시를 황홀한 눈으로 바라봤다고 합니다. 그때부터 이름 없이 그저 궁창으로만 존재했던 이곳을 유토라고 부르기 시작한 겁니다. 지금 보이는 이 도시는 예전의 모습과 같습니다. 아무것도 손상되지 않았지요. 부서지지 않았고 마모되거나 낡지도 않았죠. 납작한 돌로 만들어진 길과 그 위에 쌓여 있는 재와 흰 가루들. 밝은 회색 벽돌로 만들어진 3층 높이의 건물들과 높은 종탑. 도시의 사람들, 개와 너구리와 송곳니가 길고 날카로운 고양잇과 동물들, 꼬리가 긴 새들과 새장 속의 카나리아까지 모든 것이 예전 모습 그대로입니다."

룸은 자신의 이야기에 스스로 도취된 듯 격앙된 소리로 노래하듯 말했다.

"나는 유토를 사랑해요. 뿐만 아니라 지상에서 건너온 이들을 좋아합니다. 그것들은 아름답습니다. 그들이 지니고 있는 각종 보석, 반짝이는 금화, 기이한 형상의 장신구 모두 아름다워요. 보고 있으면 형용할 수 없도록 독특한 감정이 만들어지고 마음 깊은 곳이 일렁거리는 것을 느낄 수 있습니다. 무엇보다 내가 좋아하는 건 단연 책입니다. 여행자들의 가방 속 작은 책들과 선원들의 일기장. 때론 책으로 가득찬 선실을 가진 범선이 통째로 들어올 때도 있었죠. 나는 그것들을 읽으며 그 세계의 언어와 지식, 역사와 철학을 배웠습니다."

룸의 안내에 따라 도시 위를 떠다니며 건물들을 바라봤다. 많은 말을 들었다. 심오한 이야기였고 처음부터 끝까지 이해할 수 없는 것들로 가득했으나 어째서인지 그 말을 다 이해할 수 있을 것 같았다. 그것은 그냥 알게 되었다고밖에 말할 수 없는 시적 체험이자

상징으로만 도달한 언어의 핵심이었다. 그래서일까. 힘들지 않았고 지루하지도 않았다. 기이한 정적에 휩싸인 유토의 신수. 미학적으로, 때론 환상적으로 보이는 풍경들. 논리적으로 이해할 수 없지만 빈틈이 없는 세계의 어떤 절정. 간결한 세계의 통합된 표면과 이면. 혼란스럽지만 매료되는 이상한 곳. 유토. 나는 말했다.

"룸, 이곳은 혹시 천국인가요?"

룸은 바로 답하지 않고 물끄러미 나를 바라본 뒤 되물었다.

"그곳은 어떤 곳이죠?"

"고통과 슬픔과 죽음이 없는 곳. 영원한 곳."

룸은 빙긋이 웃었지만 쓸쓸한 어조로 말했다.

"그렇다면 아닙니다. 나중에 우린 그 이야기를 하게 되는 날이 오게 될 겁니다."

룸은 느리게 내 주위를 한 바퀴 돈 후 말했다.

"자, 이젠 당신의 말이 듣고 싶네요. 나는 지상의 더 많은 이야기를 알고 싶어요."

나는 멍하니 룸을 바라보기만 했다. 머리가 텅 빈 것 같았다. 아무것도 생각나지 않았다. 내가 누구인지, 이름은 무엇이었는지, 어떤 삶을 살았는지조차 기억나지 않았다. 떠올릴 수 있는 것들은 파편적이었다. 이를테면 비행기를 조종하는 장갑 낀 손이랄지. 정체불명의 건물과 낡고 긴 코드와 가죽가방 같은 것만 흐리게 떠올랐다 금세 사라졌다. 나는 혼란을 느끼며 이마를 손으로 짚고 중얼거렸다.

“모르겠어요. 내가 누구인지. 내게 어떤 삶이 있었는지 아무것도 떠오르지 않아요.”

토니오는 허공의 한 지점에 시선을 고정한 채 생각에 잠겼다. 그때의 기억과 감각에 집중하면서 그 순간의 마음으로 유토의 물속에서 자신이 겪었던 황망했던 느낌을 되살리려 애썼다. 토니오는 두 손으로 머리를 감싸며 말을 이었다.

“유토에 들어섰을 때 난 백치가 되어 있었다네. 막 태어난 어린아이처럼 아는 것이 없고 정신이 파괴된 노인처럼 기억을 온전하게 떠올릴 수 없었지. 혼란스러워하는 나를 달래며 룸은 말해줬네. 많은 사람이 유토에 들어올 때 지상의 기억을 유실해버린다고. 고래의 길을 통과하면서 몸이 변화를 겪게 되는데 일종의 쇼크 상태에 빠지게 되는 걸세. 쉽게 말하면 기억상실증 같은 거겠지. 그때 룸은 나를 위로하면서 동시에 실망을 감추지 못하더군. 그 젊은 친구는 새로움에 굶주려 있었거든. 한 명의 사람은 한 권의 책과 같으니까.”

그리고 토니오는 졸음을 이길 수 없다는 얼굴로 서서히 침대에 몸을 뉘었다. 깊은 새벽이었다. 그는 거실의 어두운 허공이 유토의 물속이라도 되는 듯 편안하고 깊은 시선으로 주위를 둘러보며 간간이 눈을 감고 깊게 숨을 내쉬었다. 마우루와 데쓰로 그리고 시몬은 환각에 빠진 자들의 초점 없는 눈으로 각자 말없이 허공을 응시했다. 그들은 몇 분 동안 침묵 속에 그냥 앉아 있었다. 토니오의 말을, 그 믿을 수 없는 세계의 풍경과 환상적인 이야기를 각자의 상상 속에서 재현하며 감상하고 있었다. 토니오의 육체는 점점 쇠잔해지고 있으나 눈빛은 또렷했고 말투는 더할 나위 없이 단정했다. 그들은 토니오의 말을 헛소리라고, 지어낸 이야기라고 도저히 무시할 수 없었다. 토니오가 잔뜩 쉰 목소리로 말했다.

"이제 좀 쉬어야겠네."

마우루가 말했다.

"당신은 그곳에서 왜 나온 거죠?"

뭔가를 말하려다 토니오는 고개를 저었다.

"지금은 도저히 그걸 말할 힘이 없군. 이제 자네들이 약속을 지킬 차례야. 그라스로 가야 해."

데쓰로는 이해가 안 된다는 얼굴로 물었다.

"왜 우리의 도움이 필요하죠? 당신은 바닷속을 걸을 수 있고 비행기도 조종할 수 있잖아요."

토니오는 헛기침을 하며 웃음을 터뜨렸다. 그러나 그 웃음소리에 즐거움은 깃들어 있지 않았다.

"비행기라니. 나는 유토에 들어가기 전에도 이미 은퇴해야 할 때가 지난 퇴물이었어. 지금은 조종석 계단도 디딜 수 없을 거야. 그리고 이젠 예전과 거의 똑같아졌어. 지상의 존재로 거의 돌아온 셈이지. 유토에 있을 때는 유토의 주민이었지만 유토를 벗어나면 그저 지상의 질서에 매인 늙고 병들어 죽음만 기다려야 하는 노인일 뿐이야. 시몬의 연인을 만나고 왔을 땐 내 모습이 완전히 변하지 않았기에 가능했지만 이제 아니야."

토니오는 데쓰로가 손목에 찬 시계를 보았다. 그러곤 선반 위에 놓인 탁상시계와 시간을 비교해보았다. 시각이 달랐다. 손목시계의 초침은 움직였지만 탁상시계는 네시 이십분에 고정되어 있었다. 시계가 멈춘 때는 오후였을까, 새벽이었을까. 시침과 분침이 겹쳐진 탓에 그것은 처음부터 잘못 만들어진 시계처럼 보였다. 유토는 그런 곳이었다. 시간은 있지만 흐르지 않는 것처럼 느껴지고 시계는 있지만 오래전에 정지해 움직이지 않는 세계. 토니오는 자신이 유토에 관해 한 그 말에 스스로 도취되어 있었다. 몸은 지상에 있지만 정신은 유토에 있는 듯 혼란을 느끼며 현실 세계에 쉽게 적응하지 못하는 모습이었다. 마우루는 토니오의 목덜미에 손가락을 대고 맥박을 체크했다. 이마와 뺨에 손바닥을 올려 체온을 가늠하고 눈동자의 초점과 동공의 수축, 이완을 확인했다. 그러고는 이불을 끌어올려 평평하게 펴서 그의 몸에 덮은 뒤 가슴을 가볍게 도닥여줬다. 마치 신열을 앓다 간신히 안정을 찾은 어린아이에게 하듯 부드럽고 섬세하게 어루만졌다. 토니오는 눈을 느리게 깜박였다. 곧 깊은 잠에 빠져들 것 같았다. 마우루는 토니오를 뚫어지게 쳐다본 뒤 물었다.

"토니오, 혹시 당신은……"

피곤한 노인은 그새 잠이 들고 말았다. 마우루는 자신의 터무니없는 상상이 스스로도 우습게 느껴져 허탈하게 웃고 말았다.

믿는 것과 믿기로 한 것

다음날 데쓰로는 마우루를 만나기 위해 주앙 드 알마다 병원 근처에 있는 소규모 조각 공원을 찾았다. 공원엔 영국인 관광객 몇 명과 죽음을 기다리는 요양 환자들이 바다가 보이는 벤치에 앉아 풍경을 감상하고 있었다. 데쓰로는 화강암으로 만든 돌고래 조각상에 등을 기대고 서서 수평선을 바라봤다. 구름 한 점 없이 맑은 날이었다. 하늘과 바다 사이에는 또렷한 수평선이 놓여 있었다. 문득 토니오가 들려준 이야기 속에서의 궁창과 지상을 나누는 투명한 지붕이 떠올랐다. 그때 마우루가 손을 흔들며 언덕을 올라왔다.

"사무라이, 무슨 생각을 그리 골똘히 하고 있지?"

"생각은 무슨. 요즘 한가한가보군."

"한가하긴. 요 며칠 말 많은 노인 때문에 일정이 꼬여서 피곤해. 그나저나 그는 좀 어떤가?"

"괜찮아. 소화기관이 회복되고 있는지 음식도 조금씩 먹고 있어. 숨을 한 번씩 몰아쉬긴 해도 걱정할 정도는 아닌 것 같아. 시몬이 극진히 간호하고 있어."

"다행이군."

마우루는 짧게 한숨을 내쉬고 피곤한 얼굴로 마른세수를 하고 눈을 비볐다. 둘은 바다를 바라보며 잠시 침묵에 잠겼다. 먼바다에서 하얀 파도가 일었고 태양빛을 반사하는 수면이 반짝거렸다. 마우루가 말했다.

"그가 한 말 말이야. 그래도 꽤 그럴듯하지 않았어? 그 밤 이후로 계속 그 이야기가 머리에 남아. 고래의 길이 있다니. 바다 밑에 또 바다가 있다니."

"분명 흥미롭긴 했지. 그 이야기가 실제라는 가정하에 생각해보면 허무맹랑한 소리는 아니거든. 특히 신들이 세계를 흔들어서 큰 파도를 만들었다는 대목은 어쩌면 대지진을 말하거나 대규모 지각운동을 말하는 것 같아. 그럴 경우에 다량의 지하수가 바다에 유입되게 되는데 그러면 무슨 일이 일어나는지 알아?"

마우루는 데쓰로를 멍하니 쳐다보다가 고개를 절레절레 흔들며 인상을 찌푸렸다.

"네가 지진학자라는 건 잘 알겠어. 그런데 지금은 지진학 강의를 듣고 싶은 생각은 없어. 그나저나,"

마우루는 시선을 멀리 두고 천천히 바다를 둘러봤다.

"마데이라가 과거에 고래의 천국이었다는 것을 알고 있어?"

"대충 알지. 해양포유동물보호구역으로 지정된 이유가 고래의 번성 때문이라고 들었는데."

"그랬지. 옛날엔 고래의 나라라고 해도 과언이 아니었어. 어렸을 땐 이곳에 서서 바다를 보면 육안으로도 향유고래가 노는 모습이 보였을 정도니까. 한번은 그런 일이 있었어. 한밤에 잔뜩 취한 채 친구들과 보트를 타고 바다에 나갔어. 멋진 밤이었지. 하늘엔 한 점의 구름도 없어서 별이 바다에 그냥 쏟아지는 것 같았지. 그런데 향유고래 두 마리가 눈앞에서 떠오르는 거야. 바로 눈앞에서 말이야. 처음엔 두려웠지. 어마어마하게 큰 까만 몸 둘이 수면 밖으로 점프하듯 뛰어오른 다음 굉음을 내며 다시 물속으로 들어가는 장면은 생각보다 무시무시해. 하지만 이상하게도 전혀 위협적이진 않았어. 뭐랄까, 그들의 기분이 나빠 보이지 않았거든. 그런 생각이 들자 고래들이 보트 곁을 맴돌면서 놀고 있다는 느낌이 드는 거야. 분기공으로 물을 뿜어대고 보란듯이 멋지게 점프를 하면서 말이야. 고래랑 이야기했다는 토니오의 말을 듣고 있으니 그때 기억이 떠오르더군. 넌 그 이야기를 듣고 무슨 생각이 들었어?"

"글쎄……"

데쓰로는 고래와 좋은 기억 같은 건 없었다. 다만 얼마 전의 스트랜딩이 떠올랐다. 거대한 흰수염고래의 사체와 해변에 널려 있던 수십 마리의 파일럿고래. 데쓰로는 손으로 턱을 문지르며 중얼거렸다.

"포르투노보에서의 일 말인데, 고래들은 왜 좌초된 걸까?"

"여러 설이 있지. 태풍 때문이다, 일시적으로 고래의 음파를 교란

시키는 어떤 요인 탓이다, 환경오염 탓이라는 사람도 있고 그냥 자살한 것이라는 주장도 있더군. 결론은? '아무도 모른다'야. 우리가 고래에 대해서 아는 것이라곤 깊은 물속에 사는 덩치 큰 포유류라는 것 말고는 없잖아. 행동에 대해 알려진 것도 거의 없고. 바다에서 헤엄치는 동물이 인간처럼 숨을 쉬고 심지어 깊은 곳에 들어가 도무지 나오지를 않으니 학자들도 답답하겠지."

데쓰로는 그 말에 이렇다 할 반응을 보이지 않고 눈살을 찌푸리며 뭔가에 집중하고 있었다. 그는 학자 특유의 의구심으로 토니오의 말을 하나의 가설로 놓고 신빙성과 오류를 따지는 중이었다. 깊은 곳으로의 잠수. 문제는 수압이다. 수면을 떠날 때의 수압은 1기압이다. 하지만 수심 천 미터에 이르면 수압이 백 배로 세져 허파는 납작하게 되고 말 것이다. 그러나 고래는 그런 것쯤은 아무 문제가 없다는 듯 심해로 들어간다. 그리고 행방이 묘연하다. 하지만 토니오의 말대로 중력이 없고 호흡이 가능한 어떤 공간이 있다면…… 마우루는 데쓰로의 얼굴을 보고 그가 복잡한 생각에 빠져 있다는 것을 알았다. 심각한 얼굴을 하고 눈동자를 빠르게 굴리고 있었기 때문이다.

"넌 무슨 생각을 하길래 표정이 그렇게 진지한 거야? 고민할 필요 없어. 알 방법이 있어."

데쓰로가 고개를 돌려 마우루를 쳐다봤다. 마우루는 엄청난 비밀이라도 되는 듯 잔뜩 뜸을 들인 뒤 속삭였다.

"토니오에게 물어보면 되지. 그는 고래의 친구니까. 아니면 그에게 부탁해서 우리도 고래의 길을 다녀올 수도 있고."

능청스럽게 구는 마우루의 태도에 데쓰로는 말문이 막혀 허탈하게 웃고 말았다. 마우루는 종이봉투를 찢어 에그타르트와 바게트를 꺼내 벤치에 앉았다.

"연구는 혼자 하고 일단 좀 앉아. 배가 고파 죽겠으니까."

둘은 빵을 뜯으며 문제의 그 밤 토니오가 들려준 이야기에 대해 수다를 떨었다. 그들은 영화를 감상하고 서로 다른 해석을 내리고 토론하는 자들 같았다. 데쓰로는 여전히 토니오의 주장의 사실 여부에 대해 까다롭게 굴었다. 하지만 적어도 그를 더이상 거짓을 말하는 자로 생각하지는 않았다. 아니, 할 수 없었다. 토니오의 말이 이제껏 들어본 적 없는 종류인 것은 사실이나 이야기 자체는 신빙성이 있었다. 하나의 가설로 놓고 사실관계와 과학적인 가능성, 오류 같은 것을 따져볼 때 터무니없긴 하나 흥분되는 것을 부정할 순 없었다. 특히 궁창을 채우고 있다는 신수라는 물질과 해일을 이용해 도시 전체를 감싸고 바다 밑으로 들어갔다는 이야기가 마음에 남았다. 공상과학 영화에나 나올 법한 이야기지만 대지진이 일어날 때 발생하는 해일이나 이상기후 같은 것을 생각해보면 전혀 불가능한 이야기도 아닌 듯싶었다. 마우루는 입가에 묻은 빵조각을 손가락으로 털어내며 말했다.

"암튼 토니오를 그라스에 보내는 문제 말인데…… 말처럼 그렇게 쉽진 않을 것 같아. 몇 가지 방법을 고민중인데 잘될진 모르겠어. 우선 신분증은 있어야 해. 너와 시몬은 여권에 쓰일 사진을 준비해줘. 국적은 프랑스로 할 거야. 가는 곳도 그렇고 불어를 하는 것으로 볼 때 아무래도 프랑스인 같아. 혹시 모르니 그에게 풀네임을 물어봐. 그리고……"

마우루는 잠시 말을 멈추고 생각에 잠겼다가 말을 이었다.

"아냐, 그건 중요한 게 아니겠지. 어쨌든 그럴듯하게 이름이나 나이 같은 것도 알아서 정해야 해. 토니오의 주장대로 아흔일곱 살이라고 순진하게 기록하면 곤란해. 적당히 힘도 있고 여행도 가능한 상태여야 하니까."

마지막 남은 에그타르트를 입에 집어넣고 마우루는 자리에서 일어섰다.

"빨리 움직여야 할 거야. 그 친구, 시간이 얼마 남지 않은 것 같거든."

데쓰로는 푼샬 시내를 돌아다니며 볼일을 봤다. 사진관에 들러 맡겨둔 필름을 현상했고 라브라도레스 시장에서 먹을 것과 생필품을 구입했다. 평소라면 통조림이나 레토르트 식품 몇 가지와 딱딱하고 커다란 빵 한 덩이 정도였을 장바구니엔 신선한 계란과 크림이 든 빵, 차가운 우유와 상한 곳이 없어 매끈매끈한 빛을 내는 과일이 담겨 있었다. 깨끗하고 빳빳한 수건도 몇 장 구입했다. 그는 발목이 아파 돌계단에 앉아 잠시 쉬었다. 물병에 든 물을 마셨고 나른한 눈으로 사람들을 바라봤다. 태평한 사람들이 느린 걸음으로 거리를 돌아다니고 있다. 밤낮 구분 없이 어느 가게에서나 흘러나오는 파두는 활기와 함께 처량함을 품고 있다. 사탕수수로 만든 다디단 술을 마셔대며 함성을 지르는 뱃사람들과 눈을 감고 떨리는 음색으로 노래를 부르는 노인들이 서로의 어깨에 기대어 울고 있다. 온종일 웃고 떠들며 하늘이든 돌이든 사람이든 아무것에나 사진기를 들이대고 셔터를 누르는 관광객들, 그 곁에서 고리버들 공예품과 꽃을 팔겠다고 목소리를 높이는 장사꾼들. 데쓰로에겐 이제 이 모든 것이 더는 낯설지 않게 느껴졌다. 익숙해졌다는 인식이 데쓰로의 마음을 조금 불편하게 했다. 모든 것이 기약 없이 정체되는 것만 같아 답답함마저 들었다. 앨런의 죽음. 연구의 중단. 시몬의 무너짐. 그리고 정체불명의 노인. 삶이 어느 순간부터 소용돌이 속에 휘말린 것 같은 불안함. 그럼에도 불구하고 마음속에 희미하게 피어오르는 이 흥분의 정체는 무엇인가.

데쓰로는 운전석에 앉아 현상된 사진을 봤다. 스물네 장의 사진 속엔 일 년 반의 시간이 흐르고 있었다. 책상에 바짝 붙어 앉아 고개를 푹 숙이고 통계를 내는 데 열중하는 시몬. 소파에 누워 잠들어 있는 시몬의 얼굴에 스티커를 붙이고 익살스럽게 웃는 앨런. 역광으로 찍힌 시몬과 앨런의 까만 실루엣. 두 사람이 붙어 있는 하나의 그림자. 잠수복을 입고 거북을 들고 있는 앨런. 머리를 묶고 있는 앨런. 앨런. 그리고 또 앨런. 사진 속 앨런은 눈동자가 보이지 않게 웃고 있었다. 앞치마를 입고 프라이팬을 들고 있는 내 모습이 찍힌 사진도 있다. 맞은편에서 사진기를 든 앨런의 모습이 보인다. 그리고 거의 삼 개월 정도는 사진이 없다. 그때의 우리는 너무 바빴고 사진을 찍을 시간도 사진을 찍을 만한 표정과 여유도 없었다.

그리고 앨런의 마지막 사진 한 장. 앨런은 항구가 보이는 벤치에 앉아 있었다. 영국 사우샘프턴에서 출발한 크루즈가 기항지에 도착해 관광객들을 쏟아내는 모습을 지켜보면서 중얼거린다.

"여긴 정말 멋진 곳이야. 영국에 돌아가고 싶지 않아."

나무 그늘 밑에 앉아 수평선을 바라보며 무의하게 풀을 뜯어대던 시몬이 차가운 말투로 말했다.

"난 아냐. 이제 지겨워. 사람들도 점점 많아지는 것 같고 생선 비린내도 심하고."

빨리 끝날 줄 알았던 연구가 생각보다 더디게 진행됐고 나와야 할 결과는 나오지 않았다. 시몬은 빨리 연구를 끝내고 싶어했다. 앨런과 나는 냉소적으로 말하는 시몬의 말에 아무 대꾸도 하지 못했다. 앨런은 어색해진 분위기를 바꾸려 어깨를 으쓱이며 나를 보고 어색하게 웃었다. 그때 난 왜 셔터를 눌렀을까.

그리고 앨런은 바다에 빠졌고 반년의 시간이 사라졌다. 마지막 사진 석 장. 포르투노보 해변에 누워 있는 고래들을 찍은 두 장의 사진과 침대에 기이한 형상으로 누워 있는 토니오. 토니오의 말이 들렸다. "자네들은 무조건 나를 도와줘야 하네. 약속해." 거기엔 거절할 수 없는 설득력이 있었다. 아니, 거역할 수 없다는 말이 정확하겠다. 단호한 명령처럼 위압적이지만 그 이면에 깔려 있는 간절함. 그 말에 휘둘리는 마음을 어떻게 받아들여야 하나. 데쓰로는 고개를 젓고 키를 돌려 시동을 걸었다.

시몬은 밖에서 공을 차고 있었다. 벽에 축구공을 차고 튕겨나온 걸 받아 다시 찼다. 툭, 차고 굴러오면 툭, 차고. 주차하고 곁으로 걸어오는 데쓰로에게 패스했다. 데쓰로는 공을 받아 잠시 발로 누르고 있다가 벽을 향해 찼다. 벽에 비스듬히 맞은 공은 정확하게 시몬의 발을 향해 굴러갔다. 시몬은 오, 하는 소리와 함께 가볍게 웃었다.

"토니오는?"

짐을 바닥에 내려놓고 데쓰로가 말했다.

"자고 있어."

시몬은 화단 앞에 놓인 바위에 앉아 손에 묻은 먼지를 털어냈다. 데쓰로는 사과 두 알을 꺼내고 그중 하나를 시몬에게 건넸다. 시몬은 사과를 가만히 바라만 볼 뿐 먹지 않았다. 데쓰로가 말했다.

"좀 어때?"

"괜찮아 보여."

"아니, 너 말이야."

시몬은 아무 문제 없다는 표정을 짓고 살짝 웃었다. 그러곤 사과를 한입 베어 물고 말없이 턱을 우물우물 움직였다. 그러더니 호주머니에서 작은 물건을 꺼내 데쓰로에게 보였다.

"기억나?"

데쓰로는 그것을 손에 올려 한참 바라봤다. 언뜻 보면 열을 가해 동그랗게 구겨서 만든 플라스틱 공처럼 보였다.

"기억나지."

앨런의 책상엔 골무처럼 생긴 단단한 스티로폼이 하나 걸려 있었다. 해양학자들은 심해에 들어가기 전 잠수 기념으로 잠수정 밖에다 매단 스티로폼 컵을 몸에 단다. 잠수를 마치고 물 밖으로 돌아오면 그 컵은 겨우 일 센티 남짓 크기로 오그라들어 있다. 앨런은 선배에게 부탁해 그걸 어렵게 구했다고 했다. 시몬이 말했다.

"나는 토니오가 해준 이야기를 듣고 한편으론 안심했어. 어쩌면 앨런은 원하던 꿈을 이뤘는지도 몰라."

데쓰로는 우그러진 플라스틱을 손가락으로 만지작거리며 컵에 가해졌을 엄청난 수압을 가늠해봤다. 앨런은 항상 해저 깊은 곳에 도달하길 꿈꿨다. 언젠가 어깨뼈와 갈비뼈를 손가락으로 꾹꾹 누르며 앨런은 말했다. "이것들이 다 젤리처럼 부드러워진다면 얼마나 좋을까." 데쓰로는 그 말을 하던 앨런의 쓸쓸한 표정을 기억해내고 고개를 끄덕였다. 시몬은 자리에서 일어나 관목을 따라 느리게 걸었다. 데쓰로는 한 발 뒤에서 시몬을 따랐다. 시몬은 허공에 대고 말하듯 중얼거렸다.

"앨런은 죽지 않았어. 다른 삶을 살고 있는 것뿐. 여기보다 훨씬 자유롭고 편한 삶을. 그렇게 생각하니 마음이 편해졌어. 데쓰로 네가 토니오를 어떻게 받아들이는지 모르겠지만 난 그에게 고마워. 앨런이 그렇게 된 이후로 처음으로 꿈 없이 잠을 잘 수 있었거든. 그동안 죄책감 때문에 아무것도 할 수 없었어."

"후회라고 해야지. 죄책감은 아니야. 앨런에게 더 잘해주지 못한 걸로 후회할 순 있지만 죄가 있다고 느껴선 안 돼."

시몬은 아무 대꾸 없이 그저 길게 숨을 내뱉었다. '아냐, 분명히 죄야. 나는 아무것도 몰랐어…… 모르는 게 죄야.' 그의 눈은 이렇게 말하는 듯 보였다. 데쓰로는 덥수룩한 머리카락을 손가락으로 단정하게 빗어 넘겼다. 하지만 이제 알았다. 토니오가 알려줬다. 그가 전해준 건 분명 앨런의 말이었다.

"앨런은 해저 깊은 곳에서 선원들과 잘 지내고 있대. 네가 그립다고 했어."

"그가 말해준 거야?"

시몬은 말없이 고개를 끄덕였다.

"우편 비행사였다고 하더니 거짓은 아닌가봐. 물속에서도 편지를 배달해주다니."

데쓰로는 말해놓고 그 말이 꽤 괜찮은 말장난처럼 느껴져 훗, 하고 웃었다.

시몬은 해풍이 부는 방향으로 고개를 돌려 얼굴에 바람을 맞으며 잠시 눈을 감고 있었다.

"토니오의 말은 사실일까? 아니면 내가 사실이라고 믿고 싶은 걸까?"

데쓰로는 아무 말도 하지 않고 그저 걷기만 했다. 시몬이 길게 숨을 내쉬고 말을 이었다.

"앨런은 심해를 동경했지. 해양학자로서 바다 밑에 무엇이 있는지 제대로 알지 못하는 것에 대해 늘 부끄러워했고 안타까워했어. 잠들기 전 틈날 때마다 심해에 대해 이런저런 이야기를 해주곤 했지. 실은 그땐 그런 말들을 흘려들었어. 고개를 끄덕이며 듣는 척했지만 머릿속엔 온통 통계와 숫자만 가득했었어. 그래도 기억나는 말들이 있어. 꿈속으로 스르르 빨려들 때 어둠 속으로 부드럽게 몸이 스며드는 그 시간, 앨런의 말은 마치 바다 깊은 곳에서 들리는 자장가 같은 것이 되어 울렸으니까. 수심 천 미터 아래로 내려가면 어둠의 수중 세계가 있어. 수압은 표면보다 백 배 이상 높고 지구에 존재하는 물의 사분의 삼을 품고 있지. 그러나 그곳은 사람이 거의 알지 못하는 세계야. 짓누르는 수압과 새까만 어둠, 굳어버릴 듯한 추위, 괴이한 생물들과 소리로 가득한 깊은 곳. 어쩌면 우주보다 어둡고 넓은 세계일지도 몰라. 인간은 땅에 발자국을 남겼지만 심해에는 그 누구도 발을 디뎌보지 못했으니까."

시몬은 자신이 앨런이라도 된 듯 눈을 감고 지휘를 하듯 부드럽게 허공에 그림을 그리며 말했다. 그 모습은 앨런이 물속에서 헤엄을 치듯 부드럽게 손을 휘젓는 걸 연상케 했다. 데쓰로도 좋아하는 앨런의 동작이었다. 시몬이 팔을 서서히 내리며 목소리를 누그러뜨리고 말했다.

"데쓰로, 나는 토니오를 믿을 생각이야."

"믿는 것과 믿기로 한 것은 다르지. 솔직히 난 그의 말을 믿지 못하겠어. 도대체 우리가 그와 관련된 무슨 일을 돕는 건지 또 뭘 해결하려는지도 모르겠고. 사실 너도 그를 알지도 못한 채 그를 믿지. 아니, 믿을 생각이지. 시몬, 정확히 해두자. 우린 토니오를 믿을 만큼 그를 오래 알지 못했어."

시몬은 아무 말도 하지 않았다.

"그런데 난 너를 믿어. 네가 뭘 하겠다고 하면, 해야 한다고 하면, 같이 할 거야."

데쓰로는 축 처진 시몬의 어깨를 툭 치며 말을 이었다.

"그리고 난 토니오의 말 중에서 몇몇 부분엔 상당히 흥미를 느끼고 있어. 무엇보다 유토라는 세계를 채우고 있는 그 신수라는 물질 말인데…… 태양이 녹아 있다고 했잖아. 그 말을 문자 그대로 믿지 않는다고 하더라도 바다 깊은 곳에 태양에너지에 버금가는 어떤 물질이 있다는 가설은 꽤 솔깃하게 들리거든. 1977년까지는 햇빛이 지구상의 모든 먹이사슬의 근본이라고 여겨졌지. 태양이 없으면 광합성이 일어나지 못하고 그러면 식물은 물론이고 궁극적으로는 동물도 있을 수 없을 테니까. 그러나 생물 한계에 대한 지식을 뒤엎는 일이 있었어. 갈라파고스 제도 주변의 중앙해저산맥을 탐사하던 중 이전까지 한 번도 본 적이 없는 괴이한 생물을 발견했지. 그곳엔 태양에너지와는 상관없이 독립적으로 유지되는 생태계가 있었고 실제로 과학계에 전혀 알려지지 않은 엄청난 양의 다양한 생물들이 있었어. 대부분은 지금껏 발견된 적이 없는 것들이며 어떤 종은 완전히 새로운 동물군에 속하는 것처럼 보였거든. 그야말로 외계 존재였지. 그곳에는 햇빛이 전혀 없거든. 관벌레라고 명명한 생물을 물 밖으로 가지고 나와 해부해봤는데 의문점은 더욱 커졌어. 입과 항문 등 소화기관이 전혀 없는 거야."

시몬이 놀란 얼굴을 하고 데쓰로를 바라봤다.

"왜? 처음 듣는 얘기야?"

"아니, 네가 그런 걸 알고 있는 게 신기해서."

"앨런의 이야기를 들어준 사람은 너뿐만이 아니야. 네가 앨런의 말을 열심히 들어주지 않은 탓에 내가 대신 들어줘야 했다고."

"비슷한 사례가 있어. 1984년 멕시코만 심해저에서 연구를 하던 학자들이 역시 태양에너지와 상관없는 독립적인 생태계를 발견했거든. 그곳엔 묘한 풍경이 있었는데 학자들 말로는 호수가 있었대. 물론 바닷속에 호수가 있을 리는 없고 주변 물보다 밀도가 더 높은 액체로 둥글게 차 있었기에 그렇게 보인 거지. 어쩌면 그런 식으로 토니오가 말한 그 세계가 존재하는지도 몰라."

"그래. 그래. 그럴지도 모르지. 암튼 우린 토니오를 도울 방법이나 찾아보자고. 앨런이 있었다면…… 좋아했을 텐데."

데쓰로는 가방에서 앨런의 사진을 꺼내 시몬에게 건네고 집으로 들어갔다. 시몬은 미동도 없이 서서 사진을 오랫동안 바라봤다.

토니오의 이름

토니오가 쓰러지고 일주일이 흘렀고, 그의 몸은 상당 수준 회복되었다. 부드러운 음식 정도는 소화시킬 수 있었고, 찌르는 듯한 두통과 발을 디딜 수 없을 정도로 어지럽던 현기증도 사라졌다. 그러나 그는 노인의 상태로 회복된 것이기에 의지대로 몸을 사용하는 것에 어려움을 겪었다. 한 번씩 허파가 부서질 정도로 거칠게 기침을 하고는 유토에서의 움직임이 얼마나 자유로웠는지 뼈저리게 실감했다. 뭔가를 쓰고 싶어 노트를 펼치고 펜을 쥐어봤지만 손가락에 힘이 들어가지 않았다. 생각을 기록하고 싶었고 감각을 표현하고 싶어 어떻게든 글자를 써보려 했지만 허사였다. 토니오는 유토에서 했던 것처럼 허공에 말을 하고 이미지로나마 언어를 남기려고 애를 썼다. 이 세계에서는 그럴 수 없다는 것을 알고 있었지만 상상과 연상 작용을 이용하면 비슷하게 할 수 있을 줄 알았다. 그러나 그것도 잘되지 않았다. 생각은 머릿속에서 이미 뒤섞여 있었고 한두 문장 정도 말로 중얼거리면 그다음 문장에 의해 직전의 문장은 흔적도 없이 휘발됐다. 토니오는 무너져가는 육체와 희박해지는 정신을 지닌 채 죽음을 향해 걷는 자들의 절망을 실감해야만 했다. 그래도 말을 하거나 짧은 시간 걷고 움직이는 기본적인 능력은 전보다 많이 좋아졌다. 이따금 시몬의 도움으로 포르투노보의 해안 도로에 서서 빈 해변과 광활한 바다를 보며 자신의 마음이 슬픔으로 가득하다는 것을 느꼈다. 그리고 알았다. 죽음 앞에 무력하고 고통을 느끼는 감각이야말로 자신이 이 세계에 완전히 돌아왔단 확실한 증거라는 것을.

시몬과 데쓰로가 집으로 돌아왔다. 시몬은 가장 먼저 토니오의 상태를 확인했다. 그는 책장 앞에 서서 고개를 비스듬히 하고 제목을 읽고 있었다. 데쓰로는 책상에 가방을 올려놓고 사진기를 꺼냈다. 시몬이 말했다.

"우리는 당신을 그라스로 보낼 생각입니다. 우선 신분증을 만들어야 해요. 데쓰로가 사진을 찍을 겁니다."

책상 앞에 서서 사진기를 만지던 데쓰로는 사진기를 든 채 살짝 손을 들어 보였다. 시몬은 신분증을 꺼냈다. 사진관에 갈 수 없기에 증명사진과 최대한 비슷하게 찍어야 했다. 무늬가 없는 벽에 의자를 놓고 찍으면 큰 문제는 없을 듯싶었다. 그러다 문득 시몬은 신분증 속의 자신의 모습을 낯설게 바라봤다. 눈에 총기가 흐르고 붉은 기가 도는 앳된 얼굴. 짧게 잘라 이마와 귀가 시원하게 보이는 헤어스타일. 사진 속 남자는 지금의 시몬과 너무도 다른 모습이었다.

시몬은 화장실에 들어가 거울에 비친 얼굴을 봤다. 사진 속의 모습을 조금도 찾을 수 없었다. 아니, 아예 다른 사람처럼 보일 정도였다. 이러다 토니오가 아니라 내가 비행기를 못 타겠군. 시몬은 자조 섞인 웃음을 지으며 덥수룩한 수염과 산발한 머리를 손으로 움켜쥐었다. 항상 앨런이 머리카락을 잘라주었다. 얇은 여름 이불을 목에 망토처럼 두르고 거울 앞에 앉으면 앨런이 두 개의 가위를 이용해 순식간에 깔끔하게 머리를 잘라줬다. 엘런은 거의 전문가였다. 표정은 진지했고 가위 끝엔 망설임이 없었다. 나는 그런 앨런이 좋았다. 내 애인은 똑똑하고 유능한 해양학자인데 심지어 헤어디자이너라고 너스레를 떨 정도였으니까. 시몬은 앨런을 생각하며 웃었지만 거울 속 시몬의 표정은 서서히 쓸쓸하게 변해갔다.

데쓰로는 사진기의 뷰파인더로 토니오를 봤다. 그는 시몬의 흰색 셔츠를 입고 단정한 모습으로 의자에 앉아 끔벅끔벅 눈만 깜박거렸다. 데쓰로는 토니오의 눈이 선명히 보이도록 초점을 맞췄다. 창문을 통해 들어오는 햇빛이 강했다. 노출이 오버될 것 같아 커튼으로 창문을 가렸다.

"데쓰로, 데쓰로, 잠깐만 와줘."

화장실에서 들리는 시몬의 목소리였다. 데쓰로는 책상에 사진기를 내려놓았다. 문을 열고 안으로 들어갔을 때 데쓰로는 깜짝 놀라

하마터면 소리를 지를 뻔했다. 그러지 않아도 화장실에 들어간 시몬이 지나치게 오래 있는다 싶어 약간 이상하다 생각했었다. 시몬은 전혀 다른 사람으로 변해 있었다. 얼굴의 반 이상을 덮던 수염은 말끔하게 면도되었고 귀를 덮고 어깨까지 내려왔던 머리카락은 단정하게 정리되어 있었다. 그런데 뭔가 이상했다. 그게 뭘까 곰곰이 따져보던 데쓰로는 시몬의 이상한 헤어스타일 때문이라는 것을 깨달았다. 앞머리는 눈썹 위로 자를 대고 반듯하게 자른 듯 가지런했고 옆머리는 과도하게 각이 져 있었다. 하지만 뒷머리는 여전히 길었다. 데쓰로는 시몬의 모습이 십수 년 전 봤던 미국영화에서의 남자배우들이 하고 있던 머리 모양과 비슷해 순간적으로 웃음이 터졌다.

"드디어 깔끔해졌네. 그런데 뭔가 좀 이상한 것 같아."

"널 부른 이유가 그거야. 뒷머리 좀 잘라줘."

시몬이 의자를 돌려 데쓰로가 있는 쪽으로 머리를 돌렸다. 뒷머리가 보풀이 일어난 낡은 수건처럼 펄럭거렸다.

"무슨 소리야? 너 혹시 그동안 머리를 직접 잘랐던 거야?"

"아니, 앨런이…… 어쩔 수 없잖아. 앨런이 없으니 나 스스로 할 수밖에. 그런데 뒷머리는 도저히 못하겠네. 네가 도와줘."

데쓰로는 경악을 금치 못하겠다는 얼굴로 입을 벌리고 거울 속의 시몬을 바라봤다. 시몬이 말했다.

"너무 심각하게 생각하지 마. 처음엔 나도 어색했는데 막상 잘라보니 괜찮더라고. 물론 앨런처럼 잘하진 못하지만 보다시피 꽤 그럴듯하잖아."

시몬은 자랑스럽게 자신의 머리를 데쓰로에게 보였다. 아니야. 절대로 그럴듯하지 않아, 라고 말하고 싶은 것을 참고 데쓰로는 그저 웃기만 했다.

데쓰로는 난감한 눈으로 뒷머리를 쳐다봤다. 시몬은 이불을 목에 두르고 단정하게 앉아 있었다. 미용 가위는 아니었고 종이를 자르는 데 쓰는 보통의 문구용 가위였다. 시몬이 말했다.

"색종이 자른다고 생각하고 편하게 하면 돼."

"안 편한데 어떻게 편하게 해? 너 정말 후회 안 하겠어? 그냥 빨리 미용실을 다녀오는 게 좋을 것 같은데? 아무리 생각해도 이건,"

시몬은 데쓰로의 말을 끊고 단호하게 말했다.

"빨리 해줘. 토니오가 기다리고 있잖아. 지금 아니면 토니오와 사진 한 장 찍을 기회가 없을 것 같아 그러는 거야."

데쓰로는 시몬의 뒷머리를 잡았다. 손가락 사이로 삐져나온 머리카락이 부드러웠다. 가위를 잡은 오른손이 미세하게 떨렸다. 마침내 가윗날이 뒷머리를 물고 서걱, 소리를 내며 지나갔다. 손바닥만한 머리카락 뭉치가 바닥에 툭 떨어졌다. 데쓰로는 괜히 마음이 무거웠다. 마치 자신이 중죄를 범한 시몬에게 형벌을 집행하는 간수가 된 것 같은 이상한 기분이 들었기 때문이다. 시몬은 아무 말이 없었다. 데쓰로는 짧게 숨을 내쉬고 가위질을 시작했다. 좁은 화장실에서 두 남자가 고요히 머리를 자르는 풍경은 우스꽝스러웠지만 왠지 비장했다. 데쓰로의 가위질은 점점 섬세해졌다. 결코 예쁘다고는 할 수 없지만 나름 괜찮다고는 할 수 있을 정도로 시몬의 뒷머리는 동그랗게 모양이 잡혀갔다. 데쓰로는 시몬의 뒷모습을 물끄러미 바라보며 미안하다고, 뭐가 미안한지는 잘 모르겠지만 미안하다고 말하고 싶었다. 시몬도 마음 깊은 곳에서 데쓰로에게 무슨 말이든 하고 싶었다. 이를테면 고맙다, 라거나 자넨 좋은 사람이야, 라거나. 시몬은 낯뜨거운 고백을 하고 싶은 것을 꾹 참고 말했다.

"오, 데쓰로…… 너 소질이 있는 것 같은데?"

토니오는 시몬을 보자마자 헛웃음을 터뜨렸다. 얼굴 절반을 뒤덮은 수염과 윗입술을 가렸던 콧수염이 말끔히 사라져 있었다. 하지만 어딘지 모르게 부자연스러운 헤어스타일 탓에 한껏 꾸민 바보처럼 보였다. 토니오는 갑작스러운 웃음 탓에 폐에 무리를 느끼며 거칠게 기침을 토했다.

"이런, 내 몸이 엉망이 된 것 같네. 기침할 때마다 심장에 폭탄이 떨어지는 것 같아. 그나저나 시몬, 드디어 마음을 잡았나보군. 그렇지 않아도 자네의 헤어스타일이 내심 마음에 들지 않았는데 잘됐네. 앨런도 이 모습을 보면 좋아했을 걸세."

데쓰로가 옷에 묻은 머리카락을 손으로 탁탁 털어대며 투덜거렸다.

"당신이 앨런을 몰라서 하는 소립니다. 내가 아는 앨런은 지금의 시몬의 모습을 봤다면 소리를 질렀을 거예요."

하지만 시몬은 자신의 모습이 마음에 드는지 계속 거울을 보면서 흡족한 듯 턱과 이마를 손으로 쓰다듬었다.

토니오는 딱딱한 얼굴로 앉아 있었다. 오래된 흉상처럼 경직된 포즈였다. 토니오는 사진을 찍는 것을 어색해했고 불편함을 감추지 못해 힘들어했다. 데쓰로가 뷰파인더에서 눈을 떼고 토니오에게 말했다.

"좀 웃어봐요."

토니오는 오른쪽 입꼬리를 살짝 들어올렸다. 그러더니 곧바로 굳은 얼굴로 돌아왔다. 자신도 그 표정이 민망하고 어색하여 헛기침을 했다.

"내가 지금 어때 보이지?"

"괜찮아요. 좋습니다."

"그렇다면 다행이군. 내 감각으론 하루 사이에 오십 년을 단번에 늙어버린 것만 같아. 자네들이 보기엔 내가 늙어 보이는 게 당연하겠지만 내 입장에선 속임수에 넘어간 것처럼 기분이 별로 좋지 않다네. 거울을 보는 것도 짜증이 나고 어색해서 얼마 전부터 외면하고 있네. 그런데 카메라 앞에서 웃어보라니, 괴롭군."

토니오는 언짢은 얼굴로 볼멘소리를 하면서도 데쓰로가 시키는 대로 포즈도 취하고 힘껏 웃어보기도 했다.

촬영이 끝나고 시몬은 토니오의 등뒤에 서서 그의 어깨에 두 손을 올리고 데쓰로에게 말했다.

"데쓰로, 같이 한 장 부탁해."

데쓰로가 자세를 이리저리 바꿔가며 사진을 찍는 동안 토니오는 자신의 어깨에 느껴지는 부드러운 압력과 온도를 느꼈다. 유토에서는 거의 느껴본 적 없는 종류의 감각. 누군가의 무게를 느끼는 것. 피부와 피부가 닿는 것. 전해지는 온도와 오가는 정서. 이 모든 것이 토니오에겐 너무도 강한 힘으로 와닿았다. 여기가 유토가 아니라는 확신. 다시 지상의 존재로 돌아왔다는 실감. 육체와 육체를 통해 주고받는 살갗의 느낌과 피부밑을 흐르는 혈액의 뜨거움. 그 느낌은 살아 있다는 선명한 인식과 함께 한 걸음 앞에 죽음이 있다는 절대적 현실을 깨닫게 했다. 토니오는 마음이 와르르 무너지는 이상한 기분을 느껴 하마터면 울음이 터지려고 하는 것을 간신히 참았다. 데쓰로는 뷰파인더를 통해 토니오의 얼굴에서 빠르게 오가는 복잡한 심경을 읽어냈다. 토니오가 누구인지, 누구였는지, 도대체 왜 저렇게 알 수 없는 말을 늘어놓는지, 그런 것은 이제 별로 중요치 않게 느껴졌다. 단지 노인이라는 것, 그가 안쓰럽고 그의 마지막을 보살펴주고 싶다는 계산 없는 연민이 마음을 채웠다. 시몬이 말했다.

"데쓰로, 자네도 거기에서 그러고 있지 말고 이쪽으로 와. 같이 찍어야지."

데쓰로는 사진을 찍어줄 사람이 없다고 고개를 저었지만 이내 탁자 위에 책을 다섯 권 올린 뒤 그 위에 사진기를 놓고 타이머를 맞췄다. 그러곤 재빨리 달려와 시몬의 옆에 섰다. 그들은 잠시 자세를 잡고 사진기를 바라봤다. 십 초의 시간이 흐르고 찰칵, 소리가 들렸다. 토니오가 멍한 표정으로 물었다.

"방금 시간이 얼마나 흘렀지? 십 초? 그쯤 되나?"

데쓰로가 사진기를 가방에 집어넣으며 말했다.

"네, 십 초입니다."

토니오는 한동안 입술을 꾹 다물고 고요히 바닥을 바라봤다. 그리고 이해가 안 된다는 얼굴로 십 초, 십 초, 라는 말을 반복했다.

"사실 난 이곳에 도착하고 적잖이 당황했다네. 이렇게 시간이 많이 흘렀을 줄이야…… 유토에서 나는 기껏 일 년, 아니 많아야 삼 년 정도 지났을 거라 생각했어. 그런데 지금 내 모습을 보게. 반백 년이 흘렀어."

토니오는 그 사실이 믿어지지 않는다는 표정으로 두 손으로 눈가를 비볐다.

"캠프, 라는 친구가 있었지. 18세기 후반 범선에 타고 있던 일등 항해사였네. 그는 유토를 꿈의 세계라고 굳게 믿고 있었다네. 그도 그럴 것이 자다가 유토에 들어왔거든. 그는 갑판 위의 축축한 밧줄들 사이에 누워 팔베개를 한 채 밤하늘을 보고 있었어. 그 순간의 느낌도 또렷이 기억하고 있었지. 그날따라 밤하늘이 너무 넓게 느껴졌었다고, 우주가 점점 커지는 것만 같았다고 했네. 그렇게 잠이 들고 눈을 떠보니 유토였다는 거야. 그는 자신이 기가 막힌 꿈을 꾸는 중이라고 생각하고 있더군. 지금도 그렇게 생각하고 있을 거야. 언젠가는 갑판에서 눈을 뜰 거라고 믿고 있는 거지. 지금 내가 그렇다네, 친구들. 지금 이 모든 게 꿈은 아니겠지? 유토에서 꾸는 꿈이 아니겠지?"

시몬은 토니오의 떨리는 손을 잡았다.

"아닙니다. 다시 돌아온 겁니다. 그리고 나를 만났어요. 그라스에 가야 한다고 했어요. 콘수엘로를 만나야 한다고 했습니다. 나와 데쓰로는 당신이 원하는 것을 이루도록 도울 생각입니다. 그러니, 토니오, 힘을 내야 해요."

토니오의 흐린 눈동자에 다시 초점이 돌아왔다. 데쓰로가 헛기침을 하며 말했다.

"일을 빨리 진행해야 할 것 같아. 자꾸 마우루가 채근한단 말이야. 자…… 일단 여권에 쓸 당신의 정확한 이름이 필요합니다. 기억이 납니까? 만약 기억이 나지 않는다면 그럴듯한 이름을 지어야 해요. 프랑스식으로 지을까요?"

"아닐세. 이름 정도는 기억하고 있다네."

토니오는 자신의 이름을 말했다. 데쓰로와 시몬은 고개를 갸웃거렸다. 불어 발음이었고 이름이 긴 탓에 받아 적을 수가 없었다. 데쓰로가 말했다.

"토니오가 아닙니까?"

"그건 콘수엘로가 나를 부를 때 쓰는 애칭이고 이름은 따로 있네."

시몬은 종이와 연필을 가져왔다. 토니오는 연필을 손에 쥐었다가 다시 내려놓았다.

"손에 힘이 없어 쥘 수가 없군. 세상에, 늙는 게 이런 거군. 글자 하나를 제대로 쓸 수 없는 몸이 되었다니. 철자를 불러줄 테니 받아 적게나."

시몬은 토니오가 불러주는 철자를 종이에 받아 적었다. 그러고는 그것을 한 글자씩 읽어봤다.

"A.N.T.O.I.N.E. M.A.R.I.E. R.O.G.E.R. D.E. S.A.I.N.T. E.X.U.P.E.R.Y."

시몬은 입말로 몇 번 읽어보다가 종이에 쓰인 글자를 한동안 멍하니 바라보기만 했다. 그리고 말없이 데쓰로에게 보여줬다. 데쓰로는 뭐가 문제냐, 하는 표정을 지으며 시몬을 바라봤다. 시몬이 말했다.

"정말입니까? 이것이…… 당신 이름 맞나요?"

토니오는 고개를 끄덕였다. 시몬은 길게 숨을 내쉬며 떨리는 소리로 말했다.

"……이자는 굉장히 유명한 사람입니다."

"알고 있네. 옛날에도 나는 유명했어. 지금도 그런가보군."

토니오는 호들갑 떨 필요 없다는 듯 손을 내저으며 대수롭지 않게 말했다. 그러곤 종이를 들어 코앞에 대었다가 멀리 들었다가를 반복했다. 토니오는 눈살을 찌푸리며 말했다.

"시력도 엉망이군. 뭐라고 쓰여 있는지 하나도 보이지가 않아."

사진을 인화하자마자 데쓰로는 마우루를 찾아갔다. 마우루는 철문에 손이 낀 환자를 응급처치하느라 분주했다. 데쓰로는 마우루의 방에 들어가 그를 기다리기로 했다. 문 앞에는 진료실이라고 쓰여 있었지만 아무리 봐도 환자를 맞이하는 방처럼 보이진 않았다. 그 방은 의사의 방이라고 하기에는 너무도 현란했다. 장르를 불문한 온갖 책들이 탑처럼 쌓여 있었고 벽면 한쪽엔 각종 트로피가 아무렇게나 진열되어 있었다. 축구 대회, 낚시 대회, 파두 경연 대회 같은 곳에서 크고 작은 상을 수상했고 포르투갈 문인 협회와 환경보호 단체에서 받은 상패와 감사패 같은 것도 있었다. 바닥엔 하키

스틱과 골프채, 야구 글러브와 축구공이 아무렇게나 굴러다녔다. 의자 뒤엔 추상화 몇 점이 크리스털 액자에 끼워져 벽에 걸려 있었다. 방의 풍경이 곧 마우루가 어떤 사람인지 보여주는 것 같았다. 데쓰로는 진료실을 돌아다니며 바닥을 구르는 축구공을 툭툭 찼다. 그때 마우루가 들어왔다.

“사무라이, 이젠 축구까지 하는 거야?”

“마우루, 내가 환자라면 이런 곳에서 의사를 만나고 싶진 않을 것 같아.”

“걱정할 필요 없어. 자네처럼 예민한 환자는 마데이라에 없으니까.”

마우루는 머리를 살짝 기울이고 입술을 약간 벌린 채 데쓰로의 잔에 커피를 따랐다. 데쓰로는 커피를 한 모금 마시며 입술을 축이고 가방에서 사진을 꺼냈다. 마우루는 사진을 들어 보고는 흐뭇한 표정을 지으며 말했다.

“음, 근사하군.”

“그런데 말이야……”

데쓰로는 비밀을 누설하는 사람처럼 목소리를 작게 하고 주위를 두리번거렸다.

“토니오의 진짜 이름이 뭔지 알아? 놀라면 안 돼.”

데쓰로는 이름이 적힌 종이를 마우루에게 내밀었다. 마우루는 이렇다 할 반응을 보이지 않고 사진과 이름을 번갈아 쳐다봤다.

“그가 스스로 이렇게 말했어?”

데쓰로는 고개를 끄덕였다. 마우루는 서랍을 열어 한 장의 흑백

사진을 꺼내 보였다. 사진 속엔 머리가 벗어진 조종사 한 명이 전투기 앞에 서서 정면을 응시하고 있었다. 동그랗게 뜬 두 눈동자가 인상적이었다.

"연상되는 사람 없어?"

데쓰로는 두 사진을 비교했다. 토니오는 사진 속의 남자에 비해 지나치게 늙은 모습이었다. 하지만 빛을 내는 눈빛이나 끝이 둥근 코, 전체적인 얼굴 윤곽은 상당히 흡사했다. 마치 토니오가 흑백사진 속 조종사의 아버지처럼 보였다. 마우루가 말했다.

"실은 짐작은 하고 있었어. 전투기를 타다 바다에서 행방불명되었다는 이야기를 들었을 때부터. 넌 전혀 몰랐어?"

"몰랐지."

데쓰로는 그걸 어떻게 아느냐는 듯한 얼굴로 어이없게 웃으며 말했다. 마우루가 한숨을 푹 내쉬었다.

"아…… 데쓰로, 넌 지진 말고는 아는 게 하나도 없구나. 그가 실종된 건 너무도 유명한 사건이잖아."

"……그래?"

"정말 전혀 모르겠다는 얼굴이네. 혹시 생텍쥐페리를 모르는 것은 아니지?"

"그럴 리가. 『어린 왕자』를 썼잖아."

"읽어봤어?"

"읽어봤지."

마우루는 데쓰로의 표정을 찬찬히 살피며 말했다.

"안 읽었네."

"읽어봤다니까."

데쓰로는 억울하다는 얼굴로 목소리를 높였다. 마우루는 한쪽 입꼬리를 올리며 말했다.

"아냐, 안 읽었어. 뭐 부끄러운 일은 아니지. 사람들은 실제로 읽어본 적 없는 책을 읽었다고 거짓말하곤 하니까. 어쩌면 거짓말이 아닐 수도 있어. 하도 많이 들어 내용은 다 알고 있으니까. 실은 나는 톨스토이도 읽어본 적이 없어. 물론 문학에 조예가 깊은 이들을 만날 땐 톨스토이의 문학 세계에 대해 깊이 있게 말하지."

"무슨 말이야? 안 읽어봤다면서?"

"안 읽었지만 다 아는 수가 있지. 너도 그런 방식으로 읽었다고 했을 거야."

데쓰로는 뭐라고 말해야 할지 몰라 손가락으로 수염을 만지작거리며 얼굴을 붉혔다. 마우루가 의자에서 일어나 창가로 다가가 창문을 열었다. 데쓰로가 말했다.

"그나저나 마우루, 이제 어떻게 하지?"

"뭘?"

"토니오가 정말 그 사람이라면 밝혀야 하는 거 아닐까?"

"음…… 데쓰로, 혹시 네가 알고 있는 사람 중에 엄청나게 유명한 사람이 있다고 가정해보자. 누가 있지?"

"글쎄. 개인적으로 알고 있는 사람 중에 유명한 사람을 말하는 건가, 아니면 세계적으로 유명한 사람을 말하는 건가. 유명하다는 말은 좀 추상적이잖아. 그저 인지도가 높은 것일 수도 있고. 또 유명하다는 것은 영역마다 다를 테고."

마우루는 데쓰로의 어깨를 손으로 짚고 고개를 저었다.

"됐어. 언제쯤 너랑 편하게 대화를 할 수가 있을까. 암튼 그렇다고 치자. 대충 아무나 이야기해볼까? 음…… 그래, 만약 죽은 줄 알았던 메릴린 먼로가 할머니가 되어 이곳 마데이라에 있다고 가정해봐. 그 사실이 오늘 아침 막 알려진 상태고. 어떤 일이 일어날 것 같아?"

데쓰로는 난감한 문제를 해결할 때처럼 미간을 좁히며 눈동자를 이리저리 굴렸다. 마우루가 말했다.

"우선…… 산타크루즈가 폭발할 거야. 전 세계에서 환생한 먼로를 취재하려는 자들이 공항을 가득 메울 거니까. 그리고 너와 나, 그리고 시몬은 아침부터 저녁까지 각종 인터뷰에 시달려야 할 거고. 무엇보다 남은 여생을 편안하게 보내고 싶었던 가련한 노인은 정체불명의 사람들에게 시달리게 될 거고. 그러지 않겠어?"

데쓰로는 입술을 꾹 다물고 끄덕였다.

"토니오도 그렇게 될 거야. 그러면 그라스에 가기는커녕 이곳에서 각종 검사만 받다가 늙어 죽게 될 거야. 그리고 우리가 이제까지 한 모든 노력도 다 허사가 될 거고. 나는 그 사람이 왜 그라스에 가려고 하는지 이유를 모른 채 평생 궁금증에 시달리다 단명하고 말겠지. 네가 원하는 게 이런 거야?"

데쓰로는 당황하며 고개를 저었다. 마우루는 손뼉을 두 번 치며 다시 자리에 앉았다.

"오케이, 오케이. 그럼 됐어. 오늘 알게 된 것도 그가 해준 이야기의 일부라고 생각하면 되는 거야. 암튼 우린 여행 준비나 하자고.

어디 우주여행 가는 것도 아니고 바다 건너 프랑스에 가는 거야. 생각해보면 대단한 일도 아니지. 여권이 준비되면 찾아갈 테니까."

기록되는 기억

토니오는 창가에 기대어 서서 블루베리잼을 바른 빵 한 조각이 입안에서 완전히 부드러워질 때까지 오래도록 씹었다. 창문 바로 밑에 새끼 고양이 두 마리가 있다. 한 마리는 제 꼬리를 만지느라 바쁘고 다른 하나는 몸을 웅크리고 가르릉 소리를 냈다. 토니오는 머리를 창밖으로 빼고 오 분 동안 귀를 기울였다. 비가 내리기 시작했다. 퍼붓지는 않고 부슬부슬 끊임없이 떨어지는 빗방울이었다. 민달팽이 한 마리가 소리 없이 벽을 타고 왼쪽으로 이동하고 있었고 토니오는 그 모습을 멍하니 바라봤다. 그의 시선은 자연스럽게 벽 중앙에 붙은 세계지도로 향했다. 지도엔 전 세계에 분포한 화산들을 표시하는 수많은 압정이 꽂혀 있었다. 토니오는 압정 하나를 뽑아 프랑스의 남부 도시 그라스에 꽂았다. 그러곤 마데이라와 그라스까지의 거리를 눈으로 헤아렸다. 지도상으론 한 뼘도 안 되는 거리였다. 이렇게 가까운데 이토록 멀다니. 토니오는 순간 자신의 처지가 이마에 낙인을 받고 먼 곳으로 추방당한 죄인처럼 느껴졌다. 콘수엘로에 대한 그리움이 토니오의 마음을 날카롭게 파고들었다. 토니오는 문장 끝에 물음표를 붙여 고요히 물었다.

"시몬…… 내가 그라스에 갈 수 있을까?"

"그럼요. 마우루가 여권을 준비할 거고 우린 곧 떠날 겁니다. 여기서 프랑스는 금방이에요."

시몬은 토니오가 꽂은 압정을 더 힘껏 눌렀다. 토니오는 힘없이 웃으며 의자에 털썩 주저앉았다.

"시몬, 자넨 정확히 무엇을 연구하나?"

"난 화산학자입니다."

"화산이라."

토니오는 눈을 감고 입술을 달싹였다. 소리 없이 뭔가를 중얼거리며 셈했다.

"이런, 언제인지 통 기억나지 않는군…… 언젠가 활동하고 있는 화산 위를 지난 적이 있었네. 산봉우리에 붉고 둥근 샘이 있더군. 검붉은 불물이 마치 살아 있기라도 한 것처럼 무섭게 움직였네. 연기와 불, 코를 찌르는 유황 냄새. 그때 난 생각했지. '저 장면을 절대로 잊을 수가 없을 거야. 죽음은 생각처럼 단순하지 않을지도 몰라.' 그때부터였을까. 난 비행 내내 죽음 충동에 시달렸어. 물론 그걸 입 밖으로 꺼내본 적은 없었지. 그랬다면 사람들이 걱정했을 테니까. 그것은 죽고 싶은 것과는 엄연히 다른 충동이었거든. 그리고 유토에서도 비슷한 걸 봤네. 물속에서도 화산이 터지더군. 땅속에서도 바닷속에서도 불과 물은 쉴새없이 움직여. 보이지 않아도 들리지 않아도 움직이고 있다네. 다 그렇지 않나. 기억도 그렇고, 마음도 그렇고, 과거도 그렇고, 어둠도 꿈도…… 그리고 유토와 죽은 자들까지 다 움직이지."

시몬은 아무 대꾸도 하지 않고 책상에 놓인 앨런의 사진을 봤다. 토니오는 그런 시몬의 옆모습을 보며 물었다.

"혹시 타자기 있나?"

"없어요. 필요하면 구해볼까요?"

"아닐세. 있어도 지금의 나는 사용할 수 없을 거야. 대신 부탁이 있네. 내 이름을 써줬던 것처럼 콘수엘로의 이름도 써줄 수 있겠나?"

시몬은 고개를 끄덕이며 자를 대고 깨끗하게 노트를 잘라낸 뒤 펜을 들었다. 토니오가 한 글자씩 말하면 시몬은 힘을 주어 써내려갔다. 토니오는 콘수엘로라고 적은 종이를 손바닥에 올려놓고 한참을 바라보더니 가슴 한가운데에 밀착해서 포개었다. 마치 어디가 아파서 손으로 가슴을 짓누르고 있는 사람처럼 보였다.

"내게 남은 유일한 걱정이 무엇인지 아나? 콘수엘로를 만나 아무 말도 못하는 상태가 될까봐…… 기억을 잃고 언어를 잃고 시간과 공간조차 구분하지 못하는 길 잃은 노인이 되어 혼란 속에서 그저 눈만 끔벅거리는 상태가 되어 있을까봐…… 그게 무서워. 어쩌면 이미 나는 그런 상태인지도 모르지. 겨우 하루, 겨우 한 밤, 겨우 한 잠 버티는 것뿐일 수도 있어. 콘수엘로는 이야기를 좋아했네. 야간 비행을 마치고 집에 돌아오면 침대에 비스듬히 누워 있었지. 그러곤 내게 이야기하게 했네. 어쩌면 지겹고 뻔한 이야기였을 텐데 그녀는 하나도 빠짐없이 경청해주었지. 그녀를 만나면 해주고 싶은 이야기가 너무 많아. 헤아릴 수 없는 긴 시간 동안 많은 일이 일어났네. 그런데 입술이 망가지고 있어. 혀는 굳고 기억은 뒤섞이고 있지. 시몬, 자네가 그 노트에 쓴 글 말인데…… 참 잘 쓰더군. 생각 같아선 내가 뭐라도 쓰고 싶은데 연필을 쥘 힘도 없고 뭔가를 쓴다고 생각하면 한 발자국도 앞으로 나아갈 수 없을 거야. 자네가 내 이야기를 대신 써주면 안 되겠나. 정신이 조금이라도 온전할 때 자네에게 말해주고 싶어."

시몬은 노트를 폈다. 그러고는 연필을 쥐었다. 토니오는 손으로 두 눈을 가리고 한참 침묵 속에 앉아 있었다. 생각을 고르고 기억을 재생시켰다.

"내일부터 태양이 지지 않는 나날이 계속된다고 가정해보게. 백야 같은 게 아니야. 달력도 없고, 시간도 없고, 언젠가 밤이 올 거라는 예상이나 예감 같은 것도 없네. 그리고 자네는 적당히 피곤하고 쓸쓸한 상태지. 어둠 속에 누워 눈을 감고 싶어. 꿈을 꾸고 싶고, 혼자 있고 싶고, 소리를 듣고 싶지 않고, 아무도 만나고 싶지 않고, 조금은 죽음 같은 상태를 맛보고 싶지. 하지만 해가 지지 않아. 사방에 먼지처럼 태양의 조각이 떠다니기 때문에 그늘도 없지. 그리고 죽지 않고서는 견딜 수 없는 어떤 상태가 있다고 가정해보게. 그런데 죽을 수가 없어. 죽을 수 있는 존재들만 죽음을 두려워하고 죽음을 동경하지. 그럴 경우에 적어도 죽음은 실재하니까. 생생하니까. 하지만 유토에선 그게 없네. 죽음의 가능성도 없고 죽음에 대한 논의조차 없지. 그러면 영원한 존재들이냐고? 그렇진 않네. 영원에 가깝지만 유한한 존재들일세. 언젠가 죽는 존재들이 아니라 영원하진 않은 죽지 않는 존재들이랄까. 아…… 이게 무슨 말인지 나조차도 모르겠군. 기억이 너무 넘실거리네. 이것을 다 기록할 수 있을까. 묘사할 수 있을까. 설명할 수 있을까. 종이 위로 잉크가 쏟아진 것만 같아."

토니오는 미세하게 떨리는 어깨를 양팔로 감싸안았다. 그는 금방이라도 무너질 것 같아 보였다. 그러나 위태롭게 흔들리면서 점점 균형을 맞추는 팽이와 같았다. 토니오가 말할 때 입술을 떠난 그의 말이 그의 온몸을 감싸며 보호해주는 것 같았다. 말을 하는 동안엔 알 수 없는 능력이 토니오의 신경과 근육에 기이한 힘을 불어넣어주었다. 시몬은 그것을 분명히 목격했다. 금방이라도 꺼질 듯한 노인의 흐린 눈 속에 연기 같은 빛이 말을 하기 시작하면 꼿꼿하고 날카로운 촛불처럼 타올랐다. 시몬은 알았다. 지금의 토니오를 지탱하는 데 가장 큰 도움이 되는 것은 약물과 치료나 깊은 잠을 자는 것이 아니라 그로 하여금 말하게 하는 일이라는 것을. 그 말을 들어주고 또다른 말을 끌어내주는 일이라는 것을. 그 순간 시몬은 토니오에게 묻고 싶었다. 콘수엘로가 살아 있을 것이라는 믿음이 있는지. 그러나 그렇게 묻지 않았다.

"계속하세요. 내가 듣고 있습니다. 당신의 이야기를 더 듣고 싶어 하는 이는 콘수엘로뿐만이 아니에요."

토니오는 계속 말했고 시몬은 다음 문장을 이어 썼다.

*

고래에게 삼켜진 채 유토에 끌려들어갔을 땐 일종의 포로 상태인 줄 알았다. 하지만 룸의 안내를 받고 설명을 듣고 그가 보여준 것들을 봤을 땐 이제껏 맛본 적 없는 자유를 느꼈다. '자유롭다'라는 말이 품고 있는 모든 종류의 감각을 유토는 충족시켜줬다. 때문에 나는 룸에게 여기가 천국이 아니냐고 물었던 것이다. 하지만 생물들이 모여 있는 도시 유토에 들어섰을 때 내가 목격한 것은 그런 것이 아니었다. 뭐라고 딱히 정의 내릴 순 없지만 천국 같은 곳은 아니었다. 이렇게 말해도 될까. 경작이 불가능한 평원. 그물을 던질 수 없는 바다. 보이는 것은 물기 없이 말라붙은 권태뿐이었다. 도시의 인상은 한마디로 잿빛이었다. 태양이 녹아 사방에서 빛이 비추는 세계가 어찌 잿빛일 수 있는가. 그러나 그 순간 내가 느꼈던 정확한 감각은 그랬다.

도시는 아름다웠다. 이토록 완벽한 구조물을 본 적이 있던가. 납작한 돌조각이 틈새 없이 고르게 깔려 있는 길, 높이 솟은 종탑들, 사층 높이의 우아하고 견고한 건물들, 기하학적인 무늬가 그려진 담벼락, 둥근 광장을 둘러싼 떡갈나무와 아몬드나무들. 분수 옆엔 솟구치는 불꽃처럼 수직으로 자라난 사이프러스 잎사귀가 물결에 미세하게 떨리고 있었다.

거리를 걸었다. 몸에 느껴지는 무게가 거의 없었고 발바닥엔 아무 저항도 느껴지지 않았다. 원하기만 하면 미끄러지듯 걸을 수도 있고 날아갈 수도 있었다. 하지만 도시의 길을 직접 발로 걷고 싶었다. 사람들의 모습도 비슷했다. 특별히 다른 방식으로 이동하는 이들은 없었다. 마치 유토의 바깥에서 살았을 때처럼 삶의 모습을 유지하고 있었다. 광장 한쪽 구석에서 장신구를 몸에 두른 여자와 키가 작고 머리가 흰 남자를 발견했다. 그들은 거품을 공중에 띄워 서로에게 넘기는 놀이를 하고 있었다. 남자는 한쪽 입술을 비틀어 기묘하게 웃었고 여자는 나른한 눈빛으로 부드럽게 그를 바라보고 있었다. 여자의 피부는 지나치게 하얬다. 마치 거꾸로 매달려 혈관의 피가 모두 빠져나간 작은 짐승 같았다. 그것은 마치 배드민턴 경기 같았다. 나체의 소년이 양팔을 벌리고 서서 코트 역할을 하고 있었고 여자와 남자는 막대기를 들고 거품을 때렸다. 소년은 자신의 머리 위로 날아다니는 둥근 거품을 바라보며 입을 크게 벌리고 웃었다. 거품은 영민하고 가벼운 물새처럼 땅에 떨어지지 않고 허공을 떠다녔다. 붉은 비단 조각을 목에 두른 새끼 표범 한 마리가 거품을 따라 부지런히 양쪽을 오갔다. 나는 뭔가에 홀린 듯 그 모습을 한참 동안 바라봤다. 기묘한 광경이었다. 보고 있는데 마음이 이상해졌다. 나도 소년처럼 양팔을 벌리고 서 있고 싶었다. 아니, 저 거품을 만지고 싶었다. 하지만 왜 저들의 얼굴은 이리도 슬퍼 보일까. 웃고 있는데, 즐거워 보이는데, 왜 저 모습은 비극적으로 느껴지는 걸까. 그 순간 룸의 목소리가 귓가에 들렸다.

"고래가 만든 거품을 갖고 노는 겁니다. 유토의 주민들이 즐기는 거의 유일한 놀이죠."

고개를 돌려 룸을 찾았다. 그러나 어디에도 그의 모습은 보이지 않았다. 다만 저 먼 곳에 까만 점처럼 보이는 희미한 형상의 고래가 그가 아닐까 싶었다. 하지만 룸의 소리는 마치 귓가에 속삭이는 것처럼 또렷하게 들렸다. 그가 말했다.

"이런 식의 대화에 적응하기 어렵겠지만, 곧 자연스러워질 거예요. 우리는 신수를 통해 생각과 감정을 직접 주고받아요. 말이나 문자를 사용하는 것보다 훨씬 편하고 직관적인 방식입니다. 우린 언어를 통해 모든 걸 공유하며 원한다면 바로 연결될 수 있습니다. 타인의 언어와 사유에 접근할 수 있고 필요하다면 유토의 모든 존재들에게 같은 말을 전할 수도 있어요. 소통 방식도 효율적이고 정확해요. 접촉하지 않고도 많은 것을 나눌 수 있으니까요. 먼 곳에서도 바로 옆에서 속삭이는 것처럼요. 유토를 거닐다 궁금한 게 있거나 나와 대화하고 싶으면 언제든 찾으세요. 어렵지 않아요. 그냥 말을 한다고 생각하세요. 그 순간 당신의 언어가 신수를 뚫고 내게 달려올 겁니다."

룸은 창공에 떠 있는 새처럼 먼 곳에서 고요히 떠 있었다. 나는 물고기처럼 저항 없이 부드럽게 신수를 뚫고 날아가 룸에게 다가갔다. 작은 점처럼 보이던 룸이 산처럼 점점 거대해지는 모습은 두려움을 넘어 경이로울 정도였다.

그때 뭔가 보였다. 룸의 왼쪽 지느러미 근처에서 반짝이는 보석 같은 무엇. 저게 뭘까? 자세히 보니 그것은 강철로 만들어진 막대기였다. 룸이 조금 자세를 바꾸자 그것은 더이상 반짝이지 않았다. 나는 룸의 왼편으로 다가갔다. 룸의 시선은 먼 곳을 향해 있었고 그의 커다란 몸은 거대한 애드벌룬처럼 가볍게 느껴졌다. 나는 그의 왼쪽 지느러미 쪽에 손을 뻗어 그것을 두 손으로 움켜쥐었다. 그 순간 룸의 육체가 바위처럼 딱딱해졌다. 룸의 부드러운 눈동자는 날카롭게 변했고 나를 노려봤다. 나는 룸이 미처 무슨 말을 하기 전에 두 발을 그의 입가 주름 속에 깊게 파묻고 손아귀에 힘을 줬다. 룸은 거대한 몸을 활처럼 구부리며 비명을 내질렀다. 유토의 모든 생물들이 일제히 룸을 바라볼 정도로 높고 커다란 소리였다. 바닥에 뿌리내린 나무가 뽑히듯 그것은 뽑혀져나왔다. 작살이었다. 룸은 한동안 기절한 것처럼 옆으로 누워 있더니 서서히 눈을 뜨며 일어섰다. 그러곤 놀란 눈으로 나와 내가 들고 있는 작살을 바라봤다. 룸의 눈동자엔 복잡한 심정이 뒤섞여 있었다. 그러나 끝까지 아무 말도 하지 않았다. 나는 작살을 손에서 놓았다. 그것은 마른풀처럼 서서히 하강하며 마침내 저 깊은 곳으로 사라졌다.

아치형으로 만들어진 돌다리를 건너고 광장을 가로질러 파수꾼이 서 있는 망루를 지나 마을로 들어섰다. 이상한 주문 같은 것을 외는 기이한 소리가 들려 머리 위를 올려다봤다. 지저분한 안경을 쓰고 넝마를 몸에 걸친 허리 굽은 노인이 커다란 창틀에 앉아 알 수 없는 말을 중얼거리고 있었다. 그는 손가락을 하나씩 접어가며 어떤 계산에 열중하고 있었다. 나는 부드럽게 날아올라 그의 곁에 앉았다. 그는 나를 인식하는지 못했는지 인기척을 내도 내 쪽을 쳐다보지 않았다. 순간, 그가 머릿속으로 말을 걸어왔다.

'지금 입을 열 시간이 없습니다.'

'무엇에 열중하고 계십니까?'

'생각하고 있소.'

무엇에 관해 생각하고 있냐고 물어보려다 잠시 그를 관찰했다. 그는 내 쪽에 전혀 관심이 없는 듯 보였다. 초록빛이 도는 그의 두 눈은 신수가 흐르며 일으키는 금빛 물보라에 고정되어 있었다. 끊임없이 허공에 기하학적인 무늬와 숫자를 썼고 중간중간 그것들을 집요하게 바라보다 또 뭔가를 기록했다. 그의 표정엔 같은 일에 반복적으로 실패한 이들이 갖는 오래된 피로가 묻어 있었다. 그가 말을 걸어왔다.

'유토의 남은 날들을 계산하고 있는 중이오. 그런데 쉽지가 않군.'

그는 안경을 벗어 창틀에 놓고 손등으로 눈을 비볐다. 그의 눈가가 붉게 변했다.

'이곳의 자연법칙은 지상의 것과 비교하면 단순해 보이지요. 신수라고 하는 물질이 유토의 모든 물리적 조건들을 둘러싸고 영원에 가까운 것으로, 무한에 가까운 것으로 만들어버립니다. 그런데 그것은 어디까지나 가까운 것일 뿐 영원하지 않소. 무한에 가까운 유한은 결국 유한이니까. 그러니까 이 세계도 언젠가 끝을 맞이할 테지. 유토를 채우는 물도 마르고 태양도 빛을 잃고 말뚝처럼 고요히 존재하는 고래들도 언젠가 죽게 될 거요. 한낱 먼지 같은 나 역시 마찬가지지. 그런데 그게 도저히 계산되지 않소. 무한에 가까운 유한이라니.'

'그냥 언젠가는 다 사라질 것이라고 믿고 지금을 살면 되지 않습니까?'

그는 갑자기 거칠게 안경을 다시 쓰고 걸치고 있던 천을 돌돌 말며 몸을 웅크렸다. 신경질적인 목소리가 귓속에 들려왔다.

"내가 가장 증오하는 말이 바로 그 말이오. 정말 지긋지긋해. 그런 대책 없는 일반론을 믿고 불완전하게 하루하루를 살아가느니 차라리 모든 걸 포기하고 그냥 돌덩이처럼 사는 게 낫겠소. 모르는 건 슬픔이오. 알겠소? 모르기 때문에 우리가 이곳에서 이토록 슬픈 존재로 사는 것이란 말이오."

그의 목소리는 거칠고 투박했다. 오랫동안 성대를 사용하지 못한 탓인지 음성이 갈라지고 자꾸 가성이 새어나왔다. 안경알이 더러워 그의 눈동자는 정확히 볼 수 없었지만 그가 분노하고 있다는 것을, 그의 눈에서 불꽃이 일고 있다는 것을 알았다. 나는 두 손바닥을 보이며 그를 진정시켰다.

"미안합니다. 내가 당신의 고민을 가볍게 생각했나봅니다. 사과하겠습니다."

그가 시무룩하게 어깨를 내리며 광장 중앙에 있는 분수대를 바라봤다.

"아니오. 나도 때론 언제까지 이걸 해야 하나 싶은 마음이 듭니다. 허공에 수도 없이 계산하고 끄적거렸소. 이걸 보시오."

그는 허공의 한 부분을 가리켰다. 희미한 얼룩 같은 것이 흔들리며 어떤 형상이 만들어졌다. 그것은 그가 신수에 그렸던 각종 도형이었고 숱하게 번복된 틀린 계산이었다. 그것은 수백 수천의 투명한 종이에 빛의 물감으로 적은 방대한 기록이었다. 그 이미지는 아름다웠지만 그것이 품고 있는 언어의 질감은 투박하고 죽어 있었다. 마치 우울한 단조의 음률을 써넣은 모호한 악보 같았다. 그가 말했다.

"평생 이것만 했다고 해도 과언이 아니지요. 하지만 알아낸 게 없습니다. 모르니까 나는 슬픕니다. 슬퍼지고 싶지 않아 알려고 했는데 결국 모르기에 또 슬픕니다. 하지만 이렇게 모르는 채로 있을 순 없습니다. 미안합니다. 당신과 이야기할 시간이 없네요. 처음부터 다시 계산을 해봐야겠어요."

그는 코끝에 걸린 안경을 손가락으로 밀어올리고 다시 계산에 열중하기 시작했다.

도시를 벗어나 유토의 천장 끝까지 올라가 경계 너머의 까만 바다를 바라보며 생각에 잠겼다. 그가 계산하는 것에 대해. 아직 해결되지 않은 그의 궁금증과 집착하고 있는 어떤 한계에 대해. 무한을 증명하고 싶은 걸까. 유한을 증명하고 싶은 걸까. "나는 슬픕니다. 모르기에 또 슬픕니다. 하지만 모르는 채로 있을 순 없습니다." 나는 그가 한 말을 속으로 가만히 따라 해봤다. 그는 또다시 슬퍼지겠구나.

나는 새처럼 팔을 펴고 허공에 엎드려 아래를 바라봤다. 이곳에서 보니 모든 것이 작고 아득하기만 하다. 고래들도 자갈처럼 보이고 도시도 아이들이 만들다 버려둔 해변의 모래성처럼 초라하게만 느껴진다. 그때 이상한 기분이 들어 고개를 왼쪽으로 돌렸다. 연필처럼 가냘픈 소녀가 수직으로 떠서 나를 바라보고 있었다. 그녀는 말없이 내 곁에 섰다. 그러곤 내가 보고 있는 것을 함께 봤다. 묘한 느낌을 주는 아이였다. 직관적으로 느껴지는 인상이 없었다. 인격이 느껴지지 않는 동물에 가깝다고 해야 할까. 순한 초식동물처럼 굳게 다문 입술, 까만 눈동자, 표정이 없는 무구한 얼굴. 처음엔 기이한 느낌이었지만 나중엔 순한 동물과 함께 길을 걷는 것처럼 마음이 부드러워졌다. 우리는 허공을 떠돌며 오랫동안 거닐었다. 고래들 사이를 꽃씨처럼 떠다니기도 했으며 구름처럼 도시 위를 떠돌기도 했다. 그러다 갑자기 소녀가 말했다.

"우리는 기분이 좋아요."

소녀는 계속 말했다. 하지만 이상했다. 자꾸 주어를 '우리'라고 했다. 처음엔 나를 포함해 함께 말하는 것이라 생각했는데 계속 들어보니 그건 아니었다. 우리는 오랫동안 이곳에 있었어요, 우리는 아직도 이곳이 어디인지 잘 몰라요, 우리는 졸려요, 우리는 부드러운 침대에 눕고 싶어요, 우리는 엄마가 불러주는 노래를 참 좋아했지요, 우리는 우리가 보고 싶어요. 나는 물었다.

"왜 '나'라고 하지 않고 '우리'라고 말하니?"

소녀는 자신이 어떻게 말했는지 전혀 모르고 있다는 듯 의아한 표정을 지으며 되물었다.

"언니가 없으면 나는 내가 아니에요. 그러니까 나는 언니와 늘 함께 생각해요. 그러지 않으면 난……"

소녀는 뭔가를 골똘히 생각하느라 서서히 시선을 떨구었다. 그러더니 자신의 구두코를 바라보며 말했다.

"결코 내가 될 수 없어요."

"언니는 어디에 있니?"

"여기에 있어요."

소녀는 두 손을 포개어 가슴에 대었다. 그러고는 순식간에 수직 비행으로 공중으로 떠올랐다. 그녀는 한 마리의 돌고래처럼 빠르고 유연하게 헤엄쳤다. 그녀가 지나간 자리에 황금 물결과 흰 거품이 기묘한 자취를 남겼는데 자세히 보니 그건 커다란 그림이었다. 허공에 떠 있는, 곧 사라질 투명한 이미지 한가운데에 서서 소녀는 말했다.

"그날 우리는 해변에 그림을 그리고 있었어요. 맑고 밝은 날이었죠. 구름은 크림처럼 희고 탐스러웠어요. 바다는 은빛으로 반짝거렸어요. 먼 곳에 두 척의 고깃배가 떠 있었고요."

소녀는 눈을 감고 두 손을 앞으로 쭉 편 채 맹인처럼 손가락으로 허공을 만졌다. 그 모습은 마치 투명 오르간 앞에 앉아 한 음 한 음 연주하는 오르가니스트 같았다.

"언니는 그림을 잘 그렸어요. 넓은 해변 전체에 언니가 그려놓은 커다란 나비가 금방이라도 날개를 펄럭일 것 같은 생생한 모습으로 앉아 있었지요. 나는 언니가 그린 나비를 예쁘게 꾸미고 싶었어요. 해변을 벗어나 가까운 숲속으로 들어가 나뭇가지와 마른 이끼들과 색색의 예쁜 낙엽들을 한 바구니 담았어요. 언덕에 서서 커다란 나비를 감상하는데 이상한 기분이 들더군요. 바다가 이상했어요. 수평선이 둥근 언덕처럼 부풀어오르는 거예요. 나는 그것이 어떤 현상인지 처음엔 알 수 없어서 내 눈이 이상해졌다고 생각하고 눈을 꾹 감았어요. 어지러웠거든요. 그러다 다시 눈을 떴을 때 높은 파도가, 정말 커다란 성 같은 파도가 해변을 향해 달려오고 있었어요. 언니는 바다를 등지고 앉아 모래를 파는 데 열중하고 있었고요. 나는 소리쳤어요. '뒤를 봐!' 바구니를 집어던지고 손을 흔들며 언니를 부르고 또 불렀답니다. 하지만 나는 너무 멀리 있었어요. 언니는 환하게 웃으며 모래가 묻은 손을 들어 나를 향해 크게 흔들어줬답니다. 그리고 파도가 해변을 삼켰어요. 언니도, 우리가 함께 그린 나비도, 사라졌답니다."

소녀는 입을 꾹 다물었다. 숨을 참고 있었다. 뭔가가 지나가길 기다리고 있었다. 움켜쥔 두 개의 작은 주먹이 미세하게 떨리고 있었다.

"나는 빈 해변에 서서 언니를 찾았어요. 다시 잔잔해진 바다를 향해 소리를 질렀지요. 파도는 계속 밀려오고 수평선은 고요하고 하늘은 너무 맑고 투명했어요. 나는 마침내 언니를 잃었다는 것을 깨닫고 모래밭에 주저앉았어요. 한참을 울고 고개를 들어보니 언니를 삼켰던 파도보다 더 큰 파도가 해변을 향해 달려오고 있었어요. 그러고서 긴 잠을 자고 일어나니 이곳 유토였어요."

소녀는 주머니에서 뭔가를 꺼내 내게 보여줬다. 피리였다.

"언니의 피리예요. 예쁜 입술로 물고 숨을 불어넣으면 아름다운 소리가 울려퍼졌어요. 그런데 이제…… 이것은 아무것도 아니에요."

곁에 선 작은 아이로부터 바람처럼 슬픔이 전해지고 있었다. 그러나 나는 아무것도 할 수가 없었다. 그저 그 눈을 피하지 않고 가까운 곳에 함께 서 있어주는 수밖에. 한참 뒤 소녀는 내 곁을 떠나 먼 곳을 향해 걸어갔다. 그러고는 저만치 멀리 서서 뒤를 돌아봤다.

'두 개의 시간과 두 개의 공간 속에 우리는 함께 있어요. 하지만 우리는 마침내 만날 거예요. 두 세계를 잇는 해변에서 우리는 만나기로 했어요. 우리는 그 해변으로 향하는 길을 찾고 있답니다.'

*

토니오는 잠시 말을 멈추고 탁자에 상반신을 기대어 비스듬히 누웠다. 램프 불빛 아래에서 구부정하게 몸을 웅크리고 앉아 토니오의 말을 받아 적느라 흘러내린 안경이 시몬의 코끝에 걸려 있었다. 순간 토니오의 입가에 부드러운 미소가 지어졌다. 슬픔에 잠겨 있는 학자가 생각났던 것이다. 더러워진 그의 안경알을 닦아줬어야 하는데 하는 아쉬움이 들었다. 토니오의 침묵이 길어지자 시몬은 종이에서 눈을 떼고 안경을 위로 밀어올리며 토니오를 바라봤다. 토니오는 흐리고 부드러운 눈으로 펜을 쥐고 있는 시몬의 손을 응시했다. 토니오는 시몬의 손에 말을 걸듯 말했다.

"내가 자네를 괴롭게 만들고 있는 것은 아닐까? 실은 의미 없는 짓이라는 것 알고 있네. 그만둬야 한다는 것도 알고 있어. 이렇게 많은 이야기를 하고 그것을 종이에 옮겨 적어 편지를 써도 이 글을 콘수엘로가 읽지 못한다면 아무 소용이 없지 않은가."

시몬은 손에서 펜을 내려놓았다. 안경을 벗고 뻑뻑한 눈가를 부드럽게 문질렀다.

"걱정하지 마세요. 우린 곧 콘수엘로를 만나게 될 거예요."

"지금 자네와 나처럼 얼굴과 얼굴을 마주하고 대화를 나누거나 손을 잡을 수 있는 그런 만남은 아니겠지…… 시간이 많이 흐르지 않았나. 그 세월을 콘수엘로가 지금까지 견뎠을 리 없네. 우리가 만나게 된다면 다른 방식이 되어야 할 거야. 어쨌든 고맙네. 자네에게 이야기를 하면서 유토에 대해 정리할 수 있었어."

"그런데 당신의 이야기 속에서 유토는 왜 그렇게 쓸쓸한 건가요?"

"이야기가 쓸쓸한 게 아니야. 유토가 쓸쓸한 거지."

토니오는 자신의 손등을 물끄러미 바라봤다. 주름과 검버섯으로 가득한 쭈글쭈글한 피부밑으로 초록색 혈관이 도드라져 보였다. 토니오는 불룩한 혈관을 손가락으로 꾹꾹 눌렀다. 마치 자신의 것이 아니라는 듯 장난스럽게 웃어 보이기까지 했다. 그러고는 회한이 깃든 갈라진 음성으로 중얼거렸다.

"그래, 차라리 이렇게 늙어가는 이 느낌이 삶의 감각이지. 죽음에서 아주 멀리 떨어진 안전한 삶은 왜 지루한 걸까. 시몬, 이야기를 더 해도 되겠나? 유토란 정말 따분하기 짝이 없는 곳이라, 누구라도 좋으니 붙잡고 무슨 말이든 하고 싶어진다네."

시몬은 벗었던 안경을 쓰고 다시 펜을 잡았다. 토니오는 고개를 서서히 돌리며 램프의 불빛이 닿는 지점을 눈으로 가만히 더듬었다. 경계선은 없지만 램프의 불빛은 희미하고 흐릿한 선으로 어두운 방 한구석에 둥근 빛의 영역을 만들고 있었다.

“그곳의 생물들은 말이야. 좋다든지 나쁘다든지 하는 어떤 인상이 없네. 표정의 변화나 감정의 동요 같은 것도 없고. 그건 뭐랄까, 이상해. 그건 사물에 가까운 기질이잖아. 나도 유토에 있다보니 그 느낌이 무엇인지 알겠더군. 풍경이 시큰둥해지고 서로의 생각과 느낌을 주고받는 것도 귀찮게 느껴져. 유토의 존재들은 서로의 마음을 손바닥에 올려놓듯 알 수 있지. 서로가 지금까지 품고 있었던 비밀이며 슬픔이며 뭐든지 말이야. 상실감이든 불안함이든 허무하다는 느낌이나 죽고 싶어하는 충동까지도 다 느낄 수 있네. 마치 마음에 투명한 창을 달고 사는 것처럼 말일세. 그래서 그들의 마음속엔 아무것도 없네. 창문을 닫을 수 없다면, 커튼을 칠 수 없다면, 마음을 비우는 수밖에. 밤이 없는 세계야. 그림자가 없는 세상이고. 숨을 수 없고 숨겨지지 않는 삶일세. 어둠 속에 숨어 하루를 마감하며 잠드는 것도 불가능하지. 눈을 감는 수밖에 없어. 그것만이 유일한 어둠이자 안식처이니까. 마음의 시간은 흐르지만 유토의 육체는 제자리에 멈춰 있다는 건…… 그것은 생각처럼 좋지도 않고 아름답지도 않더군. 이상하다, 이상하다, 느끼다가 마침내 무감각해지네.”

시몬은 토니오가 하는 말들이 쉽게 이해되지 않았지만 잠자코 있었다. 어느 순간 토니오는 희미한 어둠을 향해 말했다. 마치 그곳에 관객들이 앉아 있고 자신은 무대에 서 있는 배우라도 되는 듯 표정이 다양하게 변했다. 독백하듯 중얼거렸으나 작은 소리 이면에 귀를 사로잡는 강한 호소력이 느껴졌다.

"그래서일까. 유토의 모든 눈동자에는 죽음 같은 빛이 스며 있네. 자신들의 육체가 그저 언어와 정신의 투사체에 불과하다고 믿는 이들도 있네. 실재하지 않는 환영 같은 것이라고 여기는 거야. 살아 있으면서 자신이 이미 죽은 자라는 걸 깨닫게 되는 거지. 그곳을 삶의 자리라고 생각지 않고 죽은 이들이 머무는 곳이라고 믿는 이들도 있네. 하지만 머물다가 옮겨갈 다른 세상은 없다는 걸 곧 깨닫게 되지. 생각해보게나. 정류장 같은 곳에서 영원히 살아야 하는 삶을 말일세. 영생은 어떤 사람들의 소망과는 아무 관계가 없지. 백 년 전에 느끼던 것과 정확히 똑같은 감정을 느끼며 계속 사는 것이 좋을까? 아니지. 만약 천국이 있다면 유토와 크게 다르지 않을 걸세. 죽음이 없는 세계는, 끝이 없는 삶은 끔찍한 거야. 어둠 한 점, 그림자 한 자락도 존재하지 않는 세계라니. 눈 감아도 눈꺼풀 안쪽에서 하늘이 열리고 태양이 뜨는 곳이야. 자신을 둘러싸고 있는 이 환하고 투명한 물 벽을 무너뜨릴 수 있는 이가 아무도 없지. 먹을 필요도 잠들 필요도 없는 날들. 때문에 탐심도 사냥도 없지. 아무도 누구를 해치지 않네. 고독한 생활 속에서 사람들은 자신들의 마음속을 헤아려보는 방법을 잊어버리지. 마음속에서 일어나는 욕망과 비밀이 점점 더 줄어들어 거의 영의 상태가 되는 걸세. 유토가 어떤 곳이냐고? 죽음이 오면 죽음에게 삶을 내어줄 이들이 우글거리는 세계일세. 만약 몰락으로 향하는 열차가 도시에 도착한다면 사람들은 고민 없이 열차에 올라탈 걸세."

토니오는 순간 말을 멈추고 고개를 돌려 시몬의 눈을 바라봤다.

시몬의 눈 속에 담긴 감정을 깊이 들여다봤다. 수축과 이완을 반복하며 호기심과 자극으로 일렁이는 동공의 움직임과 그 작고 까만 구멍을 통해 느껴지는 시몬의 마음을 봤다.

"자네 같은 눈동자를 가진 이들은 유토에 없네. 나 역시 그곳에서 비슷한 삶을 살아왔고. 하지만 그들도 마음 깊은 곳에 간직하고 있는 게 있지. 유토의 태양이 태워버리지 못하고 빛조차 도달할 수 없는 아주 안전한 어둠 속에 간직하고 있는 비밀의 정원 같은…… 기억일세. 유토 바깥의 기억. 다른 존재로 살았던 최초의 기억 말일세."

토니오는 오른손으로 왼손목을 감쌌다. 피부밑에서 피가 뛰고 있었다. 토니오는 눈을 감고 손끝에서 전해지는 박동과 진동을 느꼈다.

"시몬, 자네는 이제 이해할 수 있겠지? 내게도 그런 기억이 있었네. 그것이 나를 여기까지 데리고 온 거야."

토니오는 꺼진 촛불처럼 침대 위로 무너지듯 쓰러졌다.

"이제 펜을 내려놓게나. 불을 꺼주게. 오늘은 여기까지만 말해야겠네. 긴 밤이었어."

우토

그 밤, 토니오는 유토의 꿈을 꾸었다. 꿈속에서의 토니오는 지금 이곳이 가상의 시공간이라는 것을 전혀 인지하지 못하고 있었다. 그는 룸의 머리 위에 앉아 아침이 되면 사라질 허상의 도시를 바라봤다. 광장엔 사람들이 모여 있었고 공허한 금빛 하늘엔 동력이 없는 열기구처럼 한 무리의 고래떼가 고요히 떠 있었다. 고래들 중 누군가가 나직하게 한마디하면 그 말이 파동처럼 가볍게 퍼졌다. 평화로운 광경이었다. 염소들과 함께 길을 지나가는 목동의 얼굴엔 근심이 보이지 않았다. 이름 모를 작은 동물을 품에 안고 안락의자에 앉아 있는 노파와 그 곁에 모로 누운 외다리 여인의 표정에서도 고통의 흔적은 보이지 않는다. 그들은 눈을 들어 유토의 높은 하늘을 올려다봤다. 거대한 열기로 일렁이는 유토의 바깥. 녹은 광물이 돌며 바다를 순환시키고 지상의 세계를 회전시키는 그 뜨겁고 고요한 풍경을 마치 자신들이 거대한 엔진의 기관사라도 되는 것처럼 진지한 눈으로 바라봤다. 흰 폭풍으로 찢어지는 하늘. 희미하게 연엇빛이 도는 물결들. 흡사 노을처럼 보이는 그것은 유토의 사람들에게 지상의 삶을 떠올리는 상징물이 되었다.

토니오는 말했다.

"룸, 이곳엔 시간이 없지만 만약 시간이란 것이 존재한다면…… 우리가 만난 지 얼마쯤 됐을 것 같나요?"

룸은 말했다.

"글쎄요. 지상의 세계로 말하면 천 번의 태양이 뜨고 졌을 것 같네요."

"천 번의 태양이라."

토니오는 더는 말하지 않았다. 룸은 토니오의 마음을, 토니오가 하지 않은 다음 말을 알 것 같았다. 그래서 룸은 일부러 힘을 내어 쾌활하게 말했다.

"나는 당신을 만나 예전보다 즐거운 존재가 된 것 같아요."

"그런가요."

토니오는 쓸쓸하게 웃었다.

토니오와 룸은 산책하듯 도시를 거닐었다. 정적에 묻힌 마당은 고즈넉했다. 사람들은 이따금씩 토니오의 어깨 너머 무너진 성벽 쪽을 무심한 눈으로 바라봤다. 바람도 없이 천막이 펄럭거렸고 유칼리나무 잎사귀는 가늘게 떨렸다. 나무는 마치 싸우고 있는 것 같았다. 갖고 있는 모든 팔을 사방에 다 뻗치고 몸을 흔드는 것 같았다. 누워만 있던 한 여인이 조약돌 한 개를 집어 토니오의 손바닥 위에 올렸다. 조약돌과 맞닿은 곳에 작은 심장이 숨어 있는 것처럼 피가 뛰는 게 느껴졌다. 토니오는 자신도 모르게 그것을 움켜쥐고 눈을 감았다. 그 순간 허공에서 어떤 목소리가 들렸다. 많은 목소리가 하나의 소리로 겹쳐 한 명의 말처럼 들리는 기이한 일체감이 느껴지는 음성이었다. 그것은 완벽한 합창이었고, 피 흘리는 전장에서 함께 내지르는 승전가였으며, 죽은 자를 그리워하는 애가였다.

지상으로부터 편지가 오리라.
그대가 돌아갈 수 없는 고향으로부터 목소리가 들리리니.
허공을 그대의 눈물로 가득 채우게 되리라.
그것은 빛의 잉크를 찍어 쓴 글씨.

만날 수 없는 얼굴을 보리라.
들을 수 없는 목소리를 듣게 되리라.
만질 수 없는 두 팔을 껴안게 되리라.
다시는, 닿을 수 없는 붉은 입술에 입맞추게 되리라.

이것은 유토라는 이름의 슬픔.

나는 죽은 말을 장례하는 카우보이.
나는 불타는 신전을 지키는 사제.

나는 어두운 밤을 항해하는 항해사.
나는 하늘에서 떨어지는 공중곡예사.
나는 평원의 춤추는 집시.
나는 불속을 뛰는 광대.
나는 입술을 닫은 시인.

울게 되리라.
울게 되리라.
울게 되리라.

우리는 사라지는 빛.
희미해져, 희미해져, 끝내 투명해지는 그림자.

그 소리는 바람처럼, 몰아치는 폭풍처럼, 속삭이는 밀담처럼, 귓가에 들렸다. 토니오는 더 정확히 듣기 위해 눈을 질끈 감고 얼굴 전체를 하나의 눈동자처럼 활짝 폈다. 팔다리의 감각과 신경을 예민하게 만들고 온몸의 근육을 긴장시켰다. 그의 육체는 축축한 땅속을 탐험하는 작고 예민하고 눈이 없는 벌레처럼 어둠 속을 더듬거렸다.

토니오는 서서히 눈을 떴다. 아무도 없었다. 마을 전체가 비어 있었다. 목동도 노파도 바닥에 누워 있던 여인도 없었다. 토니오는 부서진 성곽을 돌며 그들을 찾았다. 하지만 찾을 수 없었다. 토니오는 어찌된 영문인지 알 수 없어 허망하게 하늘을 쳐다봤다. 룸이 말했다.

"그들을 찾지 마세요. 그들은 떠났어요."

"떠났다고요? 어디로 말입니까?"

룸은 대답하지 않겠다는 듯 입을 꾹 다물었다. 그러나 토니오는 룸의 입을 바라보며 우두커니 서 있었다. 룸은 가라앉은 음성으로 마지못해 입을 뗐다.

"우토."

"우토…… 그게 뭐죠? 그동안 유토의 곳곳을 돌아다녔어요. 그러나 우토라는 곳은 발견하지 못했습니다."

"그곳은 유토의 다른 이름이고 원래의 이름이에요. 유토의 쌍생이자 형제이기도 하죠. 우토는 유토의 생물이 선택하는 마지막 여행지입니다."

토니오는 비유로 가득한 룸의 말을 이해하지 못했다. 룸은 어두운 표정으로 눈을 감았다.

"토니오, 우토에 대해선 말하고 싶지 않아요."

"아니요. 부탁입니다. 이야기해주세요."

룸은 천천히 눈꺼풀을 들어올렸다. 눈앞에 토니오의 작은 눈동자가 보였다. 완강하고 고집스러운 두 개의 돌멩이 같은 눈동자. 그러나 그것은 언제든 물처럼 부드럽게 변하는 아름다운 물방울 같다는 것도 알고 있었다. 침묵을 깨고 룸이 입을 열었다.

"끝에 도달하겠다는 마음으로 유토를 크게 돌아야 합니다. 하염없어도 걷고 무의미하다고 느껴져도 걷고 마침내 걷고 있다는 것조차 잊어버리는 순간 다른 세계가 나옵니다. 도시도 고래도 보이지 않는 무의 공간. 바닥에 끝도 없이 깔린 무게 없는 흰 가루 탓에 얼핏 설원처럼 보이는 곳이죠. 유토의 끝이고 우토의 시작입니다. 그리고 조금만 더 걷다보면 백화된 산호로 낸 좁은 길을 발견할 수 있을 겁니다."

룸은 눈을 감고 마치 그곳에 있는 것처럼 중얼거렸다.

"그곳은 신수의 빛조차 희미한 푸른 그림자의 세계입니다. 아무것도 없어요. 소리도, 말도, 움직임도, 그 어떤 기미와 흔적도 없습니다. 마치 지상의 소금 사막처럼 자신 외에는 아무것도 반영되지 않는 고독한 곳이죠. 간혹 하늘에서 비 같은 것이 내립니다. 유토의 바깥에서 죽은 미생물들이 재처럼 내리는 것이에요. 그것이 머리에 쌓이고 어깨에 내려앉습니다. 쌓이고 쌓여 서 있는 모든 것들은 소금 기둥처럼 변하게 됩니다. 오직 눈동자로만 그것을 볼 수 있을 뿐이죠. 작고 가볍고 둥근 것들이 고요하고 단정하게 내리는 풍경. 그렇게 우토에 도착한 이들은 하얗게 굳어갑니다. 그러니까 우토는 더는 존재하고 싶지 않은 이들이 모여 있는 세계죠."

"죽으러 가는 곳이군요, 일종의 무덤 같은."

룸은 고개를 저었다.

"그렇게 보일 수 있지만 아닙니다. 이곳에서 죽음은 불가능하거든요. 그들은 죽을 수 없어서 멈추는 것이지요. 멈춘 상태로 영원한. 죽음을 모방한 삶입니다."

"다시 돌아온 자는 있나요?"

"간혹 있죠. 그러나 그들을 만날 순 없을 겁니다. 모두 우토로 다시 돌아갔거든요…… 토니오, 나는 당신이 그곳에 대해 더이상 생각하지 않길 바랍니다."

룸은 토니오의 얼굴을 오랫동안 응시하고 먼 곳으로 헤엄쳐갔다. 슬퍼 보이는 그의 뒷모습은 서서히 작아졌고 어느새 시야에서 완전히 사라졌다.

토니오는 눈을 떴다. 신경이 마비된 동물처럼 한동안 꼼짝도 하지 못했다. 푸르게 물들어가는 어둠의 한 점을 뚫어지게 바라보며 꿈속의 유토가 현실감각에 의해 산산이 부서지는 것을 온몸으로 느꼈다. 입과 귀, 손가락과 발끝에서 쪼르륵 소리를 내며 신수가 빠져나가는 듯했다. 토니오는 자신이 유토에 있을 때 언젠가 들었던 그 소리를 간신히 기억해냈다. 그땐 그것이 무슨 말인지 몰랐고 마음에 담지도 않았다. 가사를 알 수 없는 이국의 노래처럼, 간절함을 집어낼 수 없는 기도자의 기도처럼 그것은 그저 스쳐지나가는 바람에 지나지 않았다.

우토의 문 앞에 서 있는 토니오의 뒷모습을 토니오가 본다. 꿈속의 토니오가 무슨 생각을 하고 있는지 알았다. 그 마지막에 대한 감각. 몰락의 예감. 돌덩이처럼 굳어가는 심장과 하얗게 변색되는 죽은 눈동자까지 다 생생하게 떠올랐다. 도시의 주민들과 바위처럼 떠서 고요한 삶을 살아가는 커다란 고래들의 묵묵한 표정을 이해할 수 있을 것 같았다. 아무것도 없는 이 우주 같은 위대한 세계는 나를 기쁘게 할 수 없다. 갈등과 고통과 불행이 없는 이 세계는 완결무결하기에 모험도 충동도 위험하고 어리석은 기쁨도 없는 것이다. 사랑이라는 아름답고 위태로운 감정은 사라지고 우정이라는 안전한 감정만 존재하는 평등하고 밋밋한 세계. 나는 알게 됐다. 왜 유토의 생물들이 그토록 단단한 슬픔을 지니고 있는지, 마음 깊은 곳에 암석과도 같은 허무를 지니고 사는지 비로소 알게 된 것이다. 유토에 머무는 내내 이제껏 느껴본 적 없는 종류의 불안과 초조를 느꼈다. 존재의 위협을 받아서가 아니었다. 죽어 없어지는 것이 아니라 그저 무의미하게 남겨질 거라는 예감은 어떤 초월적 고통을 준다. 절망 한가운데서 마모되지 않는 껍데기만 텅 빈 육체로 남겨질 것이다. 그렇게 남은 것은 나일까? 그게 삶일까? 몸의 고통과 통증 없이, 죽어가고 있다는, 쇠하여간다는, 정신적 슬픔의 감각 없이 얻게 되는 것은 결코 영원의 기쁨이 아니었다. 생의 실감도 없고 몸도 마음도 아무 의미가 없는 허전하고 허무한 상태. 후천적으로 다른 존재가 되는 고통은 말로 다 할 수가 없다. 그러니까 유토의 생물들은 그 같은 느낌을 기본적으로 갖고 있었던 것이다. 지상에서 말하는 허무, 그 이상의 극단적인 허무의 감정이었다.

다시 눈을 감았다. 반쯤 걸쳐 있던 육체와 정신이 꿈의 물속으로 서서히 잠겨갔다. 그리고 언제인지 어디인지 알 수 없는 희뿌연 세계에서 눈을 떴다. 무게도 없고 냉기도 없는 눈송이가 내리고 있었다. 땅속 깊숙이 박혀 작은 틈으로 하늘을 엿보듯 어렴풋이 보게 된 무의미의 풍경. 토니오. 느닷없이 누군가가 자신을 부르는 소리가 들렸다. 처음엔 그저 눈을 꾹 감았다. 정신이 자신을 속이고 있는 것이라 생각했다. 환청일 뿐이야. 아무것도 아니지. 그러나 이내 눈을 번쩍 떴다. 그 목소리는 토니오가 너무도 잘 아는 사람의 것이었다. 마침내 그 이름을 기억해냈다. 그러곤 그 이름을 입술 사이에 희미하게 머금었다. 그 순간 뜨거운 조약돌이 놓인 것처럼 가슴이 뜨거워졌고 심장은 빠르게 뛰었다. 토니오는 뒤를 돌아봤다. 어깨에 내려앉은 흰 가루들이 부스스 떨어져내렸다.

잠에서 깬 토니오는 몸을 일으켜 창밖으로 보이는 하늘을 바라봤다. 새벽이 아침을 향해 어두운 육체를 푸르게 바꾸고 있었다. 토니오는 갈라진 입술을 움직여 콘수엘로를 불렀다. 스스로에게도 들리지 않을 미세한 소리가 잠을 깨우고 감각을 되살아나게 했다. 아직 자신이 살아 있다는 감각이, 아니 살아야 한다는 감각이 너무도 강렬하게 느껴져 심장이 아플 정도로 거세게 뛰었다. 그 생생한 통감이 여기까지 나를 이끌어왔구나. 지난 몇 주간 토니오는 자신의 삶을 마치 높은 곳에서 내려다보는 것처럼 바라봤다. 유토가 있고 바다가 있고 해변이 있고 마데이라가 있다. 과거가 있고 현재가 있고 유토의 시간이 있다. 처음엔 이것을 하나의 상으로 도저히 모을 수 없었다. 그러나 기억이 돌아오고 말을 하고 생각을 정리하는 동안 서로 층위가 다른 시공간의 여러 이질적인 부분들을 하나로 이을 수 있게 되었다. 그리고 최종적으로 남은 마지막 생각은 자신이 삶의 끝에 왔다는 것. 이야기는 이어지지 않을 것이고 다른 종류의 가능성도 남지 않은, 마지막 순간을 향하고 있다는 것을 깨달았다.

"죽음이 곁에 있다. 그는 친구고, 감옥을 지키는 간수이며, 피를 나눈 형제다. 나는 그와 어깨동무를 하며 담담히 그때를 기다릴 것이다. 그러나 마지막 퍼즐이 하나 남았다. 콘수엘로, 당신을 찾을 것이다."

오십 대 오십

시몬과 토니오는 병원 정원에서 마우루를 기다렸다. 토니오는 모자를 눌러쓰고 휠체어에 앉아 분수의 물줄기를 바라봤다. 어스름한 모자의 그림자 속에 잠긴 눈동자가 우물 속의 유리 조각처럼 빛나고 있었다. 그는 하늘을 향해 솟구치는 물줄기를 보며 이제는 곁에 없는 룸을 생각했다. 지치고 병든 몸으로 자신을 여기까지 데려다준 룸. 그의 커다란 눈동자를 떠올리자 갑자기 마음에 주름이 잡히는 것 같았다. 거칠게 숨을 몰아쉬며 죽어가는 순간에도 그는 의연했다. 짐짓 아무렇지도 않은 척 비틀거리지 않고 파도를 가르며 헤엄을 쳤고 이따금씩 수면에 떠올라 물줄기를 하늘로 뿜어올렸다. 토니오는 룸이 없는 것을 알면서도 고개를 들어 하늘을 바라봤다. 찬란하게 부서지는 태양 곁에 적란운이 산처럼 떠 있었다. 저 너머 어딘가 룸이 있을 것만 같았다. 룸, 이라고 부르면 곧바로 응답해주는 그가, 저 찬란한 허공을 뚫고 금방이라도 눈앞에 나타날 것만 같았다.

시몬은 휠체어 뒤에 서서 잔디밭에서 놀고 있는 아이들을 봤다. 사내아이가 잔디밭을 기며 소리내어 웃기를 반복했고 누나로 보이는 여자아이는 낡은 기린 인형을 품에 안고 소리 없이 웃고 있었다. 시몬은 앨런의 곁에 있을 작은 영혼을 생각했다. 잠깐 생각했을 뿐인데 날카로운 금속이 피부를 뚫고 지나가는 듯한 통증이 느껴졌다. 시몬은 명치를 손바닥으로 꾹 누르며 깊게 숨을 내쉬었다.

마우루는 멀리서 둘의 모습을 바라봤다. 대화를 나누고 있는 것도 아니고 같은 곳을 보고 있는 것도 아닌데 그들의 얼굴은 서로 꼭 닮아 있었다. 편안해 보이나 쓸쓸하고, 슬프지만 아름답게 느껴지는 묘한 표정이었다. 정물화 속의 정물들처럼 둘은 담백한 거리를 유지한 채 잘 어울렸다. 마우루는 일부러 발소리를 크게 내고 손뼉을 치며 정원에 들어섰다. 몽롱한 눈으로 분수를 보고 있던 토니오의 눈이 자연스럽게 마우루 쪽으로 향했다. 마우루는 가운 오른쪽 주머니에서 여권을 꺼내 카드를 섞는 것처럼 손안에서 빙글빙글 돌리다 사진이 나온 쪽을 펼쳐 토니오의 무릎 위에 올렸다. 심기가 뒤틀린 딱딱한 표정의 노인이 토니오를 쳐다보고 있었다. 토니오는 침침한 눈을 손등으로 몇 번 문지른 뒤 눈살을 찌푸리며 한참 동안 여권의 사진을 쳐다봤다. 그러곤 뭔가 마음에 들지 않는 듯 굳은 얼굴로 탁, 소리나게 여권을 덮었다. 마우루가 말했다.

"사진이 아주 잘 나왔어요."

토니오는 마우루의 칭찬에도 절망스러운 얼굴로 고개를 저으며 중얼거렸다.

"몰골이 말이 아니야. 무덤을 파헤치고 나온 것 같군."

시몬은 토니오의 여권을 들춰보고 만족스러운 미소를 지으며 사진이 좋다고 고개를 끄덕였다. 마우루는 잔뜩 뻐기는 목소리로 여권을 만들기 위해 자신이 얼마나 많은 고생을 했는지에 대해 자랑을 늘어놓다가 긴 구름을 남기며 사선으로 날아가는 비행기 한 대를 손가락으로 가리키며 말했다.

"오케이, 오케이. 내일이면 당신은 저걸 타고 하늘에 있을 겁니다."

그러고는 왼쪽 주머니에서 비행기 티켓을 꺼냈다. 토니오는 한동안 말을 잇지 못하다가 작은 소리로 말했다.

"고맙네."

그때 누군가가 커다란 가방을 어깨에 메고 힘들게 숨을 몰아쉬며 계단을 올라왔다. 데쓰로였다. 그는 토니오 앞에 가방을 내려놓고 지퍼를 열어 내용물을 바닥에 늘어놓았다. 소매가 짧은 셔츠, 면바지, 반바지, 속옷, 모자, 로션, 여행용 세면도구, 랜턴, 운동화, 우산, 일회용 카메라, 압박붕대와 상비약, 방풍 재킷, 면양말, 장갑, 스위스 아미 나이프, 알람 시계, 참치 통조림, 콩 통조림, 비스킷 형태로 만들어진 건조 식량, 소형 가죽가방. 마우루는 황당한 얼굴로 물었다.

"이게 다 뭐야?"

데쓰로는 허리에 손을 짚고 상체를 쭉 펴며 말했다.

"프랑스에 가는데 여행 준비를 해야지."

"여행이라고?"

마우루는 휠체어에 앉은 토니오를 바라보며 황당하다는 표정을 지었다. 데쓰로는 작은 파우치에서 뭔가를 꺼내 토니오의 손에 쥐여줬다. 안경과 선글라스였다. 토니오는 마치 안경의 용도를 모르는 사람처럼 그것을 손에 들고 멍하니 데쓰로의 얼굴을 바라봤다. 데쓰로는 써보라는 신호로 안경을 쓰는 시늉을 했다. 토니오는 안경을 걸치고 다시 데쓰로를 바라봤다. 안경알 속의 눈동자가 동그랗게 커졌다.

"아……"

토니오는 세상에 이렇게 신기한 경험은 처음 해본 사람처럼 흥분된 음성으로 말했다.

"잘 보이네. 구름이 말끔하게 갠 것 같아."

토니오는 흥분한 얼굴로 시몬의 얼굴과 마우루의 얼굴과 데쓰로의 얼굴을 한 번씩 쳐다봤다. 나뭇잎을 가위로 다듬고 있는 정원사도 쳐다봤다. 마우루가 휠체어 옆으로 한쪽 무릎을 꿇고 앉았다.

"준비는 끝났고…… 이제 말해주세요. 그라스에 가려는 이유는 뭡니까?"

"만날 사람이 있네."

"그…… 당신의 연인이라는 콘수엘로?"

토니오는 고개를 끄덕였다.

"그런데 그 사람이 그라스에 있다는 걸 어떻게 알죠?"

토니오는 무슨 말을 해야 할지 한참 고르는 듯 눈을 내리깔고 생각에 잠겼다.

"뭐라고 설명해야 할까. 그건 그냥 아는 거야. 이곳 마데이라에 도착하자마자 알 수 있었지. 그러니까 내 몸에 아직 유토의 흔적과 기운이 남아 있을 때 콘수엘로의 목소리를 들을 수 있었네. 목소리에 실려 들리던 바람과 공기의 느낌 그리고 냄새. 분명해. 그라스야. 콘수엘로는 내 고향에 있는 거야. 당신들에게 그걸 이해시킬 만한 근거는 댈 수 없지만…… 그건 확실해."

토니오는 자신 없는 얼굴로 중얼거리며 같은 말을 반복했다. 그건 확실한 거야. 마우루는 토니오의 눈치를 보며 조심스럽게 물었다.

"그렇다면…… 그분이 살아 있다는 것은 어떻게 확신할 수 있나요? 그냥 노파심에서 하는 말입니다. 힘들게 갔는데 헛걸음하는 일이 없었으면 해서."

마우루의 질문에 시몬과 데쓰로는 긴장한 눈으로 토니오를 바라봤다. 토니오는 고개를 저으며 희미하게 웃었다.

"살아 있는 상태는 아닐 거야. 살아 있는 자의 목소리는 유토에 닿을 수 없으니까."

그렇다면 유토의 흔적이 사라진 당신은 죽은 사람을 어떻게 만날 수 있나요? 이렇게 묻고 싶었지만 마우루는 더이상 묻지 않았다. 데쓰로가 사진 한 장을 꺼냈다. 한가운데에 토니오가 앉아 있었고 왼쪽엔 데쓰로가, 시몬은 토니오의 뒤에 서 있었다. 여권 사진

속의 자신은 늙고 초라하게 보이더니 함께 찍은 사진은 근사했다. 토니오는 그것을 손에 들고 오랫동안 들여다봤다.

"이걸 내가 가져도 되겠나?"

데쓰로는 눈으로 '기꺼이'라고 말하며 어깨를 으쓱했다. 토니오는 상의 안쪽 주머니에서 뭔가를 꺼냈다. 시몬이 콘수엘로의 이름을 써준 메모지였다. 토니오는 오른손엔 메모지를 왼손엔 사진을 놓고 번갈아봤다. 그러고는 그것을 하나로 포개어 주머니에 집어넣었다.

"나중에 콘수엘로를 만나면 당신들이 내게 무엇을 해주었는지 꼭 이야기할 거야."

마데이라의 최서단 폰타 도 파르고 지역의 붉은 언덕. 언덕 밑으로 낭떠러지가 있고 파도가 쉼없이 절벽을 때리며 흰 거품으로 사라졌다. 절벽 끝에 방치된 노란 등대가 있는 이 지역은 황량하고 척박하여 인적이 드물다. 관리되지 않아 함부로 자란 억센 풀들과 곳곳에 암석이 박힌 붉은 땅이 펼쳐져 있었다. 이곳에 고래들이 묻혀 있다는 나무 푯말이 서 있었지만 누구도 그것을 상상조차 할 수 없을 것이다. 초라하고 황폐한 땅 밑에 수십 마리의 고래가 묻혀 있다는 것을. 토니오는 먼 곳에서 부는 강한 무역풍을 맞으며 조각상처럼 미동도 없이 앉아 고래들의 무덤을 바라봤다. 시몬은 휠체어의 손잡이를 묵묵히 붙잡고 토니오의 어깨를 내려다봤다. 그러고는 데쓰로와 마우루에게 자리를 비켜달라는 눈빛을 보냈다. 데쓰로와 마우루는 둘에게서 몇 걸음 떨어져 있다가 등대 쪽으로 걸어갔다.

시몬은 광활한 대서양과 그 너머 수증기처럼 희미하게 움직이는 수평선을 바라보며 포르투노보 해변에서의 두 번의 밤을 떠올리다가 이내 눈을 감고 고개를 저었다. 믿기지 않는, 아니 믿을 수 없는 경험이었다. 고래가 좌초되던 밤. 흐릿한 미명 속에서 몸을 뒤채며 죽어가던 수많은 파일럿고래와 그 한가운데에 누워 있던 거대한 흰수염고래. 그리고 그 입에서 기어나온 토니오. 아무리 생각해봐도 비현실적이었다. 두번째 밤은 어떤가. 해변에 피어오르던 오로라를 닮은 기이한 연기와 들어본 적 없는 신비한 소리들. 공명하는 감각과 몽롱한 정신 속에서 보고 듣고 느꼈던 모든 것들은 하나같이 초현실적이었다. 실제라고 믿을 수 없는 경험. 때문에 그것에 관해 누구에게도 자세히 말하지 못했다. 심지어 데쓰로와 마우루에게도 그 느낌에 대해 설명할 수 없다. 스스로도 믿기지 않는 걸 어떻게 믿어달라고 하겠는가. 하지만 시몬은 알고 있다. 그것은 사실이라는 것을. 감각에 흉터처럼 새겨져 도저히 부정할 수 없는 명백한 진실. 시몬은 토니오를 봤다. 그는 분명하다. 저곳에서 저렇게 실재하고 있다. 그 순간 토니오가 뒤를 돌아보며 말했다.

"시몬, 룸이 살아 있었을 때도, 죽을 때도, 그리고 지금 여기 무덤에서도 함께 있어주는군. 아쉬워. 자네도 룸을 만나 대화를 나누었다면 좋아했을 텐데…… 룸의 만류에도 우토에 갔네. 유토로 다시 돌아왔을 때 시간이 얼마나 지났는지 알 수 없었어. 다시 만난 룸을 보고 세월이 아주 많이 흘렀다는 것을 알았을 뿐이야. 룸 앞에

셨을 때 그는 흐린 눈으로 나를 멍하니 바라보기만 했네. 돌멩이 같던 눈동자에 빛이 돌며 서서히 부드럽고 따뜻하게 변하더군. 나는 두 팔을 벌려 그의 커다란 얼굴을 껴안았네. 손끝에 오래전 상처가 닿더군. 작살에 찔렸던 상처가 나무껍질처럼 단단한 흉터로 변해 있었어. 나는 말없이 그곳을 손바닥으로 꾹 눌렀네. 그러자 룸도 커다란 지느러미로 내 몸을 덮어주더군."

토니오는 한동안 입을 다문 채 자신의 손바닥을 내려다봤다.

"룸은 예전과 다른 모습이었어. 늙고 지치고 아파 보였네. 나는 룸에게 어떻게 된 일인지 물었지. 유토에서 몸이 상한다는 말을 들어본 적이 없었거든. 룸은 말하더군. '유토 때문이 아닙니다. 유토의 바깥 때문이에요.' 룸은 바다의 길잡이로서 수도 없이 바다에 나갔지. 룸뿐이 아니었어. 바다에 나가는 고래들이 모두 아파 보였어. 커다란 산처럼 허공에 직립으로 떠 있던 룸은 녹아가는 얼음산처럼 무너지고 있었네. 별처럼 반짝이던 눈빛도 구름이 낀 것처럼 흐리고 힘이 없었어. 룸은 말했네. '지상의 세계가 달라지고 있습니다. 바다에 죽은 것도 아니고 산 것도 아닌 것들이 떠다닙니다. 고래들은 혼란을 겪고 때론 통증을 느껴요. 이따금씩 찌르는 것 같은 소음으로 방향감각을 상실하기도 해요. 태양이 비추는 정오에 헤엄쳐도 어둠 속을 뚫고 가는 것 같아요. 괴롭습니다.'"

토니오는 몸을 구부려 바닥의 흙을 한줌 쥐었다. 괴롭다, 말할 때의 룸의 표정이 떠올라 마음이 아팠다. 우토에서 왜 돌아왔나, 룸이 물었을때 나는 콘수엘로에 대해 말했다. 목소리가 들렸습니다. 그리고 동시에 콘수엘로라는 이름을 떠올렸지요. 우토에서 난 느꼈어요. 너무도 생생하게 말입니다. 돌덩이처럼 굳어지려던 모든 세포가 우토의 바깥, 콘수엘로로 가득찬 저 고통의 세계를 갈망하며 진동하고 있다는 것을요. 그 순간 열없이 휘돌던 많은 감정에 갑자기 의미가 생긴 것 같더군요. 그것들은 태엽을 감은 기계처럼 되살아나 어딘가를 향해 계속 걸어가려 애를 쓰고 있었습니다. 그 느닷없는 감정들이 오래전 잊었던 혹은 잃어버렸던 기억들을 하나둘 소환해내기 시작했죠. 기억은 내가 했지만 기억의 주인은 내가 아니었어요. 콘수엘로였습니다. 처음엔 그 이름에 관한 기억이 아무것도 떠오르지 않았어요. 하지만 그녀와 함께 나눈 감각이 피부밑에서 날뛰는 것이 느껴졌어요. 그것이 되살아나자 나는 정말 미칠 것 같은 심정이 되었어요. 그리움. 그것은 거의 통각이었죠. 내 온 몸과 영혼이 그 감각 하나만을 위한 존재가 된 듯했어요. 고통스러워 견딜 수가 없었어요. 그렇게 나는 어디인지도 모르고 그저 왔던 길을 계속 되돌아온 겁니다. 정신을 차리고 눈을 들어 하늘을 보니 룸, 당신이 나를 바라보고 있더군요.

설명을 듣는 룸의 눈동자에 조금씩 희미한 빛이 돌기 시작했다. 마치 구름 사이로 살짝 햇살이 내린 것처럼 잠깐의 강렬한 빛이었다. 그러니까 유토 바깥에서 연인이 부르고 있다는 말이지요. 그 소리를 듣고 당신은 돌아가야겠다고 결심한 것이고. 룸의 음성은 흥분으로 떨리고 있었다. 아름다운 이야기군요. 나는 이야기가 아니라고 했다. 룸은 내 말이 들리지 않는다는 듯 계속 말했다. 그런 이유로 우토를 떠나고 이제 유토까지 떠나겠다고 말하는 이를 나는 한 번도 만나지 못했습니다. 이야기가 아니라고요? 이곳에 가만히 있으면 삶이지만 그곳을 향해 가면 이야기가 되는 것이지요. 내가 돕겠습니다. 토니오가 이 이야기를 이을 수 있도록 돕겠어요. 토니오는 허공에 흙을 뿌렸다.

"아픈 룸은 나를 위해 다시 고래의 길로 들어섰어. 그러곤 바다 한가운데서 돌아가는 길을 잊어버렸지. 기억을 잃은 노인이 혼란스러운 눈으로 등뒤를 돌아보는 것처럼 말야. 바다의 사정도 좋지 않았어. 해류의 흐름이 예측할 수 없는 방식으로 달라졌고 곳곳이 오염된 탓에 고래들이 변화를 예민하게 감지하고 제어하기 힘든 상태였거든. 하지만 룸은 끝까지 아무 문제가 없다고 했어. 이곳 마데이라에 도착할 때까지도."

토니오는 눈을 찡그리고 고개를 들어 하늘을 바라봤다.

"룸, 그가 너무도 보고 싶네. 그와 이야기하고 싶어."

시몬은 토니오의 눈을 보호하기 위해 선글라스를 씌웠다. 그러고는 토니오가 바라보는 하늘을 함께 봤다. 시몬은 해변에 죽어 있던 고래들의 주검 위로 피어오르던 오로라 같던 황홀한 이미지를 떠올렸다.

"그때 해변에서 고래와 무슨 이야기를 나누었나요?"

토니오는 힘겹게 대답했다. 정확하게 말하려는 듯 단어 하나하나를 힘주어 발음했다.

"우린 약속했네. 곧 다시 만나자고. 더는 육체에 매인 존재가 아닌 자유로운 영혼의 형태로 못다 한 이야기를 하자고. 죽어가는 고래들은 슬퍼하거나 비장하지 않았네. 그들에겐 죽어도 사라지지 않는다는 믿음이 있기 때문이지. 룸은 하나만 더 약속해달라고 하더군. 다시 만날 땐 꼭 연인을 소개시켜달라고. 나는 약속했네. 절대 혼자 돌아가지 않겠다고."

토니오는 선글라스 아래로 손가락을 집어넣어 눈가를 문질렀다.

그 시각 데쓰로와 마우루는 등대 앞에 버려진 커다란 양철통에 앉아 토니오를 바라보며 담배를 태웠다. 데쓰로가 말했다.

"마우루, 토니오 말인데…… 저런 몸 상태로 비행기를 탈 수 있겠어?"

"글쎄."

마우루는 대답을 회피하고 허공에 담배 연기를 뿜었다.

"솔직히 말해봐. 가능성이 얼마나 되지?"

"가능성을 확률로 따지면 똑같지. 성공하느냐, 실패하느냐. 그러니까 오십 대 오십이야."

"진지하게 말해봐."

"이봐 사무라이, 부탁인데 좋은 이야기만 해. 안 좋은 예감은 안 좋은 현실을 부르는 법이야. 그러니 좋은 예감을 하도록 해. 토니오 저 친구가 그토록 애타게 보고 싶어하는 사람을 만날 수 있도록 말이야. 만약 실패하면 다 네 탓으로 돌릴 거야."

데쓰로는 당황하며 말을 더듬었다.

"무, 무슨…… 말이야?"

"그러니까 나를 따라 해. 오케이, 오케이."

데쓰로는 마지못해 중얼거렸다.

"오케이, 오케이."

"좋아."

마우루는 담배를 바닥에 던져 신발로 비벼 끄며 가볍게 손뼉을 쳤다. 데쓰로는 짜증이 난 음성으로 툴툴거렸다.

"막부 시대가 연상되잖아. 내가 결정했지만 내가 결정한 것 같지 않아."

마우루는 빙긋이 웃었다.

"입국 심사대를 통과하기도 어려울 거야. 하지만 가끔은 기적이라는 것이 생기기도 하잖아. 토니오는 이미 그런 존재고. 뭐, 내일이면 결정이 나겠지."

데쓰로는 심각한 표정으로 코끝을 만지며 생각에 잠겼다. 마우루는 데쓰로의 어깨를 툭 쳤다.

"정 불안하면 기도나 해."

산타크루즈로 향하는 길은 한산했다. 이따금 관광객을 실은 버스가 지나갈 뿐 양측 차로 모두 텅 비어 있어 평온하기까지 했다. 마우루는 왼손으로 핸들을 잡고 오른손으로 기어를 능숙하게 변속하며 앞유리 너머로 2차선 도로를 바라봤다. 능선을 따라 구불구불한 곡선으로 휘어진 아스팔트가 부드러운 고무처럼 보였다. 보조석에 앉은 데쓰로는 캐리어를 무릎 사이에 놓고 두 손을 올린 채 초조한 얼굴로 빠르게 눈을 깜박거렸다. 마우루는 룸미러로 뒷좌석을 봤다. 토니오는 창에 이마를 대고 맑게 갠 하늘에 시선을 고정하고 있었고, 시몬은 불안하게 떨리는 토니오의 한쪽 손을 잡고 이따금씩 무릎에 펼쳐놓은 노트에 뭔가를 기록했다. 마우루는 핸들을 오른쪽으로 돌렸다. 차는 공항 방향에서 벗어나 해안가 쪽으로 빠졌다. 데쓰로는 이정표를 보고 의아한 듯 물었다.

"어디 가는 거야?"

"보여주고 싶은 것이 있어. 걱정 마, 시간 충분하니까. 공항에서 비행기를 기다리는 것보다 따분한 일은 없지."

마우루는 고개를 살짝 돌려 토니오를 쳐다보며 말을 이었다.

"토니오에게 마데이라를 떠나기 전 근사한 풍경을 보여주고 싶어. 관광 가이드로 이름을 날리던 시절, 마지막으로 안내한 코스지."

데쓰로가 눈을 동그랗게 뜨며 마우루를 쳐다봤다.

"몰랐어? 넌 나에게 관심이 하나도 없구나. 물론 모두에게 그런 친절을 베푼 것은 아니야. 나에게도 취향이란 게 있으니까. 정이 가는 관광객들만 데리고 갔지."

차는 폰타 드 사 로렌코의 절벽 앞에 멈춰 섰다. 웅장하고 평온한 광경이었다. 짙은 군청색으로 일렁이는 수면과 먼바다에서 하얗게 일어났다 사그라드는 파도는 그저 지켜보고 있는 것만으로도 현기증이 느껴질 정도였다. 데쓰로는 가방에서 사진기를 꺼냈다. 적절한 장면을 담기 위해 한참 동안 여기저기 방향을 바꿔가며 뷰파인더로 바다를 바라봤다. 잠시 뒤 데쓰로가 사진기를 내려놓았다. 프레임에 다 담을 수 없을 정도로 바다는 넓었고 사진을 찍는다 해도 지금의 느낌을 살릴 수 없을 것 같았다. 토니오는 차에서 내리지 않고 창문을 내려 창틀에 고개를 올렸다. 마우루는 토니오의 손바닥에 작은 알약을 올려놓았다. 시몬이 의아한 얼굴로 마우루를 봤다. 그 눈은 마우루에게 그게 뭐냐고 묻고 있었다. 마우루가 말했다.

"비타민. 저 몸으로 비행기 타는 게 쉽지 않을 거야. 미리 대비하는 거지."

토니오는 지친 얼굴로 아무것도 묻지 않고 그것을 입에 넣고 잠시 머금고 있다가 삼켰다. 마우루가 손뼉을 치며 말했다.

"오케이, 오케이. 마데이라를 떠날 시간입니다. 모두 차에 타세요."

토니오는 겁먹은 눈으로 공항 로비 구석에 앉아 주변을 둘러봤다. 세계 각국에서 날아온 다양한 사람들이 저마다 크고 작은 캐리어를 끌고 빠르게 걷고 있었다. 어디에 붙어 있는지 찾을 수 없는 스피커에서는 끊임없이 안내 방송이 흐르고 있었고 검은 안경을 쓴 무장 보안요원들이 짝을 이뤄 무엇인가를 주시하고 있었다. 토니오는 생경한 것들에 대한 두려움 탓인지 몸이 피곤해서인지 가벼운 두통과 함께 현기증을 느꼈다. 시몬은 한 손으로 휠체어 손잡이를 잡고 다른 손으로 토니오의 어깨를 붙잡았다. 시몬은 내색은 하지 않았지만 마음속으로 토니오를 걱정하고 있었다. 아침부터 컨디션이 좋아 보이지 않았는데 공항에 도착하고 눈에 띄게 지쳐 보였기 때문이다. 시몬은 상처 입은 야생 짐승을 달래듯 부드럽고 정성스럽게 토니오의 어깨를 어루만지며 작게 속삭였다.

"걱정 마세요."

데쓰로는 탁자에 지도를 펼치고 리스본부터 시작해 그라스까지 갈 여정을 떠올려 경로를 손가락으로 하나씩 짚으며 중얼거렸다.

"리스본에 도착하면 프랑스까진 기차로 이동해야 해. 우선 툴루즈까지 갔다가 거기서 다시 그라스에 갈 방법을 알아봐야겠군."

그때였다. 등을 펴고 꼿꼿이 앉아 있던 토니오가 앞으로 쓰러졌다. 시몬은 순간적으로 무릎을 굽혀 뒤에서 토니오를 안았다. 정신을 잃은 듯 축 늘어진 토니오의 몸은 돌덩이처럼 무거웠다. 데쓰로가 입국 심사대를 향해 크게 손을 흔들며 외쳤다.

"마우루! 마우루!"

정신을 잃은 토니오는 시몬의 품에 안겨 사지를 늘어뜨리고 있었다. 데쓰로는 가방에서 옷을 꺼내고는 돌돌 말아 토니오의 뒷머리 밑에 집어넣고 혈액순환을 위해 팔과 다리를 주물렀다. 수속을 밟고 있던 마우루가 달려왔다. 토니오의 눈꺼풀을 열고 펜라이트를 비추며 동공 반응을 살폈다. 목덜미에 손가락을 대고 손목시계의 초침을 보며 심박수를 쟀다. 사람들이 원을 그리고 서서 걱정스러운 눈으로 토니오를 바라봤다. 안전요원과 공항 의료팀이 도착했다. 그들이 토니오를 만지려고 하자 마우루가 손길을 저지하며 말했다.

"나는 주앙 드 알마다 병원 의사 마우루입니다. 이 환자의 주치의고요. 지금 즉시 넬리오 멘도사 병원에 연락해 앰뷸런스를 보내라고 연락해주세요."

간호사가 의아하단 표정을 지었다.

"공항 근처에 가까운 병원이 있는데요."

"아뇨, 환자의 상태를 내가 잘 알고 있어요. 이 환자는 넬리오 멘도사 병원에 가야만 치료할 수 있습니다."

의료팀은 어떻게 해야 할지 고민하는 듯 자기들끼리 이야기를 나누었다. 마우루의 말을 따라야 할지 말지 고민하는 눈치였다. 마우루가 시몬과 데쓰로를 가리키며 말했다.

"이 사람들은 마데이라에서 머물고 있는 외국인 학자들이오. 바다와 관련된 중요한 연구를 진행하는 중이었습니다. 이 사람은 미국인 화산학자고 저 사람은 일본인 지진학자, 그리고 여기 쓰러진 프랑스인은 팀을 이끌고 있는 수장입니다. 머뭇거리다가 일이 잘못되기라도 하면 나는 공항에서 응급처치가 불량했다고 말할 수밖에 없소."

간호사는 당황한 얼굴로 고개를 끄덕이고 다급하게 전화를 걸었다. 시몬과 데쓰로는 놀란 눈으로 마우루를 바라봤지만 마우루는 굳은 표정으로 아무 말도 하지 않았다.

응급실에 들이닥친 정체불명의 환자와 그 환자 앞을 가로막고 서서 진료를 못하게 하는 타 병원 의사와 두 명의 외국인 남자를 어떻게 대해야 할지 관계자들은 알지 못했다. 굳이 공항에서 푼샬까지 앰뷸런스를 타고 와서 정작 환자에게는 절대로 손대지 말라는 마우루의 요구를 들어줄 수도 없고 들어주지 않을 수도 없어서 레지던트와 간호사들은 서로의 얼굴만 쳐다보며 황당하단 표정으로 마우루를 바라봤다. 그때 의사인 안드레가 응급실에 들어왔다. 그제야 마우루는 딱딱한 표정을 풀며 말했다.

"오, 안드레, 오랜만이야."

안드레는 간호사들과 레지던트들에게 자기가 알아서 하겠다고 다른 일을 보라고 지시했다. 안드레는 마우루의 말에 아무 대꾸도 하지 않고 마우루의 어깨 너머로 보이는 환자를 찬찬히 살펴봤다. 마우루는 안드레의 시선에 호기심이 생기는 것을 막기 위해 그의 팔목을 잡고 소리쳤다.

"안드레, 이 무심한 친구 같으니라고. 연락도 없고 너무 소원해진 거 아니야? 그래, 요즘 어떻게 지냈어?"

안드레의 시선이 토니오를 벗어나 서서히 마우루에게 향했다.

"황당하군. 여기서 무슨 짓을 하고 있는 거야? 진료를 막을 거면 네 병원에 데리고 갈 것이지 왜 여기로 데려온 거야?"

"그게 말이야. 사정이 있어. 설명하지."

안드레는 손목을 돌려 마우루의 손을 빼내며 말했다.

"됐어. 아…… 이해할 수 없어. 망신 줄 때는 언제고. 네가 어떻게 날 찾아올 수 있는 거지?"

"망신이라니! 누가 그렇게 말해? 분명히 그는 우리 사이를 질투해서 아무 말이나 지껄여대는 얼간이였을 거야."

"말 돌리지 마. 누가 내게 이야기해준 게 아니라 네가 내 앞에서 한 짓이야. 잊었어?"

마우루는 도대체 무슨 말인지 모르겠다는 무구한 표정으로 안드레를 바라봤다. 안드레는 헛기침을 하며 말했다.

"작년 리스본 학회에서 네가 나를 아주 웃음거리로 만들었잖아. 굳이 필요도 없는 말을 해서 말이야."

마우루는 고개를 옆으로 돌리고 한참 동안 골똘히 생각하다가 마침내 뭔가가 떠올랐다는 표정을 지었다.

"네가 발표할 때 내가 두어 번 참견했던 일을 말하는 거야? 그건 망신 주려는 게 아니었어. 사람들이 졸린 듯 보여 내가 분위기를 좀 띄울까 해서 농담을 한 거지. 설마, 안드레, 지금 그 일로 환자를 거부하는 거야?"

"그런 말이 아니야."

"그리고 잘 기억나지 않나본데 내 덕에 침체된 발표회장에 활력이 생겼잖아. 그후로 사람들의 집중력이 놀라우리만큼 좋아졌고 네 발표에도 엄청난 관심을 보였어. 내가 그 눈빛을 똑똑히 기억하고 있어. 엄청났지. 다들 인상적인 발표로 기억하고 있을 거야."

안드레는 혼란스러운 듯 눈동자를 굴리며 옆머리를 긁적였다. 마우루가 그 틈을 놓치지 않고 말했다.

"나는 그것도 모르고 네가 나와 한방을 쓰는 걸 거부했다는 소리를 들은 뒤 계속 서운한 마음을 갖고 있었어. 나는 너와 더 친해지고 싶었거든."

"……그랬다면 미안해. 뭔가 오해가 있었나봐."

안드레는 딱딱했던 표정을 누그러뜨리고 토니오를 보며 말했다.

"그나저나 환자를 여기까지 데리고 온 이유가 뭐야?"

마우루는 한숨을 길게 내쉬며 말했다.

"이걸 어떻게 말해야 할지 모르겠어. 실은 내가 굉장히 난처한 상황에 처해 있어. 환자는 프랑스인 학자야. 함께 있는 두 사람과 합동으로 반년 전부터 바다와 관련된 어떤 연구를 진행하고 있는 모양인데 자세한 건 나도 잘 몰라. 그런데 저 친구 상태가 별로 좋지 않아. 공교롭게도 내가 그를 맡게 되어 그동안 그럭저럭 진료를 했네만 아무래도 이곳 마데이라에서는 치료가 곤란할 것 같아. 그래서 오늘 리스본의 큰 병원으로 함께 갈 생각이었는데 상태가 너무 안 좋아진 거지. 그래서 말인데 자네 병원에 있는 헬기를 이용할 수 있을까?"

"에어 앰뷸런스? 상태가 어떤데 그래?"

"안 좋지. 기본적으로 나이가 많아 성한 곳이 없어. 무엇보다 까다로운 건 그가 케이슨 증상을 보이고 있다는 거야. 봐서 알겠지만 그가 다이빙을 할 만큼 건강한 편이 아니라 이해가 되질 않아. 하지만 어쨌든 그걸 치료하려면 고압산소기가 있어야 하는데, 알겠지만 이 섬엔 그게 없잖아."

"그렇다 하더라도 케이슨병 정도로 헬기를 띄울 순 없어."

"물론 그렇지. 하지만 그뿐만이 아니야. 이 친구는 혈압도 비정상적으로 높아. 검사를 했더니 몸속이 엉망진창이야."

안드레는 토니오의 팔에 혈압 벨트를 채우고 혈압을 측정했다. 잠시 뒤 놀란 표정으로 마우루를 바라봤다.

"심장이 너무 빨리 뛰잖아."

"뿐만 아니야. 부정맥도 있어. 내 성격 알잖아. 웬만하면 내가 치료했을 거야. 그런데 아니야. 이곳에 더 두면 귀찮은 일만 생길 것 같아서 그래. 다행히 지금은 아주 응급한 상황은 아닌 것 같아. 부정맥도 일시적인 문제 같고. 그저 이 친구는 암모니아가 뇌를 압박하고 있어서 정신을 못 차리고 있어. 난 그저 빨리 이자를 리스본으로 보내버리고 싶을 뿐이야."

안드레는 입을 꾹 다물고 턱을 매만지면서 고민에 빠진 듯 토니오와 마우루를 번갈아 쳐다봤다. 마우루는 안드레의 시선을 몸으로 가리며 말했다.

"안드레, 솔직히 말하면 저자에게 문제가 생기면 정말 피곤한 일이 일어나. 특히 저 일본인 말인데."

마우루가 데쓰로를 가리켰다. 데쓰로는 영문을 모르겠다는 표정을 지으며 마우루를 바라봤다. 안드레는 곁눈으로 슬쩍 데쓰로를 쳐다봤다. 마우루가 소리를 죽여 속삭였다.

"굉장히 까다로운 사람이야. 온갖 국제 규약을 들먹이며 나를 압박했다니까. 외국인의 권리니 평등한 치료권이니 운운하면서 말이야."

안드레가 인상을 찌푸리며 데쓰로를 쳐다봤다. 무슨 말을 하는지 모르는 데쓰로는 그저 미소를 지으며 고개를 끄덕였다.

"곤란하겠군. 하지만 헬기를 띄우려면 절차가 까다로워. 그리고 무엇보다 내가 지금 여길 비울 수 있는 입장이 아니야."

"물론 그렇겠지. 하지만 그건 나중에 처리해도 되는 문제잖아. 응급 상황부터 해결하고 말이야. 그리고 네가 따라갈 필요도 없어. 어차피 리스본에 가도 내가 설명을 해야 하거든. 그리고 외국인 환자 치료하는 데 의사가 두 명일 필요는 없지 않겠어?"

"그래준다면 뭐…… 알겠어. 사실 마데이라에서 마우루 네가 안 된다는데 여기서 치료할 방법은 없는 거겠지. 흠…… 그렇게 하지. 친구가 부탁하는데 그 정도는 들어줘야지."

안드레는 마우루의 손을 꽉 잡고 의미심장한 표정을 한번 짓고 응급실을 빠져나갔다. 마우루는 옆에서 안절부절못하고 있는 시몬과 데쓰로의 어깨를 툭 치고는 한숨을 내쉬며 가볍게 웃었다. 시몬이 말했다.

"마우루, 도대체 어떻게 된 상황이야? 왜 아무도 토니오를 치료하지 않는 거야?"

"걱정하지 마. 그냥 잠들어 있는 거니까. 아까 내가 토니오에게 준 약 기억하지?"

"비타민?"

마우루가 속삭였다.

"맞아, 비타민. 그리고 약한 진정제도 섞여 있어."

시몬은 이해가 되지 않는다는 얼굴로 마우루를 바라봤다. 마우루는 데쓰로와 시몬을 데리고 응급실을 빠져나왔다. 그러곤 주위에 사람이 없는 것을 확인하고 조용한 음성으로 말했다.

"토니오가 저런 몸으로 비행기를 타는 것은 애초에 무리야. 입국심사대에서 바로 거부당할걸? 비행중에 응급 상황이 생기면 곤란해질 테니까. 그렇다면 몸이 좋아져야 하는데 지금의 토니오로서는 그것도 불가능하잖아. 하지만 의료 장비가 있으면 가능해. 지속적으로 혈압을 체크할 수 있고 위급시에 사용할 자동 제세동기가 있으면 되거든. 하지만 그걸 갖추고 있는 여객기가 있을까?"

시몬과 데쓰로는 뭔가에 홀린 듯 동시에 고개를 저었다.

"하지만 응급 헬기에는 있어. 응급 헬기는 마데이라에서 이 병원에밖에 없고. 자, 준비해. 곧 우린 마데이라를 뜨게 될 거야."

데쓰로는 어이가 없다는 표정을 지었다. 시몬이 더듬거리며 말했다.

"네 말은 대충 알겠어. 그런데 말이야. 헬기에 우리만 타는 건 아닐 텐데. 리스본에 도착하면 또 어떻게 할 작정이야?"

그때 간호사 한 명이 마우루를 향해 손을 흔들며 걸어왔다. 마우루는 그녀와 가볍게 포옹한 뒤 말했다.

"인사해. 넬리오 멘도사 병원의 베테랑 간호사, 주아나."

주아나는 미소 지으며 시몬과 데쓰로와 눈을 맞췄다. 마우루가 한마디 덧붙였다.

"그리고 오랫동안 파두 동호회에서 함께 활동하고 있는 나의 파트너이기도 하지."

비행

시몬은 동그란 유리창을 통해 짙푸른 대서양과 그 한가운데 작은 점처럼 조금씩 작아지는 마데이라를 바라봤다. 시끄러운 엔진 소리와 프로펠러가 돌며 만들어내는 지속적인 진동이 불편하지 않고 도리어 안락했다. 토니오는 하얀 시트가 깔린 침대에 누워 있었다. 마치 요람에서 잠든 아기처럼 미동도 없이 너무도 편하게 눈감고 있었다. 주아나는 능숙한 손놀림으로 토니오의 몸에 부착된 각종 의료 장비의 수치를 세심하게 체크하고 연결된 선이 꼬이지 않게 테이핑했다. 마우루는 토니오의 곁에 붙어 앉아 혈압과 심박수를 확인했다. 데쓰로는 고소공포증을 감추기 위해 캐리어를 바짝 끌어안고 심호흡을 했다. 마우루가 손목시계를 보고 뭔가를 계산한 뒤 한숨 돌렸다는 후련한 표정으로 자리에서 일어섰다.

"오케이. 안정적이군. 곧 잠에서 깨어날 거야."

데쓰로가 격앙된 목소리로 말했다.

"오케이? 마우루, 지금 그런 말을 할 때야? 이렇게 할 거면서 왜 말해주지 않은 거야?"

"알려줬으면 너와 시몬은 어색하게 행동했을 거야. 거짓말할 줄 모르는 시몬을 연극 무대에 세운다고 생각해봐."

데쓰로는 창밖을 바라보고 있는 시몬을 바라봤다. 아무 말도 할 수 없었다.

"혼란스러워하면 거짓말은 들키게 돼 있어. 그렇다면 어떻게 하면 너희들이 혼란스러워하지 않을까? 방법은 하나더군. 그냥 거짓말을 안 하면 돼. 아니었다면 공항에서부터 들켰을 거야. 나도 이걸 혼자 준비하느라고 힘들었어. 내 탓을 하는 건 나중에 해."

데쓰로는 목소리를 누그러뜨리고 차분하게 말했다.

"널 탓하는 건 아니야. 그냥 놀랐을 뿐이야. 그건 그렇고 리스본에 도착하면 어떻게 해야 해? 토니오가 병원에 가도 괜찮은 거야?"

"안 되지."

"그러면 헬기가 다른 곳으로 가는 거야?"

"아니. 헬기는 예정대로 병원에 내려야 해. 이미 연락은 갔을 거고 그쪽에서 스탠바이 하고 있을 거야."

데쓰로는 마우루가 하는 말을 따라 하며 논리적으로 이해하려고 노력했다. 하지만 무슨 말을 하는 건지 알 수가 없었다.

"토니오가 병원에 가면 안 된다면서…… 하지만 헬기는 병원에 가고 있다니 도대체 무슨 말이야?"

"그러니까 데쓰로…… 병원에 갈 수 있는 사람이 가야 해."

마우루는 난감한 듯 한참 동안 말을 잇지 못하다가 겨우 입을 뗐다.
"돌려 말할 방법이 없군. 병원측엔 너의 정보를 줬어."
"뭐?"
"리스본에 도착하면 토니오 대신 네가 저 침대에 누워 있어야 한단 말이야. 그냥 아픈 척하고 누워만 있으면 돼. 그쪽에서 애를 좀 먹겠지만 검사하는 내내 좋은 대우를 받을 거야."
"무슨 소리야!"
"이봐, 사무라이. 이해 좀 해줘. 그리고 넌 처음부터 이 여행을 별로 달가워하지 않았잖아."
마우루는 데쓰로의 눈치를 살피며 어깨를 툭 쳤다.
"싫어."
"도착하면 의료팀이 바로 토니오를 데려갈 텐데 그것에 대비할 방법이 없었어. 헬기를 타는 것까진 생각했지만, 그 이후는 도저히 뾰족한 아이디어가 생각나지 않았어. 리스본에서 지체하지 않고 바로 이동하면 이틀이면 그라스에 도착할 거야. 병원에서 뭔가 이상하다는 것을 발견할 때쯤 저 불쌍한 노인은 그토록 바라던 소원을 이루게 되는 거고."
"싫어. 네 생각은 잘 알겠어. 이게 다 토니오를 위한 일이겠지. 그런데 왜 나지? 너도 있고 시몬도 있잖아. 아무런 상의도 없이 일방적으로 일을 저질러놓고 나보고 그냥 이해하라고?"
마우루는 말문이 막혔다. 구체적으로 따져보고 결정한 게 아니었다. 순간적으로 떠오른 생각이었다. 그냥 막연히 데쓰로가 누워 있으면 좋겠다고 판단한 것뿐이었다. 하지만 그냥, 이라고 말하면 안 될 것 같았다. 저렇게 화가 난 데쓰로의 얼굴은 본 적이 없다. 어떻게든 그럴듯한 이유를 들어 이해시켜야 한다. 마우루는 한참 뜸을 들이며 조심스럽게 말했다.

"맞는 말이야. 다급하게 결정해야 해서 미처 상의할 시간이 없었어. 그 점은 미안해. 그런데 데쓰로, 생각해봐. 내가 의사라는 걸 다 아는데 어떻게 내 이름을 말하겠어. 그리고 시몬? 그 생각을 안 해본 것도 아니야. 하지만 우리가 지금 이 우스꽝스러운 일을 벌이는 근본적인 이유를 생각해보자. 토니오와 시몬 때문이잖아. 토니오를 구한 사람이 시몬이야. 그리고 둘은 우리와는 다른 특별한 유대도 있잖아. 그리고 무엇보다 넌…… 토니오에게 그렇게 호의적인 편이 아니었잖아. 그라스로 떠나는 문제도 그렇고. 그래서 그런 판단을 내린 거야."

데쓰로는 허공에 손을 내저으며 더는 대화를 하지 않겠다고 선을 긋고 입을 꾹 다물었다. 마우루도 더는 아무 말도 하지 못했다. 괜히 뒷머리를 긁으며 주아나에게 토니오의 상태를 물어 수액의 다이얼을 조절했다. 그 순간 토니오가 잔기침을 하며 몸을 뒤척이더니 반쯤 눈을 떴다. 하지만 초점은 또렷하지 않았다. 시몬이 말을 걸며 토니오와 눈을 맞췄지만 토니오의 눈은 시몬이 아닌 다른 것을 보고 있었다. 마우루는 시몬의 팔을 잡고 침대에서 떨어뜨렸다.

"안심해. 정상적인 반응이야. 눈을 뜨고 있지만 정신은 다른 곳에 있는 거지."

그녀는 창문에 이마를 대고 점점 작아지는 부에노스아이레스를 본다. 굴곡진 고원과 뾰족한 산봉우리, 드넓게 펼쳐진 바다와 희미한 수평선. 고도가 높아질수록 꾹 다문 그녀의 입술은 하얗게 변한다. 두려움과 즐거움이 섞인 눈동자는 흥분으로 떨리고 있다. 무섭나요?라고 묻자 부드럽게 미소 지으며 말없이 고개만 흔드는 여자. 나는 왜 처음 본 이 여자를 비행기에 태워 하늘을 날고 있을까? 이 여자는 왜 처음 본 남자의 말을 믿고 공항까지 따라온 걸까? 내 마음과 저 사람의 마음을 모르겠다. 이상하다. 도무지 진정이 되지 않는다. 아이처럼 설렌다. 심장이 터질 것 같다. 유배지처럼 느껴지던 부에노스아이레스의 지겨운 풍경이 지금은 마치 아름다운 신세계처럼 낯설게 느껴진다. 나는 떨림과 흥분이 그대로 묻어나는 목소리로 더듬거리며 말한다. 저길 보세요. 라플라타강이랍니다. 그녀는 흘러내린 머리카락을 귀 뒤로 넘기고 아래를 내려다본다. 입가에 부드럽게 번지는 미소가 내 마음을 한없이 들뜨게 한다. 나는 뭔가에 홀린 듯 그녀의 작은 손등에 손을 대고 말한다. 이 손을 영원히 내게 주세요. 그녀가 장난스러운 눈으로 답한다. 손 없는 불구가 되긴 싫어요. 나는 조바심을 내며 크게 소리친다. 그런 소리가 아니에요. 나는 지금 청혼을 하고 있는 거예요. 그녀가 슬며시 손을 빼내고 고개를 돌려 밖을 본다. 거대한 범선처럼 둥둥 떠가는 구름. 창문에 희미하게 비친 그녀의 입술이 움직인다. 뭐라고요? 지금 뭐라고 하는 거예요?

느닷없이 눈앞에 드리운 암흑과 적막. 프로펠러 소리가 들리지 않는다. 엔진이 멈췄다. 태양은 얼어붙고 바람은 불지 않는다. 땅으로 곤두박질치는 비행기.

별이 움직인다. 나는 그것이 야간 비행하는 우편기라는 것을 알면서도 신비롭게 느낀다. 현등을 깜박이며 별 사이를 별처럼 날아가는 비행기에 조종사가 타고 있을 것이다. 무슨 생각을 하고 있을까. 그는 기분이 좋을 것이다. 날아갈 길에 구름도 바람도 없이 온통 별이 깔려 있으니까. 툴루즈와 다카르 사이를 오가는 우편 비행기를 탔던 날들이 생각난다. 아프리카 북서부와 남아메리카를 통과하고 남대서양의 밤바다 위를 날던 야간 비행도 떠오른다. 언덕들이 비행기를 향해 물결을 이루며 밀려와 산맥을 넘어가는 내내 산봉우리에 닿을 듯 두려움에 떨어야 했던 날들. 조종실의 붉은 등 말고는 아무것도 보이지 않아 작은 램프에만 의지해 밤의 한복판으로 들어가는 전율과 공포의 시간들. 느닷없는 회오리바람. 위험하게 흔들리는 밤의 비행기. 엔진엔 아무 문제가 없다는 것을 알지만 겁이 날 때마다 엔진이 진동한다고 착각하곤 했다. 자이로스코프도 기압계도 보이지 않는 것 같고, 엔진의 회전수가 떨어지는 것도 같으며, 오일 압력도 떨어지는 것 같았다. 그러다 환하게 불 켜진 도시와 부드러운 들판을 만나면 금세 안심이 되곤 했다. 비행장에 착륙할 땐 더는 날고 싶지 않다고 중얼거리다가도 밤만 되면 창을 활짝 열고 침대에 누워 하늘을 바라보곤 했다. 지금 내 머리 위를 지나고 있는 저 비행기의 조종사도 그럴 것이다. 열병에 걸린 듯, 발작을 일으키듯, 이륙하고 착륙할 것이다. 조종석을 향해 팔을 뻗었다. 손이 닿지 않는다. 하지만 손가락을 계속 움직였다. 날개

등을 깜박여 그에게 응답하고 싶다. 내가 여기 있다고, 당신을 보고 있다고, 신호를 보내고 싶다. 하지만 비행기는 멀어진다. 반짝이는 별들 속으로 사라진다. 그리고 나는 곧 죽은 비행기와 함께 어두컴컴한 바닷속으로 빠지게 될 것이다.

내 기억들은 다 어디에 있는가? 새벽 호수의 흰빛처럼 희미하고 겨울밤 별처럼 아득하다. 지나간 기억들은 지금의 나를 앞질러 간다. 기억을 믿을 수 없다. 또렷하게 생각나는 것, 실제 일어난 일, 숱하게 지어낸 이야기, 남에게 들은 이야기, 책에서 읽은 것들, 무엇이 사실인가? 나는 더이상 그런 것들을 분리해내지 못한다. 기억이 내게서 떨어져나가고 있다. 나는 섬처럼 고립되어 아무것도 아닌 존재가 되었다.

우토의 벌판을 가로질러 걸어가는 꿈속의 나를 본다.

아니다. 꿈속의 내가 그렇게 소리치고 있다. 내 적은 죽음이다. 내 허무가 아니란 말이야! 나는 그렇게 남고 싶지 않다, 라고 말하고 있다. 꿈속의 나와 꿈 바깥의 나 사이에 우토로 들어간 자들의 마지막 말들이 보인다. 그것들은 투명한 연기로 이루어진 음표처럼 허공 속에 둥둥 떠다니고 있었다. 꿈속의 나는 꿈꾸는 나를 바라본다. 우리는 서로 눈을 마주쳤다. 그리고 함께 어떤 소리를 들었다. 토니오, 토니오, 나를 부르는 소리가 들린다. 나는 그 말에 응답하고 싶어 온몸을 떨고 있다. 그리고 기이한 떨림. 익숙한 엔진 소리. 프로펠러가 돌고 있다는 것이 어렴풋이 느껴진다. 토니오의 눈동자에 의식의 빛이 켜졌다. 토니오의 눈이 시몬의 눈과 마주쳤다. 시몬이 환하게 웃고 있었다. 고개를 돌려 창문을 보니 커다란 구름이 집 앞의 언덕처럼 가까이에서 흘러가고 있었다. 토니오는 알았다. 여기가 하늘이라는 것을. 마우루가 한숨을 내쉬며 말했다.

"오케이, 오케이. 우리의 친구 토니오가 무사히 돌아왔군."

토니오는 시몬과 마우루에게서 그간의 일들에 대해 전해 들었다. 무슨 상황인지 어떤 일이 일어났는지 정확히 이해할 순 없었지만 마데이라를 떠났고 지금은 상공이라는 것을 명확히 알았다. 토니오의 오감은 자연스럽게 마지막 비행을 떠올렸다. 오래전 일이었고 이제 육체는 늙고 쇠잔해졌으나 감각이 높은 고도와 바람, 연료가 타는 미세한 냄새, 그리고 동체가 흔들릴 때의 느낌을 기억하고 있었다. 토니오는 굽혀지지 않는 손가락에 힘을 주어 힘겹게 주먹을 쥐었다 폈다. 허공에 콘수엘로의 손이 있는 것 같다. 놓치고 싶지 않은 작은 손. 토니오의 볼에 눈물이 흘러내렸다.

데쓰로는 한쪽 구석에 쭈그리고 앉아 그 모습을 바라봤다. 반쯤 정신이 나간 얼굴로 허공을 더듬고 있는 토니오. 딱딱한 빵 한 덩이가 식도에 막힌 것처럼 답답했다. 데쓰로는 그 모습을 외면하고 캐리어에 턱을 괸 채 눈을 감았다. 눈꺼풀 안쪽의 어둠 속으로 엔진 소리와 희미한 기름 냄새가 섞여들었다. 온몸이 두두두두 떨리는 헬기의 진동. 마음 깊은 곳에 가라앉은 기억들이 흔들리며 되살아났다. 며칠 전 데쓰로는 아름다운 꿈을 꾸고 새벽에 눈을 떴다.

잠에서 막 깨어난 데쓰로의 표정은 아이처럼 환했다. 그러나 현실 감각이 돌아올수록 그의 표정은 딱딱해졌고 나중엔 금방이라도 울 것처럼 무섭게 일그러졌다. 아름다웠는데, 그것이 꿈이라는 것을 깨닫게 되는 순간 끔찍하게 변했다. 환할수록 어두워지고, 맑을수록 탁해지며, 사랑할수록 그 사랑을 잃은 지금과 오늘이 지옥처럼 느껴지는 기억과 꿈의 세계. 어느 일요일 오후 이카리산 중턱의 너른 잔디밭에 앉아 소풍을 즐기고 있었다. 물을 머금은 여름의 이카리산은 싱그러웠고 바람이 불 땐 기분좋은 서늘함을 느끼게 했다. 아버지는 신문의 십자 낱말 퍼즐을 맞히고 있었고 어머니는 무릎에 동생을 누이고 얇은 나뭇가지로 동생의 귀를 팠다. 나뭇가지가 귓불만 스쳐도 동생은 호들갑을 떨며 아파, 아파, 소리를 질러댔다. 이제 막 걸음마를 뗀 조카는 고양이 우미를 만져보려고 계속 걸어 다녔지만 우미는 귀찮은 듯 인상을 찌푸리고 달아났다. 데쓰로는 조카가 넘어지면 붙잡기 위해 두 손을 앞으로 내밀고 몸을 구부정하게 만들어 오리처럼 뒤뚱뒤뚱 따라다녔다. 그런데 이상했다. 잡을 수 없었다. 아무리 손을 뻗어도 멀어지기만 했다. 십오 초 동안의 큰 흔들림. 지진이 두 동강 낸 이쪽과 저쪽. 사랑하는 것들은 저쪽에 있었고 데쓰로는 이쪽에 있었다. 여름은 겨울이 되고 풀은 말라 부스러지고 사랑했던 것들은 모두 죽어버렸다. 데쓰로는 침대에 걸터앉아 두 손바닥을 내려다봤다. 어둠 속의 손은 아무것도 쥘 수 없는 쓸모없는 돌멩이처럼 보였다.

물을 마시려 거실에 나간 데쓰로는 의자에 앉아 있는 토니오와 마주쳤다. 왜 안 자고 깨어 있냐는 데쓰로의 질문에 토니오는 잠에서 깼는데 다시 잠이 들지 않는다고 말했다. 데쓰로는 탁자 의자를 들고 토니오 곁으로 갔다. 둘은 잠시 나란히 앉아 적막한 허공을 가만히 응시했다. 먼 곳에서 희미하게 새소리와 함께 파도 소리가 들렸다. 데쓰로가 말했다.

"당신이 있었다는 유토라는 곳에…… 엘런도 있나요?"

"아니. 앨런은 심해에 있었어. 지금은 또 어딘가로 이동했는지도 모르지."

"유토는 죽은 자들이 모여드는 곳인가요?"

"그곳은 천국이나 지옥 같은 곳이 아니야."

데쓰로는 알겠다는 듯 천천히 고개를 끄덕이고 더는 묻지 않았다. 토니오는 곁눈으로 데쓰로의 표정을 살폈다. 평소와 달랐다. 어떤 상황에서도 동요하지 않던, 어찌 보면 지나치다 싶을 정도로 자신의 감정을 드러내지 않던 사람이 지금 이 순간엔 어딘지 모르게 초조하고 혼란스러워 보였다. 낯선 길 한복판에 서서 어디로 가야 할지 모르는 이방인처럼. 금방 울음을 터뜨릴 것만 같은 겁먹은 아이처럼. 토니오는 부드러운 음성으로 말했다.

"데쓰로, 자넨 아직도 내 말이 믿어지지 않지?"

"아, 아니에요. 앨런의 일도 그렇고 당신이 말해준 것들도 완전히 불가능하다고는 생각하지 않아요. 물론 증명할 수 없는 일이니까 다 믿을 순 없지만, 그래도."

"믿지 않는다는 것 알아. 그럼에도 불구하고 도와줘서 고맙네."

토니오는 데쓰로의 손등에 가볍게 손을 얹고 말했다. 데쓰로는 말문이 막혔다. 정체불명의 뜨거운 감정이 불쑥 올라와 목구멍을 틀어막았다. 어째서인지 울음이 터지려 했고 데쓰로는 그걸 참기 위해 마른침을 두 번 삼켰다. 데쓰로는 목소리를 꾹 눌러 물었다.

"죽은 자들은…… 정말 죽지 않나요? 언젠가는 만날 수 있어요?"

토니오는 언젠가 봤던 데쓰로의 가족사진을 떠올렸고 스스로는 단 한 번도 입에 올리지 않았던 그것이 이 남자의 마음을 어둡고 두렵게 만들었다는 것을 알게 됐다.

"우리들에게 죽음이 두려운 이유는 뭘까? 죽는 순간의 통증? 더 살 수 없다는 아쉬움? 아니야. 사랑하는 이들을 두고 혼자 떠나야 한다는 사실이지. 떠나는 자도 남겨진 자도 같은 이유로 두려워하네. 다시는 만날 수 없다는 것. 새로운 기억을 만들 수 없다는 것. 그러나 그것은 사실이 아니야. 죽음 저 너머로 떠나는 사람은 사랑하는 이들을 가슴속에 데리고 간다네. 남겨진 자들은 반대로 죽은 자들을 떠나보내지 않고 기억 속에 담아 함께 살아가지. 데쓰로 자네처럼 말일세. 그것이 기억이고 추억이야. 그것은 환상이나 환영 같은 것이 아니야. 영혼은 바로 그곳에 머문다네. 그리고 절대로 사라지지 않아. 내가 앨런을 만나고 온 것처럼. 만날 수 있지. 아니, 반드시 만나게 되네. 죽은 자는 사라지지 않으니까. 누군가가 간절히 찾는다면…… 언젠가는 만날 수밖에 없어."

데쓰로는 더이상 말하지 않았다. 그저 속으로 토니오가 한 말을 가만히 곱씹었다. 반드시 만나게 되네. 언젠가는 만날 수밖에 없어.

주아나가 말했다.

"마우루, 곧 도착해요. 누군가는 침대에 누워 있어야 해요."

데쓰로가 일어서서 캐리어를 끌고 마우루에게 다가왔다. 그러고는 무서운 눈으로 마우루를 노려보며 말했다.

"달리 방법이 없어 보이는군."

마우루는 데쓰로의 두 손을 잡았다.

"난 자네가 이걸 망칠 거라고 생각하지 않았어."

데쓰로가 마우루의 손을 뿌리쳤다.

"부탁인데 더이상 한마디도 하지 말아줘. 이건 어디까지나 토니오를 위해서 하는 거고 나중에 이 일이 다 끝나면 이 문제에 관해 우리는 다시 이야기해야 할 거야."

데쓰로가 캐리어 손잡이를 마우루에게 넘겨주며 한마디 덧붙였다.

"그리고 나는…… 이 여행을 기다렸어."

데쓰로는 각오가 되었다는 얼굴로 토니오와 시몬을 한 번씩 쳐다본 뒤 주아나에게 다가갔다.

에어 앰뷸런스가 리스본에서 가장 큰 종합병원 옥상에 착륙했다. 바깥엔 여섯 명으로 이루어진 의료진이 환자를 맞을 준비를 하고 있었다. 프로펠러의 회전수가 줄고 이제 곧 헬기 문이 열릴 것이다. 최종 점검을 위해 마우루는 침대에 누운 데쓰로를 꼼꼼하게 살폈다. 데쓰로의 왼쪽 팔에 수액을 연결했고 토니오의 몸에 부착했던 환자 감시 장치를 떼어 데쓰로에게 옮겨 달았다. 마치 방금 전 사용한 것처럼 제세동기에 부착된 패드를 뽑아 침대 주변에 흩트러뜨렸다. 마지막으로 돌돌 말려 있는 기도 확보 장치의 튜브를 풀어 바닥에 떨어뜨린 뒤 데쓰로의 귓가에 속삭였다.

“아무 일도 없을 거야. 그냥 눈만 감고 있어. 의사들에게 혼란을 주려고 혈압과 혈당 수치에 조금 손댔어. 무슨 말을 하더라도 겁먹지 말고 그냥 편하게 잠만 자. 곧 졸릴 거야. 일어나면 검사 몇 개 받고 하루쯤 지나 몸이 괜찮아진 것 같다고만 말해. 알았지?”

데쓰로는 눈을 질끈 감은 채 고개를 끄덕였다. 그러나 손끝과 입술이 바들바들 떨렸다. 주아나가 데쓰로의 손을 꼭 잡고 다른 손으로는 마우루의 어깨를 토닥였다.

“걱정하지 말아요. 내가 잘 둘러댈게요.”

마우루가 주아나의 허리를 감싸안고 가볍게 입을 맞췄다.

“고마워요. 이 신세는 곧 갚을게요. 이번 달 모임에서 만납시다.”

주아나는 이마에 흘러내리는 앞머리를 핀으로 단단히 고정하고 고개를 끄덕였다. 그 순간 바닥에 주저앉아 시몬의 어깨에 기대고 있던 토니오가 갈라진 음성으로 데쓰로를 다급하게 부르며 침대로 다가갔다. 눈을 감고 있던 데쓰로가 실눈을 뜨며 고개를 돌렸다. 데쓰로는 토니오의 귓가에 작게 속삭였다. 그리고 토니오도 데쓰로의 귓가에 속삭였다.

헬기 문이 열렸고 험상궂게 생긴 남자 의사들이 헬기에 올라탔다. 그들은 데쓰로를 깨지기 쉬운 귀중한 물건을 옮기는 것처럼 조심스럽게 다루었다. 데쓰로가 시야에서 사라지기 직전 마우루는 알 수 없는 큰 감동을 받았다. 데쓰로는 뛰어난 연극배우였다. 마우루조차 그렇게 아파 보이는 사람은 본 적 없을 정도로 그는 슬프고 비극적인 표정을 지었다.

4부

야간열차

#197.

리스본에서 출발한 야간열차는 툴루즈를 향해 달려간다. 기차의 전조등이 내뿜는 한줄기의 광선이 밤의 장막에 가려져 있던 협곡과 언덕, 교량과 터널을 비춘다. 어둠을 뚫고 레일 위를 미끄러지는 기차는 무광층을 유영하는 한 마리의 발광 물고기. 사방이 암흑으로 막힌 막막한 시공간을 오로지 작고 둥근 빛에 의지하여 나아가는 단순하고 망설임 없는 전진에는 절대적인 고독과 함께 그 누구도 훼방할 수 없는 고요가 섞여 있었다. 더 어두운 곳으로 더 깊은 곳으로 향하는 여정. 이상하다. 이 정체불명의 여행이 왜 이리 편안한 걸까?

시몬은 펜을 놓고 육 인용 칸막이 객실 창가에 앉아 암흑으로 가득찬 밤의 세계를 바라봤다. 풍경 속엔 아무것도 없었고 시몬을 자극하는 그 어떤 연상이나 이미지도 없었다. 사물 같은 그 상태가 시몬에게 기이한 만족감을 줬다. 시몬은 노트를 펼쳐 그동안 썼던 글들을 읽어봤다. 제정신이 아닌 말들. 짐승에 가까운 언어. 당시의 시몬이 얼마나 황폐한 상태였는지 보여주고 있었다. 상처받기 위해 일부러 나쁜 감정에 몰두하는 청년. 작은 고통을 이기기 위해 더 큰 고통 속으로 투신하는 몰락하는 인간. 바다에 연인을 뺏겨 파도에 주먹질하는 무모한 남자. 모두 자신의 모습이었다. #153의 쓸쓸해서 죽을 수도 있을 것 같다, 라는 한 문장 이후로 한동안 글을 쓰지 않다가 #154부터 #196까지 토니오에 대해 썼다. 그가 들려준 터무니없는 이야기. 절망과 후회로 가득한 내면의 고백과 그가 만난 고래들, 신비한 유토를 가득 채운 신수의 황금빛 풍경. 묘사된 문장을 읽으니 차라리 그것은 동화 같았다. 그러나 너무도 생생하여 현실보다 더 현실 같은 이상한 느낌이 들었다. 일 년도 되지 않는 짧은 시간 동안 무수한 계절이 지난 것 같다. 시몬은 후, 소리를 내며 길게 숨을 뱉고 무심코 맨 앞장을 펼쳤다가 호흡을 멈췄다. 자신의 필체가 아닌 낯선 글씨. 그러나 결코 잊을 수 없는 앨런의 글씨.

해 지기 전에 산책하기.
틈날 때마다 물 마시기.
마음이 어두울 때 일기 쓰기.
그리고 안경 좀 닦아!

허공에 펜촉을 대고 필체를 따라 글자를 썼다. 눈을 감고 앨런의 손 모양과 움직임을 느꼈다. 아, 마치 그 손을 잡고 있는 것 같다. 쥐고 있는 펜이 앨런의 손가락 같다. 우울할 때 일기를 쓰라는 부탁 하나 들어주지 못하고 앨런을 잃고서야 겨우 앨런, 이라는 이름 하나 썼을 뿐이다. 그 작은 부탁 하나 들어주지 못하다니. 마음 한쪽이 금방이라도 무너질 듯하여 시몬은 손으로 왼쪽 가슴을 꾹 눌렀다. 그 순간 토니오가 발작하듯 팔다리를 떨더니 눈을 떴다. 나쁜 꿈을 꾸었나요. 시몬의 질문에 아무 답도 하지 못했다. 그는 잠의 기운에서 벗어나지 못한 채 꿈속에서의 어떤 감정에 사로잡혀 있었다. 진녹색 체크무늬 담요를 몸에 두르고 창가에 머리를 기대고 있었다. 턱을 아래로 당기고 입을 꾹 다문 채 생각에 잠긴 듯한 푸른 눈으로 창문 너머를 보고 있었다. 눈가는 부어올라 붉게 물들었고 눈에는 얇은 막이 끼어 있었다. 토니오는 눈물이 가득 고인 눈을 하고 껌뻑껌뻑 눈꺼풀을 느리게 떴다 감기를 반복하며 희미해지는 꿈을 복기했다. 아무것도 떠오르지 않았다. 꿈에서 누구를 만났는지 어디에 있었는지 밤이었는지 낮이었는지, 어떤 냄새가 나고 무슨 소리가 들렸는지, 하나도 생각나지 않았다. 다만 꿈꾸고 난 뒤 밀려드는 감정만 또렷이 기억났다. 그것은 어떤 슬픔이었는데 그 정체는 모호했다. 마치 야간열차가 지나고 난 뒤의 고요한 플랫폼처럼 그 어떤 흔적도 찾을 수 없었다. 토니오는 마른기침을 하며 옆자리의 마우루를 봤다. 그는 코를 골며 깊이 잠들어 있었다. 방심한 얼굴엔 힘든 일을 끝내고 아무런 근심 없이 잠 속으로 빠져들어 간 자만이 가질 수 있는 후련함이 있었다. 토니오는 마우루의 오른

손을 보고 미소를 지었다. 데쓰로가 부탁한 여행용 가방 손잡이를 꽉 움켜쥐고 있었던 것이다.

열차가 캄캄한 터널을 통과했다. 순간 창문이 검은 거울처럼 변했다. 시몬과 토니오의 눈이 반사된 풍경 안에서 마주쳤다. 시몬은 웃었고 토니오도 따라 웃었다. 시몬은 안경을 벗고 안경알을 셔츠로 꼼꼼히 닦았다.

"토니오, 기억나나요? 당신이 전에 내 지저분한 안경알을 닦아 준 적이 있었죠. 그때의 난 세상에 안개 같은 것이 끼어 있다고 생각했어요. 마데이라 날씨는 왜 이렇게 흐리기만 한가. 이상하다고만 생각했죠. 그런데 그게 아니었어요. 그냥 안경알이 더러워서 눈앞이 뿌옇게 보였던 거였어요. 너무도 단순한 이치인데 그때의 난 깨닫지 못했어요. 아무것도 판단할 수 없을 정도로 고장이 난 상태라 그런 것조차 발견하지 못한 채 살았던 거죠. 앨런을 잃은 고통이 삶을 내버려도 된다는 이유는 아닐 텐데, 상한 마음에 몰두하며 삶을 내팽개치고 매일매일을 취한 상태로 지내왔죠. 그런데 당신이 내 안경알을 닦아줘서 날씨가 바뀌었어요. 그게 내겐 아주 큰 변화였습니다. 당연한 건데 놀라운 깨달음이었어요. 안경알을 닦아야 한다는 거. 신기하네요. 앨런도 늘 그렇게 말했거든요. 제발 안경 좀 닦아!"

시몬은 말끝을 흐리며 깨끗하게 닦인 안경알을 깊은 우물을 들여다보듯 유심히 봤다.

"나도 그런 일이 있었지."

토니오가 서리가 낀 창문을 소매로 닦으며 말했다.

"전투기를 조종하고 있는데 이상하게 시야가 흐린 거야. 작열하는 태양 외엔 구름 한 점 보이지 않는 완벽하게 갠 날이었어. 통신에서도 날씨는 쾌청하다고만 하는 거야. 그러면 당연히 유리창이 더럽다는 가능성을 생각하는 게 정상인데 나는 그렇게 생각하지 못했어. 이상한 구름 속을 연속해서 통과하고 있다고만 여기며 착륙할 때까지 팔목이 시큰거릴 정도로 긴장했었지."

둘은 잠시 웃었다. 계곡과 계곡을 잇는 커다란 교량 하나가 기차가 비추는 불빛에 일시적으로 모습을 드러냈다가 다시 암흑 속에 잠겼다. 토니오는 떨리는 오른손을 여행용 가방에 올려놓으며 말했다.

"야간열차를 타고 툴루즈로 가다니 기분이 참 묘하군. 어차피 다 같은 어둠 속이라서 그런 걸까. 레일 위를 달리는 거나 항로를 날아가는 거나 큰 차이가 없군. 그냥 예전처럼 조종석에 앉아 있는 것 같네. 언제쯤 은퇴해야 할까. 오늘은 콘수엘로에게 무슨 이야기를 해줘야 할까. 이런 시시콜콜한 고민에 빠져 까만 허공을 응시했을 때가 생각이 나는군."

그 순간 다리를 저는 상이군인이 구부러진 담배를 입에 물고 졸린 눈으로 통로를 비틀거리며 걷다 토니오와 눈이 마주쳤다. 그는 꼬인 발음으로 한마디했다.

"좋은 밤이지 않소?"

그의 입에서 희미하게 과일주 냄새가 났다. 토니오는 손날을 펴서 이마에 붙였다 떼며 말했다.

"좋은 밤이오."

그는 뭔가 마음에 든다는 미소를 지으며 가볍게 손을 흔들며 다른 칸으로 걸어갔다.

토니오가 고개를 숙이고 어두운 표정으로 자신의 손을 바라보며 말했다.

"그녀를 만나면 무슨 말을 해야 할까. 미안하다고 해야겠지. 하지만 두려워. 더이상 내 말을 들으려 하지 않을까봐. 나를 잊었을까봐. 그게 겁이 나네. 비행기를 타기 위해 문밖을 나설 때 언제나 그녀는 등뒤에서 '기다릴게'라고 인사해줬어. 그 말에 의지해 다시 찾아가는 길이네만 너무 오래된 일이고 그동안 나를……"

토니오는 한참 말을 잇지 못했다.

"죽음은 두렵지 않아. 하지만 그것은 두려워. 누군지 모르겠다는 텅 빈 눈으로 나를 반기지 않는 눈을 만나게 될까봐."

토니오는 눈을 감고 그 방을 떠올렸다. 눈가의 주름이 미세하게 떨렸다. 그러자 차츰 내면 깊은 곳에서 목소리가 들리기 시작했다. 책을 읽는 콘수엘로의 목소리. 침대에서 뒤척이는 소리. 나무의 틈새가 삐걱거리는 소리까지. 그녀는 창문을 활짝 열고 안락의자를 끌어다놓고 하염없이 밤하늘을 바라보곤 했다. 내가 집에 돌아왔을 때도, 나갈 때도, 그 모습으로 앉아 있었다. 토니오는 안경을 벗어 옆자리에 놓고 마른세수를 했다.

"이런, 난감한 일이군. 눈을 감아도 떠도 계속 그 시절만 자꾸 보이네. 괴로워."

토니오는 지난날을 되새기는 듯 잠시 이야기를 멈추었다가 말을 이었다.

"나는 하늘을 나는 미치광이였어. 거의 병적으로 비행에 집착했지. 하지 않아도 될 비행을 고집하고 열리지 않은 항로를 개척하기도 했네. 그때의 난 바람의 장난감이었어. 바람이 나를 움직일 때마다 저항 없이 마구 흔들리곤 했으니까. 사고를 당할 당시 내 삶은 거의 정지되었네. 뭐랄까, 누군가가 스위치를 내린 것 같았어. 일도, 사랑도, 욕망도, 열정도, 세계에 대한 울분도, 정의도, 다 덧없게 느껴지던 나날이었네. 죽도록 따분한 나날들. 그나마 전투기를 탈 땐 살아 있는 것 같았고, 착륙하고 이륙하는 기분은 언제나 감미로웠지. 그러나 그것도 그때뿐이었네. 곧 숨이 막힐 것 같은 쓸쓸함에 머리가 어지러울 정도였으니까. 그것은 숨길 수가 없었어. 숨겨지지도 않았고. 콘수엘로는 그런 내 모습을 말없이 지켜만 봤네. 난 그녀에게서 도망치려 했네. 사랑했지만, 분명 그녀를 사랑했지만, 그것과는 별개로 나는 위험하고 비참했어. 그녀에게 멋대로 말하기 시작했네. 나는 절대로 사랑에 헌신하지 않겠다고, 사랑이라는 감정에 나를 불태울 수 없다고, 고약한 말만 골라 내뱉곤 했어. 그리고 계속 그녀를 혼자 두고 비행기에 올라탔네. 영원히 사랑하겠다고, 항상 곁에 있어주겠다고 틈날 때마다 약속했던 나였지만 결국 그 약속을 저버린 삶을 살았던 거야. 일부러 그런 것은 아니었네. 하지만 그렇게 흘러가도록 가만히 두었지. 한번은 그녀가 책으로 가득찬 방안에서 나무의자에 앉아 무릎에 아무것도 올려놓지 않고 멍한 얼굴로 눈물을 글썽이며, 구겨지고 젖은 손수건을 쥔 채 앉아 있는 모습을 본 적이 있네."

토니오는 의자에 발을 올리고 무릎을 감쌌다. 그러곤 멍하니 앞을 바라봤다. 맞은편에 시몬이 있었지만 시몬을 보는 것도, 그 너머를 보는 것도 아니었다. 토니오는 무표정한 얼굴로 입술을 움직였다.

"그녀는 내게 편지를 쓰고 있었는데…… 내 이름을 쓰고 나서는 아무것도 쓰지 못하더군. 나는 오랫동안 그녀의 뒷모습을 보고, 어깨 너머로 빈 종이를 쳐다봤네. 그녀는 무엇을 써야 할지 몰랐던 거야. 반응 없는 내게 어떤 말이든 건네야 하는 피로감, 혹은 절망감 앞에서 더는 쓸 수 없다는 것을 알게 되었던 것 같아. 그녀는 내가 문간에 서 있는 것을 보자 쥐고 있던 편지지를 반듯하게 접고 일어났네. 그러고는 아무 일도 아닌 듯 부드럽게 웃으며 뺨에 입을 맞추고 방을 나가면서 손가락으로 내 머리카락을 쓰다듬어주었지. 아무것도 아닌 일상의 한 부분일 뿐인데, 그 순간이 생각나네."

토니오는 그 순간 몹시 고통스러워 보였다. 아랫입술을 강하게 물고 있었고 턱관절은 덜덜 떨렸다. 시몬은 손을 뻗어 그의 손등에 손을 올렸다. 토니오는 혼잣말을 하듯 중얼거렸다.

"심지어 나는 그때, 그녀의 마음이 아프라고 일부러 가차없이 말을 내뱉었어. 칼로 찌르듯 비유도 은유도 없이. 죽고 싶어, 나는 죽어버릴 거야, 이런 말을 계속했어. 그 말을 할 때마다 콘수엘로가 움츠러들고 두려워한다는 것을 알면서도 나는 함부로 말했어. 이제 아무 희망이 없다고. 우울해서 죽을지도 모른다고 말일세. 내 말에 결박당한 그녀는 꼼짝도 못하고 눈물만 줄줄 흘렸지. 그걸 물끄러미 바라보고 가방을 메고 문을 닫고 어두운 밤길을 나서곤 했네. 나는 이런 내가 싫었네. 운명을 바꾸고 싶었고 내 기질을 부정하고 싶은 충동을 느끼면서도 모른 척했어. 상처받은 마음에 집중하는 철없는 아이처럼 말일세. 그녀에 대한 죄책감과 미안함이 짓누르면 짓누를수록 나는 그 죄책감을 더욱 고집스럽게 추구했던 것 같아. 죄책감으로 자책이 생기면 나는 그 자책을 또 열렬히 추구했지. 그게 나를 병들게 했어. 그리고 그녀를 죽어가게 했지."

시몬은 문을 닫고 나가는 토니오의 모습을 상상했다. 그리고 방에 홀로 남은 콘수엘로가 의자에 웅크리고 앉아 고개를 떨구고 죽은 듯 신음하는 모습도 상상할 수 있었다. 심지어 그 마음마저 생생하게 떠올랐다. 그냥 그럴 것이라고 상상한 것이 아니라 예전 앨런의 모습이 떠올랐고, 그 장면은 방금 토니오가 말해준 것과 거의 똑같은 모습으로 겹쳐졌다. 시몬은 앨런이 실종되는 그날까지 지체된 연구 일정을 따라잡아야 한다는 명분으로 아무것도 돌아보지 못했다. 불가능한 목표 앞에서 끊임없이 무너지는 일상에 분주히 뛰어다니는 정신 나간 시몬을 보며 앨런은 걱정 어린 말투로 말하곤 했다. "시몬, 여유를 가져. 부탁인데 주변을 좀 돌아봐." 불쑥 떠오른 앨런의 그 목소리가 심장을 움켜쥔다. 시몬은 마음 깊은 곳이 저릿했고 그 순간을 넘어가기 위해 자꾸 숨을 뱉어내야 했다. 토니오는 실성한 사람처럼 이상한 음성으로 웃기 시작했다.

"실은 콘수엘로는 그렇게 호락호락한 여자는 아니었네. 내가 만난 여자 중 가장 괴팍하고 이상한 여자였지. 처음 만났을 땐 스무

살인 척하더군. 실제론 그보다 열 살이나 많으면서 말이야. 어떻게 하면 내가 꼼짝 못하는지 잘 아는 매력이 넘치는 여자야. 견딜 수 없을 정도로 변덕스러웠지만, 항상 유머가 넘쳤고 예술적 능력이 뛰어났어. 그림도 잘 그렸고 조각 실력도 대단했다네. 심지어 글도 잘 썼는데 그녀의 편지는 한 장 한 장 너무도 뛰어나서 한 문장도 허투루 읽을 수 없을 정도였네. 그래서 난 그녀에게 '황금 펜촉'이라는 별명을 붙여줬었지. 하지만 나를 만나고 그저 슬프고 병든 몹쓸 사람이 되었어."

열차가 작은 간이역에 멈춰 섰다. 하지만 아무도 내리지 않았고 열차에 올라탄 사람도 없었다. 기차가 멈춰 있는 짧은 시간, 갑자기 커다란 해일이 열차를 집어삼킨 듯 엄청난 정적이 내부에 가득했다. 진공 같은 시간이 느리게, 아주 느리게 흐르고 토니오는 그 속에서 충혈된 눈을 껌벅이며 말했다.

"우토에서 그녀를 떠올렸을 때 처음 든 생각이 뭐였는지 아나? '그녀가 보고 싶다'가 아니었어. '그녀는 이제 나와는 다른 세계에 있다. 다시는 누구도, 아니 적어도 나는 그녀를 더이상 다치게 할 수 없다'였어. 그게 기쁘면서도 동시에 슬프더군."

토니오의 얼굴에 기쁨과 슬픔이 스쳐갔다. 하지만 그것은 말 그대로 스쳐간 것에 불과했다. 금세 지치고 힘든 표정으로 돌아왔다. 끔찍하게 비극적인 표정 그대로 조각된 부조처럼 보였다. 그때 열차가 다시 출발했다. 그리고 마우루가 얼굴을 비비며 눈을 떴다.

"아…… 노인이 잠도 없이 무슨 말을 그렇게 많이 합니까? 그라스에 간다는 생각에 기운이 펄펄 나나보군요."

그러고는 눈을 게슴츠레 뜨고 창밖을 바라봤다. 어둠 속에 희끗희끗한 빛이 스며들고 있었다.

"오케이, 오케이. 이제 한 시간 정도만 더 달리면 도착하겠군."

마우루가 뻐근한 뒷목을 주무르며 토니오와 시몬에게 말했다.

"여행 때문에 설레는 것은 알겠지만 눈 좀 붙여요. 여유 있게 관광하는 그런 여행이 아닙니다. 자동차도 렌트해야 하고 남은 일정이 만만치 않아요. 그러니까 힘 좀 아낍시다. 시몬, 설마 토니오와 뒷좌석에 앉아 운전도 하지 않고 잠만 자는 것은 아니겠지?"

시몬은 고개를 끄덕였다. 토니오는 어느새 잠들었다. 마우루는 토니오의 목에 손가락을 대보고 이마에 손을 올려 열을 체크했다.

"잘 버텨주고 있어."

마우루가 여행용 가방을 발끝으로 툭툭 때렸다.

"그나저나 우리의 사무라이가 보고 싶군. 일이 이렇게 되고 보니 어쩐지 미안한 마음이 드네. 데쓰로는 지금쯤 수액을 바라보며 자신이 한 행동을 후회하면서 이를 갈고 있을 거야."

시몬은 의아하단 얼굴로 말했다.

"뭘?"

마우루는 여행용 가방 손잡이를 마치 강아지의 머리라도 된다는 듯 부드럽게 쓰다듬었다.

"토니오를 돕겠다고 하필이면 나를 찾아온 것."

별자리 없는 하늘

툴루즈역 앞은 사람들로 붐볐다. 마우루는 그라스까지 갈 자동차를 렌트하러 갔고 시몬과 토니오는 카페테리아의 야외 벤치에 앉아 햇빛이 가득 고인 광장을 바라봤다. 시몬은 움푹 꺼진 눈에 미세하게 손발을 떠는 초췌한 토니오가 걱정되어 잠깐이라도 숙소에 머물자고 했으나 토니오는 고개를 저었다. 그냥 이곳에 앉아 툴루즈를 보고 싶다고 했다. 커다란 첼로 케이스를 어깨에 메고 흔들림 없이 걸어가는 음악가. 거리에서 노래하는 청년과 그 곁에서 춤추는 노파. 여행용 가방을 끌고 작은 골목을 누비는 관광객과 코끝에 돋보기안경을 걸치고 커다란 지도를 살펴보는 노인. 개를 데리고 산책을 나온 여인과 맑은 침을 흘리며 떠가는 구름을 보면서 혼잣말을 하는 군인. 토니오는 그들을 하나씩 눈에 담았다. 토니오는 여행용 가방에서 등산용 스틱을 꺼내 지팡이 대신 짚고 비틀거리며 걸었다. 시몬은 토니오의 뒤를 말없이 따라갔다. 토니오는 마치 사진을 찍듯 눈꺼풀을 꾹꾹 눌러 사람들의 얼굴과 행동 하나하나까지 기억하려 애를 썼다. 툴루즈. 오십 년 전의 툴루즈와 지금의 툴루즈는 닮은 점이 하나도 없는 것 같다. 그러나 몸과 마음이 느끼는 감각이 닮았다. 바람, 건물들의 전체적인 외형과 사람들의 말, 목소리들, 그 억양, 그리고 빵냄새. 토니오는 반으로 접은 크레이프와 커다란 빵이 진열된 판매대를 밖에 내놓은 가게를 흐뭇한 미소로 바라봤다. 시몬은 토니오의 눈빛에서 그것을 먹고 싶어한다는 뜻을 읽고 커다란 봉투에 한가득 빵을 담아왔다. 그러곤 귀퉁이를 한 움큼 뜯어 토니오의 입에 넣어줬다. 토니오는 아이처럼 그것을 받아 물고 천천히 씹었다. 씹는 동안 토니오의 얼굴이 좌우로 살며시 흔들렸다. 기분이 좋은 듯 보였다. 토니오가 말했다.

"시몬, 난 말이야, 마들렌 한 조각을 맛보고 어린 시절의 기억과 지나간 시간 속으로 깊이 빠져들어간 프루스트의 마음을 너무도 이해해. 나이가 들면 슬픈 게 뭔지 알아?"

시몬은 말없이 토니오의 얼굴을 바라봤다.

"과거가 그립다는 거지. 현재보다, 심지어 다가올 미래보다 과거를 다시 경험하고 싶어지네. 살아온 날들이 많으니 아는 사람도 많고 만나야 할 사람도 많지만 정작 만나고 싶은 사람은 현재에 없네. 다 옛날 사람이지. 죽었거나 다시는 만날 수 없는 자들이야."

토니오는 말끝을 흐리더니 남은 빵조각을 마저 입에 넣고 맛을 음미했다. 그때 노란색 자동차 한 대가 도로에 다가와 정차했다. 마우루는 창문을 반쯤 열고 손을 흔들며 요란하게 클랙슨을 울려댔다.

"오케이, 오케이. 이제 그라스로 떠납시다."

마우루는 고개를 빼고 맑은 하늘과 생기 넘치는 거리를 바라보며 중얼거렸다.

"언젠가 프랑스 남부를 꼭 한번 여행해보고 싶었는데 이렇게 가보게 되는군."

여행을 떠나는 기분으로 기분좋게 핸들을 잡았던 마우루의 마음과 상관없이 날씨는 좋지 않았다. 오후 내내 먹구름이 두껍게 내려앉아 하늘이 보이지 않더니 기어이 바람이 거세게 불고 큰비가 내렸다. 차는 좀처럼 속력을 낼 수 없었고 살살 기듯 천천히 움직이며 앞으로 나갔다. 와이퍼는 쉴새없이 유리창을 닦아냈고 바람에 흔들려 부러진 나뭇가지들이 도로로 넘어왔다. 마우루는 운전하는 동안에도 토니오와 시몬에게 끊임없이 말을 걸었다. 대부분 마우루가 물었고 토니오는 짧게 답하거나 입가에 희미한 미소를 걸고 고개만 끄덕였다. 특별한 내용 없는 시시콜콜한 대화가 가늘게 이어지고 있었다. 비바람이 훨씬 강해졌다. 돌풍이 불 때마다 차체가 들썩일 정도였다. 마우루는 표정에서 장난기를 싹 지우고 긴장한 얼굴로 차선을 따라 핸들을 이리저리 돌렸다. 바람과 비, 쉼없이 움직이는 와이퍼 소리가 한데 뒤섞여 차 안엔 기이한 정적이 고였다. 엔진 소리도 들리지 않았고 천둥소리도 들리지 않았다. 룸미러로 토니오의 표정을 살폈다. 그는 유리창에 부서지는 빗방울을 바라보고 있었다. 마우루는 답답했다. 그라스로 향하는 그의 마음이 정확히 어떤지 알 수 없었던 것이다. 콘수엘로를 만난다는 것이 그에게 정확히 어떤 의미인지 도무지 알 수 없었다. 마우루는 너무도 묻고 싶었지만 물을 수 없었던 그것을 물어봐야겠다고 결심했다. 긴 침묵이 흐르고 나서 마우루가 말했다.

"토니오, 궁금한 게 있는데 물어봐도 됩니까?"

"뭘 물어보기 전에 꼭 물어봐도 되냐고 물어보더군. 뭐든 물어봐. 대답할 수 없거나 곤란한 문제면 내가 알아서 답하지 않을 테니."

"혹시 알고 있는지 모르겠지만……"

마우루는 한참 뜸을 들였다가 말을 이었다.

"제가 알아본 바에 의하면 당신이 찾는 사람은 이십 년 전쯤 죽었습니다."

시몬이 마우루의 어깨를 손으로 치며 외쳤다.

"마우루!"

마우루는 단호한 목소리로 말했다.

"시몬, 우리가 하는 일은 연극이 아니야. 정말 그라스로 가고 있어. 목적은 하나야. 콘수엘로를 만나는 것이지. 하지만 만날 수 없다면? 곧 마주칠 사실 앞에 언제까지 모른 척할 셈이야? 설마 콘수엘로까지 우리가 거짓으로 데리고 와야 한다고 생각하는 건 아니겠지? 토니오의 절실한 마음은 알지만 그것을 해결해주는 것이 눈속임이 되어선 안 돼. 거짓을 사실이라고 믿고 현실을 부정한 채 생을 마감하는 건 결코 좋은 생각이 아니야. 내 생각이 틀렸어? 정말 그걸 토니오를 위한 길이라고 말할 셈이야?"

시몬은 아무 말도 하지 못했다.

맞은편 차선에서 커다란 트럭이 헤드라이트를 비추며 지나갔다. 노란 불빛이 갑자기 차 안으로 쏟아져 들어왔을 때 마우루는 고개를 뒤로 돌려 토니오를 봤다. 웃음기라고는 찾아볼 수 없는 여위고 창백한 얼굴에선 감정이 하나도 느껴지지 않았다. 마치 정교하게 만들어진 밀랍 인형처럼 보였다. 마우루는 자신이 괜한 소리를 한 것 같아 후회가 됐다.

"아무리 비가 와도 그렇지. 낮에 저렇게 전조등을 켜고 달리면 맞은편 차들은 어떻게 운전하라는 거야! 그렇게 안 봤는데 프랑스는 매너가 엉망이군."

토니오는 콘수엘로가 죽었다는 소식을 듣고도 아무 말도 안 했다. 그냥 오 분쯤 창밖을 바라보다가 힘없이 웃으며 말했다.

"마우루, 유토에도 자네와 똑 닮은 친구가 있었네. 그 친구는 뭐랄까……"

토니오는 미간을 좁히고 골똘히 생각에 잠겼다. 적절한 단어를 찾는 것 같았는데 표정이 점점 밝아졌고 눈빛은 반짝였다.

"엉뚱했어. 터무니없는 생각을 하고 이상한 말만 하고 다녔지. 하지만 아주 품위 있는 친구였네. 나는 항상 그 친구가 좋았어. 그의 이름은 파블로. 무풍지대에 들어선 범선에서 마지막까지 살아남은 선장이었네. 그는 도시에서 다소 떨어진 곳에 서서 사람들을 관찰하고 지휘봉으로 애꿎은 물만 휘저으며 허공에 작은 기포를 만들곤 했네. 늘 따분해 보였어. 그런데 유토의 생물들이 모두 나누어 갖고 있는 우울하고 무기력한 느낌은 아니었어. 뭔가를 하고 싶은데 딱히 생각이 나지 않아 심심해하는 상태랄까. 처음 파블로를 봤을 때 그는 허공에 돌팔매질을 하고 있었네. 조약돌을 주워 끈에 걸고 힘껏 유토의 천장을 향해 쏘아올렸지. 돌은 물속에 투명한 무늬를 새기며 화살처럼 날아가다가 중간에 멈추더군. 그렇게 둥둥 떠 있는 돌멩이들이 수도 없이 많았어. 그것들은 마치 별과 같았어. 적당한 곳에 위치하며 서로의 자리를 잇고 있었지. 그러니까 파블로는 별자리를 만들고 있었던 거야. 나는 그에게 물어봤네. 지금 뭐 하는 거냐고. 그는 결의에 찬 목소리로 이렇게 말하더군. '다시 항해를 시작해야지. 유토에서는 나침반이 움직이질 않아. 길을 알려줄 만한 것은 이제 별밖에 없거든. 유토엔 별이 뜨지 않아. 별수 있나? 내가 직접 만드는 수밖에.' 우스꽝스럽게 말했지만 표정은 진지했네. 나는 그의 말에 아무 대답도 하지 않고 고개를 들어 그가 만들어놓은 별자리를 바라봤어."

토니오는 떨리는 손을 맞잡고 입을 가리고 짧게 기침을 했다.

"아…… 그걸 보고 있으니 오래전 일이 떠오르더군. 사고로 사막에 불시착한 적이 있었어. 절망스러웠지. 통신도 두절됐고 보이는 것이라곤 바위와 모래뿐이었으니까. 낮에는 타는 듯한 더위와 싸웠고 밤에는 온몸을 얼어붙게 만드는 추위를 이겨내야 했네. 어느 날 모든 것을 내려놓고 자포자기한 심정으로 모래벌판에 드러누워 밤하늘을 봤다네. 당연한 말이지만 별이 많았네. 그냥 많은 게 아니라 정말 쏟아질 듯 많았어. 처음엔 아름답다고만 느꼈는데 보면 볼수록 별들의 움직임이 심상치 않더군. 별자리가 서로 이어져 길을 만들고 이정표를 만들고 나중엔 어떤 글자까지 새겨졌어. 마치 지도 같았어. 밤하늘이 내게 사막을 벗어날 수 있는 길을 알려주듯 말일세. 그 별이 다시 보고 싶군. 나는 파블로에게 그때의 경험을 이야기해주었네. 그리고 지금 당신이 만든 이 별자리가 사막의 밤을 떠올리게 한다고 말해주었지. 파블로는 내 말을 다 듣고 손가락으로 이마를 긁적이더니 시큰둥하게 한마디하더군. '별이 떠 있는데 왜 포기를 하나?' 파블로는 그런 사람이었어. 마우루, 자네를 보면 파블로가 생각이 나네."

마우루는 그라스로 가는 이정표를 보고 핸들을 오른쪽으로 틀었다.

"이런. 토니오, 포기를 모르는 사람은 내가 아니라 바로 당신이에요. 오케이, 오케이. 알겠어요. 일단 가봅시다."

차는 저녁 여덟시쯤 그라스에 도착했다. 계속 의자에서 불편하게 앉아만 있던 토니오의 안색이 눈에 띄게 창백해졌다. 호흡도 가쁘고 이마와 목덜미에 식은땀이 흘러내렸으며 한 번씩 온몸을 부르르 떨기도 했다. 그들은 그라스 시가지가 내려다보이는 높은 언덕에 위치한 호텔에 들어갔다. 토니오는 의식을 잃진 않았지만 팔다리에 힘을 줄 수 없어 스스로 차에서 내리지 못했다. 마우루가 로비에서 체크인을 하는 동안 시몬은 토니오를 껴안고 방으로 들어갔다. 토니오는 침대에 눕자마자 고개를 돌려 창밖으로 보이는 그라스의 야경을 바라봤다. 먼 곳에 까만 바다가 보였고 오밀조밀하게 모여 있는 작은 도시는 불을 밝히고 반짝거렸다. 시몬은 이불을 끌어올려 토니오의 목까지 덮어줬다. 토니오가 이불을 밀어냈다.

"괜찮아. 시몬, 나 좀 일으켜줘. 여기까지 와서 누워만 있고 싶진 않아."

시몬은 토니오의 상체를 일으켜 등허리에 베개를 받쳐주었다. 토니오는 한결 편한 듯 길게 숨을 내쉬며 괜찮네, 괜찮아, 중얼거리고는 고개를 끄덕였다. 마우루가 방에 들어오자마자 여행용 가방을 바닥에 내팽개쳤다. 그는 밑단이 젖은 바지를 손으로 툭툭 때리며 툴툴거렸다.

"아, 데쓰로는 이걸 어디에 쓴다고 이렇게 많은 것을 챙겨온 걸까? 정말 성가시군."

마우루가 씻는 동안 시몬은 목욕용 수건에 더운물을 묻혀 토니오의 몸을 닦아주었다. 그 커다란 몸이 점점 얇아지고 있었다. 팔목도 한 손에 잡히고 종아리엔 근육이 거의 사라져 얇은 뼈만 남았다. 이마는 조금만 힘을 주어도 부서질 정도로 약하게 느껴졌고 숨쉴 때마다 허파에서는 마치 바람이 새는 것 같은 기묘한 소리가 났다. 시몬은 토니오가 내색은 하지 않지만 엄청난 통증을 견디고 있다는 것을 알았다. 토니오의 표정은 고통으로 일그러져 있었지만 눈은 반짝였다.

"무슨 생각을 하고 있나요? 우여곡절이 있었지만 어쨌든 그라스에 도착했네요."

"그래, 여기까지 오고 말았어. 그라스라니…… 믿어지지 않아. 시몬, 미안한데 나를 창가에 더 가까이 옮겨줄 수 있겠나?"

시몬은 의자를 밀어 창가에 놓았고 토니오를 껴안아 그 위에 앉혔다. 토니오는 고맙다는 말을 눈으로 전하고 말없이 밤하늘을 바라봤다. 마우루가 수건으로 머리에 묻은 물기를 털며 토니오에게 다가왔다.

"자, 도착했습니다. 이제부터는 나와 시몬이 할 수 있는 게 없어요. 당장 내일부터 무엇을 할지 지시를 내려줘야 합니다. 당신이 이 배의 선장이니까."

토니오가 말했다.

"혹시 지도 있나?"

시몬이 여행용 가방을 열었다. 프랑스 남부 지역 지리가 자세히 소개된 관광 책자가 있었다.

"데쓰로가 갖고 왔군요."

마우루는 시몬에게 책자를 받아들고는 미소를 지으며 말했다.

"그래도 저걸 여기까지 끌고 온 보람은 있군."

시몬은 뭔가 생각났다는 듯 토니오에게 물었다.

"참, 헬기에서 내리기 직전에 데쓰로와 귓속말로 무슨 이야기를 했나요?"

토니오는 당장 대답하지 않고 희미하게 웃었다. 마우루는 조바심이 나는지 계속 토니오를 채근했다.

"반드시 만나게 될 거라고 하더군."

"누구를요?"

"글쎄…… 그냥 그렇게만 말했어. 그래서 나도 답했지. 우리도 반드시 만나게 될 거라고."

마우루는 뒷머리를 긁적이며 말했다.

"데쓰로를 반드시 만나게 될 텐데 나에겐 뭐라고 말해줄지 벌써부터 기대가 되는군요."

토니오는 무릎에 지도를 펼쳐놓고 익숙한 지역의 이름과 길들이 어떻게 이어지는지 유심히 살폈다. 눈을 감았다. 너무도 자연스럽게 옛날이 떠올랐다. 유년 시절의 기억이 창밖의 풍경처럼 눈앞에 펼쳐졌다. 수레를 타고 언덕을 내려오던 일과 초록색 의자에 앉아 어머니를 바라보던 일이 사진처럼 또렷하게 보였다. 그때 걸었던 길과 산과 들판, 개울과 절벽 사이사이마다 피어 있던 꽃들도 생생했다. 토니오는 더 강하게 눈을 꾹 감았다. 그렇게 하면 더 많은 기억이 떠오르기라도 하는 것처럼 눈을 감았다. 눈꺼풀이 미세하게 움직였고 눈가가 젖었다. 토니오는 손가락을 지도에 대고 길을 따라 서서히 움직였다. 그러다 어느 한 곳에 멈췄다.

"카브리스."

마우루는 지도를 들고 자세히 봤다. 그라스의 서편에 위치한 작은 마을이었다.

"그러니까 내일 이곳, 카브리스에 가면 된다는 건가요?"

마우루의 질문에 토니오가 바로 답을 하지 못하다가 작은 소리로 말했다.

"그곳은 어머니가 사셨던 곳이야. 콘수엘로가 그라스에 있다면 분명 그곳에 있을 거야."

마우루는 토니오의 목소리에서 확신을 느끼지 못했다. '있어'와 '있을 거야'는 다르다. 마우루는 말끝을 흐리는 토니오의 음성에서 불안을 감지했다. 시몬도 같은 것을 느꼈는지 입을 꾹 닫고 마우루를 바라봤다. 그때 문밖에서 노크하는 소리가 들렸다. 위아래로 단정하게 차려입은 벨보이가 와인을 들고 왔다. 시몬이 애써 밝은 음성으로 말끝을 올리며 말했다.

“그래도 프랑스까지 왔는데 이대로 잠들 순 없죠.”

마우루가 눈을 동그랗게 뜨고 시몬을 바라보며 말했다.

“세상에. 시몬, 너에게 이런 낭만이 있는 줄 몰랐는데? 그러지 않아도 뭔가 아쉬운 참이었는데.”

마우루는 와인병을 손에 쥐고 전문가라도 되는 양 라벨을 꼼꼼히 살펴보더니 외쳤다.

“쉬라즈! 나는 마데이라에 불만이 없는데 딱 하나 아쉬운 게 있거든. 그게 바로 이거야. 괜찮은 와인이 없단 거.”

마우루가 디캔터에 와인을 부어 충분히 흔든 뒤 잔에 따라 토니오에게 건넸다. 토니오는 떨리는 손에 힘을 주어 잔을 받아들었다. 아주 잠깐 떨림이 멎었다. 잔 속에 담긴 와인이 호수처럼 잔잔했다. 토니오는 잔을 들어 코끝에 대고 가볍게 향을 맡은 뒤 바로 한 모금 마셨다. 그러고는 자신도 모르게 신음을 내뱉었다. 그 어떤 약물보다 강력하게 몸을 각성시키는 게 느껴졌다. 시몬은 부드러운 미소를 지으며 잔을 바라보는 토니오를 보자 마음이 이상해졌다. 여기까지 온 것이 기쁘면서도 여기까지인 것이 무섭게 슬펐다. 맑은 하늘 아래 세차게 일렁이는 하얀 파도처럼 마음이 이상했다. 어쩐지 오늘밤이 함께 있는 마지막날이 될 것 같은 예감과, 토니오에게도 마지막 밤이 될 것 같은 느낌이 들었던 것이다. 마우루가 여행용 가방을 끌고 토니오의 의자 옆에 놓았다. 그러곤 슬픈 목소리로 말했다.

"우리는 와인을 마시지만 데쓰로는 침대에 누워 수액을 맞고 있겠지. 우리 데쓰로를 위해 건배하자고."

그들은 각자의 잔을 들고 조심스럽게 잔을 부딪쳤다. 유리가 부딪치는 맑은 소리 이후에 아무도 말을 하지 않았다. 어색한 분위기를 견디지 못하는 마우루조차 나무처럼 꼿꼿이 서서 그저 창밖을 바라볼 뿐이었다.

만나길 원한다고요?

카브리스. 이곳은 세상에서 가장 조용한 마을 같다. 잔잔한 파도를 닮은 낮은 언덕들과 마른풀이 뒤덮은 평원, 벽돌로 만든 작은 건물들과 창가에 제라늄과 팬지가 놓여 있는 이층집들, 제화점, 담배와 신문을 파는 상점, 보랏빛 커튼이 내려진 약국과 장미덩굴이 담장을 휘감고 있는 술집, 납작한 돌이 깔린 좁은 길들. 마을에 부는 바람엔 마른 꽃과 시큼한 과일의 냄새가 섞여 있다. 아이와 젊은이들이 거의 보이지 않는 마을 어귀엔 무표정한 노인들이 나무 그늘에 앉아 배를 깔고 누워 있는 털북숭이 강아지의 목덜미를 만지며 잔뜩 낀 구름 위로 떠오른 창백한 태양을 바라보고 있다. 시몬은 요란한 소리가 없는 고요한 길 위에 서서 월계수 가지들 사이로 비치는 햇빛을 봤다. 티티새들이 나뭇가지 사이를 분주하게 오가고 어딘가에서 희미하게 탄내가 났다.

시몬은 눈길을 돌려 토니오를 바라봤다. 그는 돌로 만든 의자에 앉아 말없이 고개를 이리저리 돌려가며 주변을 살펴보고 있었다. 표정은 상기되어 있었고 크게 뜬 회색빛 눈은 충혈된 채 미세하게 떨렸다. 마우루는 자동차 보닛에 걸터앉아 담배를 태우며 토니오의 뒷모습을 지켜봤다. 결국 여기까지 오고야 말았군. 마우루는 담배를 한 모금 깊이 들이마시고 연기를 길게 내뱉고는 그 사이로 보이는 풍경을 바라봤다. 특징 없는 오래된 사물들과 작은 건물들이 모여 만드는 인상은 지나치게 평범했다. 고요하다못해 따분하기까지 한 침체된 분위기는 마우루의 마음을 불안하게 만들었다. 이젠 어쩌지? 여기까지 오긴 했지만 사실 아무런 확신도 보장도 없이 떠난 여행이었다. 뭔가 사연이 있어 보이는 신비로운 분위기의 노인의 말을 들어주고 그의 회한을 풀어주는 것도 나쁘지 않겠다는 다분히 감상적이고 충동적인 결정. 혹 그의 말이 사실이 아니라도, 그냥 그가 착각하고 혼란을 겪은 것이라고 할지라도 개의치 않을 줄 알았다. 그러나 막상 최종 목적지에 도착하자 마비됐던 현실감각이 살아났다. 그가 만나고 싶어하는 사람은 오래전에 죽은 자다. 그러니까 콘수엘로는 이곳에 없고 토니오는 그녀를 만날 수 없을 것이다. 그걸 토니오가 모르지 않을 텐데. 대체 어떤 마음일까. 문제는 앞으로다. 이제 뭘 어떻게 해야 하나? 토니오를 여기에 두고 돌아가야 하나? 아니면 이곳에서 죽을 때까지 기다려줘야 하나? 아니면 다시 마데이라로 데리고 가야 하나? 이렇게도 저렇게도 뾰족한 수가 생각나지 않았다. 마우루는 담배를 발끝으로 비벼 끄고 시몬에게 다가갔다.

"시몬, 이제 뭘 하면 되는 거지?"

시몬은 토니오의 얼굴에 시선을 고정하고 말없이 고개를 저었다. 마우루가 말했다.

"어쨌든 우린 토니오의 바람대로 여기까지 왔어. 이건 너나 나나 잘했다고 칭찬해도 될 만한 일이라고 생각해. 그런데 앞으로가 문제야. 일단 그에게 지금의 현실을 인식시킬 필요가 있어. 내가 볼 때 토니오는 혼란스러운 것 같아. 머리로는 세월이 많이 흘렀다는 것을 인식할 수 있겠지만 막상 눈으로 직접 확인하고 보니 자신의 예상을 훨씬 초월했던 거지. 현실을 깨달았으면서 동시에 그것을 받아들일 수 없는 심정이랄까. 그래도 토니오는 할 수 있는 것을 다 했고 직접 발로 찾아와 눈으로 확인했으니까 더는 현실을 부정하지는 못할 거야. 알츠하이머 환자들을 대하는 방법엔 두 가지가 있네. 하나는 계속해서 눈으로 현실과 실제를 확인시켜 자신의 감각이 틀렸다는 것을 받아들이도록 하는 거고, 다른 하나는 주변 사람들이 그가 느끼고 판단하는 대로 적당히 맞춰주며 거짓말을 하는 거야. 첫번째 방법은 사실을 정확히 알려주기 때문에 정당하고 확실한 방법일 순 있어. 하지만 환자는 지속적으로, 아니 죽을 때까지 절망감을 느끼게 되지. 다른 방법은 마지막 순간까지 그를 평화롭고 안정적으로 돌볼 순 있지만 냉정하게 말하면 속이는 거지. 그러니까 그를 허구적 존재로 만드는 거야. 뭐랄까, 말년엔 꿈만 꾸다가 삶을 마치게 되는 셈이야."

마우루는 잠시 말을 멈추고 떨리는 손으로 무릎을 감싸고 있는 토니오를 바라봤다.

"그는 지금 고통스럽게 현실을 받아들이는 중이야."

시몬은 이해가 되지 않는다는 표정으로 말했다.

"그렇다면 넌 그걸 알면서 왜 여기까지 온 거야?"

"나도 실은 반신반의했어. 처음엔 토니오를 환자로 생각하지 않았어. 그는 상식과 의학으로는 이해할 수 없는 존재였고 그가 말하는 것도 보여주는 것도 내 이해를 벗어나는 것이었기에 그가 주장하는 것도 그가 데려가는 곳도 뭔가 다른 데가 있을 거라고 생각했던 거지. 그런데 어제오늘 토니오와 이야기를 나눠보고 또 지금 이곳에 도착하고 보니 알겠어. 그는 그저 기억과 사실을 혼동하고 있는 노인일 뿐이야. 정말 이곳에서 연인이 자신을 기다리고 있을 거라고 믿었던 거야. 오십 년 전의 모습 그대로 말이야."

"……"

"이제, 사실을 받아들일 시간이야."

"하지만 마우루, 그건 지금의 토니오에게 너무 잔인한 방법 같아. 다른 방법은 없을까?"

"다 죽어가는 노인을 데리고 다니면서 계속 한가하게 프랑스 남부나 여행하자는 말이야? 어딘가에 연인이 있을 테니까? 아니야, 아니야. 시몬, 우린, 그리고 토니오는, 할 만큼 했어. 내 생각에 그는 연인의 무덤에 가고 싶은 거야. 그리고 가능하다면 그 곁에 묻히고 싶겠지. 그러니까 만나고 싶다는 건 비유적인 표현일 거야. 토니오도 이제 알았을 거야. 다만 인정하고 싶지 않겠지. 자기의 감각으로는 비행기 사고 후 바로 돌아오는 셈일 테니까. 하지만 이제 사실을 정확히 인지해야 할 때야. 토니오는 극도로 몸이 쇠약해졌지만 정신은 여전히 맑고 건강해. 감각이 혼돈을 겪고 있는 것일 뿐 그 감각에 결코 속진 않을 거야. 말해줘야 해. 그리고 인정하게 만들어야지. 이게 어떤 상황이고 현실은 어떻게 바뀌어 있는지…… 그는 받아들일 수 있을 거야."

시몬은 침통한 표정으로 입을 꾹 다문 채 비틀대며 거리를 걷는 토니오를 바라봤다. 그는 약국 앞의 나무의자에 다가가 조심스럽게 손을 뻗어 팔걸이를 어루만지고 있었다. 떨리는 오른발을 땅바닥에 조심스럽게 내디디며 힘을 주느라 발목에 힘줄이 불룩 올라왔다. 시몬은 고개를 끄덕였다.

"알겠어. 토니오가 이걸 잘 받아들여야 할 텐데……"

마우루가 말했다.

"걱정 마. 이미 알고 있을지도 몰라. 그나저나 출출하군. 이러다 우리가 먼저 죽게 생겼어. 어디든 들어가서 요기 좀 하자."

그들은 가까운 식당에서 점심을 먹기로 했다. 타르 칠이 된 까만 문을 열고 안으로 들어가자 올리브유에 마늘 볶는 냄새가 가득했다. 담벼락에 장미 덩굴이 무성한 것 외엔 특별한 장식 없는 투박한 인테리어에 탁자가 세 개뿐인 작은 음식점이었다. 낡은 구식 가구가 모서리마다 놓여 있고 탁자엔 장미를 수놓은 천이 노랗게 찌든 채 덮여 있었다. 자리에 앉자 부스스한 갈색 머리와 길쭉하고 비쩍 마른 몸을 가진 중년의 웨이터가 나무 쟁반에 유리잔 세 개를 받쳐들고 탁자로 다가왔다. 시몬은 흘깃 눈을 들어 그를 관찰했다.

묘하게 심술궂은 퍼그를 연상케 하는 얼굴이었다. 시몬은 생선수프와 빵을 주문했다. 마우루는 구운 오리를 주문하고 당신은 무엇을 주문하겠냐고 묻는 눈으로 토니오를 바라봤다. 토니오는 식욕이 없는 얼굴로 아무거나 상관없다고 중얼거리며 우윳빛이 감도는 크리스털 화병에 꽂힌 플라스틱 장미꽃을 바라봤다. 병색을 띤 그의 얼굴은 근심으로 오그라들었고 주름져 있었다. 나쁜 생각이 그를 괴롭히는 것 같았다. 그는 그것을 피하려고 의식적으로 자꾸만 머리를 흔들었다.

식사를 끝마치고 마지막 남은 와인 한 모금을 마시기 전 마우루는 토니오에게 말했다.

"토니오, 이제 어디로 가야 하죠?"

"콘수엘로를 찾아야지."

토니오는 더는 대화를 잇지 않고 고개를 돌려 창밖의 허공을 바라봤다. 마우루는 고집스럽게 입을 다문 토니오의 옆모습을 봤다. 그 순간 그는 어떤 공백 속에 서 있는 사람 같았다. 자신이 누구인지, 어디에 있는지도 모른 채 무감각한 상태로 주위를 두리번거리는 가엾은 사람. 마우루는 무슨 말을 하려다 말고 손을 들어 웨이터를 불렀다.

"사람을 찾고 있습니다. 혹시 이 마을에 콘수엘로라는 이름을 가진 여인이 살고 있습니까?"

웨이터는 무슨 말인지 알아들을 수 없다는 표정을 지으며 눈을 동그랗게 뜨고 고개를 갸웃거렸다. 시몬이 마우루가 한 말을 영어로 바꿔 다시 물었다. 웨이터는 여전히 같은 표정으로 고개를 좌우로 흔들며 서툰 영어로 더듬더듬 말했다.

"죄송합니다. 알아들을 수 없습니다."

그는 몸에 밴 대로 최대한 가볍고 명랑한 투로 말하려 했지만 음성은 탁하고 단호했다. 말투에 타인을 꺼리는 경계심이 스며 있었다. 시몬은 펜을 꺼내 냅킨에 '콘수엘로'라고 적어 웨이터에게 내밀었다. 그는 냅킨을 들고 거기 적힌 글자를 유심히 살펴보더니 주방으로 들어갔다. 잠시 후 주방장을 맡고 있는 중년의 여자 에밀리가 홀로 나왔다. 그녀는 토마토소스가 묻은 앞치마를 입고 왼손엔 칼을 오른손에 냅킨을 들고 시몬에게 다가왔다. 짙은 눈썹, 회색 눈동자에 머리는 은발이었다. 키는 작았지만 팔뚝에 붙은 잔근육이 강한 인상을 만들어냈다. 에밀리는 잠시 말없이 시몬과 눈을 마주쳤고 눈을 돌려 자신을 빤히 바라보고 있는 포르투갈인 남자와, 한눈에 봐도 상태가 나빠 보이는 노인의 뒤통수를 쳐다봤다. 그녀의 날카로운 시선은 짧은 시간 동안 집요하게 그들을 관찰했다. 대체 이들은 뭐하는 사람들이길래 콘수엘로 여사를 찾는 걸까. 아직도 그녀를 괴롭히는 자들이 남은 걸까. 그 옛날 그녀의 삶을 파헤치고 교묘하게 왜곡하고 그것도 모자라 아예 지워버리려고 노력했던 이들과 같은 자들일까? 에밀리는 다정함이라고는 찾아볼 수 없는 얼굴로 무뚝뚝하게 영어로 물었다.

"왜 이 사람을 찾는 거죠? 당신들은 누구죠?"

순간 시몬은 말문이 막혔다. 어떻게 말해야 할지 몰랐던 것이다. 자신과 마우루에게는 콘수엘로를 찾는 마땅한 이유 같은 게 없고 그렇다면 토니오에 대해 말해야 하는데 그걸 어떻게 설명해야 할지, 어디서부터 어디까지 이야기를 하는 게 옳은 건지, 판단할 수가 없었다. 시몬은 한참 뜸을 들이다 말을 이었다.

"우리는 마데이라에서 온 여행객입니다. 관광하러 온 것은 아니고 이분의 소원을 들어주기 위해 왔습니다."

에밀리는 마우루의 옆에 앉은 노인을 봤다. 그는 대머리였고, 볼은 푹 파였고, 목엔 주름이 자글자글했다. 숨쉴 때마다 기침을 했고 이마와 뺨엔 검버섯이 퍼져 있었다. 한눈에 봐도 그에겐 남은 날이 많지 않아 보였다. 그러나 자신을 올려보는 눈빛만은 늙지 않았다. 흔들림이 없었고 날카로웠다. 마치 마음 한구석을 꿰뚫어보는 듯 이상한 힘이 느껴졌다. 에밀리는 자신도 모르게 토니오의 시선을 피하며 물었다.

"이 사람은 누구죠?"

시몬은 뭐라고 답해야 할지 결정하지 못해 잠시 생각에 잠겼다. 아무리 머리를 굴려도 더는 둘러댈 말이 없었다. 이해할 수 없거나 이해시킬 수 없는 몇몇 사실만 피하고 답했다.

"사실 저도 정확한 신원은 모릅니다. 마데이라에서 만난 분인데 어디에서 왔는지 어떤 사람인지도 몰라요. 하지만 이 사람을 돕고 싶어서 여기까지 함께 왔습니다. 그는 콘수엘로라는 이름의 여인을 찾고 있어요. 혹시 아십니까?"

에밀리는 불쾌한 감정이 실린 퉁명스러운 목소리로 말했다.

"콘수엘로는 이 지역에서 오랫동안 살았던 사람이라면 다 아는 이름이에요. 그런데 그녀를 찾는 이유는 뭐죠?"

"이분이 만나길 원하세요."

"……만나길 원한다고요?"

"네."

에밀리는 의아하단 얼굴을 하고 웨이터와 눈을 마주쳤다. 마치 저 사람이 무슨 말을 하고 있는 거야?라고 묻는 듯한 눈이었다. 그녀는 더는 말을 잇지 못했고 한동안 토니오를 쳐다본 뒤 눈을 반쯤 감고 왼쪽 허공을 응시하며 손가락을 접어가며 셈을 했다. 그러곤 차분한 어조로 말했다.

"오래전에 죽었어요. 벌써 이십 년도 넘은 일이죠."

마우루는 곁눈으로 토니오의 표정을 살폈다. 그는 두 손으로 얼굴을 감싸고 있었다. 시몬은 에밀리에게 조심스럽게 물었다.

"그렇군요. 그렇다면 무덤은 어디에 있나요? 이분은 그녀를 애도하기 위해 힘들고 어려운 걸음을 했습니다. 꽃이라도 바칠 수 있게 도와주세요."

에밀리는 들고 있던 쪽지를 시몬에게 건네며 말했다.

"당신들은 뭔가 큰 착각을 하고 있는 것 같네요. 콘수엘로의 무덤은 카브리스에 없어요. 그녀는 1979년에 사망했고 페르라셰즈 공동묘지에 묻혔어요."

마우루가 다급한 목소리로 대화에 끼어들었다.

"페르라셰즈? 거긴 어디에 있죠?"

에밀리가 말했다.

"파리."

파리라는 단어가 나오고부터 모두들 침묵에 휩싸였다. 시몬은 말문이 막혀 마우루의 얼굴만 쳐다봤고 마우루 역시 당황한 기색을 감추지 못하고 와인 잔만 꽉 움켜쥐었다. 그동안 좀처럼 감정을 드러내지 않던 토니오는 눈을 크게 뜨고 에밀리를 뚫어지게 바라봤다. 믿을 수 없다는 얼굴이 서서히 절망과 실망으로 무너졌다. 그 모습은 마치 불꽃의 열기로 녹아가는 커다란 촛대 같았다. 그동안 마우루는 토니오의 말을 그대로 믿진 않았지만 그가 만나고 싶어 하는 콘수엘로만큼은 어떤 식으로든 그라스 인근에 있을 줄 알았다. 다 죽어가는 노인의 모습으로 생존해 만나거나, 유족을 만나게 되거나, 그도 아니면 무덤이라도. 정말 그것만큼은 단 한 번도 의심하지 않았다. 그런데 토니오가 찾는 사람이 죽은 것도 모자라 무덤조차 이곳에 없다니. 마우루는 그동안의 일들이 다 허사가 된 것 같은 허탈한 마음과 밀려드는 실망감으로 팔다리에 힘이 쭉 빠졌다. 시몬은 억지로 웃으며 말했다.

"그럼 파리로 갑시다. 다행이네요. 그렇게 먼 곳이 아니라. 마데이라에서 여기까지 왔는데…… 그라스에서 파리까지 가는 것은 일도 아니지. 토니오, 걱정 말아요. 우리가 거기까지 데려다줄 테니. 그렇지? 마우루."

마우루는 굳은 표정으로 아무 대꾸도 하지 않았다. 토니오는 고개를 저으며 쉰 목소리로 말했다.

"아니야, 아니야. 나는 콘수엘로를 찾으러 온 거지 죽은 육체가 묻힌 무덤 따위를 찾으러 온 게 아니야."

시몬은 혼란에 빠진 토니오를 연민 어린 시선으로 바라보며 그의 어깨에 손을 얹었다. 토니오는 몸을 틀어 시몬의 손길을 거부했다.

"시몬, 콘수엘로는 이곳에 있어. 분명히 있어. 내가 지금은 더이상 그것을 감지할 수 없지만 그때 해변에서 처음 느꼈던 그 느낌은 절대로 틀릴 수가 없어. 콘수엘로는 분명히 이곳에서 나를 기다리고 있어. 빨리 그녀를 찾아야 해."

"아…… 토니오, 이제 현실을 받아들여야 해요."

대화를 듣고 있던 에밀리는 기분이 이상해졌다. 토니오? 누구지? 모르는 이름이다. 하지만 기억이 나지 않을 뿐 어디선가 많이 들어본 것 같은 묘한 느낌이 들었다. 에밀리는 콧잔등을 찡그리며 말했다.

"콘수엘로 여사는 지병이었던 천식 발작으로 죽었어요. 남편은 실종되었고 정식으로 결혼식을 올린 것도 아니어서 유명 작가의 아내로서 아무런 권리도 주장할 수 없었죠. 심지어 죽어서도 그녀는 함께 묻힐 남편의 무덤이 없었어요. 그래서 어쩔 수 없이 전남편이었던 카리요의 무덤 옆자리에 묻힌 거예요. 당신들이 누구고 뭐하는 사람들인지는 모르겠지만 장난을 하려는 거면……"

에밀리는 잠시 말을 멈췄다가 혐오를 담은 표정으로 공격적이고 거친 어조로 말했다.

"또다시 콘수엘로 여사의 존재를 훼손하거나 모욕을 주려는 의도로 그녀를 찾는 거면 부탁이니 관두고 돌아가요. 그 불쌍한 사람은 이제 여기에 없어요."

실의에 잠겨 있던 토니오가 고개를 번쩍 들며 손을 뻗어 에밀리의 손을 잡았다.

"그녀가 어디에서 죽었는지 아시오?"

에밀리는 갑자기 자신의 손을 움켜잡는 노인에게 약간의 두려움을 느꼈다.

"이곳, 카브리스에서 죽었어요."

"더 정확히 말해줘요. 카브리스 어디에서 죽었소?"

에밀리는 기억을 더듬었다. 토니오가 손을 들어 에밀리의 다음 말을 막았다.

"이미 알고 있소. 아게의 성 근처가 아니오?"

에밀리는 두 눈을 동그랗게 뜨고 토니오를 바라봤다.

"역시. 그곳이 맞는군."

토니오는 안도의 한숨을 내쉬었다. 감정이 벅차오르는 듯 잠시 숨을 고르고 시몬에게 말했다.

"그녀는 그곳에 있을 거야. 나는 죽은 콘수엘로를 만나려 한 게 아니야. 무덤은 내게 아무 의미도 없어. 콘수엘로의 영혼은 여기에 남아 있어. 그녀는 마지막 순간까지 날 기다렸던 거야. 그때 내가 느낀 건 결코 착각이 아니었어."

에밀리가 말했다.

"아니에요. 아게의 성이 절대 아니에요. 심지어 그곳은 콘수엘로 여사가 좋아하는 장소도 아니었어요. 나가세요. 당신 같은 사람들 정말 지긋지긋해."

에밀리는 앞치마를 벗어 탁자에 집어던지고 흐트러진 머리카락을 손으로 빗어 하나로 질끈 묶었다. 그러곤 웨이터에게 말했다.

"문 닫아. 오늘 영업은 그만 접어야겠어."

그러더니 벽에 기대어 있던 자전거를 끌고 밖으로 나가버렸다.

편지

고요한 만에 위치한 아게성. 벽돌과 벽돌로 연결된 견고한 성벽과 바닥에는 납작하고 단단한 돌이 고르게 깔려 있었다. 바다로 향하는 커다란 배 앞머리 같은 성의 외형은 오랜 세월과 변덕스러운 바람을 견뎌내고 여전히 건재한 모습을 보였다. 토니오는 한때 요새였던 그 성을 복잡한 심정으로 바라봤다. 토니오는 양옆에 자신의 팔을 붙잡고 부축하고 있는 시몬과 마우루를 번갈아 바라보며 말했다.

"이곳에서 결혼했어. 세상에…… 육십 년 전이라는 게 믿기지 않는군. 나는 많은 사람을 사랑했지만 콘수엘로를 사랑한 것처럼 누군가를 사랑해본 적은 없다네."

시몬이 조심스럽게 말했다.

"여기에 그녀가 있습니까?"

토니오는 입술을 꾹 다물고 바람에 꿋꿋이 서 있는 낡은 성을 바라봤다. 시몬은 토니오의 떨리는 눈동자를 통해 그의 혼란과 절망을 볼 수 있었다.

"있을 거야. 분명히 여기에 있을 거야. 그때 내가 느낀 건 틀림이 없어."

시몬은 토니오의 떨리는 눈동자를 우물을 들여다보듯 오래도록 바라봤다. 그의 시선은 마른풀이 무성하게 자란 버려진 안뜰에 머물러 있었다. 시몬은 알았다. 이미 그의 눈은 지금 이곳이 아닌 과거의 저 너머를 바라보고 있다는 것을. 그의 눈동자에 불꽃처럼 일렁이던 날카로운 초점이 조금씩 흐려지고 있었다. 시몬은 그의 앙상한 팔을 붙잡고 꼭 껴안아줬다.

아게의 성문 앞에 서 있는 토니오의 뒷모습을 멀리서 바라보고 있는 눈동자가 있었다. 에밀리였다. 에밀리는 자전거를 타고 집으로 돌아가다가 충동적으로 아게의 성 쪽으로 핸들을 돌렸다. 이제까지 콘수엘로를 재미있는 이야깃거리의 하나로 여기고 수집하고 추적했던 사람들과 어딘지 모르게 달랐다. 특히 콘수엘로를 만나러 왔다는 노인의 눈빛은 지나치게 진지했다. 만나러 왔다니. 죽은 지 이십 년도 넘은 사람을 만나러 왔다니. 도대체 그자는 콘수엘로 여사와 어떤 관계기에 그런 터무니없는 소리를 하는 걸까, 궁금했다. 호기심 깊숙한 곳에 정체불명의 두근거림과 두려움이 있었는데 그것의 정체가 무엇인지 스스로도 분간할 수 없었다. 에밀리는 나무 뒤편에 몸을 숨기고 그들을 지켜봤다.

토니오는 뜰에 놓인 돌 의자에 앉아 허공을 바라봤다. 시몬과 마우루는 멀찍이 떨어져 있었다. 토니오는 눈에 띄게 불안한 모습으로 계속 손을 만지작거렸다. 바람만 가득한 허공은 기이한 창문처럼 투명해져 지나간 어느 날을 보여주고 있었다. 토니오는 눈을 감고 서서히 과거의 어느 날로 걸어들어갔다. 그러곤 자신의 생각 속으로 콘수엘로가 들어오게 했다.

맑은 날이다. 하늘과 바다의 색이 구분이 안 될 정도로 청명한 4월의 중순. 가족과 가까운 지인들만 참석한 조촐하고 검소한 결혼식이 열리고 있다. 거기엔 허리가 굽지 않아 곰처럼 건장한 내 모습과 검은색 드레스를 차려입은 콘수엘로가 단정하게 서 있었다. 나는 시종일관 즐거운 듯 웃고 있고 그녀는 긴장한 듯 입을 꾹 다물고 있다. 사별한 전남편 카리요에 대한 죄책감 탓인지 환대받지 못한 외로운 마음 탓인지 그녀는 잔뜩 위축된 모습이다. 나는 그녀의 등과 어깨를 감싸며 속삭인다.

"괜찮아. 당신의 남편이 바로 옆에 있잖아."

콘수엘로는 웃지 않는다. 이상하다. 기억 속에서 분명 그녀는 환하게 웃고 있었는데 어째서인지 지금은 전혀 행복해 보이지 않는다. 나는 그녀에게 미안하다, 라고 말하고 싶다. 그러나 참는다. 그렇게 말하면 갑자기 울음이 터질 것 같기 때문이다. 대신 고맙다고 말한다. 나를 견뎌줘서, 내 변덕을 참아줘서 고맙다. 고맙다. 계속 말한다. 충동적으로 그녀의 손목을 붙잡고 시청에 찾아가 결혼하겠다고 했다가 마지막 순간에 마음이 바뀌어 가족들의 참석 없이 결혼식을 올릴 수 없다고 했던 일이 생각난다. 남편의 죽음에 고요히 지내려는 콘수엘로를 끊임없이 뒤흔들어 어떻게든 곁에 두려고 했던 내 이기적인 날들도 생각난다. 그녀는 나와 만나는 내내 끊임없이 입방아에 올랐고 마음을 다쳤으며 자주 울었다. 대부분 서로 잘 아는 집안끼리 결혼하는 프로방스 지역에서 다른 나라에서 온 생경한 여자와 결혼한다고 했을 때 가족들은 반대했다. 결국 내 고집에 고개를 끄덕였지만 억지스러운 환대 속에는 모멸이 깔려 있었다. 봄날의 바람결에 숨은 날카로운 얼음 조각을 예민한 그녀가 모를 리 없다. 그러나 그녀는 예의바르게 행동한다. 한 번도 얼굴에 나쁜 감정을 내비치지 않는다. 음악이 흐르고 사람들은 서로의 손을 잡고 춤을 춘다. 동생 디디는 꽃과 포도주를 돌리고 우리는 다정하게 손을 잡고 커피와 초콜릿을 먹는다.

토니오는 아무것도 없는 허공을 뭔가에 홀린 눈으로 바라봤다. 시몬은 옆에 서서 그의 입가에 흐르는 말간 침을 깨끗한 손수건으로 닦아줬다. 토니오는 손을 뻗어 시몬의 손을 잡고 꽉 쥐었다. 손이 떨리고 있다. 눈가도 떨리고 있다. 눈은 충혈됐고 홀쭉해진 뺨으로 눈물이 줄줄 흘러내리고 있다.

"시몬, 시몬, 콘수엘로가 방금까지 저기 있었는데 지금은 보이지 않아. 어디에 갔을까? 혹시 알고 있나? 자네 봤지? 까만 드레스를 입고 저곳에 서 있던 아름다운 사람을."

시몬은 아무 말도 하지 않고 떨리는 손을 힘주어 잡았다. 저 먼

바다에서 바람이 불었고 바람 속에 이름 모를 바닷새의 울음소리가 섞여 있었다.

에밀리는 서서히 그들에게 다가갔다. 끔찍한 절망으로 바위처럼 굳은 노인의 뒷모습. 정신이 반쯤 나가 보이는 저 남자는 콘수엘로 여사가 저기에 있다고 믿는 것 같았다. 에밀리는 꽉 끼고 있던 팔짱을 풀고 무뚝뚝한 목소리로 말했다.

"콘수엘로는 이곳에서 죽지 않았다니까요! 당신들이 찾는 게 뭔지 모르겠지만 여기엔 아무것도 없어요."

시몬과 마우루는 느닷없이 나타난 불청객에 놀랄 겨를도 없이 토니오를 바라봤다. 토니오는 아무 반응도 보이지 않았다. 시선은 앞쪽을 향해 있었지만 뭘 보고 있는 것 같지도 않았다. 그냥 떠 있는 눈동자였다. 그는 활에 맞은 짐승처럼 꿈쩍도 하지 않았다. 한참 뒤 턱을 묘한 모양으로 일그러뜨렸다. 없다고? 토니오는 멍한 표정을 지으며 서글프게 머리를 흔들었다. 그러곤 기계적으로 중얼거리기 시작했다.

"없어. 없어. 맞아…… 없는 것 같아. 없는 것 같다고."

마우루는 토니오 옆에 무릎을 꿇고 앉아 계속 말을 걸고 이름을 부르며 그의 상태를 살폈다. 토니오는 금방이라도 혼절할 듯 상태가 나빠졌다. 시몬은 눈으로 에밀리에게 그만 말하라고 신호를 보내고 토니오의 어깨를 감싸안았다. 에밀리는 한 발 뒤에 서서 토니오, 라는 이름을 곱씹었다. 기억이 날 듯 말 듯 뭔가가 떠오를 듯 말 듯했다. 에밀리는 답답한 마음에 시몬에게 물었다.

"저 사람의 이름이 뭐라고요?"

"토니오."

에밀리는 토니오, 라는 이름을 입술에 올리고 생각에 잠겼다. 눈살을 찌푸리고 입술이 하얗게 변할 때까지 입을 꾹 다물었다. 양손을 머리에 올리고 눈을 가늘게 뜬 뒤 토니오를 쳐다봤다. 에밀리는 호주머니를 뒤졌다. 동전과 영수증이 나왔다. 그녀는 영수증을 시몬에게 건넸다.

"여기에 그 이름의 철자를 정확히 써주세요."

시몬은 에밀리가 갑자기 왜 이러는지 이유를 알지 못한 채 가방에서 펜을 꺼내 토니오의 이름을 썼다. 에밀리는 영수증에 적힌 것을 읽었다.

Tonnio.

두 개다. 분명 'n'이 두 개다. 에밀리는 자신도 모르게 신음을 내뱉으며 손으로 입을 가렸다. 그 옛날 콘수엘로 여사가 연인에게 편지를 쓸 때 특별한 이유도 없이 토니오, 라는 이름에 'n'을 두 개씩 썼던 기억이 난 것이다. 왜 n이 두 개냐고 물어봤을 때 콘수엘로는 말했다. 세상에 여러 토니오와 구분되는 나만의 토니오이기에 그렇다고. 에밀리는 글자를 노려보며 이 믿기지 않는 상황을 이해해보려 애썼다. 이내 쓴웃음을 지으며 고개를 저었다. 많은 일이 있었지만 이건 그동안의 일들 중 가장 허무맹랑한 이야기가 아닌가. 그러나 마음 깊은 곳에서는 그걸 이미 믿고 있었다. 이 사람이 콘수엘로의 토니오라는 것을. 에밀리는 토니오를 뚫어지게 쳐다봤다. 그러곤 현기증을 느끼며 바닥에 주저앉았다. 시몬과 마우루는 갑자기 쓰러진 낯선 여자를 어떻게 대해야 할지 몰랐다. 그녀는 호흡을 거칠게 하며 급하게 담배를 찾아 입에 물었다. 그러나 손가락 사이에 끼운 담배가 거의 끝까지 타들어갈 때까지 한 모금도 빨지 않고 계속 토니오만 바라봤다. 에밀리는 헉, 하고 숨을 크게 들이쉬고 더듬거리며 말했다.

"따라오세요. 그녀가 죽은 곳은 여기가 아니에요."

에밀리는 페달을 힘껏 밟았다. 빨리 달리기 위해 평소 사용하지 않던 근육을 쓰고 허벅지의 근력을 최대한 끌어올리느라 자꾸 기침이 났고 허리와 종아리 쪽에 통증을 느꼈다. 하지만 개의치 않았다. 더 빨리 페달을 밟지 못하는 중년의 몸을 갖고 있는 게 짜증이 날 뿐이었다. 에밀리는 고개를 돌려 뒤를 봤다. 자동차가 흙먼지를 일으키며 뒤따라오고 있었다. 에밀리는 바람이 얼굴을 간질이고 머리카락이 사방으로 휘날릴 때마다 조금씩 과거로 돌아갔다. 콘수엘로의 세탁물을 자전거 바구니에 넣고 흙길을 달렸던 순수하고 순박했던 열여섯 에밀리의 마음이 예전 감정 그대로 느껴졌다. 콘수엘로, 그녀를 어떻게 잊을 수 있을까? 남미의 피가 흐르고 보헤미안 기질을 가졌던 멋있는 사람. 자유분방하나 한없이 슬프고 처량했던 비극적인 삶. 밤낮없이 수다를 떨고 어법에도 맞지 않는 제멋대로인 불어를 구사했던 천방지축인 여인. 크고 비스듬히 누운 독특한 필체로 써내려갔던 편지. 콘수엘로에 대한 기억은 이십 년의 시간이 무색할 만큼 선명하게 떠올랐다. 에밀리는 그 옛날 콘수엘로가 취한 듯 흐린 눈으로 자신을 바라보며 입버릇처럼 했던 말을 떠올렸다.

"에밀리, 너는 나를 믿지? 토니오는 죽지 않았어."

어딘가에 살아 여행을 하고 있을 거라는 헛된 희망. 편지 한 통 남기지 않은 무심한 사람을 왜 그렇게 사랑하느냐는 질문에 그는 나를 이해해줘, 라고 답한 어리석은 여자. 도대체 무엇을 이해해주는데요?라고 따지듯 물었더니 콘수엘로는 한참 침묵하다가 한 마디씩 말했었다. 내 욕망이 무엇인지. 내 본능이 무엇을 원하는지. 그 사람은 알고 있어. 다른 이는 없어. 나는 토니오의 심장에서 살고 있는 것 같아. 에밀리는 숨이 찰 때마다 허리를 구부리고 기침을 하던 콘수엘로를 떠올렸다. 금방이라도 숨이 멎을 듯 거칠게 숨을 헐떡이던 가련한 노파 옆에서 어떻게 해야 할지 몰라 그저 어깨에 손만 올리고 있던 자신의 모습도.

자전거는 허름한 농가 앞에 멈췄다. 에밀리는 문 앞에 자전거를 내팽개치고 곧장 이층으로 달려갔다. 벽장 앞에 서서 나무문을 바라봤다. 호흡을 고르며 오른손을 명치에 갖다 댔다. 심장이 빠르게 뛰고 있었다. 숨쉬기가 버거워 소리내어 기침을 몇 번 한 뒤 숨을 크게 들이쉬고 내뱉었다. 폐 속의 흙먼지가 깨끗한 공기로 바뀌는 것이 느껴졌다. 에밀리는 마음을 가라앉히고 벽장문을 열었다. 낡은 가죽가방이 희끗한 먼지를 둘러쓰고 놓여 있었다.

마우루는 시동을 끄고 차문을 열고 밖으로 나가 주변을 둘러봤다. 멀쩡한 것이 하나도 없었다. 마당과 정원은 높이 자란 풀들로 구분이 되지 않았고 이끼로 뒤덮인 나무의자는 조금만 힘을 주면 풀썩 주저앉을 것처럼 보였다. 마우루는 차창으로 토니오를 봤다. 토니오는 시몬의 어깨에 머리를 기대고 자신의 손톱만 쳐다보고 있었다. 반쯤 정신이 나간 것 같았다. 질문에 답을 못했고 동공의 초점도 불안정했다. 마우루는 이제 이 여행을 끝낼 때가 왔음을, 토니오에게 모든 것을 받아들이게 할 때가 왔음을 깨달았다. 불가능을 말하고 그것을 받아들이게 한 뒤 산소 호흡기를 떼어내는 것.

마우루는 자동차 보닛에 앉아 쓰러져가는 집을 바라봤다. 한눈에 봐도 버려진 지 오래돼 보이는 옛집. 그것은 마치 누구도 찾지 않는 외로운 무덤처럼 보였다. 기둥들은 휘었고 문짝들도 아귀가 맞지 않았다. 시몬이 차에서 내렸다.

"이제 어쩌지?"

"모르겠어. 우선은 따라오라고 했던 여자를 만나봐야지. 아무 설명도 없이 다짜고짜 따라오라고 하더니 지금은 혼자 저 집으로 들어가버렸어. 밖에서 기다리라는 건지 따라 들어오라는 건지…… 아무래도 난 프랑스 사람들과는 안 맞는 것 같아. 그나저나 토니오는 좀 어때?"

시몬은 말없이 고개를 저었다. 마우루는 토니오를 봤다. 토니오는 차창에 머리를 기댄 채 넋 나간 얼굴로 돌담을 보고 있었다.

"그럼 여기가 이 여행의 종착지인가?"

마우루가 힘없이 웃은 뒤 말을 이었다.

"허무하군…… 그래도 나는 여기까지 오면 뭐라도 있을 줄 알았어."

시몬은 아무 대답도 하지 않았다. 에밀리가 가방을 안고 밖으로 나왔다. 그녀는 상기된 얼굴로 땀을 흘리고 있었고 호흡은 거칠었다. 마우루는 그게 뭐냐고 묻는 눈으로 가방을 바라봤다. 에밀리는 가방을 자동차 보닛에 올렸다.

"콘수엘로라는 이름의 여자를 알고 있냐고 물었죠? 알아요. 카브리스 주민들은 다 알고 있죠. 너무도 유명한 사람이니까요. 하지만 누구도 그녀를 잘 알거나 제대로 알진 못해요. 사람들은 그녀를 괴롭혔어요. 생텍쥐페리의 이상적인 경력을 위해 지속적으로 그녀의 삶과 흔적을 지우는 작업을 해왔죠. 처음에 나는 당신들이 그들과 같은 자들이라고 생각했어요."

에밀리는 가방을 열어 내용물들을 조심스럽게 꺼내놓았다. 끈으로 묶인 편지 뭉치와 낡은 노트들과 구겨진 쪽지 같은 것들이었다. 한눈에 봐도 그것들은 오랜 세월을 머금고 있었다. 종이는 금방이라도 부서질 듯 낡고 건조했고 글씨는 흐릿하거나 번진 것투성이였다. 편지 뭉치 옆에 작은 펜던트가 달린 목걸이가 있었다. 에밀리는 펜던트를 손바닥에 올리고 다친 새를 바라보듯 한참 동안 젖은 눈으로 바라봤다. 펜던트 속엔 작은 사진이 들어 있었다. 의자에 앉은 콘수엘로가 미소 짓고 있었고 그 곁에 이를 드러내고 활짝 웃고 있는 소녀가 서 있었다. 에밀리는 목걸이를 목에 걸었다.

"난 그녀의 심부름꾼 소녀였어요. 말년엔 말동무였고 그녀가 죽은 후엔 그녀가 쓴 편지와 여러 자료들을 정리하는 일을 돕기도 했죠."

시몬은 펜던트 안의 콘수엘로를 봤다. 이 사람이 토니오가 찾으려는 사람이구나. 시몬은 무슨 말이라도 하고 싶었지만 어째서인지 말문이 막혀 마우루를 바라봤다. 마우루는 잠자코 보닛 위에 펼쳐진 콘수엘로의 물건을 복잡한 심정으로 바라보다 에밀리에게 말했다.

"그래도 당신 덕분에 우리의 여행이 헛되지 않게 됐네요. 이걸 보면 토니오가 좋아할 텐데. 그가 알아볼 수 있을지 모르겠어요."

에밀리는 편치 뭉치를 손에 쥐고 차 쪽으로 성큼성큼 걸어갔다.

토니오는 차창 너머로 맑게 갠 하늘을 보고 있었다. 아무것도 느껴지지 않는다. 아무것도 생각나지 않는다. 그저 지칠 뿐. 어리석은 인생. 헛된 소망. 대가 꺾여 구부러진 채 시들어가는 장미처럼 허무하게 흐른 시간. 절벽 앞으로 쉼없이 부서지는 흰 거품들. 눈꺼풀을 느리게 닫고 열 때마다 병 속에 든 모래처럼 줄어드는 남은 시간. 그 순간 쾅! 하는 소리에 깜짝 놀란 토니오는 차창에서 떨어졌다. 차창 너머 한 장의 편지. 토니오는 눈을 가늘게 뜨고 한참 동안 그것을 바라본 뒤 손을 뻗어 서서히 다가갔다. 창문에 손가락을 대고 투명한 유리 너머의 낡은 종이에 써진 글씨를 따라 손가락을 움직였다. 지진계의 지진침처럼 토니오의 손가락이 미세하게 떨렸다.

토니오가 의자에 구부정하게 앉아 편지를 읽는 동안 에밀리는 시몬과 마우루에게서 토니오에 대해 전해 들었다. 어떻게 그가 지금도 존재하는지, 왜 이곳을 찾아오게 됐는지. 처음부터 끝까지 이해되는 건 하나도 없었지만 에밀리는 잠자코 그들의 말을 들었다.

믿을 수 없는 말이지만 목소리에 섞인 감정과 느낌, 그리고 말을 전하는 얼굴엔 믿음이 있었다. 에밀리는 길게 숨을 내뱉고 작은 소리로 말했다.

"난 토니오라는 사람을 증오했어요. 콘수엘로가 그를 기다리는 것은 어쩔 수 없는 일이지만 내 입장에서 그자는 콘수엘로를 불행하게 만든 사람일 뿐이었어요. 그녀는 죽는 순간까지 외로웠고 듣지 않아도 될 나쁘고 험한 말들을……"

에밀리는 입을 꾹 다물고 고개를 돌렸다. 주먹을 움켜쥐고 거친 풀들이 무성하게 자란 버려진 정원을 바라봤다.

콘수엘로 여사는 그라스의 영원한 이방인이었다. 남편이 실종되고 그녀의 삶도 함께 실종됐다. 그들을 둘러쌌던 찬사와 관심은 순식간에 사라졌고 그녀는 애견 아니발과 함께 외롭게 지냈다. 남편이 공식적으로 사망하지 않았기 때문에 그녀는 어떤 권리도 주장할 수 없었다. 사람들의 무관심과 비난, 가난에 시달리면서도 심정적으로 남편 가까이에 있고 싶은 마음에 남편의 고향인 카브리스에서 살았다. 소설 같은 실종은 사람들의 환상에 불을 붙였다. 『어린 왕자』의 작가는 순진무구하고 이상적인 인물이어야 했다. 여기저기에서 콘수엘로에 대한 나쁜 이야기가 흘러나왔다. 그녀는 변덕스럽고 경박하여 남편의 문학 경력과 조종사 생활에 장애물이었다고 수군댔다. 늘 남편에게 부담만 주는 골칫덩이에 지나지 않았다고 그녀가 들리는 곳에서 말하는 자도 있었다. 사람들 중 하나는 경멸하는 말투로 그녀가 남편을 괴롭히는 '사나운 맹금'이었다고 헐뜯기도 했다. 남편의 가족들조차 다른 사람들과 마찬가지로 콘수엘로를 배척했다. 노골적으로 그녀를 무시하고 따돌렸으며 가족의 일원으로 받아들여주지 않았다. 그러나 그녀는 남편이 돌아올 것이라 굳게 믿었다. 귀환했다는 소식을 아침마다 배달되는 신문을 기다리듯 기다렸다. 매일 쓰는 일기에 실종에 대해서 한마디도 쓰지 않을 정도였다. 마치 아무 일도 일어나지 않은 것처럼 금방이라도 남편이 문을 열고 돌아올 것처럼 일상적으로 지냈다. 그녀는 슬프고 힘든 현실을 지우개로 말끔히 지우고 자신만의 동화 속으로 걸어들어갔다. 청동으로 남편의 얼굴을 조각하여 어루만지며 키스했고, 목탄과 연필로 그림을 그려 집안 곳곳에 두었다. 초상화를 쳐다보고 말을 걸며 이야기를 나누었다. 그녀에게 있어 남편의 실종은 아무 일도 아니었다. 그저 긴 비행, 오랜 여행일 뿐.

에밀리가 말했다.

"그녀가 부당하게 괴롭힘을 당하고 오해를 받았을 때 느꼈던 것들이 생각납니다. 싫었던 것은 오해가 아니었어요. 사람들은 그녀를 잘 모르니까 정황만 놓고 보면 그렇게 생각할 수도 있겠다 싶었죠. 그러나 끔찍했던 건, 견딜 수 없었던 건, 그런 말을 듣고 그런 시선을 느끼면서도 의연한 척 의자에 꼿꼿이 앉아 있던 그녀의 모습이었어요. 그러나 서서히 무너졌어요. 하루하루 작아졌고 나중엔 희미해졌죠."

시몬은 무슨 말을 어떻게 해야 할지 몰라 하늘만 쳐다봤다. 커다란 구름이 빠르게 지나고 있었다.

"나는 토니오가 과거에 어떤 사람이었는지는 모릅니다. 내가 아는 건 그가 이곳에 돌아오기 위해 시간을 건너고 바다를 건넜다는 겁니다. 심지어 죽음까지도……"

에밀리는 이마의 땀을 손으로 닦아내며 토니오를 바라봤다. 그는 오래된 석상처럼 꼼짝도 않고 앉아 편지를 들여다보고 있었다. 에밀리는 누그러진 말투로 말했다.

"하지만 그녀의 말이 맞았네요. 돌아온다고 했는데…… 어쨌든 돌아왔어요."

토니오는 편지에 적힌 자신의 이름을 불러봤다. 토니오. 낡은 종이 위의 글씨들이 미세하게 움직이며 진동한다. 읽는다. 읽어지지 않는다. 내용이 들어오지 않고 그저 눈앞이 흐릿해지기만 한다. 종이에 적힌 단어와 내용보다는 글자 자체, 종이의 질감, 그림자처럼 희미하게 남은 잉크와 종이 곳곳에 남은 정체 모를 얼룩 같은 것이 좋다. 냄새가 난다. 소리가 들린다. 토니오는 그것을 손바닥 위에 올리고 눈을 감았다. 기억이 뒤섞이고 가라앉은 것들이 떠오른다. 감각이 날뛰는구나. 글자일 뿐인데 그저 그것을 눈으로 읽고 있을 뿐인데 그녀의 목소리가 들린다. 한 문장 한 문장 읽을 때마다 한 마디 한 마디 말하는 보이지 않는 나의 연인.

눈물이 앞을 가려. 한 줄 한 줄 쓸 때마다 안경을 벗어야만 해. 당신이 쓰던 작업실에서 편지를 쓰고 있으니 마치 토니오, 당신이 내 곁에 있는 것 같아. 숨소리도 들리고 당신이 걸을 때 나는 발소리도 들려. 집은 바뀐 게 없어. 벽난로 위에는 윗부분이 둥글고 붉은 작은 나무가, 거실에는 커다란 지구의가 놓여 있지. 여긴 여전해. 당신만 다시 이곳에 오면 돼. 토니오, 이제 나를 사랑하고 기다려주고 안아줄 이가 한 사람도 없어. 내 집은 작아졌고 오직 창문만 활짝 열려 있어. 당신이 날아간 저 하늘이라도 집안에 들여놓고 싶어. 이 집은 항상 당신과 나의 집이야. 우리의 집은 당신 안에 있어. 내 샘은 당신 눈 속에 있고. 눈을 뜨면 당신이 돌아올 것 같아. 어쩌면 하얗게 수염을 기르고 절룩거리면서 돌아올 수도 있겠지. 하지만 내 눈에 당신의 그 모습은 여전히 멋져 보일 거야. 한겨울 눈 덮인 나무처럼 잘생긴 당신. 나는 불안하고 아파. 당신과 나, 우리 사이의 이 빈 공간, 까마득한 심연이 너무도 끔찍해. 나는 오늘도 내 앞에 놓인 당신 초상화와 이야기를 나눠. 당신의 눈은 깊은 호수 같아. 나는 떨리는 손가락으로 당신 입술을 만지고 있어. 아아, 토니오, 고집스러운 작은 게처럼 날 꽉 잡고 있어줘서 고마워. 당신이 내게 했던 말. 결코 잊지 않을 거야. 당신을 잃으면 난 그냥 죽어버릴 거야.

토니오가 비틀거리며 방의 문턱을 넘었다. 시몬은 토니오의 팔을 붙잡고 쓰러지지 않도록 도왔다. 금방이라도 무너질 것 같은 낡은 집. 오래된 냄새와 가구마다 내려앉은 두꺼운 먼지. 걸을 때마다 삐걱거리며 깨어나는 잠자던 작은 집. 토니오는 거실 한가운데에서서 부엌에 걸린 사진을 쳐다봤다. 사진 속에 토니오를 닮은 젊은 청년 하나가 익살스럽게 웃는 얼굴로 비행기 날개에 앉아 있다. 토니오는 지금 서 있는 이곳에 서서 사진을 바라봤을 늙고 슬프고 병든 여자를 상상한다.

그리고 홀연히 떠오른 먼 기억 하나.

토니오는 혼자 있고 싶다고 말하고 초록색 나무의자에 앉았다. 창밖으로 보이는 하늘을 바라봤다. 해는 적당히 높이 떠 있고 빵을 닮은 구름 세 덩이가 빠르게 지나고 있다. 높은 하늘엔 바람이 부는가. 이곳엔 바람이 불지 않는데. 토니오는 알 수 없는 말을 중얼거린다. 이렇게 힘이 없는 몸과 마음으로 하늘을 보고 있으니 관에 들어가 뚜껑을 열고 하늘을 보고 있는 듯하다. 토니오는 두 손을 맞잡는다. 갈라진 피부. 닳고 마디가 커다랗게 부풀어오른 관절. 그러나 따뜻했다.

토니오는 의자에 앉아 꼼짝도 하지 않고 눈도 깜박이지 않는다. 어떤 소리에 귀를 기울이고 있는 듯도 하고 뭔가를 응시하고 있는 것 같기도 하다. 시몬은 속으로 번져가는 감정을 누르며 콘수엘로의 편지를 토니오의 무릎 위에 놓았다.

*

병실 문이 열렸다. 침대에 누워 졸고 있던 데쓰로는 눈을 게슴츠레 떠 병실로 들어오는 사람들을 쳐다봤다. 시몬이 꽃다발을 들고 웃으며 손을 흔들었고 마우루는 시몬의 뒤에 서서 캐리어 손잡이를 잡고 약간은 겁에 질린 듯한 표정으로 억지웃음을 짓고 있었다. 데쓰로는 잠시 그들을 바라보다가 등을 보이며 돌아누웠다. 시몬은 화병에 꽃을 꽂고 데쓰로에게 그동안 있었던 일들에 대해 두서없이 설명했다. 데쓰로는 무관심한 척, 안 들리는 척 무표정하게 들으면서도 에밀리를 만난 일과 아게의 성을 찾아간 일을 들을 땐 눈을 동그랗게 뜨며 관심을 보였다. 옆에서 데쓰로의 눈치를 보던 마우루는 토니오와 시몬의 뒷모습이 찍힌 사진을 내밀었다.

"선물이야."

데쓰로는 그것을 받아들고 한동안 말없이 바라봤다.

"그래서, 토니오는 만나고 싶은 사람을 만났어?"

마우루는 말했다.

"글쎄."

데쓰로는 시몬을 쳐다봤다. 시몬도 어깨를 으쓱 올렸다 내리며 모르겠다는 듯 웃었다. 데쓰로는 사진에서 눈을 떼지 못하고 계속 그것을 바라봤다. 마치 계속 보고 있으면 프레임 너머의 풍경을 더 볼 수 있다고 믿는 사람처럼. 마우루가 말했다.

"그나저나 데쓰로, 넌 좀 어때?"

"뭐가?"

"아니, 입원했으니까. 병원이란 게 누워 있으면 어떻게든 아픈 곳을 찾아내는 이상한 곳이라서 말이야."

"그러지 않아도 검사해보니 문제가 꽤 있었어. 대장에 작은 혹이 있고 간도 별로 좋지 않더라고."

"그래? 나에게 고마워해야겠네."

데쓰로는 아무 말도 하지 않고 마우루를 바라봤다. 마우루는 데쓰로의 눈치를 보다가 특유의 능청스러운 웃음을 지으며 캐리어를 침대 옆에 놓았다.

데쓰로와 마우루가 티격태격 말다툼을 하며 실랑이를 벌이는 동안 시몬은 병원 복도를 걸어 정원으로 나가 인적이 드문 벤치에 앉아 햇빛을 쐬고 있는 환자들을 바라봤다. 토니오처럼 늙은 남자들이 휠체어에 앉아 졸고 있었고, 어디가 아픈지 알 수 없는 소년 소녀들이 환자복을 입고 뛰어다녔다. 시몬은 노트를 꺼냈다. 그동안 틈틈이 토니오의 이야기를 옮겨 적었다. 그가 했던 말들과 그가 보고 들었던 믿을 수 없는 세계에 대해. 유토와 우토와 고래들과 룸에 대해. 마데이라에서의 일들. 앨런을 만나기 위해 물속으로 서서히 사라진 뒤 그 모습 그대로 거짓말처럼 서서히 떠올랐던 토니오. 그리고 그의 입을 통해 전해 들은 앨런의 말. 행간 사이에 토니오의 얼굴이 보였다. 코끝에 아슬아슬하게 걸려 있는 그 친숙한 안경, 커다란 눈동자와 은은하게 퍼져 있는 푸른빛, 쭈글쭈글한 그러나 부드러웠던 이마가 눈에 보이는 것 같았다. 고요한 새벽에 깨어 이야기를 나누던 날들과 주고받던 단어들, 그 속에 바람처럼 섞여 있던 감정들이 떠올랐다. 글 속에서 토니오는 말하고 있었다. 시몬은 자신이 쓴 글을 남이 쓴 글처럼 읽어봤다. 사실이 그랬다. 어떤 문장은 토니오의 말을 그대로 옮긴 것이었고 어떤 묘사는 시몬의 표현이었다. 그렇게 읽으니 토니오가 정말 자신 곁에 머물다 간 사람이었는지 의심이 들 정도로 그저 픽션의 인물처럼 느껴졌다. 픽션이라고? 시몬은 미소를 지으며 고개를 저었다. 사진처럼 찍혀 존재하는 기억들이다. 종이에 스며든 잉크만큼이나 선명하고 분명하다.

시몬은 #198, 이라고 적고 눈을 감고 가만가만 기억을 더듬었다. 써야 할 부분들이 남아 있었다. 옮겨 적지 못한 토니오의 말들이 아직도 남아 있었다. 무엇부터 써야 할까. 툴루즈를 향해 달리는 야간열차? 아니면 포기를 모르는 유토의 파블로? 시몬은 마데이라를 떠난 날부터 지금까지 일어난 일들을 곰곰이 생각하다가 에밀리를 만난 음식점에 대한 인상을 시작으로 글을 쓰기 시작했다.

프롬 토니오

시몬은 방수포를 걷어내고 보트에 시선을 둔 채 오랫동안 서 있었다. 저 작은 보트를 타고 바다를 헤매던 날들이 떠올랐다. 우두커니 앉아 있고, 멍하니 누워 있고, 나중엔 모포를 둘러쓰고 웅크려 잠들기까지 했던 작고 아늑한 보트가 너무도 낡아 변해 있었다. 물살에 밀려 같은 자리에서 흔들리며 삐걱거리는 보드의 모습에서 시몬은 복잡한 감정을 느꼈다. 두 달이 흘렀다. 시몬은 그동안 연구에 매진했다. 오전 내내 데이터를 분석하고 정리했다. 데쓰로와 함께 점심을 먹고 짧은 산책을 한 뒤 해가 질 때까지 학계에 발표할 논문을 썼다. 밤에는 미국과 영국 등에서 보내준 자료를 분석하거나 그것에 관한 의문이나 의견을 정리한 메일을 작성했다. 그리고 잠들기 전 세 시간 동안 토니오와 관련된 글을 쓴 뒤 짧고 깊은 잠에 빠져들었다. 어제와 오늘과 내일이 똑같은 나날들. 지난 팔 주간 하루도 쉬지 않고 전념한 연구도 막바지에 이르렀다. 시몬은 선미에 걸터앉아 수평선을 바라보며 마데이라에서의 남은 날들을 헤아렸다. 해가 지고 있었다. 어두워지는 바다. 시몬은 단단하게 묶인 줄의 매듭을 풀고 엔진에 시동을 걸었다.

사방이 수평선으로 둘러싸인 바다 한가운데 보트는 멈췄다. 시몬은 물속으로 손을 집어넣었다. 물살이 손가락 밑으로 보이지 않는 무엇인가를 밀어내는 것이 느껴졌다. 밤의 바다. 구름 사이로 비치는 한줄기의 달빛이 내려앉은 수면. 완전히 어두워지기 바로 전의 밝은 어둠. 허공과 수면, 수평선과 하늘, 눈에 보이는 모든 것들이 희미한 미광을 품고 있었다. 시몬은 앨런을 생각했다. 더는 슬프지 않았다. 후회도 죄책감도 들지 않았다. 다만 보고 싶었다. 시간을 거슬러 되돌아가고 싶었다. 가능하다면 시간을 뛰어넘어 만나러 가고 싶었다. 시몬은 수건으로 손의 물기를 꼼꼼하게 닦아내고 가방에서 노트를 꺼냈다. 랜턴을 켜고 노트를 펼쳤다. 하얗고 작은 빛의 원 속으로 시몬이 쓴 글자들이 떠올랐다.

시몬은 말했다. 그동안 있었던 일들에 대해, 마음에 대해, 감정에 대해, 기분에 대해, 말하고 듣고 마땅히 나누었어야 할 시시콜콜한 일상과 기억들에 대해, 말했다. 그리고 읽었다. 앨런을 잃고 겪은 것들에 대해, 데쓰로와 마우루, 토니오와 그의 연인 콘수엘로, 유토와 유토의 주민인 고래들에 대해, 계속 읽었다. 시몬은 잠시 눈을 감고 자신이 읽은 것을 상상하기 시작했다. 눈꺼풀 안쪽의 좁은 어둠이 넓게 펼쳐지는 기이한 느낌이 들었다. 바람은 멎고 파도는 그쳤다. 진공처럼 고요한 압력이 물살을 따라 사방으로 흩어졌다. 고래의 분기공 주위로 일렁이던 희미한 광채를 닮은 무엇인가가 어둠 속에서 피어나고 있었다. 그것은 희미한 안개 같은 것이 되어 수면 위를 휘돌더니 허공에 그림을 그리기 시작했다. 해변에서 목격한 고래의 언어와 비슷했으나 느낌은 달랐다. 오로라처럼 다채롭고 신비로운 색깔 대신 얇고 투명한 얼음 같은 흰빛이 감돌았다. 유토를 묘사한 문장은 이미지로 변해 건물이 되고 길이 되고 풍경이 되었다. 마치 물고기의 가는 뼈로 만들어진 것 같은 가늘고 하얀, 그러나 단단하고 섬세한 그림. 그것은 실제로 존재하는 작은 도시 유토가 되었다. 유토는 한동안 허공에 떠 있더니 서서히 물속으로 들어갔다. 토니오가 앨런을 만나기 위해 물속으로 들어가는 모습처럼 파도에도 흔들리지 않고, 물에도 젖지 않고, 안정된 모습으로, 완벽한 형상으로, 바다로 빨려들어갔다. 누군가가 부드러운 힘을 이용해 잡아끌고 품에 꼭 안는 것처럼 그렇게 사라져버렸다.

다시 바람이 불고 파도가 쳤다. 시몬은 랜턴을 끄고 노트를 덮었다. 허리를 펴고 꼿꼿한 자세로 서서 물속을 바라봤다. 저 깊은 곳 어딘가 잠겨 있는 평화로운 범선 돛대에 앉은 누군가가 고개를 들고 자신을 바라보고 있는 게 느껴졌다. 시몬은 뭔가 생각났다는 듯 노트를 펼쳤다. 그러곤 아무것도 적혀 있지 않은 백지에 한 줄을 써넣었다.

프롬 토니오(From Tonnio).

작가의 말

이 소설을 생각하고 쓰고 고치는 동안 내게도 세계에도 많은 일이 일어났습니다. 시간이란 게 그렇지, 운명이란 원래 그렇고 그런 것이지, 하고 어쩔 수 없는 일로 받아들이려 해도 몸과 마음은 의문과 고민으로 늘 괴로웠습니다. 바다에 빠진 사람들과 자기가 미워 스스로 죽은 자. 불과 얼음 속을 긷는 자들과 어느 날 홀연히 사라진 이들. 생각이 깊어진 어느 날엔 그들의 일부가 내게 흡수된 듯 남의 목소리로 중얼거리며 거리를 걸었고 또 어떤 날엔 우뚝 멈춰서기도 했지요. 한숨 쉬고 쪼그려앉아 있느라 삶도 글도, 심지어 생각조차 나아가지 못하더군요. 피곤하고 피로하여 깊은 물속을 떠도는 물그림자 같은 것이 되는 것도 좋겠다 싶었습니다.

그런데 억지로라도 한 문장 한 문장 써내려갔더니 그야말로 소설처럼 점점 좋아졌습니다. 한숨이 그치고 다리에 힘도 생기고 시간도 다시 흐르는 것을 느꼈어요. 내가 소설을 쓰는 게 아니라 소설이 나를 쓰는 것 같은 기분이 드는 어떤 새벽엔 근사한 옛날 사람에게 긴 편지를 받았다는 착각에 빠지기도 했지요.

어떤 환함. 밝음. 더 나은 것. 미래. 절정. 변화. 이런 단어들을 부정하고 혐오하는 힘으로 써내려간 낙서가 희미한 믿음과 작은 소망으로 바뀌는 낯선 기분이 들 땐 간밤의 꿈조차 마음에 들었습니다. 정확한 문장처럼. 선명한 색채처럼. 깨끗하게 써내려간 뒤 찍는 마침표처럼.

토니오와 함께 유토에 가고 싶었습니다. 룸과 친구가 되고 싶었습니다. 그럴 수 없어 이 소설을 썼는지 모릅니다. 하지만 소설을 다 쓰고 나니 어쩐지 시간이 많이 흐르면 유토에 갈 수 있을 것 같고 그곳에서 토니오도 룸도 만날 것 같다는 생각이 들어요. 저는 그 마음을 영원한 꿈으로 간직하겠습니다.

추천사를 써주신, 그리고 소설 쓰는 법과 사유하는 법을 알려주신 이승우 선생님. 처음부터 끝까지 내내 도와주고 지켜준 강윤정 편집자님. 그리고 생텍쥐페리 님과 그의 연인 콘수엘로 님. 연재할 때 읽어주고 응원해주신 독자님. 마음 다해 감사합니다.

2018년 4월

정용준

문학동네 장편소설
프롬 토니오

1판 1쇄 2018년 4월 30일
1판 2쇄 2018년 5월 30일

지은이 정용준
펴낸이 염현숙
책임편집 강윤정 | 편집 김봉곤 김영수 김필균 | 모니터링 이희연
디자인 김현우 이주영 | 마케팅 정민호 박보람 나해진 우상욱
홍보 김희숙 김상만 이천희
제작 강신은 김동욱 임현식 | 제작처 영신사

펴낸곳 (주)문학동네
출판등록 1993년 10월 22일 제406-2003-000045호
주소 10881 경기도 파주시 회동길 210
전자우편 editor@munhak.com | 대표전화 031) 955-8888 | 팩스 031) 955-8855
문의전화 031) 955-3576(마케팅) 031) 955-2678(편집)
문학동네카페 http://cafe.naver.com/mhdn | 트위터 @munhakdongne

ISBN 978-89-546-5102-8 03810

* 이 도서의 국립중앙도서관 출판예정도서목록(CIP)은 서지정보유통지원시스템 홈페이지(http://seoji.nl.go.kr)와 국가자료공동목록시스템(http://www.nl.go.kr/kolisnet)에서 이용하실 수 있습니다.(CIP 제어번호: 2018011353)

www.munhak.com